मलयालम
की चुनी हुई कहानियाँ

भारतीय शिखर कथा कोश

मलयालम
की चुनी हुई कहानियाँ

चयन एवं सम्पादन
कमलेश्वर

राजपाल

ISBN : 978-93-5064-001-2
प्रथम राजपाल संस्करण : 2013

MALYALAM KI CHUNI HUI KAHANIYAN (Stories)
by Kamleshwar

राजपाल एण्ड सन्ज़
1590, मदरसा रोड, कश्मीरी गेट, दिल्ली-110006
फोन : 011-23869812, 23865483, 23867791
website : www.rajpalpublishing.com
e-mail : sales@rajpalpublishing.com
www.facebook.com/rajpalandsons

क्रम

भूमिका		7
समझौते	*अषिता*	19
बाबूराज की प्रतिमा	*ई. वी. श्रीधरन*	23
प्रेत का घर	*उण्णिकृष्णन पुतूर*	26
यासीन निसार अहमद	*एन. मोहनन्*	29
बंधन	*एम.टी. वासुदेवन नायर*	37
बारिश	*एम.डी. राधिका*	52
बोझ	*एम. सुकुमारन*	55
ऊँट	*एस.के. पोट्टेकाट*	62
जैसे कोई फूल तोड़ा जा रहा हो	*गौतमन्*	68
एक अदना ज़िन्दगी और बड़ी मृत्यु	*टी. पद्मनाभन*	78
खून का रिश्ता	*तकषी शिवशंकर पिल्लै*	89
कानून की बेबसी	*पायिप्रा राधाकृष्णन्*	96
प्यार	*पी. पद्मराजन*	100
रावण	*पी.बी. मणियूर*	105
लाशें	*पुनतिल कुंजब्दुल्ला*	110
हम ऊँचे कद वाले	*प्रभा शंकर*	120

उण्णि	*माधविक्कुट्टि*	125
गुलमर्ग	*मलयाट्टूर रामकृष्णन्*	129
शहर की दीवारें	*यू.के. कुमारन*	135
नयी पीढ़ी	*ललितांबिका अंतर्जनम्*	140
दिवाली की मिठाई	*लक्ष्मी*	143
आइषुकुट्टि	*वैक्कम मुहम्मद बशीर*	148
गिरगिट	*वैशाखन*	153
दूत	*सेतु*	158
साँझ के एकान्त तट पर	*सारा तोमस्*	165
कथावशेष	*सी.राधाकृष्णन्*	173
चिदम्बरम्	*सी.वी. श्रीरामन्*	178
आहट	*शंकरन कुट्टी पोट्टेकाट*	183
श्री पार्वती के चरण	*हरि कुमार*	189

भूमिका

प्रवृत्तियों के बदलाव के साथ ही साहित्य के मानदण्ड भी बदलते हैं और उसी के आधार पर एक लम्बे युग को हम कई काल-खण्डों में बाँटकर व्याख्यायित करते हैं। यही साहित्य का इतिहास कहलाता है। किसी भाषा के संग्रह के प्रकाशन के समय हर बार यह असमंजस की स्थिति बनती है कि भूमिका में क्या लिखा जाए, कैसे उस भाषा की संस्कृति की नब्ज़ पकड़ी जाए। भाषा का अनुवाद जो कुछ हमें समझा पाता है आखिर उससे परे भाषा की जो अपनी गन्ध है, उसका जो अपना रंग-रूप है उस तक हमारी पहुँच कैसे हो। आखिर हमारे कौन से सामान्य सरोकार हैं जो हमें बार-बार प्रेरित करते हैं कि हम दूसरी भाषा के कथा-साहित्य की पड़ताल करें और अपनी भाषा में उसे देखें-परखें। इस क्रम में इस बार हमने मलयालम कथा-साहित्य को लिया है।

मलयालम कहानी की विकास-यात्रा पर बात शुरू करनी हो तो हमें केरल में प्रकाशित होने वाली पत्रिकाओं की भूमिका का स्मरण हो आता है। साक्षरता की दृष्टि से भी देश में केरल का स्थान सर्वोच्च माना गया है। और यहाँ से निकलने वाली नियमित पत्रिकाओं की संख्या काफी है। इसके साथ ही कई अनियतकालीन पत्र-पत्रिकाएँ भी निकल ही रही हैं। पत्रिकाओं के प्रकाशन की बड़ी संख्या मलयालम पाठकों की साहित्यिक रुचि की परिचायक है। इन पत्र-पत्रिकाओं में सबसे ज़्यादा छपने वाली विधा कहानी ही है। तो इस विधा के महत्त्व को देखते हुए बात हम यहाँ से शुरू कर सकते हैं कि 'मलयालम' की पहली कहानी कौन-सी है। इस सम्बन्ध में दो कहानियों को लेकर विवाद है। 1891 में प्रकाशित कहानी 'वासना विकृति' मलयालम की पहली कथा मानी गई है जिसके लेखक हैं केसरी वेंगायिल कुंजुराम नायनार। एक और कहानी, जिसके बारे में यह पता नहीं है कि यह मौलिक है या कथा, जो 1873 में प्रकाशित हुई थी, को भी कुछ विद्वान मलयालम की पहली कहानी मानते हैं। इन कहानियों का महत्त्व मलयालम की पहली कहानी होने में ही है। लेकिन साहित्यिक विधा के रूप में कहानी की गौरवपूर्ण उन्नति उन्नीसवीं सदी के उत्तरार्ध में ही हुई। गद्य का यह विदित तथ्य है कि आधुनिक लिखित कहानी की परिपाटी अंग्रेज़ी और अन्य योरोपीय भाषाओं के सम्पर्क से शुरू हुई। दूसरी भारतीय भाषाओं

की तरह मलयालम में भी अंग्रेज़ी शिक्षा के प्रचार-प्रसार से कहानी लिखने और पढ़ने की रुचि बढ़ी। देश में वह दौर नवजागरण का था। बंगाल के नवजागरण आन्दोलन के असर ने मलयालम कहानी के लिए ज़मीन तैयार की।

मलयालम साहित्य के इतिहासकार महाकवि, उल्लूर, परमेश्वर अय्यर का मानना है कि 'नायनार ही मलयालम के पहले कहानीकार हैं।' उनकी कहानियाँ हिन्दी के गोपालराम गहमरी और देवकीनंदन खत्री की तरह ही फंतासी जासूसी कहानियों की श्रेणी में आती हैं। उनके अलावा अंपाहि नारायण पोतुवाल, एम.आर.के.सी., सी. एस. गोपाल पाणिक्कर, कुंजिकृष्ण मेनोन, मर्कोत्तुकुमारन, के. सुकुमारन और ई.वी. कृष्ण पिल्लै के नाम भी उल्लेखनीय हैं। बाद में समाज की आलोचना की प्रवृत्ति 'मदिराशि पित्तलाहं', 'पालालराजात्', जैसी कहानियों में मिलती है तो नारायण पोतुवाल की कहानियों में संवेदना हास्य-व्यंग्य के माध्यम से अभिव्यक्त होती है। मगर चेंकलंतु कुंजिराम मेमोन ने अपनी कहानियाँ ऐतिहासिक परिदृश्य के आधार पर बुनी हैं। अंग्रेज़ी सभ्यता की वजह से केरल के सामाजिक जीवन में जो बदलाव आया, मुख्य रूप से यही उनका विषय है। इस सन्दर्भ में 'काल पोयं पोक्क (जमाना क्या बदला)', 'चंकरं कोता की डायरी', 'कुटिप्पका (आजन्म दुश्मन)', 'मच्चाट्ट पहाड़ का भूत' आदि कहानियाँ उल्लेखनीय हैं। 'मगर का शिकार', 'पता', 'छोटा सा पत्र', जैसी कहानियों से स्पष्ट होता है कि गोपाल पणिक्कर का कथा संसार यथा-तथ्य के आधार पर खड़ा है, वहीं कुंजिकृष्ण मेमोन की कहानियाँ भावपूर्ण काव्यमय भाषा में लिखी हुई लम्बी लेकिन भावुक व मार्मिक कथाएँ हैं। संक्षेप में कहें तो प्रथम काल की कहानियों में मनोरंजन, सदाचार संवर्धन, आदर्शों के प्रति लगाव आदि ही कहानियों के सामान्य कथ्य और लक्ष्य थे।

लखनऊ में प्रेमचन्द की अध्यक्षता में जो अखिल भारतीय प्रगतिशील साहित्य सम्मेलन हुआ, ठीक उसके दो साल बाद बीसवीं सदी के तीसरे दशक में केरल में भी प्रगतिशील साहित्य संघ स्थापित हुआ। और यह मलयालम साहित्य के क्षेत्र में एक युगान्तकारी घटना थी। इस सम्मेलन ने मलयालम साहित्य के एक नए व्याकरण और जागरण की रचना की, जिसने भाषा और कथ्य दोनों स्तरों पर कहानी की धारा बदल दी। प्रसिद्ध आलोचक ए. बालकृष्ण पिल्लै इस महत्त्वपूर्ण परिवर्तन के माध्यम बने। उनकी पत्रिका 'केसरी' ने विश्व साहित्य के कई कहानीकारों जैसे चेखव, मोपासां से केरलीय पाठकों का परिचय कराया। साथ ही इस विदेशी साहित्य के नए प्रयोगों और मूल्यों पर उनके साथ उनके दफ्तर में बैठकर चर्चा करने वालों में प्रमुख थे तकषी शिवशंकर पिल्लै, जिन्होंने इन मूल्यों पर साहित्य-रचना प्रारम्भ की। इस नवोत्थान काल के कहानीकारों में प्रमुख हैं तकषी शिवशंकर पिल्लै, पी. केशवदेव, पोनकुन्नम वर्की, मोहम्मद बशीर, एस.के. पोट्टेकाट, काका निलकंठ पिल्लै और पी.सी. कुहिकृष्णन (उकब)।

'जीवन या कला' यह विवाद मलयालम साहित्य में भी जोर-शोर से उठता रहा। इन कहानीकारों ने 'जीवन या कला' प्रश्न से जूझने के बाद कहानी के 'कथ्य' में जीवन को ज़्यादा महत्त्व दिया। केशवदेव ने अपने प्रतिनिधि संकलन में यह स्पष्ट भी किया था कि 'कला मेरे लिए कोई गम्भीर समस्या नहीं है। मेरी केन्द्रीय समस्या जीवन ही है।' पहले दौर की आदर्शवादिता की जगह यथार्थ ने ले ली थी। इस काल के लेखकों ने शोषण और अन्धविश्वास पर निष्ठुर प्रहार किए, साथ ही दलित, शोषित और सर्वहारा की पीड़ा इनकी कहानियों में मुखर हुई। तकषी को तो यथार्थवाद का संस्थापक माना जाता है। उनकी कहानियों के तीन विशिष्ट आयाम हैं। पहली तरह की कहानियाँ वह हैं जिसमें किसी-न-किसी तरह के आदर्श की अभिव्यक्ति है, जैसे 'कंगाल', 'तीन पीढ़ियाँ', 'साथी लोग'। दूसरी तरह की मनोवैज्ञानिक कहानियाँ, जिनमें पात्रों का चरित्र उभरकर आता हो। 'चात्तन की कथा', 'किसान', 'कल्याणी की कथा', 'मंगलसूत्र की कथा', आदि इसके उदाहरण हैं और तीसरी श्रेणी में उन किसानों और जनसाधारण की कहानियाँ हैं, जो लेखक के ही गाँव के लोग हैं। इन कथाओं में तकषी ने उनकी न पूरी होनेवाली इच्छाओं, निराशा और क्लेश का चित्रण किया है। 'तहसीलदार के पिता', 'वेलुत्तकुंज', 'अंधे का चरितार्थ्य', जैसी कथाएँ इसके उदाहरण हैं।

तकषी के समकालीन और मित्र-कथाकार थे—पी. केशवदेव। विदेशी प्रभाव से दूर ठेठ केरलीय जीवन के चित्र उकेरने वाले मार्क्सवादी केशवदेव प्रतिबद्ध कहानीकार थे। 'कोलूकरुतअनिया कोलकरुत्' (हत्या मत करो...भाई मत...), 'प्रतिज्ञा', 'पड़ोसिन', 'कोल्ड ड्रिंक्स', 'पिता और उनकी पत्नी, 'निक्षेप' (खजाना) आदि इनकी श्रेष्ठ कहानियों में हैं। 'प्रतिज्ञा' कहानी में सर्वहारा वर्ग के हृदय की आशाएँ कल्याणी पात्र के माध्यम से अभिव्यक्त हुई हैं। समाजवादी यथार्थवाद को जिन कहानियों की मूल संवेदना में उन्होंने ढाला है वह कहानियाँ हैं 'उणर्व' (जागरण), 'इकलिल' (अँधेरे में), 'रेड वालंटियर' आदि।

पोनकुन्नम वर्की की कहानियाँ दो प्रकार की हैं : राजनैतिक और सामाजिक। मध्य त्रावणकोर के किसानों के जीवन की विषमताओं को उन्होंने अपनी कहानियों में अभिव्यक्ति दी। धर्म के नाम पर चर्च और पादरियों द्वारा शोषित उन लोगों के जीवन को वर्की ने अपने कथा-संसार में जगह दी, जो जीवन भर अत्याचार की मार सहते रहते हैं। 'बोलने वाला सिर' (शब्दिक्कुन्न कलप्पा), 'अन्तोणी नीयुं अच्छानायों?' (एंटनी तू भी पादरी बना) 'पालें कोटून', 'नॉनसेंस', 'ओरुपिशाचुकूति' (एक और पिशाच) आदि उनकी उल्लेखनीय कहानियाँ हैं। राजनीति पर आधारित कहानियाँ भी सबसे पहले वर्की ने ही लिखीं।

मोहम्मद बशीर एक घुमन्तू कहानीकार थे। समाज की विभिन्न बुराइयों को उन्होंने कथा का आधार बनाया। दूसरे विश्वयुद्ध के समय देश की गरीबी, बेकारी काला बाज़ार और शोषण को बशीर की कहानियों में जगह मिली। स्वतन्त्रता-संग्राम

के खिलाफ अंग्रेज़ी सरकार के दमन की तीव्र आलोचना भी इनकी कहानियों में मिलती है। 'भारत-माता', 'पुलिस वाले की बेटी', 'हथकड़ियाँ', 'कैदी का चित्र', आदि कहानियों में तात्कालिक केरलीय जीवन का जीवन्त वर्णन है। इनकी शैली की खासियत है कि यह समाज की आलोचना व्यंग्यात्मक शैली में करते हैं। 'चहुकालि' (लँगड़ी), 'पूवनपष', 'आयिषा' जैसी कथाएँ इसी शैली में रची गई हैं।

द्वितीय उत्थान के कुछ महत्त्वपूर्ण लेखकों में से थे काकर नीलकंठ पिल्लै, जो कि खुद एक अध्यापक थे, इसलिए अध्यापकीय जीवन की गरीबी, भुखमरी और विसंगतियों को उन्होंने बखूबी अभिव्यक्ति दी है। भूख मिटाने के लिए विद्यार्थियों के खाने से चोरी करने वाले अध्यापक की कहानी 'पोतिच्चोर' और अपना एकमात्र कपड़ा धोबी के पास होने की वजह से, निरीक्षण के समय छिपे रहने वाले अध्यापक का चित्रण 'इंस्पेक्शन' में मिलेंगे। 'तिरुवोविरा' कहानी उस गरीब पोस्टमैन की निरीह गाथा है जो दूसरे के मनीआर्डर से दस रुपए चुराता है। साधारण-जन की विभिन्न मनःस्थितियों पर ही उनकी कहानियाँ मुख्य रूप से आधारित हैं। इनकी कहानियाँ हैं 'उतुप्पानकाकुआँ, 'पोंडर-पोत्तन', 'नाववाला', 'कंजूस', 'मिलिटरी', 'पहला खत', 'काठ का पुतला', इत्यादि।

एस.के. पोट्टेकाट ज्ञानपीठ-पुरस्कार के सम्मानित कथाकार हैं। दुनिया भर में घूम-घूमकर उन्होंने जीवन के अनुभव इकट्ठे किए। सम्भवतः इसलिए उनकी कहानियाँ किसी वैचारिक प्रतिबद्धता के विपरीत जीवन की सरल अनुभूतियों से ओत-प्रोत हैं। इनकी कहानियों में अपने समय के यथार्थ के साथ कल्पना का रंग घुला-मिला है। 'पुंलिलमान' (हिरण), 'संदर्शनं', 'निशागंधी' आदि उनकी महत्त्वपूर्ण कहानियाँ हैं। केरल के प्राकृतिक सौन्दर्य को अभिव्यक्त करने वाली कहानियाँ हैं 'अन्नकंटेतोही' (यम का कांटा), 'विधि', 'ओषिञा कट्टिल' (खाली चारपाई) आदि। क्रान्ति की भावना बहुत मुखर न होते हुए भी सामाजिक रीतियों की आलोचना से सम्बन्धित कहानियाँ भी उन्होंने लिखी हैं। 'पाट्टुकारी' (गायिका), 'वेश्या का पत्र', 'ऊँट' आदि ऐसी ही कहानियाँ हैं। संक्षेप में श्री पोट्टेकाट को मलयालम का आंचलिक कथाकार कहा जा सकता है, उन्होंने ग्रामीण परिवेश को ग्रामीण शब्दावली से ही जीवन्त अभिव्यक्ति दी है।

इस काल के अन्तिम महत्त्वपूर्ण कथाकार थे 'उरुब' नाम से विख्यात पी.सी. कुट्टिकृष्णन। जीवन के कई आयामों को उन्होंने अपनी कहानी में उद्घाटित किया। घरेलू वातावरण और मातृत्व को लेकर उरुब ने कई कहानियाँ लिखी हैं। 'बा का बेटा', 'सुवर्ण चुम्बन', 'जुला', 'खुदा का ओदन' इनकी महत्त्वपूर्ण रचनाएँ हैं।

1960 के बाद मलयालम कहानी के भाव और रूप दोनों में गहरा परिवर्तन आया। कहानी जो एक कथा को लेकर चलती रही थी, उसका स्पष्ट अभाव इस दौर की कहानियों में है। कथा (नैरेटिव) की जगह कहानी में अब एक पल की अभिव्यक्ति का दौर शुरू हुआ, जिसने परम्परागत कथा-कथन के ढाँचे को तोड़कर

मलयालम कहानी को नई रचनात्मक दिशाओं की ओर अग्रसर किया। आन्तरिक सत्य के उद्घाटन को लेकर लिखी गई कहानियों में एम. मुकुन्दन की 'मैं' कहानी का अच्छा उदाहरण है। कमला दास और विशेषतः एम.टी. वासुदेवन नायर की कहानियों ने मलयालम कहानी को आधुनिक कथा चेतना से जोड़ा। एम.टी. की कहानी 'कुट्टयेट्टमि' में घटनाएँ न के बराबर हैं बल्कि वहाँ मन के भावों की सघन अभिव्यक्ति है। इस कालखण्ड की कहानियों में कहानी के संवेदनात्मक मूल्यों में परिवर्तन तो आया ही, साथ ही शिल्प की भी एक नयी भाषा रची गई। 'मरण' कहानी उस दौर की 'असाधारण शिल्प' की रचनाओं में शुमार की जाती है। इसी कहानी ने मलयालम साहित्य का बिम्बात्मक शैली से परिचय करवाया। इस पीढ़ी के कहानीकार अनुभव और अनुभूति के शिल्पकार हैं। एम.टी. वासुदेवन नायर, टी. पद्मनाभन, माधविकुट्टि, एम.पी. मुहम्मद इस युग के बहुचर्चित कथाकार हैं।

चौथी पीढ़ी के कहानीकारों ने मलयालम में नयी कहानी का सूत्रपात किया। अब तक अछूते रहे प्रसंगों, मनोवृत्तियों के साथ वैचारिक धरातलों पर इस युग में कहानियाँ लिखी जाने लगीं। ये कहानीकार समीक्षकों की नज़र में अत्याधुनिक कहानीकार हैं। घटना, पात्र और परिवेश का स्थान विचार तत्व ने ले लिया। अस्तित्ववाद की व्याख्या, पलायनवृत्ति, सेक्स सम्बन्धित कुंठाएँ, अजनबीपन, मृत्यु-बोध, महानगरीय जीवन की विसंगतियाँ आदि विषय इन कहानीकारों की चेतना का अंश बनकर अभिव्यक्त हुए। परम्परागत मूल्य व नैतिकता-बोध पर इन्होंने व्यंग्य के माध्यम से प्रहार किए। 'नवीन कहानियाँ' 'ग्यारह कहानियाँ', 'पुनः ग्यारह कहानियाँ' इस युग के प्रतिनिधि संकलन हैं। इस दौर के मुख्य कहानीकार हैं : एम. मुकुन्दन, ओ.वी. विजयन, सक्करिया, सेतु, पुनत्तिल कुंजब्दुल्ला, एम.पी. नारायण पिल्लै, पट्टूटलविला करुणाकरण, पद्मराजन, आनन्द, बी.के.एन. इत्यादि।

आज मलयालम कहानी में पाँचवीं पीढ़ी की कहानियों पर बहस शुरू हो गई है। 1980 में डी.सी. बुक्स द्वारा 'पाँचवीं पीढ़ी की कहानियाँ', 1983 में केरल विश्वविद्यालय छात्र संघ द्वारा प्रकाशित 'महाविद्यालय-कहानियाँ', और 1985 में पी. के. ब्रदर्स द्वारा प्रकाशित 'प्रतिभा-संगल' आज की पीढ़ी के प्रतिनिधि संकलन हैं। यह पीढ़ी रचना-कर्म में लगी हुई है और इसके समग्र मूल्यांकन का समय अभी नहीं आया है। वी.पी. माधवन, एन.एस. माधवन, यू.के. कुमारन, कोच्चुभावा प्रभाशंकर, के.एम. राधा, अकबर ककट्टिल, एम. ए. रहमान, रघुनाथ पलेरी, ई.वी. श्रीधरन, नलिनी बेकल, अष्टमूर्ति, वी.बी. ज्योतिराज आदि इस दौर के प्रमुख कथाकार हैं।

मलयालम के कथा साहित्य के इतिहास को संक्षिप्त रूप में देखने-परखने के साथ ही चार कथा-पीढ़ियों के कथाकारों की मूल प्रवृत्तियों की जानकारी यहाँ मौजूद है, पर इन रचनाकारों की उन रचनाओं पर जो हमने इस कोश में शामिल की हैं, बात अभी बाकी है। कहानियों के बारे में बहुत कुछ कह चुकने के बाद बहुत कुछ अनकहा रह जाता है। सबसे पहले बात शुरू करते हैं सी. राधाकृष्णन् की 'कथावशेष'

से। सीधी-सरल भाषा में यह बहुत गहरे प्रतीकों की कथा है और प्रतीक यह है कि आदर्श और यथार्थ एक साथ नहीं चल सकते। अगर व्यक्ति फूल लगाता है तो मुकदमें हार जाता है। कहानी पढ़ते हुए कन्फ्यूशियस की बात याद आती है कि अगर व्यक्ति के पास दो पैसे हैं तो उसे एक से खरीदनी चाहिए रोटी और दूसरे से फूल। रोटी हमें जीवन देगी और जीने की कला सिखायेगा फूल। लेकिन आज यह बात बेमानी है। फूल अगर आज हमारी ज़िन्दगी में है भी तो हमारी अपनी मर्जी से बढ़ते-पनपते और कटते-छँटते। कथा-नायक कहता भी है, 'हमारी फुलवारी एक दुख-स्मृति बनकर मेरी कल्पना में रही। मैं ऐसी दुनिया के सपने देखते हुए जीवन को आगे बढ़ा रहा हूँ, जहाँ अपने नियन्त्रण में बढ़ते पौधे, इच्छानुसार फूलती लताएँ, सभी मुकदमों को जीतती कचहरियाँ और भरा-पूरा पारिवारिक जीवन हैं।' और फूलों के बिना ज़िन्दगी की कथा का अवशेष इतना ही बचता है। कहानी में एक बच्चा भी है जो मारने और बहलाने के बावजूद फुलवारी से तोड़े हुए फूल फ्लावर-पॉट में स्वीकार नहीं करता यानी यान्त्रिक और बनावटी जीवन स्वीकार नहीं करता।

वैशाखन की कहानी 'गिरगिट' मध्यवर्ग की मानसिकता को रेखांकित करती सशक्त रचना है। आखिर हम किस वर्ग-वैभिन्य की बात करते हैं? अगर बात प्रवृत्ति की है तो मध्य-वर्ग की प्रवृत्ति अपने वर्ग के अनुसार बदल जाती है। उच्च वर्ग की साधन-सम्पन्नता उसे चिढ़ाती है और वह खुद अपने से कमतर के आगे रौब गांठने लगता है। बच्चा मोहन भी यही कुछ करता है। उसे लगता है कि उसके अमीर दोस्त सुरेश के पिता हर चीज़ का घमंड दिखाते हैं और वह ईर्ष्या से भर उठता है। और यही मोहन अपने गाँव के दोस्तों को अपने पटाखों को हाथ नहीं लगाने देता। इस बच्चे के माध्यम से ही उसके पिता की पीड़ा को रेखांकित किया गया है जो वह बच्चे के बदलाव पर महसूस करता है। कहानी संश्लिष्ट तरीके से भावों को अपने में गूँथे हुए है।

एन. मोहनम् की कहानी 'यासीन निसार अहमद' आतंकवाद को केन्द्र में रखकर लिखी गई है। लेखक इस सोच को मानकर चलता है कि अपमानजनक परिस्थितियाँ ही व्यक्ति को आतंकवादी बना देती हैं। और कई हत्याएँ करके भी कथा-नायक अपने मूल स्वभाव की करुणा को छोड़ नहीं पाता है। जिस कमिश्नर की बेटी को वह अपने सहयोगी को बचाने के लिए बंधक बनाता है उस बच्ची को बचाने के लिए वह अपनी जान दे देता है। आतंकवादियों के मानवीय पक्ष को प्रस्तुत करती यह एक सशक्त रचना है।

गौतमन् की कहानी 'जैसे कोई फूल तोड़ा जा रहा हो' दहेज के लिए मार दी जाने वाली युवती की मार्मिक कथा है। साथ में उन माँ-बाप का चित्रण भी है जो इज़्ज़त की दुहाई देकर पनाह माँगने घर आयी बेटी को वापस भेज देते हैं और उसके मरने पर भी कोर्ट-कचहरी के मामलों में फँसना नहीं चाहते। कहानी औरत के जीवन की अस्थिरता और विडम्बना को सीता के माध्यम से रचती है। कहानी

की मार्मिकता को सीता के जीवन की यादों के वर्णन से उकेरा गया है। कहानी जिस विषय को लेकर चली है उसका निर्वाह बखूबी हुआ है।

इस कथा-कोश की तैयारी में एक ही लेखक की कई कहानियाँ पढ़ने का अवसर मिलता है। एम.टी. वासुदेव नायर की भी कई कहानियाँ पढ़ने को मिलीं। स्त्री-पुरुष सम्बन्धों की जटिलता पर उनकी पकड़ अद्‌भुत है। लेकिन हमने ली है उनकी कहानी 'बंधन'। व्यक्ति सुविधाओं के लिए समझौते करता है। विवाह भी नायक के लिए ऐसा ही एक समझौता है। और वह बिना किसी ग्लानि के पत्नी और बच्चों को छलता रहता है। इस कहानी की खासियत है कि जिस तटस्थता में यह कहानी बुनी गई है वही उसकी रचनात्मकता का मूल स्वर है। पत्नी का सब कुछ जानकर चुप रहना, बिटिया का बाप से अलग-थलग रहना। नायक का बार-बार दूसरी औरत की विभिन्न मुद्राओं को याद करना जिस अवसाद भरे स्वर में वर्णित है, वह कहानी को एक कलात्मक ऊँचाई प्रदान करता है।

तकषी शिवशंकर पिल्लै की कहानी 'खून का रिश्ता' अपने नाम के अनुरूप है। जिस बेटे के विवाह तक में माँ-बाप शरीक नहीं हुए क्योंकि बेटे ने उनकी इच्छा के विरुद्ध विवाह किया था, उसी बेटे की सन्तान यानी अपने पोते के प्रेम से ऐसे वशीभूत होते हैं कि सारा वैर भूल जाते हैं। यह सरल भावों की बहुत ही सरल अभिव्यक्ति है।

हरि कुमार की कहानी 'श्री पार्वती के चरण' की कथा-नायिका माधवी उन लोगों में से है जो उम्र भर आत्मा की तृप्ति की तलाश प्रकृति के उपादानों में करते हैं। भौतिक प्रगति उनके लिए दूसरी श्रेणी की चीज़ होती है। माधवी का व्यक्तित्व ऐसा है कि उसके साथ सभी के रिश्ते आत्मीय हैं। चाहे पति हो या बहन। और खुद माधवी प्रकृति के साथ प्रगाढ़ सम्बन्धों को बनाए हुए है। बारिश, जुगनू, फूल—इन सब में उसने अपने आपको डुबो दिया है और उन्हीं के माध्यम से उसने रिश्तों को भी जाना-परखा है। इसलिए उसे अपनी भांजी के पैर श्री पार्वती के चरण के समान लगते हैं। प्रकृति और मानव के भीतर जो कुछ भी सुन्दर है, उसकी यह सुन्दरतम अभिव्यक्ति है।

पायिप्रा राधाकृष्णन की कहानी 'कानून की बेबसी' सरकारी अफसरों की आपसी उठा-पटक और इन दफ्तरों में होने वाली लालफीताशाही के बीच पिसते युवक की कथा है। बेरोजगारी के दिन और नियुक्ति-पत्र मिलने की स्थिति का बारीक चित्रण है। कहानी तथ्यों से मार्मिकता बुनती है। ललितांबिका अन्तर्जनम की कहानी 'नयी पीढ़ी' दो पीढ़ियों के टकराव की कथा है। नेता बाप के कुकृत्यों से निराश बेटा आत्महत्या की कोशिश करता है और यह खबर सुनकर बाप का हृदय-परिवर्तन हो जाता है। कहानी का अन्त नाटकीय है।

वैक्कम मुहम्मद बशीर की कहानी 'आइषुकुट्टि' इन्सान की उस प्रवृत्ति को खोलती है कि इन्सान कई बार अपने सच्चे सुख के लिए नहीं बल्कि दूसरे उसे खूब

सुखी समझें इसलिए बहुत सारे काम करता है। आइषुकुट्टि का प्रसव आसानी से हो सकता था, पर उसकी देवरानी के प्रसव के समय डॉक्टर आया था, इसलिए उसने डॉक्टर बुलाने की ज़िद पकड़ ली। प्रसव के समय की बारीकियों को खूब पकड़ा है। कथ्य के अनुसार लोक-मानस की अभिव्यक्ति के लिए शब्दों का चुनाव बोल-चाल की भाषा से ही किया गया है।

पुनतिल कुंजब्दुल्ला की कहानी 'लाशें' का नायक सोना, लाशों की चीर-फाड़ करने वाला भंगी है। देश स्वतन्त्र हुआ, कुछ खासमखास लोगों का विकास हुआ पर सोना भंगी जहाँ था वहीं रहा। बल्कि लाशों की चीर-फाड़ करते हुए वह खुद एक लाश बन गया था। प्रोफेसर मेदी साहब सोना के कपड़े उतरवाकर उसे क्लास में खड़ा कर शरीर के अंगों के बारे में लेक्चर देते थे और लड़के सोना को भी एक जीवित लाश समझते थे। और यह कहीं-न-कहीं सच भी था कि सोना के लिए जीने का मतलब सिर्फ सांसों का चलन था। और एक दिन ऐसा भी आया कि अपनी प्रेमिका की लाश की भी चीर-फाड़ उसे करनी पड़ी और विडम्बना यह कि हथौड़ी से उसकी खोपड़ी तोड़ते वक्त सोना कुछ नहीं कह सका। यह भी नहीं कि इस खास लाश के साथ वह ऐसा नहीं कर पाएगा। दुःख, अवसाद, मजबूरी को अभिव्यक्त करती मलयालम की बेहतरीन कहानियों में से यह एक है।

हर भाषा के साहित्य में कुछ यादगार चरित्र हैं। एस.के. पोट्टेकाट का 'ऊँट' भी ऐसा ही चरित्र है। ऐसा चरित्र जिसे हम मूर्ख, अधपागल और न जाने क्या-क्या कहते हैं। ठीक दोस्तोयोवस्की के 'बौड़म' की तरह। वास्तव में यह मूर्ख नहीं होते। सहज मानवीय गुणों से भरे ये लोग निरन्तर छले जाकर मूर्ख की उपाधि पा लेते हैं। ऊँट भी एक ऐसा ही चरित्र है जो एक होटल में ठेला गाड़ी से पानी पहुँचाता है। होटल का मैनेजर होटल की एक नौकरानी से, जो वास्तव में मैनेजर की रखैल थी, ऊँट की शादी करा देता है। नौकरानी मातु को एक बच्चा होता है और ऊँट, जो सब जानता समझता है उस बच्चे को अपना मान बैठता है और कोई बच्चे को उससे छीन न ले इसलिए अपने सीने से उसे चिपकाकर अपनी जान दे देता है। इस सारी दुनिया की सारी चालाकियों का उस भोले व्यक्ति का यही त्रासदीपूर्ण उत्तर है। भावुकता का भाषायी ताना-बाना बुने बगैर कहानी मार्मिकता की सृष्टि करती है।

'ऊँट' की तरह घनीभूत मार्मिकता को अभिव्यक्त करती एक और कहानी इस संग्रह में है—'एक अदना ज़िन्दगी और बड़ी मृत्यु', इसके लेखक हैं टी. पद्मनाभन। कुछ कहानियों को पढ़कर दुःख से उपजी असहायता की अनुभूति होती है और लगता है कि जीवन के बिना संवेदना, प्यार, स्वाभिमान इन सब का व्यक्ति करे क्या और जीवन को चलाने के लिए जो अर्थ चाहिए वह कहाँ से लाए। कुंजिमोयूतीन गाँव से नौकरी करने आएगा ही, चाहे उसकी उम्र पढ़ने की ही हो, नौकरी में उसका शोषण होना ही है, और वह भी इतना ज़्यादा कि बच्चे को निमोनिया हो जाए।

बच्चा गाँव जाना चाहता है पर उसकी अम्मी उसे कैसे बुला ले, गाँव में भूखे मरने के लिए? और ज़ाहिर-सी बात है कि सब-कुछ सह न सकने के कारण कुंजिमोयूतीन को मरना ही है। कहानी का चरम वहाँ पर है, जब बच्चे के मरने के बाद उसकी अम्मी की चिट्ठी आती है कि '...फिर तू इधर वापस आ, यही अच्छा है। भूख सहकर ही सही, हम किसी-न-किसी तरह गुजर-बसर कर लेंगे।' हर भाषा की कहानी में अपने वतन से छूटा हुआ एक काबुलीवाला है और सम्भवतः यही हमारी साहित्यिक, सांस्कृतिक धरोहर भी है।

लक्ष्मी की कहानी 'दिवाली की मिठाई' में भी एक बच्चा है कदिरसेन। उसके अन्दर भी इच्छा है कि वह अच्छा खाए, अच्छा पहने। पर धनम भी क्या करे कि महीने भर की कठिन मेहनत के बाद रुपये मिलते हैं। अच्छी मिठाई खाने की इच्छा से वह दिवाली की मिठाई खाने मालकिन के घर जाता है पर जब उसे कुत्ते की जूठी मिठाई खाने को मिलती है तो वह इन्कार कर देता है। जीवन जीने की यह शर्मनाक शर्त उसे मंजूर नहीं है।

पी. पद्मराजन की कहानी 'प्यार' उन पति-पत्नी की कहानी है जो अपने साथी के अकेले रह जाने की कल्पना से ख़ौफज़दा हैं। पत्नी को स्तन कैंसर है। पति सोचता है अगर ऑपरेशन न करवाया और मैं मर गया तो अन्त समय में वह क्या करेगी और पत्नी सोचती है कि ऑपरेशन के बाद अगर मैं मर गई तो बूढ़े की देखभाल कौन करेगा। और इससे भी बड़ी बात कि बूढ़ी औरत सोचती है कि इस उम्र में अब कोई उसका शरीर छुएगा। पत्नी की ऐसी बातें सुनकर पति रो पड़ता है। और वह सोचता है कि पत्नी का स्तन वही काटकर निकाल देगा, वह पत्नी से पूछता भी है कि उसे डर तो नहीं लगेगा और पत्नी बेधड़क होकर कहती है कि बिल्कुल भी नहीं। और कहानी यहाँ खत्म हो जाती है कि पत्नी अन्दर लेटते हुए सुनती है, दो तरह की आवाज़ें। एक तो छुरी तेज करने की आवाज़ और दूसरी निरन्तर रोने की आवाज़। हो सकता है कि हमारे आधुनिक बोध को वृद्धा की यह झिझक एकदम बेमानी लगे, पर सच यह भी है कि इस तरह का भाव हमारे संस्कार में है और इतना ही नहीं, हम इन भावों को प्यार भी करते हैं। एकनिष्ठ प्यार की जो अवधारणा हमारे साहित्य में मौजूद है उसमें देह भी शामिल है। प्रेम की यही अभिव्यक्ति इस कहानी का सौन्दर्य भी है।

मन के भाव जो संस्कार बनकर हमारे जीवन को आगे बढ़ाते हैं वही संस्कार कभी बोध बनकर जीवन को बाधित करते हैं। ऐसी ही एक कहानी है एम. सुकुमारन की 'बोझ'। दुनियाबी अर्थों में सम्बन्ध-विच्छेद हो जाने पर भी मन के किसी कोने में रिश्ता जीवित रहता है, खास तौर पर जब रिश्ता पति-पत्नी का हो। और विरोधाभास यह है कि उनमें से किसी एक की मृत्यु रिश्ते की यादों को जीवित कर देती है। पति की मृत्यु पर उसकी तलाकशुदा पत्नी उसके घर जाए बिना न रह सकी और ऐसे 'मन' की मालकिन जो खूब पढ़-लिखकर परिपक्व हो चुकी है, भी पति की

अस्थियों को गंगा में प्रवाहित करने की इच्छा को रोक नहीं पाती है। रिश्ता हमारे संस्कारों में वह बोझ भी है, जिसे हम उठाने को अभिशप्त होते हैं।

पी.बी. मणियूर की 'रावण' कहानी का नायक अच्युतन नफरत करनेवाले और उसकी माँ को मार डालने वाले बाप के साथ जीवन बिताता है और वो भी बिना प्यार और आत्मसम्मान के। उसके जीवन में जो कुछ सुन्दर था वह उसकी पत्नी थी, पर उसके भी छोड़कर चले जाने के बाद वह सेक्स को लेकर असामान्य हरकतें करता है। लोग उस पर हँसते हैं और उसे पीटते भी हैं। हालाँकि वह जो कुछ भी करता है वह उसकी स्वाभाविक चाहत है। अन्ततः वह अर्द्धविक्षिप्त हो जाता है।

अषिता की कहानी 'समझौते' में साफ-साफ दो वर्ग हैं। एक वर्ग जो अपनी सारी-ढाँप-ढूँप के बावजूद सारे टुच्चेपन को बखूबी जीता है। अगर इनमें से कोई दूसरे वर्ग के प्रति हमदर्दी या उत्सुकता से कुछ सहानुभूति दिखाता भी है तो वह भी तब तक, जब तक उसके लिए कोई परेशानी नहीं खड़ी होती। सरला इसी तरह की उदारता का बाना पहने हुए कुम्पम्मा को देखती रहती है, इसके बावजूद कि उसकी साथिनें कुम्पम्मा के चरित्र को लेकर काफी सवाल खड़े करती रहती थीं। झुग्गी-झोंपड़ी की तरफ खुलनेवाली कॉलोनी की हर खिड़की बन्द रहती थी, एक सरला की खिड़की को छोड़कर, लेकिन वह भी उस दिन बन्द हो गई जब उसके पति ने कुम्पम्मा को नहाते हुए देख लिया। और यह स्पष्ट हो गया कि एक वर्ग कितनी दूरी से दूसरे वर्ग के प्रति उदारता का ढोंग रचा सकता है।

यू.के. कुमारन की कहानी 'शहर की दीवारें' शहर में रहने वाले अनात्मीय सम्बन्धों की कहानी है। पहले-पहल हम इन सम्बन्धों की जड़ता से खुद परेशान रहते हैं, उनकी आलोचना भी करते हैं। फिर इस परिवेश का हम पर इतना असर होता है कि हम खुद भी उतने ही रूखे और जड़ हो जाते हैं। व्यक्ति किस तरह बदलता जाता है उसके विवरणों से ही कहानी बुनी गई है।

श्रीमती सारा तोमस् की कहानी 'साँझ के एकान्त तट पर' उस बूढ़ी महिला के अहसास की कहानी है जो पूरे साल एक खास पर्व ओणम् पर अपने सभी बच्चों का इन्तज़ार करती है। उसे बच्चों की एक-एक बात याद है, खाने से लेकर सोने तक। पर वही बूढ़ी महिला सपने में देखती है कि उसके नहीं रहने पर बच्चे कितनी खुशी और स्वतन्त्रता महसूस करते हैं। और उसे अपने होने पर ग्लानि महसूस होती है। उसे लगता है कि वह निर्विकार होकर इस दुनिया से अब जा सकेगी। उम्र होने पर एकाकीपन के अहसास को यह कहानी सपने के माध्यम से बखूबी पकड़ती है। घरेलू आर्द्रता से पूर्ण यह कथा बूढ़ों के एकान्त की विडम्बना को चित्रित करनेवाली सशक्त कथा है।

मलयाट्टूर रामकृष्णन् की कहानी 'गुलमर्ग' कश्मीर के प्राकृतिक दृश्यों के वर्णन के साथ डोली उठानेवालों की पीड़ा पर भी एक नज़र डालती है।

एम.डी. राधिका की कहानी 'बारिश' उस कमजोर औरत की कहानी है जो

प्रेम में असफल होकर आत्महत्या कर लेती है। इस कहानी का सकारात्मक पहलू वहाँ है, कि जिस लड़की के माध्यम से यह कहानी कही गई है वह इस आत्महत्या की निन्दा करती हुई दूसरे रास्तों की बात कहती है जो पहले रास्ते के बन्द होने पर खुल जाते हैं।

माधविकुट्टि की कहानी 'उण्णि' गहरे अर्थों वाली प्रतीकात्मक कहानी है। इस कथा में प्रेम और विवाह के द्वन्द्व को अभिव्यक्ति मिली है। एक दोपहर को उण्णि नाम का एक लड़का एक महिला के साथ घर आता है। और उस लड़के के नाम से उस महिला को याद आता है कि इस नाम से उसके पति उसे पुकारते थे, पर वह सबकुछ अतीत की बात हो गई। वह उण्णि नाम का लड़का उसे अच्छा लगता है पर वह डरती है कि उसके पति आएँगे तो उसे देखकर नाराज़ होंगे। अचानक खबर आती है कि उस महिला के पति विमान-दुर्घटना में मारे गए। रोष से भरी वह युवती उस लड़के को भगाती हुई कहती है, 'तू न आता तो वे आते।' इस कहानी का सार यह है कि प्रेम और विवाह एक-दूसरे के विरोधी हो जाते हैं—खास तौर पर जब प्रेम के साथ 'सिर्फ तुमसे' वाला जुमला जुड़ जाता है। जब उस युवती का जीवन दाम्पत्य की सुविधाओं से भरा था तो उसमें प्रेम नहीं था और जब प्रेम उसके जीवन में आया तो दाम्पत्य नहीं बचा।

सी.वी. श्रीरामन् की कहानी 'चिदम्बरम्' एक ऐसे युवक के अपराध-बोध से ग्रस्त होकर भागने की कथा है जो संन्यास में शान्ति ढूँढ़ता है पर जो उसे मिलती नहीं। जिस लड़की से उसे प्यार हुआ वह किसी और की पत्नी थी। सब कुछ ज्ञात होने पर उसका पति उसके टुकड़े कर डालता है और खुद आत्महत्या कर लेता है। अपराध की यह भावना उसे चैन नहीं लेने देती। ई.वी. श्रीधरन की कहानी 'बाबूराज की प्रतिमा' एक ऐसे स्वप्नदर्शी क्रान्तिकारी की कथा है जो वास्तव में तो कुछ नहीं कर पाता और अन्त में प्रतिमा में तबदील हो जाता है। यह भी एक प्रतीकात्मक कहानी है।

संक्षेप में मलयालम कहानी के विभिन्न मोड़ों की चर्चा के साथ हम संग्रह की कहानियों पर भी बातचीत कर चुके हैं। गहरे प्रतीकों से लेकर सरल-सहज कहानियों से यह भाषा समृद्ध है। राजनीतिक कहानियाँ भी हैं और प्रेम कहानियाँ भी। यासीन निसार अहमद जैसे चरित्र भी हैं जो एक सार्थक बदलाव के लिए जान दे देते हैं। तो बाबूराज भी है जो कुछ नहीं कर पाता और अन्ततः एक प्रतिमा बन जाता है। शंकरन कुट्टी पोट्टेकाट की कहानी 'आहट' का नायक प्रतिमा बन जाता है। शंकरन कुट्टी पोट्टेकाट की कहानी 'आहट' का नायक डॉक्टर जैसा चरित्र भी है जो जीवन को समझौतों से भर देता है तो वहीं इस भाषा में कदिरसेन भी है जो जूठी मिठाई खाने से भी इन्कार कर देता है। बंधन का नायक भी है जो पत्नी को लगातार छलता रहता है और 'प्यार' कहानी के बूढ़े पति-पत्नी भी हैं जो एक-दूसरे के बिना रह नहीं सकते। कहने का आशय है कि विभिन्न रंगों वाली कहानियाँ मानव-मन के

अनेक प्रश्नों से जूझती, इस संग्रह में मौजूद हैं। आशा है कि मलयालम कहानियों को समझने में यह संग्रह एक महत्त्वपूर्ण पड़ाव साबित होगा।

सहयोगियों के लिए मैं विशेष रूप से आभारी हूँ अपने इन सभी लेखक-अनुवादक मित्रों का—डॉ. आरसु, बी.डी. कृष्णन् नंपियार, प्रो. पी. कृष्णन, के. नारायण, एम. एन. व्योमकेशन, एन. सदाशिवन, पी. माधवन पिल्लै, सुमति अय्यर, एम. षणमुखन, जिन्होंने इसके समायोजन को सम्भव बनाया।

जनवरी 2000 **—कमलेश्वर**

समझौते

अषिता

सरला के पति को कॉलोनी की सीमा के मकान का तीसरा फ्लैट मिला था। उनके इधर आकर रहते समय मकान का काम पूरा नहीं हुआ था। काम शुरू हो रहा था। कॉलोनी के नए निवासी धीरे-धीरे इधर आने लगे थे। इस मकान में अन्त में सरला ही आयी थी। उसे अजनबियों के बीच आ पड़ते समय हैरान होने का अनुभव था। इसलिए सायंकाल में अँधेरा छाते समय ही वह बालकनी में समय गुजारती थी। अधूरे मकानों को देखते समय उसे अजीब अनुभव होता था। वह पति से कहती थी कि उसे सदियों से निर्मित किसी संस्कृति के बीच खड़े होने जैसा लगता है। शाम को काम खत्म करके मजदूरों के जाने के बाद कॉलोनी में निद्रा की नीरवता-सी छा जाती है। बहरहाल, संध्या के बाद सारा शोर-शराबा सरला के फ्लैट वाले मकान के पीछे था। कॉलोनी के मजदूर उधर ही झुंड के झुंड झोंपड़ियाँ बनाकर रह रहे थे। कॉलोनी की शालीन और परिष्कृत खामोशी के विरुद्ध उस हिस्से में शराबियों के झगड़े और कोलाहल, बच्चों की चीख-चिल्लाहट आदि सुनाई देते थे।

सरला जिस दिन मकान में आई थी, उसके किसी भी निवासी ने उस ओर खिड़कियाँ भी नहीं खोल रखी थीं। निवास बदलते समय मदद करने के लिए सरला के पति का स्टेनो आया था। उसने सरला से कहा था–

"भाभी, पीछे वाले शयनकक्ष की खिड़कियाँ बन्द कर दो। उधर गन्दे-मजदूर लोग ही रहते हैं। कॉलोनी के काम की पूर्ति तक वे उधर ही रहेंगे।"

उसके प्रत्युत्तर में सरला ने कुछ नहीं कहा। औपचारिकता से ज़रा मुस्करायी। एक पढ़ी-लिखी और संस्कार-सम्पन्न स्त्री को कैसे सोचना है–इस बात पर सरला ने पहले ही एक रवैया अपनाया हुआ था।

तीसरी मंज़िल पर खड़े होकर देखते समय झोंपड़ी के निवासियों के प्रति उसके मन में कुछ हमदर्दी हुई थी। उस हमदर्दी पर उसे गौरव भी महसूस हुआ था। दिन गुजरने लगे तो कॉलोनी के जीवन से वह ऊबने लगी। कॉलोनी में नए निवासी आने लगे तो कई अपरिचित एवं अघोषित नियम भी कायम होने लगे। सीनियर अफसरों

के घरों में जूनियर अफसरों की पत्नियों को दो-तीन बार जाना चाहिए। तभी वे इनके घर भी आएँगे। सीनियर अफसरों के घरों में जूनियर अफसरों के बच्चों को नहीं खेलना चाहिए। असल में सरला को इन सबकी जानकारी दूसरों से मिली। जान-बूझकर उन सब बातों का उल्लंघन करने के लिए वह तैयार नहीं हुई। कॉलोनी-जीवन की अनिवार्य शर्तों के रूप में सरला ने इसे मंजूर कर लिया था। किन्तु ऐसे समझौतों में उसे हमेशा भारी अकेलापन और आत्मनिन्दा की भावना महसूस हुई थी। हौले-हौले काली परछाईं से उतर आनेवाली भीगी बिल्ली के समान, इन समझौतों से उसके मन में अकेलापन घुस रहा था। इस बात के बारे में वह सजग थी। पीछेवाले कमरे की खिड़की को पूरा खोलकर वह इस स्थिति से बच गई थी।

पीछे वाले भाग में मटमैले, कमर में काला धागा बाँधे बच्चे ज़ोर से हँस कर, सारी सीमाओं को तोड़ कर दौड़ते-खेलते रहते। ऊपर से फेंकी पुड़ियों को वे लालच के साथ खोलकर देखते। बन्द खिड़कियों पर बालू और पत्थर फेंककर लुत्फ लेते। झोंपड़ियों के सामने औरतें निरन्तर बातें करते हुए बर्तन माँजतीं और कपड़े धोती रहतीं।

कॉलोनी में सरला का कोई परिचित आदमी नहीं है, तो ऐसी बात नहीं। वे पुराने परिचय दरार पड़े काँच के गिलासों के समान थे। निचले फ्लैट की मिसेज़ नायर, सामने वाले फ्लैट की नीता मेहता, ऊपर के फ्लैट की शान्ति मलहोत्रा, पखवारे में कम-से-कम एक बार सरला के फ्लैट में आती थीं। बच्चों के अंक, उनकी होशियार नौकरानियों, मायके में आयी नयी मिक्सर, ग्राइंडर, सामने वाली झोंपड़ी की कुप्पम्मा आदि के बारे में वे बातें करती थीं। उनकी बातों से ही सरला ने कुप्पम्मा के बारे में पहली बार सुना था।

गाढ़े काले रंग की, तीक्ष्ण सौन्दर्य से युक्त कुप्पम्मा ऊपर उठनेवाली, जीवन में झाग जैसी, ऊँचाई में फूटनेवाली मादक हँसी। हर रोज साँझ को कुम्हलाये जूही के फूलों से बाल सजाकर, लाल फीते से बाल बाँधकर, पान चबाकर ओठों को लाल बनाये, काँच के कंकण हिलाकर कुप्पम्मा कांक्रीट के मकानों और लम्बी पंक्ति की झोंपड़ियों के बीच गम्भीरता से खड़ी रहती। हिलती और पिघलाती लपटों के समान।

कुप्पम्मा के बारे में हर नयी खबर सुनते समय सरला को उसे पहली बार देखने का मौका याद आया।

उस दिन घर के पीछे कुछ खलबली हुई थी, उसकी आवाज़ सुनकर सरला शयनकक्ष की खिड़की के पास आयी। कुप्पम्मा की झोंपड़ी के सामने एक दुबली पीली पड़ी औरत खड़ी है। उसके हाथ में एक बच्चा है। वह कुप्पम्मा को ज़ोर से गाली दे रही है। सरला ने सोचा कि अभी एक झगड़ा मच जाएगा किन्तु उस औरत की गालियाँ बन्द हो गईं। चीख-चिल्लाहट के बीच कुप्पम्मा को काफी देर तक शाप देती रही।

उस मकान के सारे निवासी समान ढंग से कुप्पम्मा से डरते थे। उसके प्रति

सरला का रवैया परहेज और आकर्षण मिश्रित था। वह सिक्कों को लेने-देने के हल्के भाव में गाली-गलौज देने वाली है। वह किसी की परवाह किए बिना अकड़ के साथ जीवन बिताती है। इस आदत ने उसके बारे में पुनः सोचने के लिए सरला को प्रेरित किया। ऐसी गालियाँ और हिम्मत सरला की पहुँच के बाहर की बातें थीं। लिहाजा अनहोनी काम करने की प्रवृत्ति को देखने में उसे दिलचस्पी थी। पीछे की खिड़की खोले रखकर और कुप्पम्मा की बातें सुनकर ही उसने इसका अनुभव किया।

इस मकान के निवासी दुपहर के खाने के बाद बहस करते थे। दिन ढलते-ढलते कुप्पम्मा को उन बहसों में ज़्यादा स्थान मिलता गया। खासकर मिसेज़ नायर और कुप्पम्मा के बीच के इस झगड़े को। किसी ने यह नहीं खोजा कि वह झगड़ा क्यों हुआ था? एक दिन सरला ने देखा कि मिसेज़ नायर की बन्द खिड़की की ओर देखकर कुप्पम्मा ज़ोर से गाली की बौछार कर रही है। ऊपर वाली खिड़कियों के चेहरे दिखायी पड़े तो दो कदम पीछे हटकर दानवी रोष से कुप्पम्मा चिल्ला उठी—

''तुम्हारी जैसी महाराणियों के पति लोग ही साँझ होने पर मेरी ओर पधारते हैं। किसी को इतना कहने को नहीं है।

खुली खिड़कियाँ उसी जल्दबाजी के साथ बन्द हो गईं। उसके बारे में फिर किसी ने कुछ नहीं कहा।

किन्तु एक हफ्ते के बाद मिसेज़ नायर आईं तो किसी घटना का जिक्र न करके सारी बातें स्पष्ट बतायीं—

''मेरे बेटे विनु की आयु बीस हो रही है। वह अब भी लड़का है। उसे कुछ नहीं आता है। इस प्रकार की औरतें उधर रहेंगी तो...एक बात और...नीता मेहता की लड़की है न...किसी बात में कम नहीं है...किन्तु विनु को जाल में फँसाने के लिए उतावली है।''

नीता मेहता की फरियाद कुछ और थी—

''मेरी बेटी बड़ी हो रही है। ऐसी औरतों को देखकर वह बढ़ जाती है तो...फिर उस मिसेज़ नायर का बेटा इधर या उधर ही देखता रहता है। सरला का सौभाग्य है...इस प्रकार की झंझटें नहीं हैं।''

उसके प्रत्युत्तर में सरला गर्व और अभिमान के साथ मुस्कराई। कुप्पम्मा के बारे में सोचकर कभी सरला को माथा-पच्ची नहीं करनी पड़ी। सरला की खुली खिड़की को कुप्पम्मा ने सद्भाव का निशाना माना। एक दिन नीचे खड़े होकर बाल सँवारते समय ज़ोर से कुछ पूछा। अनसुनी का बहाना कर, जल्दी खिड़की से हटकर सरला उस दिन होशियारी से बच गयी। उसे डर था कि कदाचित ऊपर से शान्ति मलहोत्रा ने यह दृश्य देखा होगा। उसके बाद शान्ति मलहोत्रा से मुलाकात हुई। तब उसने और बातों के बारे में ही पूछा—कुप्पम्मा के घर में ताड़ी बनाने की घटना की तलाशी के लिए आए कांस्टेबिल ने खलबली मचायी और काफी देर बाद ही वापस गया। स्थानीय गवर्मेन्ट स्कूल के अध्यापक को उधर देखा। इन्हीं के बारे में ही शान्ति

मलहोत्रा ने बताया। सरला के परिवारिक जीवन की बात है कि वह जीवन की सिर्फ मुख्य राह से होकर आगे बढ़ता है। एक आज्ञाकारी बेटा है। पढ़ाई के सिवा और किसी बात पर ध्यान नहीं। पति भी सरला-की उम्मीदों के अनुरूप शान्त और संस्कार-सम्पन्न आदमी है। भले ही स्वर नहीं है, उनके दिनों को अपस्वर बिगाड़ते नहीं हैं। इन सारी बातों के बारे में सोचकर ही शनिवार की उस दुपहरी को—ईर्ष्या से चमकने वाली नीता मेहता की आँखों की ओर देखकर सरला अभिमान और गर्व के साथ मुस्करायी थी।

लाल चेहरा लेकर, सन्देह से पति जल्दी ही कमरे से बाहर चले गए तो सरला अकस्मात निस्पन्द मन से धीरे से खिड़की की ओर चली गई।

कुप्पम्मा बाहर के नल के समीप शर्म के बिना नहा रही थी।

रक्त में समायी हुई कोई चीज़ सरला में जाग उठी। एक प्राकृत आवेग ने बन्धनों को तोड़कर मन को दबा दिया। तब सरला की जिह्वा पर वे सस्ते शब्द फूटकर दब गए जिनका प्रयोग कुप्पम्मा सिक्कों के सामने करती थी। दुस्सह कोप और निस्सहाय निन्दा से सरला ने खिड़कियाँ बन्द कर दीं। आवाज़ सुनकर कुप्पम्मा ने ऊपर देखा। उसके भीगे चेहरे पर नथनी और अधोवस्त्रों में सूर्य रश्मियाँ चमक उठीं। काँच की खिड़की के पीछे नाराज़ होकर खड़ी सरला के चेहरे की ओर देखकर कुप्पम्मा हाथ माथे पर रखकर थूक पड़ी और बिना रुके ज़ोर से हँस पड़ी।

सरला को लगा कि पान खाकर बनायी गई उस बेरोक हँसी से कठोर परिहास के छींटे पड़कर उसकी खिड़की के काँच पर निरन्तर धब्बे के समान पड़े हुए हैं।

अनुवाद : **डॉ. आरसु**

•

बाबूराज की प्रतिमा

ई. वी. श्रीधरन

कई दिनों से बाबूराज का मन एक सूना घोंसला-सा बना है। असहनीय शून्यता में उसे घुटन-सी हो रही थी। उसने भी नहीं सोचा था कि उसकी हालत इस तरह बनेगी। उसका मन एक ज्वालामुखी-सा जमने लगा था। किसी-न-किसी दिन फूट पड़ने के लिए उसने जीवन बिताया था।

आँखें फोड़नी हैं, पागलखाना जाना है—चार-पाँच दिनों से उसे ऐसा लग रहा है। उसमें आए परिवर्तनों के बारे में वह दोस्तों से कहा करते हैं। उन सबको बाबूराज की हालत पर खेद भी लगा था।

इन दिनों एक दोस्त शाम को आकर बाबूराज को सागर तट की ओर ले चलता है। गरजते सागर को गवाह बनाकर दोस्त उसे उपदेश देता—"तुझे महज कानून का एक छात्र रहना है। वकील बनकर जीना है और सारी चीज़ों को भूलना है। तुझे आगे बढ़ाने के लिए प्रकृति ने एक रास्ता बनाया है। सिर्फ उसी रास्ते की ओर बढ़ना है।

हमेशा सारे मित्रों ने बाबूराज को उपदेश ही दिए। वे सारे उपदेश बाबूराज को और उदास ही कर जाते थे। अब उसने अपनी सारी वेदनाओं से विदाई लेने के लिए तय कर लिया।

निरीह लोगों को एक सेना के साथ शहर से होकर आगे बढ़ना है। यही उसका पुराना स्वप्न था। सागर तट पर वापस आते समय उसने अपने दोस्तों से कहा, अब सिर्फ मैं और प्रतिमा हैं। हम दोनों बराबर निःसहाय हैं।

दोस्त ने कहा कि उसे इस प्रकार नहीं जीना है। वह सोचने लगा—यह बाबूराज कैसा युवक है। अगर आदमी इस प्रकार स्वप्नजीवी बन जाए तो!

उस दिन जुदा होते समय बाबूराज ने उस दोस्त से कहा, "मैंने एक बात तय कर ली है।"

पूरी रात बाबूराज सोया नहीं। वह अपने निर्णय को मजबूत कर रहा था।

सुबह होने के पहले उसने अपने घर से विदाई ली।

सीधे वह प्रतिमा के पास चला गया। शहर में अभी लोगों का आवागमन शुरू नहीं हुआ था। काफी समय तक बाबूराज अपने निर्णयों के साथ वहाँ खड़ा रहा।

उसने प्रतिमा से कहा, "मैं अपना निर्णय अमल में लाने जा रहा हूँ।"

बाबूराज प्रतिमा को पकड़कर उस पर चढ़ने लगा। प्रतिमा के हाथ में पकड़ी तलवार को धीरे से हिलाकर उसने अपने हाथ में ले लिया। एक क्षण तक तलवार छाती से लगाकर वह उधर खड़ा रहा। फिर बिना धार की तलवार को मूठ से पकड़ लिया। फिर तलवार पकड़कर प्रतिमा से सटकर वहाँ खड़ा रहा, उस प्रतिमा की मूक गम्भीरता उसमें भी प्रकट हुई। वह भी उस प्रतिमा में समाता जा रहा था।

तलवार पकड़कर एक युवक प्रतिमा के समीप खड़ा हुआ है। बात शहर में जल्दी फैल गई। कुछ ही क्षणों में प्रतिमा और बाबूराज, एक बड़ी भीड़ की आँखों में फैल गए।

भीड़ में हँसी, रोष और अद्भुत भाव फैल गए। कुछ लोगों ने कहा—"उसे घसीटकर उतार लो और छोड़ दो।"

शहर के मध्य की एक बड़ी प्रतिमा हमेशा बाबूराज को एक जोश देती थी। उसके विचार, स्मृति और स्वप्नों में वह प्रतिमा एक महापुरुष के समान बनी रही थी। प्रतिमा और बाबूराज के बीच स्वप्न संभाषण होते थे। ऊपर उठाई तलवार लेकर प्रतिमा से वह बड़ा मनुष्य उसके सामने उतर आएगा। वे दोनों दीर्घ संभाषण में डूब जाएँगे। सालों से वह अपना दुःख प्रतिमा से खुलकर कहता आ रहा है। सारी बातें सुनकर प्रतिमा को मनुष्य भीगे नयनों से कहेगा—क्या किया जाए। मैं आज महज एक निःसहाय प्रतिमा हूँ। मैं इस शहर में इस तरह जीना नहीं चाहता हूँ। किन्तु यह मेरी तकदीर है।

यह स्नेह, लगाव और आदर के ये भाव कहीं बचपन के दिनों में शुरू हुए थे। किसी जमाने में प्रतिमा-पुरुष इस शहर का शासक रहा है। इस महात्मा की जीवनी एक पीढ़ी से दूसरी पीढ़ी को मिलती है। इस आदमी के लिए जीवन एक युद्ध था। ऊपर उठाई तलवार नीति का वेदग्रन्थ थी। दुष्ट शक्तियों को तहस-नहस करने वाली तलवार है। उस तलवार से जुड़ी स्मृतियों को यह मिट्टी मन में सँजोती है। प्रतिमा का यह मनुष्य बाबूराज से ऐसी बातें नहीं करता है। किन्तु बाबूराज उन सारी बातों से अवगत है। शहर के मध्य भाग में प्रतिमा बने उस महात्मा का अब कोई कर्मक्षेत्र नहीं है। ज़िन्दा रहते समय उन्होंने सोच लिया होगा कि भविष्य में वे एक बड़ा आदर्श बन जाएँगे। आखिर क्या बन गया—महज गली का एक पहरेदार।

एक दिन बाबूराज ने प्रतिमा से पूछ लिया था कि वह एक दिन क्यों फूट नहीं पड़ती? टुकड़ों में तितर-बितर होकर एक दिन शहर में क्यों ओझल नहीं हो जाती?

हर रोज बाबूराज शाम को प्रतिमा के पैरों तले आकर बैठ जाएगा। सालों से वह इस प्रतिमा का सिर्फ उपासक है। यह प्रतिमा भी दुविधा में रहती है। हमेशा

उसके चारों ओर भीड़ रहती है। भीड़ से मुक्त एक क्षण तक नहीं। हड़ताली एक-एक कर इस प्रतिमा के सामने ही इकट्ठे होते हैं। यहीं पुलिस की लाठियाँ निरीह लोगों की पीठ पर पड़ती हैं। सब कुछ इस प्रतिमा के आमने-सामने घटित होता है। लोगों के पथराव से प्रतिमा के कई भाग खराब हो गए हैं। पथराव की बातें अखबार में नहीं आती हैं। पुलिस और दूसरे लोग बराबर प्रतिमा पर यहीं से शुरू और यहीं पर आकर खत्म होते हैं। जुलूस यहीं से पत्थर मारते हैं।

भीड़ से एक छोटा पत्थर हौले-हौले बाबूराज के शरीर पर आ पड़ा। उसके साथ ही किसी की एक विनती भी सुनाई पड़ी कि पथराव ना करें।

खबर फैलती गयी, भीड़ बढ़ती गयी। भीड़ को नियन्त्रित करने के लिए पुलिस भी आयी।

अप्रैल का तीखा सूर्य शहर पर कब्जा रहा था। तब तक सुबह का वह अज्ञात युवक बाबूराज बन चुका था।

क्या बाबूराज है?

बात सुनने वाले अवाक् रह गए। यह शहर उसके इतिहास का स्मरण कर रहा है। झंडा पकड़कर चले उसकी कई तस्वीरें शहर के मन में अंकित हो रही थीं। उसके झंडे बदलते रहे। यह बात भी शहर की याद में उभर आई। इस शहर में एक समय उसे देखने के लिए खचाखच भीड़ लग गई थी। शहर ने उसमें एक नेता को देख लिया था।

यह बाबूराज है–इसका पता चलते ही शहर की तवायफें भी दौड़ी आईं। तवायफों ने अपने लिए एक दल बनाने की कोशिश शुरू कर दी। इस कोशिश के बीच बाबूराज को रात-दिन तमाचे लगे थे। उसका यह रूप तवायफों के मन में अंकित हो गया। वे खेद के साथ उसे देखते ही रह गईं।

तलवार पकड़कर वह बिना हिले खड़ा था। तलवार यह कितनी वजनदार है? लोग सोचने लगे। ऐसी हालत में यह बाबूराज उसे कैसे ऊपर उठाकर खड़ा रहता है।

प्रतिमा के अगल-बगल की सड़कों पर भी यातायात रुक गया।

लोग उधर इकट्ठे खड़े रहे। बाबूराज उनके मन में एक वेदनापूर्ण स्मृति बन गया।

अचानक यह घटना घटी थी। प्रतिमा के सामने खड़े लोग भी यह देखकर हैरान हो गए। प्रतिमा बोलने के लिए मुँह खोल रही थी। लोगों ने कहा–"सब चुप रहें। प्रतिमा बोल रही है।"

अनुवाद : **डॉ. आरसु**

•

प्रेत का घर

उण्णिकृष्णन पुतूर

उस प्रकार की दुःखद यादों को वह भूल गया था। वे स्मृतियाँ मधुरतम तथा अभिशप्त थीं। लेकिन आज वे सब दुःख की रात के सपने बन चुके हैं। फिलहाल सिर्फ स्वप्न का स्वर्ग शेष रह गया है। जिधर देखो वहाँ दुःख, निस्सहायता और हीन भावना है।

जो कार्य कर चुके हैं क्या वे सब गलत थे? व्यक्त और रूप न बदलने वाली कोई सही या गलत बात है?

किसी ने कहा था हर चीज़ को मजाक के रूप में ले लेना, नहीं तो अन्तःकरण बात का आघात सह न पाएगा।

क्या हर चीज़ को वह मजाक के रूप में ले सकता है? मान लीजिए कि मजाक के तौर पर क्या एक लड़की से मुहब्बत की जा सकती है? फिर ऐसा भी मानिए कि मजाक के तौर पर आपसी सम्बन्ध बढ़ गया है। एक लड़की ने गर्भ धारण किया है। मान लीजिए कि ऐसी बात मजाक के तौर पर वह सुनती है। उस स्थिति में क्या प्रसन्न होने का बहाना कर सकता है? नहीं। लड़की गर्भवती है यह एक तीक्ष्ण यथार्थ है। क्या इस तरह की बातें अकस्मात घटनाएँ हैं?

एक नितान्त निर्जन वातावरण में बैठकर उन सारी बातों की याद करते समय मन एक कब्रिस्तान की तरह मृतप्राय हो जाता है।

सालों पहले यह घर एक स्वर्ग था, बिलकुल एक शीतल चंदनवन-सा एहसास होता था। हरे डिस्टेंपर की दीवारें—हल्के हरे रंग के पर्दे, खिड़की और दरवाज़े—यही घर की स्थिति थी। हमेशा भीतर गूँजने वाली घरेलू संगीत की लहरें...लाल टमाटर जैसा चेहरा, सुप्त काली तथा विस्फारित आँखें कमल जैसे हाथों में निरन्तर कार्यरत सिलाई ही सामग्रियाँ, कितनी बिखरी यादें...

यह प्रांगण सफेद डेलिया के फूलों का संसार था। उन दिनों चन्द्रनन्दा के उपवन के फूलों की कथा कई लोगों की चर्चा का विषय था।

चन्द्रचन्दा। आज वह एक मधुर कल्पना है। सुन्दर लड़की द्वारा सुचारु ढंग

से निर्मित गद्देदार कुर्सी में बैठा स्वप्न बुनने वाला एक भाग्यशाली सालों पहले इस घर में ज़िन्दा रहा था।

स्फटिक तुल्य नीले जल में रत्न के टुकड़े समान चमकने वाली सुनहरी मछलियाँ तथा नींद में निन्दासी रहने वाली काली विस्फारित आँखें उनकी प्रिय वस्तुएँ थीं। स्फटिक बर्तन टूट गया। स्वर्ण मछलियाँ चिड़ियों का भोजन हो गईं...।

सफेद डेलिया के फूल धूप में मुरझा गए। एक दिन की बात नहीं, कई दिनों से गिरे पड़े पीले पत्तों से आँगन भर गया। मधुर संगीत बन्द हो गया। गतिशील दीवार घड़ी की गति रुक गई। चारों ओर सिर्फ शीतल दुःख जम गया।

घोर पागलपन! किसे? चन्द्रनन्दा को। ऊँची आवाज़ में रोता है। सोच-सोचकर हँसता है। और प्रेम-पत्र लिखता है...विक्षिप्त है। पागलपन पराकाष्ठा में पहुँचा तो चन्द्रनन्दा ने लटककर आत्महत्या कर ली।

फिर वह घर पूरा का पूरा प्रेतों का हो गया। चमगादड़ अँधेरे में उड़ते हैं। हवा दरवाज़े पर आकर दस्तक देती है। दरवाज़े शून्यता में खुलते, बन्द होते हैं। इन सारे अवसरों पर चन्द्रनन्दा के अन्तिम दिनों की याद आती है।

शाम को प्रांगण में कुर्सी डालकर आराम करते वक्त चन्द्रनन्दा अक्सर आया करते थे। फिर वे पूछेंगे—भाई तूने बड़े भाई की पत्नी से मुहब्बत की। आखिर वह तेरे कारण गर्भिणी हो गयी। सारी बातें विदित होने पर मुझे तथा तुझे छोड़कर वह किसी के साथ दौड़ गयी। तू ही इन सारी स्थितियों के लिए ज़िम्मेदार है। मैं तुझसे घृणा करता हूँ। मैं तुझे श्राप देता हूँ। उसी मात्रा में तुझे प्यार भी करता हूँ।

यह कथन कई दिनों से सुन रहा हूँ। धूप के ओझल होते समय दुःख भाव से पूर्ण क्षितिज का मुख रोकर फूलते समय, रात के आगमन के लिए दिन रेंग जाते समय, हल्की आवाज़ में पत्ते गिरते समय, इन सारे मौकों पर वह आवाज़ मेरे कानों में फुसफुसाती है, मुझे धोखा देने वाले भाई, मैं तुझसे घृणा करता हूँ। मैं तुझे श्राप देता हूँ। उसी मात्रा में प्यार भी करता हूँ।

खाली कमरा! (काली तथा विस्फारित आँखों में दुःख सेने वाली उस लड़की का नाम क्या है?)

क्या वह एक लड़की है? वह सर्वथा एक लड़की है।

भाभी नहीं है?

क्या बड़े भाई द्वारा शादी की गई स्त्री को दूसरे सिरे से देखना ठीक है?

उस प्रश्न का सिर्फ एक ही उत्तर था।

सात साल तक मुहब्बत करने वाली एक लड़की से...छोटे भाई की प्रेमिका से...बड़े भाई ने शादी की...क्या यह एक प्रतिशोध न था?

इन दंशपूर्ण प्रश्नावलियों के बारे में किसी को भी जानकारी नहीं है।

क्या स्मृतियाँ जीवन के ताबूत पर जड़ी गयी कीलें हैं?

छिपकली, मकड़ी के वासस्थान बने इस घर की ओर देखते समय एक भयमिश्रित

परहेज की भावना होती है। हरे डिस्टेंपर वाली दीवारें छाल निकले वृक्ष की तरह भद्दी दिखती हैं।

बीते दिनों की वेदनाओं ने अक्सर आत्मा को जलाया था, सब इधर कुछ खुरदरा है। कंक्रीट की ज़मीन पर लोहे के गेट के सरकते समय उत्पन्न होने वाली असहिष्णुता। कई दिनों से लग रहा है कि इस वातावरण की वायु में भी विष-बीज भर गए हैं। ज्यों-ज्यों दिन ढलते हैं त्यों-त्यों शून्य बढ़ता जाता है।

सिर्फ माँ रह गई हैं। वे आग की एक सूली हैं। इस बीच—बड़े बेटे को कॉफी पीने के लिए बुलाया था। तब बड़ा बेटा स्नानागार का दरवाज़ा बन्द करके रस्सी से लटक गया था। पोस्टमार्टम के बाद अस्पताल से लाश मिली तो उससे बेहद बदबू आ रही थी।

लाश पर लिपटे कपड़े में एक पीला द्रव था। कुछ घंटों में वह कपड़ा एकदम भीग गया था। असहनीय बदबू से सिर चक्कर काटने लगा। मक्खियाँ तथा चींटियाँ भर गई हैं—

बड़े भाई को मिट्टी में दफनाया तो, छोटा भाई ठंडे जल-सा बन गया। जीभ काट कर अन्दर की सिसक को उसने नियन्त्रित किया। फिर भी लगा कि जिगर मुँह की ओर बह रहा है। गले से शब्द फूट पड़े। चन्द्रनन्दा, आपको ऐसा नहीं करना था। आप मुझे मार डाल सकते थे। आपको किसी भी हाल में अपनी आत्मा से यह अन्याय नहीं करना चाहिए था। लाश के दफनाये स्थान पर घास उगी और मुरझा गई।

हरा डिस्टेंपर लगा प्रेम का घर बेच देना पड़ा। माँ से विदा लेकर निकलते समय कहा, "माँ, यह रकम अपने पास रखें और फिर उस छोटे घर में बसें। मैं जा रहा हूँ। अब यह शहर कभी नहीं देखूँगा।"

अनुवाद : **डॉ. आरसु**

•

यासीन निसार अहमद

एन. मोहनन्

बच्ची अभी नींद से जाग गई थी। पहले आकर देखा तो गहरी नींद सो रही थी। जब उसे दरवाज़ा खोल अन्दर आते देखा तो बच्ची बिस्तर में पड़ी मुस्कुरायी। नींद की खुमारी उन आँखों और मुस्कान में झूल रही थी। किसी परिचित चेहरे की याद दिला रही थी वह मुस्कान। धीरे से उसने उठने का प्रयास करते हुए पुकारा–

'अंकल'

वह नहीं जानता था कि क्या बोले और क्या करे। फिर मुस्कुराने की चेष्टा करते हुए वह पास गया। मेज़ पर तैयार रखे बिस्कुट, केक एवं दूध को थोड़ा पास सरका दिया। उसे खाते हुए बच्ची ने रोज़ की तरह दिलचस्पी से पूछा–

'पापा और मम्मी कब आएँगे, अंकल?'

गत चार दिनों से दोहराया जानेवाला झूठ उसने तकलीफ और मायूसी के साथ एक बार और कहा–

'जल्दी आएँगे, उनकी मोटरगाड़ी रास्ते में खराब हुई पड़ी है। मरम्मत करते ही तुरन्त...'

खाना खा के बच्ची खिलौनों में लौट आयी। तो वह बाहर चला गया। पता नहीं कि उसका जवाब बच्ची समझ गयी कि नहीं। आगे कोई सवाल नहीं किया–इसलिए लगा कि समझ गई है। रोज यही एक उत्तर देता फिर भी बच्ची को अविश्वास क्यों नहीं होता, इस तर्क की गुंजाइश नहीं रही। बच्ची चाहे अविश्वास और बेचैनी प्रकट करे तो भी इसी एक जवाब के अलावा और कुछ जवाब नहीं दे सकता था। आखिर चार बरस की किसी बच्ची में कार्य-कारण सम्बन्धी विचारशीलता नहीं होती। पहले दिन ही उसने बेहद बेचैनी और दुःख प्रकट किया। यहाँ तक डरता रहा कि माँ-बाप के अभाव में जो झटका लगा है, वह बच्ची को कहीं बीमार न बना दे। पर नगर की नर्सरी में न देखे गए, अपरिचित खिलौनों और वातावरण की घुटन के कारण ही बच्ची एकदम दबी हुई थी। सब कुछ समझने पर जो डर और दयनीयता होती, उसे प्रकट करता सा व्यवहार था। सिर्फ उससे ही माँ-बाप की बात पूछी थी। वह

भी दिन में पहली बार जब उससे मिलती तब। वरना हमेशा थके-हारे सोती रहती या विषाद से भरी तनहाई में अकेले बैठी खेलती रहती। बहुत देर तक उसे देखा नहीं जा सकता था। बच्चों का दुःख हमेशा दुस्सह पीड़ा थी।

फिर क्यों यह हरकत की? कोई भावात्मक समाधान या उत्तर नहीं था। उसके अलावा कोई राजनैतिक चाल अपने पास थी भी नहीं। मात्र इन्सानी दृष्टि से यह एक गलत कार्रवाई होगी। सिर्फ चार बरस की एक बच्ची को उड़ाके छिपाये रखना और उसकी जान की कीमत बताकर राजनैतिक फायदा उठाना। फाँसी की सजा भोगते दुश्मनों के यहाँ बन्दी पड़े अपने सहयोगी की जान बचाने का इसके अलावा जब कोई और चारा नहीं रहता, तो इस काम को मानवीयता का एक और चेहरा मिल जाता। यही राहत होती। फिर भी इस गुप्त स्थान के घने रहस्य में, यहाँ प्रवास, प्रयाण और मृत्यु की परछाइयाँ एक के बाद एक पहरा देती ठण्डी निस्सहायता है, उपयोगरहित, कारतूस बन्दूक एवं विस्फोटक वस्तुओं के टूटे-फूटे टुकड़े और वालनट के सूखे बाहरी छिलके को खिलौने बनाये खेलती उस बेचारी बच्ची के भोले-भाले चेहरे को देख मन को झटका लगा।

अगर समय पर शादी होती तो उसके भी ऐसी ही बच्ची होती बेटी के रूप में...या अपनी प्यारी दीदी की बेटी—जिसके पैदा होने की बात सुनी थी, पर देख न पाया था—अभी तक उस भतीजी के रूप में, नहीं ऐसा कुछ सोचना नहीं चाहिए। वह रास्ता नरमदिली और कमजोरियों की काई से छिपी फिसलती ज़मीन है। वहाँ पर पैर न रखे और न गिरे समय के पहाड़ और गड्ढे पार कर इधर पहुँचा था। दो-एक दिनों या महीनों का नहीं, सात-आठ सालों की दुर्गमता में अटका यह रास्ता और जीवन उसने बहुत सोच-समझकर ही चुन लिया था। अखबारों की खबरों में अपना विशेषण देखकर वह पीड़ा से मुस्कुराता—घोंटू आतंकवादी। सिर का दाम और अपने नाम पर बनाये गए क्रूर कृत्यों को जानकर हैरान रह जाता। क्या यह सब मैंने ही किया? यह घोर आतंकवादी मैं ही हूँ?

मेरा इतना मूल्य?

क्रूरता का मूल्य।

किसी तितली को भी सताने की ताकत इन हाथों में नहीं थी। ज्योलोजी कक्षाओं में काक्रोचों और मेंढकों को काटके छान-बीन करने से तंग आता था। अगर डॉक्टरी पढ़ाने का घरवालों का अतिमोह, दबाव एवं प्रेरणा न होती तो कब का छोड़ चुका होता इन सबको। आखिर डॉक्टरी पढ़ते वक्त भी यही कुछ समस्याएँ थीं। प्रेक्टिकल कक्षाओं में यहाँ तक कि बेहद पीड़ा से रोते मरीजों के वार्डों में भी उसे, घुटन और साँस की परेशानी महसूस होती थी। शहीना तक ने जो कि अतिमृदुल उँगलियों और आम के कपोलों सी नरम कान्ति लिए भूमि को भी पीड़ा पहुँचाये बिना चलती थी, सर्जरी में दक्षता हासिल की। उसका डर और बेचैनी दोनों की रोज शहीना हँसी उड़ाती

थी। वह कहती, 'क्यों इस काम के लिए आए हो, जिसमें तुम्हारी दिलचस्पी नहीं है? जाकर कोई भाषा, कविता या साहित्य पढ़ो।'

मानो कोई अद्भुत आकस्मिकता हो, डॉक्टरी के चौथे साल उसने उसे छोड़ दिया। आज वह विरोधाभास ही सही, शहीना के उस पुराने तमाशे के बुरे अर्थ की परोक्ष प्रेरणा भी उसके पीछे नहीं थी। साहित्य या कविता पढ़ने के लिए नहीं थी यह यात्रा। शहीना चकित रह गई होगी। अपनी मृदु भावनाओं की मकड़ी के जाल में खुद मँडराता वह जज़्बाती पुराना सहपाठी कहाँ? आज यह घोर आतंकवादी कहाँ?

एक साल और बिताया होता तो डॉक्टर बन जाता। जैसा चाहा था, वैसा गरीब और दयनीय देहाती जीवन की पगडंडियों के किनारे अपना छोटा-सा चिकित्सालय खोलता। शहीना के इर्द-गिर्द गुप्त रूप से जिन अरमानों का जाल बना था उस पर उसी से खुलकर बात करता...शायद एक साथ एक...

उस सबके लिए मौका नहीं आया। उसे जो सही लगे, वे विश्वास और आदर्श हमेशा उसका पीछा करते रहे। छात्र-मोर्चों के किनारे भी उसने कभी राजनीतिक व्यक्ति की छाया नहीं पड़ने दी। वही अचानक मिलिटेन्सी के बीचोंबीच पहुँच गया। अप्रत्याशित ही उसे उनका नेतृत्व करना पड़ा।

शहीना सोचती होगी मात्र एक जज़्बाती इन्सान विमुक्ति की वीरगाथाओं और रोमान्टिक गाथाओं में ऊँघा हुआ कोई कमजोर दिल वाला। सिर्फ शहीना ही नहीं, अपने सभी परिचितों ने वैसा ही सोचा होगा। स्टेथोस्कोप एवं डॉक्टरी किताबों के बदले काव्यों एवं उपन्यासों को हाथों में ले जाने वाला, सर्जरी कक्षाओं के बदले मुशायरों में जाने वाला उनमें से किसी ने शायद उसके अन्दर सदा चंचल दूसरे हिस्से की ओर ध्यान दिया हो। कहानी, कविता और उसकी प्रदत्त भावुक दुनिया की तरफ आकृष्ट दूसरा व्यक्तित्व नैतिकता, सद्भावना, स्वतन्त्रता की इच्छा और सहानुभूति इन सबका मिला एक असुलभ आदर्शात्मक भावुकत्व का।

किसी अभियुक्त को खोजने आधी रात को कॉलेज कैंपस के होस्टल में चले आए पुलिस के सिपाहियों ने जो अत्याचार किए, उसके विरोध में जो स्वाभाविक प्रतिक्रिया हुई, वह उसके केन्द्र में रहा। प्रतिरोध और धीरे-धीरे ज़बर्दस्त प्रत्याक्रमण का मोर्चा शुरू हुआ। फिर वहाँ रुक नहीं सकता था। कॉलेज जाना तो दूर, दिन के उजाले में बाहर चलना भी मुश्किल हो गया। वह और सहयोगी अभियुक्त घोषित किए गए। उनके परिवार वालों और मित्र मण्डली का भी शिकार किया गया। स्वभावतः वे सब छिप गए। गुप्त रूप से मिलने, संगठित होने और हथियार इकट्ठा करना सीख गए। छिपकर बदला लेने और हमला बोलने को तैयार हो गए। इस सच्चाई ने उसे कर्कश और मजबूत बना दिया कि अस्तित्व की समस्यावाली धमकी का सामना करने को आदर्शवादी राजनीतिक संविधान की सीमा लाँघनी पड़ेगी। नेतृत्व ने उसे और निर्विकार बनाया।

अपने मोर्चे के सबसे सशक्त और समर्थ किसी नेता को पकड़ा गया और

उसे फाँसी की सजा सुनाई गयी। जब उसे जेल में डाला गया तो उसे छुड़ाने का एक ही (करुणारहित) मार्ग रह गया। सिटी पुलिस कमिश्नर या उसकी बीवी को उड़ा के कैद में रखना और उसका मूल्य माँगना। पूरी योजना बना के, सावधानी और तैयारी के बाद ही उसने हुकुम दिया था। फिर भी वह योजना जैसा सोचा गया, प्रयोग में सफल न हुई। कमिश्नर और उसकी बीवी के बदले उनकी चार बरस की बच्ची को ही वे स्कूल से उड़ा पाए थे। पहले तो निराशा हुई। बच्चे के रोने—उतरे चेहरे ने उसे एकदम थका दिया। बाहर से देखने के अलावा कमरे के अन्दर तक जाने का उसे साहस नहीं हुआ। एक राजनीतिक कोशिश के बाद प्राप्त इस छोटे-से शिकार को कमरे में ही बन्द उसे सुपुर्द करके सहयोगी चले गए थे। क्या उन लोगों को ऐसी मानसिक पीड़ाएँ हुई होंगी?

जो हो, उन्होंने ऐसा कुछ दिखाया नहीं। नगर प्रान्त के ही इस अड्डे की गुप्त जगह के चारों ओर कुशल सुरक्षा वृत्त और पहरे स्थापित किए गए। पीछे कहीं वे हट गए। किसी भी विस्फोटक वस्तु से खतरनाक एक और चीज़ चार बरस की बच्ची उनके जिम्मे हो गई। कभी उसने एक विस्फोटक की आशंका या डर नहीं पैदा किया। वह एक ऐसा दबाव बनके बढ़ रहा था जो मन की लोहे की दीवारों पर भी छेद एवं खाई डाल के अपने विश्वास और इरादे की नींव हिला रहा था।

पहले दिन, जब बच्ची को ले आया था, तो बहुत देर से ही वह उस घटना से अपने को जोड़ पाया। धीरे-धीरे यह पता चला कि अपना शिकार बहुत ही मूल्यवान है। एक बहुत ही संकीर्ण हथियार जो कि समाज को अस्तव्यस्त कर देगा। यह अनुमान लगाया जा सकता था कि सिर्फ माँ-बाप और बँधु-बाँधवों की ही नहीं, वरन् समाज के अन्तःकरण की भी पुकार उठेगी बच्ची के लिए। तब विपक्षियों को अपने सहयोगी को मुक्त करना ही होगा। हाँ, वही तो लक्ष्य है। उसी कर्कश भाव से उसने गुप्त संकेत से पुलिस को बताया—

‘आज से तीन दिनों के अन्दर हमारे सहयोगी को मुक्त करें। वरना बच्ची की लाश नगर के रास्ते में कहीं से उठानी पड़ेगी।’

फिर भी बच्ची के पास पहुँचा, तभी समस्या हो गई। रात का वक्त था। सोचा था कि बच्ची खाना खाके सो गई होगी। पर पहरेदारों में से एक ने कहा, ‘बच्ची तो कुछ खाती नहीं, सिर्फ रोती रहती है।’

वह सिर्फ यह जानने गया था कि बात क्या है। दरवाज़ा खोलकर अन्दर घुसा तो बच्ची ने सिर उठाकर देखा। चेहरा फूला हुआ था और आँखें उलझी। चेहरे पर आँसू की धार, आश्चर्य उसे देखते ही बच्ची ने सिसकना बन्द किया। मुस्कुरायी मानो बरसात में धुली चाँदी हो। फिर शिकायत के लहजे में बोली,

‘अंकल! इन लोगों से मुझे डर लगता है।’

पहरेदारों को इशारा करके ही बोली थी। वे अजीब कपड़ों में थे। बाल एवं दाढ़ी बढ़ा के, ‘कन्धे पर बन्दूक उठाये। खतरनाक ज़िन्दगी की अधीरता और

असहिष्णुता लिए हुए। वह बच्ची के पास जाके शान्त, सौम्य और मीठी वाणी में बोला :

'कोई बात नहीं! अंकल उन्हें भेज देंगे।'

जब पहरेदार चले गए तब पलंग पर पास बैठते हुए उसने भरसक प्यार का ढोंग रच के कहा–

'अब बिटिया दूध पिएगी।'

उसे दूध पीते और खाना खाते वह दुखभरी कुतूहलता से देखता रहा। बच्ची बीच-बीच में विश्वास और राहत के साथ उसे देख रही थी, उसने उस पर ध्यान दिया। यूँ ही पूछा उसने–

'बिटिया का क्या नाम है?'

वह बिना हिचके बोली, 'बिटिया।'

वह हार गया। अपना नाम भी जो ठीक से नहीं बता पाती, ऐसी मासूम बच्ची को...एक गहरा घाव मन पर लगा। ज़्यादा कुछ पूछा नहीं। उसे लिटाया, ओढ़ाया। फिर लाड़-प्यार से कहा–

'सो जा।'

वह मानती नहीं

'मुझे डर लगता है'

जब हठ पकड़ा तो वह भी उसके साथ लेटा। उन मुलायम हाथों ने उसे लपेटा। वह धीरे-धीरे उसकी देह पर ताल देने लगा। बचपन में सुनी किसी लोरी की अस्पष्ट ताल। वह कहानी सुनाने को उसके होंठ काँप उठे, जो कि किसी ने कभी उसे सुनायी हो। वे छोटी-छोटी आँखें धीरे-धीरे मुँद गईं।

अपनी देह पर लिपटे वह मासूम हाथ, वह शान्त चेहरा और साँसों की उठती-गिरती वह नरम देह देखकर पास लेटे हुए उसे बड़ी लज्जा और आत्मग्लानि लगी। किसी एक घर के माँ-बाप की प्यारी बिटिया। उनकी हल्की गरमी के बीच सिकुड़ी-लेटती दुलारी बेटी।

उसने ध्यान से उसका हाथ अपने शरीर से हटाया मानो उसे छूने की पात्रता उसमें नहीं हो। वह उठकर चुपके से कमरे के बाहर चला। वहाँ पहरा देते पहरेदार उसकी उलझी आँखें न देखें ऐसे वह जल्दी चला गया।

पर अगले दिन और फिर हर दिन उसे बच्ची के पास जाना पड़ा। खाना खिलाने, सोने आदि के लिए उसका रहना ज़रूरी हो गया। जन्म से ही या याददाश्त के दिनों से ही मानो अंकल को वह जानती हो। रोज़ उसे मिलते ही पहला सवाल यही होता 'मम्मी-पापा कब आएँगे, अंकल।'

बड़े अपराध-बोध के साथ और कहीं देखते हुए वह झूठ दुहराता। अपने अन्दर उठे वात्सल्य और प्यार को खत्म करने वह अपने से मानो लड़ रहा था। उसमें जीत के लिए कड़ी मेहनत करता था।

जब तीन दिन की अवधि बीतने लगी तो मध्यस्थों द्वारा प्राप्त सूचना के अनुसार सहयोगी की मुक्ति के लिए तीन दिन की अवधि और देनी पड़ी। तब फिर से चेतावनी दी–

'अब किसी कारण-वश अवधि नहीं बढ़ाएँगे।'

जिन तीन दिनों की अवधि माँगी गई उसके अगले दिन सहयोगी को फाँसी की सजा भुगतनी थी।

अधिकारियों की वह माँग सन्देह की दृष्टि से ही दूसरों ने देखी थी। यह झूठ है, धोखा है। हमें धोखा देंगे। किसी प्रकार हमारा यह गुप्त संकेत ढूँढ निकालकर हमें कत्ल करने की कोशिश है यह। उन लोगों ने कहा। हमें पकड़ेंगे बच्ची को ले जाएँगे, हमारे सहयोगी को फाँसी पर चढ़ाएँगे भी। यह बात नहीं कि उसे भी ऐसा न लगा हो। पर उनका बताया रास्ता उसे अस्तव्यस्त कर गया। बच्ची को मारकर पुलिस-कमिश्नर के दफ्तर के सामने वाले रास्ते में छोड़ना। साथ एक चिट भी रखना–चौबीस घंटों के अन्दर हमारे सहयोगी को रिहा नहीं करेंगे तो अगली बारी होगी कमिश्नर की।

उसने बहस करके उन्हें समझाया कि ऐसा करने से अधिकारियों की ज़िद बढ़ेगी। निश्चित रूप से अपने सहयोगी की जान तुरन्त चली जाएगी। बच्ची का अपने साथ रहना ही उसकी जान की सुरक्षा के लिए ठोस कदम होगा। फिर भी उसने उस सम्भावना से इनकार नहीं किया। यही नहीं, सम्भावना अधिक थी। यह आशा करना व्यर्थ होगा कि इतने बड़े इन्कलाबी को यों ही छोड़ देंगे...। उसे जानने और उसका सामना करने का अब एक ही रास्ता रह गया था। उसने उसे इस्तेमाल करने का निश्चय किया। नगर प्रान्त के ही किसी पब्लिक टेलीफोन बूथ से उसने कमिश्नर के घर खुद फोन किया। भरे गले से जवाब आया–

'हाँ, कमिश्नर हूँ।'

उसने अपने मोर्चे का नाम बताया, फिर कहा–

'तुम्हारी बतायी अवधि कल खत्म हो रही है। उसके पहले अगर हम पर हमला करने का इरादा है तो बच्ची ज़िन्दा नहीं मिलेगी, बदले इसके, कल सवेरे दस बजे हमारे आदमी को रिहा करेंगे तो बच्ची ज़िन्दा मिल जाएगी।'

फोन रखने से पहले ही दूसरी ओर से एक निवेदन हुआ–

'क्या यासीन बोल रहे हो? अगर हाँ तो...'

पहले तो काँप उठा। कैसे उसे पहचान गया। फिर आवाज़ बदल के पूछा, 'मैं कोई भी हूँ तो तुम्हें क्या? बच्ची के बारे में जान लेना काफी नहीं है क्या?'

दूसरी ओर से इस बार जनाना आवाज़ आयी। आँसू और आहों से भरी आवाज़ में किसी ने भीख माँगी–

'यासीन, मैं शहीना हूँ। मेडिकल कॉलेज में तुम्हारे साथ पढ़ी शहीना...मेरी बच्ची को ज़िन्दा छोड़ दो यासीन। उसके बदले मैं आ जाऊँगी। मेरे पति आएँगे। दोनों आएँगे।'

उसने कुछ जवाब दिए बिना तुरन्त फोन रख दिया।

यारस्बुल अलमीन खुदा! क्या? शहीना? शहीना की बच्ची?

वापस अड्डे पर आया तो उसके सहयोगी घबराये उसी का इन्तज़ार कर रहे थे।

'पुलिस में हमारा जो सोर्स है उससे पता चला है कि हमारे अड्डे की सूचना उन्हें मिली है। आज रात वे हमें घेरकर हमला बोलेंगे।'

उसे विश्वास नहीं आया। इस अड्डे की सूचना पुलिस को मिली? हमारे बीच गद्दार हैं क्या?

'हाँ, इधर पास वाले किसी पब्लिक बूथ से की गई कॉल से उन्हें सूचना मिल गयी।'

फिर वह कुछ नहीं बोल पाया। पहली बार यों खुद की पराजय, पतन एवं नाश को साथी जान न लें, इसकी वह कोशिश कर रहा था...

'सभी तैयारियाँ अभी करो। एक क्षण की भी देरी न हो। हम इसी पल इस जगह को छोड़ते हैं।' बच्ची एक टूटी पिस्तौल के अवशिष्टों से खेल रही थी। उसे देखते ही वह मेज़ पर चढ़ी उस नकली पिस्तौल को उसकी ओर तानकर ज़ोर से बोली–

'ठें! ठें!'

इस अप्रत्याशित चाल से वह तिलमिला उठा। उसका चेहरा देख के वह ज़ोर से हँसने लगी।

'अंकल को मैंने डराया।'

सचमुच वह डर गया था, फिर भी हँसने की चेष्टा करते हुए बोला–

'बिटिया! हमें जल्दी चलना है। पापा-मम्मी को देखोगी न? जल्दी तैयार हो जाओ।'

बच्ची के चेहरे पर खुशी झलकी। खिलौनानुमा चार-पाँच चीज़ों को समेटकर वह जाने को तैयार हो गई। उसे बेचैनी से देखा। तब दरवाज़े पर दस्तक हुई। साथियों में कोई था। उत्कण्ठा भरी वह मुखमुद्रा डरावनी थी। वह पास गया तो उसके कानों में कहा–

'लगता है कि उन्होंने हमें ओवर टेक लिया है। प्रायः सभी छोरों को बन्द किया है। उत्तर का रास्ता ही अब बचा है। अब एक भी क्षण रुक नहीं सकते।'

बच्ची को उठाने, अन्दर भागने वाला था कि उसने आगंतुक से कहा, 'अच्छा मैं तैयार हूँ। अब एक क्षण की देर न करें। उत्तरी रास्ता ही सही। हथियार सब उठाना। ग्रनेड, एक.के. 47 सब ले लो। बच्ची को लेकर मैं अभी आया...।'

आगंतुक ने कहा 'बच्ची को ले नहीं जा सकते। बच्ची के साथ जाने वाले किसी को भी सिक्योरिटी वाले छोड़ेंगे नहीं।'

उसने हैरान होके पूछा, 'तो फिर...?'

'खत्म करें। मैं अभी उसका काम तमाम करूँगा। तुम गुलाम की बाइक के

पीछे जा बैठो। उसने स्टार्ट कर दिया है। ज़रा भी देर न करना। मैं यह 'काम' करके अभी आया।'

'खत्म करें। खत्म करें।' किसी टूटे ग्रनेड की सिलों के समान लगे वे शब्द।

अब क्या करे? क्या बताये? सोचने तक का समय नहीं। आखिर फैसला-सा उसने सुनाया—

'तुम जल्दी जाओ, मैं पीछे आऊँगा।'

साथी ने हठ पकड़ा, 'नहीं। एक पहले ही उसके चंगुल में फँस गया। अब तुम्हें भी हम खो नहीं सकते। अभी तुम्हें जाना होगा बच्ची की बात छोड़ो। मैं देख लूँगा।'

अब दृढ़, पक्का और आज्ञाकारी स्वर उसे न जाने कहाँ से वापस मिला। उसने कहा—

'मेरा कहना मानो। जल्दी चले जाना। बच्ची को मारने का अवसर मुझे चाहिए। उसका बाप मेरे दोस्त को मार रहा है। उसका बदला मुझे ही लेना है। उं...जल्दी चले जाओ, मैं अभी आया।'

जब वह अनुसरणशील सहयोगी चला गया तो उसने अपनी जेब से पिस्तौल लेकर एक बार उसका मुआयना किया। सब ठीक। वह कमरे में जाकर बच्ची को उठाये बाहर भाग रहा था कि बड़े शोरगुल के साथ उस अड्डे का एक हिस्सा उसी के सामने टूटकर गिरा। आग, धुआँ, चीख और चिल्लाहट के बीच उसने देखा चारों ओर सिपाही। पुलिस-सिक्योरिटी वाले। अब बचने का कोई रास्ता नहीं रहा। वह भय-चकित बच्ची को छाती से लगाए पहले वाले कमरे की ओर भागा। फिर दरवाज़ा बन्द करके साँकल डाली।

अन्दर आए सिपाहियों ने कमरे को खटखटाकर खोलने की कोशिश की। तभी अन्दर से डरावने शब्द से गोली की आवाज़ आयी—

दरवाज़ा तोड़कर सिपाही अन्दर पहुँचे तो उन्होंने वह डरावना दृश्य देखा। दायीं कनपटी के ऊपर गोली लगी उसकी लाश खून से लथपथ नीचे फर्श पर पड़ी है, हाथ में ज़ोर से पकड़ी पिस्तौल। कमरे की दूसरी तरफ कपबोर्ड एवं दीवार की सुरक्षा से डरी-चकित खड़ी छोटी बच्ची। उसके हाथों में भी टूटी पिस्तौल के खिलौने का टुकड़ा।

दूसरे दिन अखबारों की सुर्खियों में लिखा था, 'पुलिस कमिश्नर की बिटिया को बचा लिया गया। सिक्योरिटी गार्डों से मुठभेड़ में 'यासीन निसार अहमद' नामक खूँखार आतंकवादी मारा गया।'

यासीन निसार अहमद! तू कौन था?

अनुवाद : **बी.डी. कृष्णनू नंपियार**

•

बंधन

एम.टी. वासुदेवन नायर

दूर से देखने पर ऐसा प्रतीत होता था कि रेलवे गेट खुला हुआ है, किंतु पास पहुँचने पर मालूम हुआ कि वह तो बन्द है। उसने कार रोक ली। मन ही मन किसी को शाप दिया। कार की ओर निगाहें डाले बगैर खामोश होकर चलने वाले 'गेटमैन' का उसकी नाराज़गी भरी नज़रों ने पीछा किया।

गाड़ी की आवाज़ तक नहीं सुनता। हाथ की घड़ी की ओर निगाहें डालीं। छह बजकर बीस मिनट।

कुछ देर पहले रवाना होने का विचार था। शनिवार होने के नाते दोपहर के बाद छुट्टी है। लेकिन भात खाने के बाद उसे लगा कि कुछ देर तक सो लिया जाए। दिन में सोने पर रात को नींद नहीं आएगी। ऐसा निष्कर्ष उसने पिछली रात को दो बजे सोने के आधार पर निकाला था।

तड़के वह ठीक साढ़े पाँच बजे उठा। दरवाज़े के पास वह खड़ा हो गया। सुबह की चमकने वाली सफेद धूप अकस्मात् गायब हो गई। फिर चंद मिनट के बाद तेज बरसात होती नज़र आयी। प्रकृति में परिवर्तन जल्द ही होता है।

सोचा कि न जाये तो! रविवार शहर में बिताने का मतलब है, छुट्टी का पूरा दिन मिस डिसूजा के साथ बिताना। 'काले चाँद' और अप्रैल महीने के इश्क के माधुर्य और विषाद से भरे गीतों को सुन, उसकी देह की गंध और मृदुता का उपभोग कर मदोन्मत्त होना है।

लेकिन तीन शनिवारों की छुट्टियाँ बीत गई हैं। गाँव की पत्नी की निगाहों में बिना चाँदनी का अँधेरा ही समा गया है। उसकी याद आने पर...जाने का इरादा किया।

'त्याग' करने की तैयारी के साथ कार में चढ़कर बैठ गया। अब फौरन पहुँचना है। हमेशा उसे उतावलापन महसूस होता है।

जाने के नाम पर सुस्ती आएगी। जब जाने का इरादा किया है तो जल्दीबाजी किस बात की। पत्नी इंतज़ार कर रही है, छोटी मुन्नी भी।

साँझ को शोरगुल से भरे शहरों के टेढ़े-मेढ़े रास्तों और इन्सानों के कोलाहल से बचकर जाना है।

नज़दीक ही रुकी हुई कार में से किसी ने पुकारा, 'हलो सर'...उसने सिर घुमाकर देखा। साल भर पूर्व शहर में आने के तुरन्त बाद परिचित कम्पनी वाला।

''हलो!''

वह हाथ उठाकर हँस दिया।

इतने में नज़दीक खिसकती रेलगाड़ी के इंजन की आवाज़ ने उसकी बात नहीं सुनने दी। 'क्या घर जा रहे हो?' पूछा होगा। उसने हँसते हुए सिर हिला दिया।

मालगाड़ी है। नीरस रात-दिन की भाँति धीरे-धीरे ही वैगन आगे बढ़ता है। पहियों से टकराने की आवाज़ चारों ओर गूँज उठती है।

एक युग के बाद गेट खोला गया। पीछे गाड़ियों और यात्रियों का पारावार है। अब गाड़ी स्टार्ट करने पर गड़बड़ी होगी–उसने कार ज़ोर से स्टार्ट की। सात साल से एक गुलाम की तरह पैरों के नीचे दबी हुई छोटी-सी कार। फिलहाल कभी-कभी गड़बड़ करती है। नहीं, इंजन तड़प कर जी उठा।

शहर की सीमा पर पहुँचते-पहुँचते सन्देह घेरने लगा। क्या इतना पेट्रोल काफी है? सात-आठ लिटर होगा। सत्ताईस मील दूर जाना है। वापस आते वक्त तंग करे तो? नज़दीक के पेट्रोल पम्प पर कार रोक ली। दस लिटर भरने के बाद पैंट की जेब में हाथ डालकर पर्स बाहर निकालने पर दवा लेने की बात याद आयी। डॉक्टर का नुस्खा बहुत दिनों से पर्स में ही पड़ा रहा। यदि दवा लेने गए तो चार मील वापस जाना पड़ेगा। दो दरवाज़े और खिड़की खोलनी है। नहीं। लेकिन घर पहुँचने पर जब भारती पूछेगी, ''बेबी की दवा ले आए?''

...तब एक झूठ बोलूँगा–''वह दवा कहीं नहीं मिलती। डॉक्टर से कोई दूसरा टॉनिक लिखाना है।''

झूठी बात करने में तो आसानी है। मैं झूठ बोलूँ तो चेहरे पर ईमानदारी की झलक होगी। शान्त चेहरा और आर्द्र नज़रें मनुष्य को प्रकृति से सहज ही मिले हुए हैं। बचपन में माँ और दूसरी औरतें कहा करतीं...''हमारी सन्तानों में सबसे भोला-भाला केशु ही है।''

भारती मुन्नों को नियमित रूप से एक टॉनिक देती है। जब मैं कहूँगा तो वह मुझ पर अविश्वास नहीं करेगी। वह सिर्फ भरोसा करना ही जानती है। वह इस विश्वास पर ही तो ज़िन्दा रहती है। वह समझती है कि उससे ब्याह कर मैंने त्याग ही किया है। अच्छी खूबसूरत अमीर लड़की से शादी करने का मौका मिलने पर भी मैंने जो त्याग किया उसकी गरिमा का बोध उसमें है। समुद्र तट पर बत्तीस एकड़ उर्वर ज़मीन का मालिक होते हुए भी, जो अच्छे नारियलों के पेड़ों से भरी है, मैं उससे मुहब्बत करता हूँ, यही उसका भरोसा है। विश्वास की शृंखलाएँ न टूटने पाएँ।

उल्टी दिशा से आते हुए वैगन से दो आदमियों ने हाथ हिलाया। इस शहर में पहुँचने के बाद मेरा इन लोगों से परिचय हुआ है। मित्र नहीं के बराबर हैं। पहले भी मैंने जहाँ नौकरी की उन जगहों का भी यही अनुभव रहा। मैं भीड़ में अकेला ही रहूँगा। अधिक बातचीत नहीं करूँगा। यों दूसरों की आँखों में मैं सीधा-सादा और भला था।

अकेले खड़े होने पर अपनी ही मान्यता का परिवेश अपने चारों ओर दृष्टिगोचर होता था। क्लबों और मित्रों की गोष्ठियों में अच्छी पोशाक पहनकर जाता था। शान्त होकर बातचीत बहुत कम की। फिर बधाई की महफिलों और विदाई की सभाओं में बिना प्रयास के चुने हुए शब्दों से कमाल कर लोगों को अचम्भे में डाल देता था।

विदेशी और महँगी शराबों की दावतों में तो मैं सिर्फ लेमनजूस ही पीता।

किन्तु अपने कमरे में पहुँचने पर वेस्ट पेपर वास्केट से सस्ती शराब की बोतल निकालकर गटक जाता।

मेरा नौकर भी यह सब कुछ जानता है। इसलिए वह घृणा करता है। काले बदसूरत होंठों के साथ-साथ वह लँगड़ा भी है। शहर के बहुत बड़े ऊँचे स्तर पर रहने वाले एक और इन्सान का चेहरा उसने देखा था...पसीने से तर लाल चेहरा। वह एक समस्या के रूप में सामने खड़ा होता है...खौफ और घृणा करने वाले के रूप में।

इस ढंग की और भी समस्याएँ हैं।

कार धीरे-धीरे चलने लगी। दोनों ओर विस्तृत रेतीली ज़मीन थी। शहर की सीमा को पार कर गंतव्य अधिक दूर नहीं था। लेकिन चारों ओर निर्जन था। एक टूटे-फूटे मन्दिर के सामने चारों ओर घूमकर एक आदमी दीपक जला रहा है।

इस ओर सड़क सुनसान है। कभी-कभी नारियल लादे एक बैलगाड़ी आएगी... लगता है कि इधर सिर्फ दो ही बसें आती-जाती हैं।

सामने की ओर निगाहें डालकर कार चालू की।

बैंगलूर के सहकर्मी एक मुसलमान मित्र की याद आई। उसने सोलह वर्ष की उम्र में कार चलाना सीखा था। उसके लिए कार ज़िन्दगी का ही एक हिस्सा थी। फिर भी मुझे अकेले कार चलाने पर दुर्घटना हो जाने का भय बना रहता है। अकेले रहने पर सबकी याद आ रही है।

आगे का रास्ता दुर्गम है। कहीं-कहीं गड्ढे भी हैं।

नारियल के बाग के सूनेपन के उस पार साँझ के दीपकों की मद्धिम लौ दिखाई पड़ रही थी। पेड़ों के झुरमुट की ओर निगाहें डालीं।

रास्ते के नज़दीक ही घरों के अन्दर परिवार और बाहर दूकानें नज़र आईं। लोग और चिराग। जिससे लगा कि कोई बाज़ार है।

बूँदाबाँदी फिर होने लगी। पानी की बूँदें गिरने से स्क्रीन में दूकान की बत्तियों

और इन्सानों के रूप विकृत हो गए। नगर से बाहर आने पर सड़क सीधी लकीर की तरह दृष्टिगोचर होती थी। इधर कभी-कभी हॉर्न बजाना पड़ता है।

बाज़ार के मध्य से दाईं ओर मुड़ना होगा। मुड़ने पर तुरन्त ब्रेक लगाने पड़े। भीड़, जेबकतरे, मृत्यु, मारकाट, पागल कोई भी हो सकता है। उसने शाप देते हुए कार एक कोने में रोक ली। बुरा हो उन लोगों का जो सड़क के बीच से टस से मस नहीं होते। फिर हाथों से आँखें बन्द करके बैठ गया।

''क्या यह घर की दिशा है?''

देखा तो एक बुजुर्ग सामने खड़े हैं। कन्धे पर तौलिया पड़ा है और बड़े अदब से झुके हुए देख रहे हैं।

''हाँ।''

''हुजूर, मैं पिछले हफ्ते दर्शन करने आया था।''

''मैं गत सप्ताह घर नहीं आया था।''

''जी, वहीं से मालूम हुआ था। मेरे लड़के वाली वह समस्या सुलझा दीजिए सर!''

अब यदि...बाप बेटे के बीच का सीमा-विवाद है। दो महीने पूर्व एक रविवार की शाम को जब मैं वापस लौटने को तैयार हो रहा था, तब वह आया था।

''कल आप होंगे।''

''आओ, आना, मैं रहूँगा।''

''कब आऊँ सर?''

''शाम को।''

शाम को उसके आने से पूर्व ही मैं लौट पड़ूँगा, यही सोचकर मैंने उसे ऐसा बताया था। भीड़ कम होती जा रही है। हौले से हार्न बजाया। लोग हट गए। लोगों को आकृष्ट करने वाली चीज़ एक बड़ी मछली थी।

''हुजूर, क्या मैं आपकी कुछ सेवा करूँ?''

''और कुछ नहीं चाहिए।''

मुझे मालूम है कि यह मान-सम्मान मेरे लिए नहीं। ससुर आसपास के मामलों-मुकदमों का निपटारा करते थे। वे मुखिया और अमीर थे। बड़े प्रभावशाली थे। उस इन्सान की उपलब्धियाँ मेरा पीछा कर रही हैं।

अत्यन्त विस्तृत चारदीवारी के भीतर, विशाल नारियल के बाग के नजदीक, घर के सामने खड़े होने पर लगता था कि मैं यहाँ अब भी अजनबी हूँ, सात साल के बाद भी।

देहात के लोग उनकी बहुत इज़्ज़त करते हैं। मुकदमे के निपटारे के समय जब लोग घर के आँगन में लुक-छिपकर खड़े होकर देखते तो उसे अजीब-सा महसूस होता था।

रात को मूसलाधार बारिश के वक्त, बड़े घर के बरामदे में नंगे बदन खड़ा होकर अन्न का सपना देखनेवाले लड़के की तस्वीर आँखों में घूमने लगी।

और बड़ी नानी के घर नारियल के एक टुकड़े के लिए रोते, लड़कों से लड़ते, फिर भी नारियल हासिल न होने पर अपनी झोंपड़ी की ओर जाते वक्त चिनगारी की तरह दिल में एक ही बात कौंधती—आज नहीं तो कल!

हथकरघे के बने दो नीले कुरते और बड़ी नानी के एक गहने की चोरी करके बेचने से प्राप्त पचास रुपये एक थैली में रखकर घर से विदा होते समय भी वही विचार खून में खौलता रहा।

फिर ज़िन्दगी के चौराहे पर आ खड़ा हुआ।

दिन में गोदाम में हिसाब लिखता और रात को पढ़ता। कई लोग उसकी इस कर्मठता और विजय-यात्रा को देखकर आश्चर्य में पड़ गए।

सेल्फ मेड मैन।

कॉलेज में पढ़ने के लिए ज़रूरी मदद और रहने के लिए एक कमरा देने वाले उस अच्छे इन्सान ने अपने गैर-ज़िम्मेदार लड़के से कहा—"उसको देखकर सीखो। एफर्ट आलवेज 'पेज़'।"

उस गौरवर्ण लड़की की आर्द्र आँखों की याद आज भी ताजा है।

ख़ैर, आप उसे धोखेबाज या अहसान फरामोश कहिए।

मैं अपने लिए भी अजनबी इन्सान बन गया था।

(भलाइयां हमेशा मेरे लिए व्यामोह मात्र थीं।)

एस्टेट के मोड़ वाली सड़क पर पहुँच गया। वहाँ सड़े हुए नारियल के छिलकों की बदबू हमेशा भरी रहती है। बड़े ध्यान से कार चलानी है। एक बार मुझे देखने आए फर्नांडिस की जीप यहाँ उलट गई थी।

दूर एक दीवार दिखाई पड़ी। नज़दीक के मोड़ पर पहुँचने पर गेट कार के आलोक में चमकने लगा।

धीमे से हार्न बजाया। अच्युतन को सावधान करने के लिए। गेट के नजदीक पहुँचने पर देखा कि गेट खुल गया था।

ठंडी हवा चल रही थी। सागर के नजदीक होने के कारण वातावरण में हमेशा पानी की बूँदें रहती थीं। मिस डिसूजा से परिचित होने के बाद ही गीली समुद्री हवा अपनी मदद करने आयी थी।

एक बार पत्नी के सामने थकावट भरे चेहरे के साथ खड़ा रहा।

"क्या तबीयत ठीक नहीं?"

"नहीं, रात में ज़रा बुखार आ गया था। वैसे कुछ बात नहीं है।"

"बुख़ार आते कितने दिन हो गए?"

"दो-तीन दिन।"

"अरे! फिर भी आपने डॉक्टर को नहीं दिखाया?"

"उसकी कोई ज़रूरत नहीं।"

"हमेशा इसी तरह अपनी तकलीफ तो आप कभी देखेंगे नहीं। कल ही डॉक्टर को दिखाना है।"

पत्नी ने शिकायत की कि वह अपना सुख-चैन नहीं देखते—ज़रूरत से ज़्यादा काम करते हैं, काम में ही उनका भरोसा है।

उसको यह भी भरोसा है कि जिन रातों में मैं घर नहीं आया, उन रातों में दफ्तर के कामों के लिए जगह-जगह घूमता रहा हूँ। दिन में ठीक तरह भोजन भी नहीं करता होऊँगा।

आख़िर राजी हो गया। कल वह डॉक्टर को दिखा आएगा।

दूसरे दिन।

"डॉक्टर को दिखाया या नहीं?"

"दिखाया! चिन्ता की कोई बात नहीं। हल्का बुख़ार है।"

"चिन्ता क्यों नहीं? दवा नहीं दी है?"

"गोलियाँ दी हैं, खा रहा हूँ।"

रात में खाई जाने वाली गोलियाँ बुख़ार के लिए हैं। ऐसा उसका विश्वास था। "आनन्द के क्षणों का विस्तार करने के लिए उसका इस्तेमाल किया जाता है।" शीशी के बाहर व्यंग्य भाषा में ऐसा छापा गया था। उसकी अंग्रेज़ी शिक्षा एस.एस. एल.सी. तक ही सीमित थी।

सोते समय समुद्री हवा के झोंके से बुख़ार दूर नहीं होगा। शहर में ही रहना है। डॉक्टर ऐसी सलाह देते हैं। क्या यह सम्भव है?

"बुखार उतर जाए...बस...।"

उसको घबराहट थी।

शहर में एक घर लेकर रहेंगे। लेकिन यहाँ का काम कौन देखेगा?

दस-बीस लोग इतने बड़े घर में काम करते हैं। नौकर-चाकरों पर कैसे यकीन कर सकते हैं? सब चौपट हो जाएगा। सारी सम्पत्ति नष्ट हो जाएगी।

"तेरी...!"

"मेरी!!!"

वही ठीक है। अन्त में उसने ही सुझाव दिया। जब तक बीमारी दूर नहीं होती तब तक उसको शहर में रहना चाहिए। उसकी आँखों से आँसू बह रहे हैं।

मेरी सबसे बड़ी उपलब्धि यही है कि मेरे दिल की हँसी चेहरे पर प्रतिफलित नहीं होती।

उसकी प्रार्थना को अस्वीकृत करना अनुचित है, ऐसा बहाना कर वह उसकी राय से सहमत हो गया।

समुद्र और लहरों की गूँज निकट आने लगी। बरसात के कारण समुद्र गर्जना करके लहरा रहा है। जब कार ऊँचाई पर चढ़ी तो बाग में सर्वत्र रोशनी फैल गई।

इधर पहुँचने पर बरामदे में लेटने वाले सीजर की नज़रें कार की हेड लाइट से हरे रत्न की तरह चमकने लगीं। यह एक सुन्दर दृश्य है।

गैरेज का दरवाज़ा खुला हुआ था। कार रुकने पर गोपालन दौड़कर आया। उसने पिछली सीट पर झाँककर देखा कि उठाने के लिए कोई सामान तो नहीं था।

बारिश हो रही थी।

सीज़र ऊँची आवाज़ में भौंकने लगा। लगा जैसे सम्पूर्ण आर्द्र वातावरण काँप उठा हो।

उसने पुकारा—''सीज़र।''

सीज़र ख़ामोश हो गया।

बरामदे में झूलते हुए 'पैट्रोमैक्स' के चारों ओर पतंगे उड़ रहे थे। बरामदे में आने पर सीज़र दुम हिलाने, गुर्राने तथा जंज़ीर से छूटने के लिए शोरगुल करने लगा।

उसने निकट जाकर उसे सहलाया। आते समय बेबी के लिए लाए गए बिस्कुटों के पैकेट में से एक बिस्कुट सीज़र को दिया। कई बार वह खाली हाथ आता है। ऐसा लगा कि सीज़र ने उसे समझा है। उसकी निगाहों में देखने से नृशंसता की झलक महसूस हुई। 'ऊँ चलने दे' ऐसा भाव उसके चेहरे पर विद्यमान था। वह मेरी गोद में बैठकर शीशी में दूध पीकर पला था। बेबी से उसकी उम्र तीन महीना अधिक है। देखा कि दरवाज़े के पास भारती आकर झाँकते हुए चली गई। सीजर को पुनः देखा। हवा को सूँघकर नाक को ऊपर उठाकर वह खड़ा है। फिर गर्दन सहलाने गया तो उसने अपनी जीभ बाहर निकालकर अजीब स्वर निकाला। मैंने उसके लम्बे दाँतों और स्थूल शरीर पर ध्यान दिया। अविश्वास की झलक की सूचना देने वाली उसकी नज़रों के सामने मैं काँप उठा।

पैट्रोमैक्स के नीचे की जगह जले हुए पतंगों और उनके टूटे पंखों से गन्दी हो गई थी।

दरवाज़े के नजदीक से पुकारा—''बेबी बिटिया।''

दरवाज़े से भारती ने बताया—''बिटिया खाना खा रही है।''

घड़ी में देखा। सात बज कर दस मिनट।

''आपको कॉफी चाहिए या हॉरलिक्स?''

''कॉफी चाहिए।'' उसने प्रसन्न होने का बहाना करते हुए कहा। भारती भारी पेट के साथ हौले-हौले रसोईघर में चली गई। वह बेहद थकी हुई है। आँखें गड्ढों में धँसी हुई हैं। चेहरे पर तेज का नामोनिशान तक नहीं।

आवाज़ लगाई, ''बेबी मुन्नी, तू खाना खा रही है क्या?''

उसके खाना खाने की जगह गया। भारती कॉफी ले आई थी। बेबी मुन्नी भात खा चुकी थी। नारियम्मा उसके हाथ धो रही थी। कुछ घूँट कॉफी पी फिर काले प्लास्टिक की शीट वाली मेज़ पर उसे रख दिया। बेबी अपनी बड़ी-बड़ी चमकती काली आँखों और हलकी मुस्कान के साथ नजदीक आ गई।

उसकी दवा नहीं लाया इस बात की याद रह-रहकर आ रही थी। मुन्नी का हाथ पकड़कर अन्दर के कमरे में गया। भारती सुन न ले इस कारण हौले से बिटिया से बोला–"बेटी तेरे पेट में दर्द होता है।"

"नहीं! माँ हमेशा दवा देती है।"

"क्या दवा?"

"आसव...।"

दीवार के शेल्फ में रखी आयुर्वेदिक औषधि की बोतल की तरफ इशारा किया।

कुर्सी पर बैठ कर बेबी को छाती से लगाया तो कई बातों की याद हो आई। मिस डिसूजा की छोटी-सी बात को भी नहीं भूलता था। पसन्द की गई उसकी चीज़ें खरीदने में भूल-चूक नहीं होती।

वह बिटिया का सिर सहलाते तथा अपनी आँखें बन्द कर लेट गया। बिटिया से पूछने के लिए कुछ नहीं है। उससे कुछ कहने के लिए भी नहीं।

"स्कूल जाती हो?"

"हाँ"

"मास्टर जी गुस्सा करते हैं क्या?"

"मास्टर नहीं, टीचर हैं।"

(पहले भी कई बार उसने यह बात बताई थी।)

"क्या किताब की कविता तुमने याद कर ली है?"

"चिड़िया का गीत टीचर ने याद कराया था।"

"आज क्या पढ़ा था?"

"नौका और मछुआरावाला पाठ...।"

"क्या पढ़ा?"

"नौका और मछुआरा।"

भारती पीछे खड़ी थी। दवा के बारे में उसने कुछ नहीं पूछा। पिछले तीन हफ्तों से न आने का कारण भी नहीं पूछा।

"हे ईश्वर, वह मुझे समझने लगी है!"

भारती की खामोशी उसको तंग करती है।

"अब कैसा हाल है?"

उसने मूर्ख की तरह कहा–"ऐं...ऐं...क्या?"

"रात को अब भी बुखार रहता है?"

"अधिक नहीं।"

खिड़की से ठंडी हवा आ रही थी। उसे खोलने पर सागर दिखता था। सीमा के उस पार रेत पर लहरें सिर पटकती होंगी। मैंने सिर उठाए बिना ही कहा–

"क्या खिड़कियाँ बन्द करनी हैं?"

"नहीं।"

“दूसरी कुर्सी पर बैठिए। इस हवा में बैठने से जुकाम हो जाएगा।”

उसकी हँसने और साथ ही रोने की इच्छा हुई। कुढ़ने, बिगड़ने, शिकायत करने और ईर्ष्या भरे दिल वाली एक पत्नी होती तो अच्छा होता। दीनतापूर्ण चेहरे पर गड्ढे में पड़ी हुई आँखों में इश्क, दर्द और विश्वास भरा है। ऐसी औरत के सम्मुख वह लाचार हो जाता है।

मैंने इंतज़ार किया कि वह मुझसे पिछले सप्ताह न आने का कारण पूछेगी।

“रविवार को जनरल मैनेजर आ गए थे।”

उससे पिछले हफ्ते में कौन आ गया था, यह सवाल भी उसने नहीं पूछा।

“मेरा जो अव्यक्त भय था इसलिए शायद अब की बार भी उसने कुछ नहीं पूछा। केवल इतना ही बोली थी, “आपकी तबीयत ठीक नहीं होगी। गोपालन को भेजना चाहा था।”

“उससे पिछली बार आने का मौका ही न मिला। कार वर्कशाप में थी।”

“पिछले हफ्ते नारियल खरीदने आदमी आए थे। मैंने बताया कि आपके आने के बाद दे देंगे।”

“नारियल बेच देतीं. बेच देना ही बेहतर था।” तसल्ली भरी आवाज़ में उसने कहा, “मुझे तो ‘फाइनेंशियल ईयर एंड’ होने के नाते एक पल की भी फुर्सत नहीं मिलती। रविवार को भी स्टाफ से काम कराना होता है।” वह एक मशीन की तरह विकार-रहित होकर बता रहा था।

“आपको धोती चाहिए?”

“हाँ, चाहिए।”

बेबी उसकी उँगली पकड़कर अन्दर चली गई।

“मुन्नी, किधर जा रही है?”

सीजर और बेबी साथी हैं। बैल को मार गिराने की ताकत रखने वाला वह जानवर किसी की नहीं सुनता, लेकिन बेबी की हर बात वह अवश्य मानेगा। सुबह गोपालन की जंज़ीर में आबद्ध न होने वाला सीजर बेबी के पुकारने पर एकदम मान जाता है।

धोती पहनकर, तौलिया से छाती ढककर बाहर बरामदे में आया तो देखा कि बेबी सीजर को सहला रही है। उसके आने की पदचाप सुनकर सीजर उठ खड़ा हुआ।

“सीजर!”

उसने देखा, फिर मुन्नी के आगे गर्दन फैला दी। मुझे लगा, “इस परिवार में ठीक तरह से मुझे पहले पहल पहचानने वाला सीजर ही है।”

“बेबी, तू सीजर को नहलाती नहीं?”

“गर्मी होती है तो हर रोज नहलाती हूँ?”

लगता है कि सीजर की मित्रता के कारण बेबी अधिकाधिक अनुशासन का पालन करती है।

उसने सीजर को पुनः पुकारा। वह खामोश ही रहा। कान पकड़कर उठाने पर उसने मुँह खोला, नृशंसता भरे टेढ़े और नुकीले दाँत दिखाई पड़े। अधिकार के मद में उसने उस कुत्ते को झकझोर दिया।

रसोईघर से माँ ने बेबी को पुकारा।

वह बरामदे में इधर-उधर टहलने लगा।

"पिता जी को बोलो...गर्म पानी रखा है।"

नहाने पर ताज़गी महसूस हुई।

खाने के लिए पत्नी ने पुकारा। वह बालों में कंघी कर रहा था। यौवन से दीप्त अपना चेहरा दर्पण में देखने पर उसको बड़ी खुशी हुई।

भारती ने एक ओर रखी बेबी की चारपाई ज़मीन पर बिछाई। झुककर जब वह बिछा रही थी तो मुझे लगा कि अपने पेट के भार से वह नीचे गिर जाएगी। उसकी हड्डियाँ दिखाई पड़ीं।

"नौकरानी बिछा देगी न? तू इस प्रकार..."

भारती कुछ नहीं बोली।

उसको आठवाँ महीना है।

"भोजन के लिए सिर्फ तरकारियाँ ही हैं।" उसने कहा, "बारिश के कारण मछली मिलती ही नहीं।"

वह नजदीक आकर खड़ी हो गई।

"आपका शरीर तो कमजोर हो गया है।" हमेशा यही वह कहती थी। शहर की ज़िन्दगी आपकी तबीयत को बिगाड़ती है।

उसकी तन्दुरुस्ती के बारे में मैंने कुछ नहीं पूछा था। पाँच मील दूर की एक लेडी डॉक्टर के हफ्ते में एक बार आकर जाँच करने का प्रबन्ध कर गया था। पास ही एक मेटेरनिटी असिस्टेंट भी था।

"डॉक्टर नहीं आई थी?"

"आज सबेरे आई थी।"

"छोटी नानी को यहाँ आने के लिए चिट्ठी लिखी थी?"

"लिखी थी।"

आखिर उसको तसल्ली देने के लिए मैंने कहा, "कोई बात नहीं...अगले महीने मैं छुट्टी लूँगा।" उसने नकली जोश में बताया। "नया मैनेजर एक तरह का शैतान है। प्रार्थनापत्र देने पर भी यदि उसने छुट्टी नहीं दी तो मैं गाली सुनाकर चला आऊँगा।"

मैनेजर की भयंकर तस्वीर पहले ही उसने उसके सामने पेश कर रखी थी। कि वह हमेशा नाकों-दम किए रहता है। छुट्टी नहीं देता। कुछ गड़बड़ी होने पर वह ज़रूर बदला लेता है।

"झगड़े के लिए न जाइए। कुछ गड़बड़ी न हो, यही बेहतर होगा।"

"तब इधर का काम कैसे चलेगा?"..."यह आवाज किसकी है?"

"वह माँ हर रोज आती है। अगले सप्ताह छोटी नानी भी आ जाएगी, फिर काम पड़ा तो गोपालन को भेज दूँगी।"

"ठीक है!"

"मेरी तसल्ली के लिए बीच-बीच में आ जाना ही काफी होगा।"

सीजर के लिए खाना डालना चाहा तो उसने कहा—"वह आप खाइए न, कुत्ते को मैं परोस दूँगी।"

"नहीं...।"

सीज़र के सम्मुख रखी एल्यूमीनियम की प्लेट में मैंने मुट्ठी भर अन्न डाल दिया। भारती आकर अपनी जगह बैठ गई।

नारिणयम्मा जूठे पत्तों में अन्न परोस रही है।'

अन्दर मेज़ पर एक अंग्रेज़ी मासिक की तस्वीर बेबी देख रही है।

"बेबी! क्यों नींद नहीं आ रही है क्या?"

वह मानसिक उलट-पुलट कर चारपाई के समीप शंकित-सी खड़ी रही। वह कमरे में अनमना-सा खड़ा रहा।

न कुछ कहने के लिए था, न करने के लिए ही। बेटी को अकेला छोड़ना ही ठीक है। बरामदे में आकर कुर्सी खींच उस पर बैठ गया। बाहर वह लहरों का आपस में हिल-मिलकर साँपों की तरह सिर पटकते देखने लगा।

दो मील दूर पर दीप-स्तम्भ का घूमने वाला प्रकाश काले समुद्र तट पर बीच-बीच में हाथ पसार रहा है। दूर पर स्थित जहाजों के लिए वह मार्गदर्शी है।

सागर का गर्जन-तर्जन, लहरों का उत्थान-पतन देखने इधर बैठकर जितनी रातें गुजारी थीं, ये दुनिया के अज्ञात कोने के अनुभव-सी लगती थीं।

अब मिस डिसूसा अपने खूबसूरत कमरे में पढ़ती होगी। नहीं तो विषाद भरे किसी गीत की मादकता में मग्न होगी।

एकान्त खामोश रात के बारे में मिस डिसूजा ने लिखा था—"इस कमरे के अन्दर आपकी उपस्थिति महसूस होती है। मेज़ का दराज खींचने पर आपकी चिट्ठियाँ, मेज़ पर आपकी भेंट का सामान और रात में मैं जो रिकार्ड सुनती हूँ वह भी आपने ही दिया था। गले का मोतियों का हार, मेरा उम्दा साटिन जाकेट, सब कुछ आपकी याद कराते हैं।"

रात को चारपाई पर लेटते, बैडरूम लैंप की रोशनी में फर्श पर आपके पदचिह्न निगाहों में पड़ेंगे। मेरे दिल में और इस कमरे में हमेशा तुम दिखाई पड़ते हो।

मेरे प्रियतम! तुम्हारे घर का दरवाज़ा कब मेरे लिए खुलेगा?

मारगरेट डिसूसा, यही मेरा घर है। इसके दरवाज़े पर तुम्हारा स्वागत करने के लिए मेरी ग्रामीण पत्नी और पाँच बरस की लड़की ही है।

सत्ताईस मील दूर पर उसका आशिक एक परिवार का कर्ता-धर्ता होकर रहता

है। उस गोवन युवती को यह सच्चाई मालूम होती तो, खैर उसकी चिन्ता करना ठीक नहीं।

उसकी देह काँप उठी। सीखचों को पकड़े हाथ काँपने लगे, वह स्वयं उसने देखा।

एक बार इन मुखौटों को हटाना है। मिस डिसूजा से सच्चाई कहनी है। फिर भारती के सामने खड़े होकर कहूँगा—"भारती, मैं उतना अच्छा आदमी नहीं हूँ। मैंने कभी भी तुमसे मुहब्बत नहीं की थी।"

उस दिन से एक आज़ाद इन्सान के तौर पर नई ज़िन्दगी की शुरुआत करूँगा।

शराब पीकर बेहोश होने वाली रातों और थियेटर के सामने निजी सुखों का व्यापार करने वाली गली के निकृष्ट क्षणों का वर्णन करने वाली क्षमता उस दिन मुझमें आ जाए, ऐसी ईश्वर से प्रार्थना करता हूँ।

भारती रसोई से वापस लौट आई। हाथ में एक गिलास दूध था।

"क्या बेबी सो गई?"

"हाँ, आप लेटे नहीं?"

शहर की शाम की शुरुआत के समय से ही यह मोहल्ला सोने लगता है।

भारती ने पलंग पर एक सफेद बैडशीट बिछाई। अलमारी के ऊपर रखा तकिया लेकर पैरों के तले रखा। नीचे बेबी की चारपाई के नज़दीक बड़ी चारपाई बिछाई।

फिर रसोईघर में जाकर नारिणयम्मा से और बाहर खड़े गोपालन से कुछ देर तक बातचीत की। उसकी धीमी आवाज़ मैंने सुनी थी। सबेरे ही गाय को दुहना है। पानी गर्म करना है। तड़के ही जाकर गोपालन को मांस और लीवर खरीद कर लाना है। फिर कमरों को बन्द करती चाभियाँ बज उठीं।

सन्दूक और कपड़े-लत्तों को रखा गया। फिर 'बैडरूम' में छोटा लाइट लैंप जलाकर रखते हुए उसने कहा—

"सो जाइए।"

मैंने चुपचाप मान लिया। दरवाज़े की ओर से ठंडी हवा बीच-बीच में साँस ले रही थी। सागर की आवाज़ दूर से एक भीड़ के अस्पष्ट शोर-गुल-सी सुनाई देती थी।

फिर भारती ने गोपालन को पुकारकर बताया—"सीजर को छोड़ दो।"

सीजर अपना नाम सुनकर गुर्राने लगा। नारियल के बाग का विशाल साम्राज्य उसके लिए खुला है। यह उसको मालूम है। बंधन से मुक्त होते ही वह परछाइयों को धमका कर भौंकने लगा।

"बत्ती बुझा दूँ?"

"हाँ।"

मैंने बेबी को सीधे लिटा दिया। बत्ती बुझाकर उसने हौले से प्रार्थना की—"हे भगवान रक्षा करो।" नाइट-लैंप की रोशनी कमरे में फैल गई।

हाथ फैलाने की दूरी पर पत्नी और मुन्नी लेटती है। आने वाला नया मेहमान पत्नी के उभरे पेट में हिल रहा है। लेकिन इस सच्चाई को मन मंजूर नहीं करता।

दूर पर कार रोककर, सड़क की ओर से चलकर डिसूजा के दरवाज़े को खटखटाने वाले कामुक आशिक को भी उसका मन स्वीकार नहीं करता।

वह करवट लेकर लेट गया। भारती सोयी नहीं होगी। उसकी खामोशी की गहराइयों में उतर जाने की उसकी इच्छा है।

उसके दुबले-पतले शरीर ने उसमें हमेशा हमदर्दी ही पैदा की थी। वह बदसूरत न थी। लेकिन उसने कभी भी उसमें सौन्दर्य का अंश नहीं देखा। वह कभी भी मेरी ज़िन्दगी का अंश नहीं हुआ। दूसरी सन्तान का भार ढोते इस पल भी वह मेरे लिए द्वन्द्व ही है। उसके प्रति सिर्फ सहानुभूति ही होती है।...

भारती एक वेदना है तो मिस डिसूजा एक आनन्द।

मारगरेट की देह में भी नशा देने वाली कोई चीज़ है। उससे विदा लेकर वापस लौट जाने पर भी उसके शरीर की खुशबू मेरी देह में कहीं-कहीं छिपी रहती है। भीगे होंठों से जब वह चुम्बन लेती है तब एक चुम्बन से औरत को जो कुछ देना होता है, वह सब कुछ उपहार दे देती है।

माँ और बेटी के श्वासोच्छ्वास कमरे में लीन हो रहे हैं। बन्द दरवाज़ों के उस पार से आती सागर की गूंज अब एक बड़े दिल के क्षोभ-सी लगती है। डिसूजा की पोशाक और उसके घने बालों की खुशबू शून्य से उद्भूत हो, जैसे हौले-हौले उस पर छा जाती है।

शहर में पहुँचते ही मारगरेट को लिखने जा रहा हूँ, 'क्षमा करो...' मेरे बारे में सच्चाई मालूम होने पर मारगरेट चौंक उठेगी। समुद्र-तट की गीली बालू में खड़ी एक अविवाहिता की आँखों के नीचे की काली परछाइयाँ!

भारती माफ कर देगी।

मारगरेट को एक चिट्ठी लिख दूँ कि महीने की छुट्टी लेकर मुझे देहात वापस आना है। फिर पिता और पति के रूप में दिन बिताकर लौटने तक मारगरेट के गम और गुस्सा गायब हो जाएँगे। फिर कभी उनकी मुलाकात नहीं होगी। उसके लिए कोई दूसरा साथी मिलना मुश्किल बात नहीं है।

''झूठ न बोलने वाले सपनों''...'काले चाँद' के गीतों को सुन उसकी सेज पर कोई दूसरा...उसे बर्दाश्त न कर सकूँगा। वह काँप उठा!

उसके लिए मेरे घर का दरवाज़ा खुला नहीं है। मेरे लिए अलग कोई घर नहीं है। यह बात शायद उसको मालूम नहीं है। लेकिन वह किसी दूसरे आदमी को आनन्द प्रदान करे ऐसी तस्वीर की मैं परिकल्पना भी नहीं कर सकूँगा—अँधेरे और उजाले की दुनिया देख कर उसने आँखें मूँद लीं।

तड़के ही साढ़े पाँच बजे सोकर उठा। आधे घंटे तक सोए बिना आँखें मूँदकर लेटा रहा। लगता है कि भारती पाँच बजे ही उठी है। गर्म कॉफी लेकर जब वह

पलंग के नजदीक आई तो वह उठ बैठा। वह रविवार को सोए बिना ही सात बजे तक लेटा रहता।

बेबी सो रही है। वह उठ गया। शेविंग सेट और साबुन लेकर बरामदे में चला। शेव करके अन्दर घुसते ही नारिणयम्मा ने बाथरूम में गर्म पानी रख दिया था। भारती ने जो कपड़े निकालकर मेज पर रखे थे, वही उसने नहाकर पहन लिए।

रात के विचार दूर से दिखाई देने वाले निरर्थक सपने से प्रतीत होने लगे।

''आप इतने सबेरे क्यों उठ गए?''

''मुझे अभी जाना है।''

वह कुछ नहीं बोली।

''शाम को लौट आऊँगा।''

जाने लगा तो बेबी नींद से जागकर उठ बैठी। भारती ने उसको मेज के ऊपर खड़ा करके कहा—''पिता जी जाते हैं। शाम को लौट आएँगे।''

बेबी आँखें मलती हुई कंधे पकड़कर खड़ी रही।

''मुन्नी के लिए क्या लाऊँ?''

''ऊँ! ऊँ!''

''क्या चाहिए बिटिया?''

उसने कुछ नहीं बताया।

शायद मेरा मुखौटा माँ-बेटी और घर में पले सीजर के सामने तहस-नहस हो गया होगा। हार मानने के लिए तो मैं तैयार नहीं। मैंने ज़ोर से कहा—''भारती! मैं शाम को वापस लौट आऊँगा। जाते वक्त लेटी डॉक्टर से कुछ कहना है?''

''कुछ नहीं।''

''फिर भी मैं उससे मिलकर जाऊँगा। मैं भूल गया था कि कल एक मुकद्दमा है। मुझे वकील से मुलाकात करनी है।''

वह बाहर गया। चलते समय गैरेज में सीजर गुर्राने लगा। नाराजगी के साथ मुड़कर उसने पुनः एक बार सीजर की तरफ नज़र घुमाई।

गैरेज का दरवाज़ा गोपालन ने खोला। ओस और जलकणों से वातावरण ढँका हुआ था। ठंडी हवा कानों को छूकर बहने लगी। रेत से भरी वीरान सड़क पर कार दौड़ने लगी। लगता है कि तुरन्त पहुँचने की जल्दबाजी उसके दिल को जानने वाली मशीन को भी थी। लेडी डॉक्टर के घर को पीछे छोड़कर कार आगे बढ़ती रही। लेकिन इसकी धुँधली याद तक नहीं रही।

ओस-भीगी, धूल-भरी सड़क से मुख्य सड़क पर मुड़ते समय घर सिर्फ एक धुँधली स्मृति मात्र रह गया है।

नारियल ढोती गाड़ियों को खींचने वाले कमज़ोर बैल, नारियल के छिलकों को ढोने वाली काली औरतें और पुराने गन्दे तौलियों से सिर और गले को ढँककर जाने वाले देहाती लोगों की यह सड़क शहर की ओर ही जाती है।

उसने गाड़ी को तेजी से चलाया। सड़क को पार करती कुतिया के चिंचियाने की आवाज़ शीघ्र की पीछे छूट गई। रात के आँसुओं से भीगी सड़क पर गाड़ी चली जा रही थी। सामने होटल के मुलायम स्प्रिंगवाले बैड थे। शरीफ और कुलीन महफिलें थीं। अदब से झुकते बैरों के सिर थे, हाथों में जाम थे...कम्पनी के मकान में चलती पार्टियाँ थीं...शराब की गंध से महकते कमरे और बाथरूम थे...मोहब्बत के व्यापार थे...एजेंटों के बाज़ार थे...और अब वह इन सबकी खुली सैर कर सकता है...।

कापिस्त्रोविन में चिड़ियाँ चहचहा रही थीं...वापस लौटने वाले जमाने की यादें आ रही थीं...और वह फ्रेंच परफ्यूम से भरे बिस्तर की तरफ वापस लौट जाता है।

अनुवाद : **पी. कृष्णन्**

•

बारिश

एम.डी. राधिका

मैं हूँ बारह साल की लड़की मेघा। मेरी माँ की सहेली ने कल खुदकुशी की। आज के अखबार में पढ़ा। एक साल पहले तक हम पड़ोसी थे। वे मेरे नगर की सबसे खूबसूरत औरत थीं।

बाहर बारिश हो रही है। शब्दों से परे किसी दुःख के साथ सदा आने वाली बारिश! किन्तु आज बारिश के चमकदार पंखे फड़फड़ा कर किसी अज्ञात दुनिया की ओर, कोई चीज़ ढूँढ कर जाने वाले मेरे मन की चिड़िया को भिगो रही है...

माँ ने बहुत दिनों पहले मृत्यु का अर्थ बता दिया था। वही बात याद आती है। सिनेमा देखते वक्त अचानक सो जाने के समान। माँ को कविता लिखने का शौक है। वर्षाकाल माँ को भी पसन्द है। कदाचित् इसलिए उन्होंने मेरा नाम मेघा रखा होगा। माँ ने मुझे 'मेघ सन्देश' की कथा सुनाई थी। उस दिन मेरा संसार और भी व्यापक हो गया। मुझे कभी नहीं लगता था कि इस घर में सिर्फ मैं और माँ रहती हैं। मन के सहारे उड़ने और मग्न न होने लायक कौन-सी चीज़ है, इस दुनिया में?

मुझे इस बात पर अफसोस लगता है कि विनु दीदी ने हमें धोखा-सा दिया है। नाराज़ भी होती हूँ। कैसे यह रूपवती औरत अपने को एक राख के ढेर और हड्डी के टुकड़ों के रूप में बदलने की आग को मन में धधका पायी? आत्मनिन्दा की स्थिति तक किसी से प्रेम मत करना—एक बार उन्होंने कहा था।

माँ और वे परस्पर बातें करती थीं। ऐसे समय अक्सर मैं उनके पास खड़ी होती थी। विनु दीदी रोती थी तब भी मेरी माँ मुस्कुराकर बातें करती थीं। उस समय माँ की ओर देखना मुझे ज़्यादा पसन्द था। वे उतनी बड़ी खूबसूरत स्त्री नहीं थीं। विनु दीदी की आँखें, कान, ओंठ, सब को किसी शिल्पी ने सूक्ष्म और पूर्ण शैली में गढ़ लिया-सा प्रतीत होता था। माँ का रूप सीधा और सपाट था। किन्तु वे हमेशा ऊपरी हिस्से तक जीवन के शुद्ध शहद को भरे रखे बर्तन के समान है।

शादी के बाद दो साल ही गुजरे थे। मेरी माँ विधवा बन गयी। लोग मानते हैं कि मेरी भलाई के लिए उन्होंने दुबारा शादी नहीं की। कुछ की राय में पिताजी

के बारे में सोचकर उन्होंने ऐसा किया है। विनु एक बात मुझे कहने दो, याद है, एक बार माँ ने विनु दीदी से कहा था—ऐसी बात नहीं...कुछ स्वार्थपूर्ण कारणों से ही मैंने दुबारा शादी नहीं की। फिर एक बात अगर मेघा के पिताजी को हतप्रभ करने वाले आदमी से मिलती तो मैं ज़रूर, दुबारा शादी करती। किन्तु मैं जानती हूँ कि ऐसा कभी नहीं होगा...।

वह बात कहते समय माँ की आँखें बस चमक उठती हैं। विनु दीदी कहती थीं—तुम्हें एक दर्शन लाभ हुआ। इसलिए तुम विश्वास कर सकती हो। भाग्यशाली हो। किन्तु संसार के अधिकांश लोग उस सौभाग्य से वंचित रहते हैं। तब भी माँ सौम्य होकर कहती थीं—विनु, तेरा अश्रुकण तनिक भी सुन्दर नहीं है। तेरा मुख कितना सुन्दर है। मैं कहती थी न? बेटी प्यार को कभी भी मजबूरन मत मोल लेना। स्नेह के मामले में एक ही कानून है—उसके लिए लायक बनना। इस सत्य को अपनाना। धैर्यशाली भी बनना। तब तुझे अपना रास्ता अपने आप दीख पड़ेगा।

नहीं, मेघा की माँ—विनु दीदी, मुझे गोद में बिठाकर कहती—स्नेह की दुनिया में हमेशा दो प्रकार के लोग हैं—वे स्नेह देने के लिए और स्नेह पाने के लिए पैदा होने वाले हैं। पूरी वेदनाएँ प्रथम श्रेणी के लोगों की होंगी। फिर वे मेरे चेहरे को पकड़कर हँसने की कोशिश करेंगी। मेघा बिटिया, मुझे तुझसे ईर्ष्या होती है। तेरा जन्म सिर्फ पाने के लिए हुआ है। मैंने नटखट स्वर में पूछा कि कैसे इसका पता चलेगा। तब उन्होंने इसी प्रकार कहकर मेरे माथे का चुम्बन लिया।

एक बार सिनेमा देखने गई तो विनु दीदी के पति और एक अजनबी औरत को साथ बैठते हुए देखा। एहसास हुआ कि उन्हें उस समय हमारे साथ देखने की आशा नहीं थी। वह एक कार्य-दिवस था—एक शनिवार। माँ ने सुना था कि बढ़िया फिल्म है और इसे देखने के लिए वे दफ्तर से जल्दी आयी थीं। सामने से होकर हमें अपनी सीट की ओर जाना पड़ा। विनु दीदी इस प्रकार खड़ी थीं, मानो वज्राघात पड़ा हो। माँ ने धीरे से आगे बढ़ने के लिए मजबूर किया। उस आदमी की दृष्टि स्क्रीन पर ही पड़ी थी। बाह्य संसार के बारे में उसने लापरवाह होने का बहाना किया। पुरुष की तुरन्त खामोशी का कारण अज्ञात था। कदाचित् इस भाव से युवती चारों ओर देखने लगी।

उस दिन सिनेमा खत्म होते समय विनु दीदी रूमाल से सिसक को दबाते हुए रो रही थीं...। मुझे ही लगता था कि मेरे मन को कच्चे फल का कसैला रस, तृण की नोक की धृष्टता से बींध रहा है। हाँ, किसी दिन मैं भी माँ के समान बनूँगी। छलक न उठनेवाली स्वच्छ चाँदनी की-सी आन्तरिक ताकत की मालकिन। मुझे संवेदना नहीं हुई, जीवन से विद्वेष लगा। एक विरक्ति। मैं उसको भूलना चाहती थी। इसके लिए अपने मन में स्वर्ण लिपियों में अंकित माँ के उन शब्दों की ओर ध्यान दिया। स्नेह की दुनिया में एक ही कानून है—उसके लिए लायक बनना।

बारिश खत्म हो गई। मैं इस खिड़की के नज़दीक से हटी नहीं। माँ दरवाज़े पर आकर पुकारती हैं—आ जा, कॉफी पीकर तैयार होना है। आज हमें बुक शॉप जाना है।

माँ हमेशा मेरे मन के बन्द दरवाज़ों को अनायास खोलती है। उधर रहती चिड़िया के लिए अनन्त आसमान तैयार करती है। माँ मेरी माँ...

अनुवाद : **डॉ. आरसु**

•

बोझ

एम. सुकुमारन

चढ़ाई के बाद सांत्वना के साथ उतरकर कार स्कूल के सामने पहुँची। तब बायीं ओर मुड़ी। लाल मटमैला रास्ता सहसा सामने उभरा। दोनों ओर फैले हुए टोले। दूर श्वेत बादलों को सिर पर धरे पश्चिमी घाट के पहाड़, धूप की नंगी लहरों में आँखें चौंधिया जाती हैं। टायरों द्वारा उछाली गई गर्द में रास्ते के पड़े अव्यक्त हो गए। कार की गति ज़्यादा होती हुई-सी प्रतीत हुई।

मैंने चाहा कि सिर एक ओर घुमाकर, ड्राइवर से कहूँ, ज़रा धीरे चलाओ, मेरा रोग तो तुम्हें विदित है ही। मगर कहा नहीं। कारण यही था कि यथाशीघ्र वहाँ पहुँच जाने की मेरी इच्छा थी। यथासम्भव शीघ्र वहाँ से वापस भी आ जाना था। यह बात ड्राइवर को मालूम थी। गत कई सालों से मेरी सेवा करता आ रहा है। वह मेरे बारे में सब कुछ जानता है। लेकिन मैंने कुछ नहीं कहा था। दूसरों से पूछकर उसने समझ लिया था।

रास्ते के उस पुराने मन्दिर और पीपल को देखने पर यह विचारे बिना न रह सकी कि उन पर समय अपना प्रभाव डालने में कितना असमर्थ रहा है। वे अब भी ज्यों-के-त्यों खड़े हैं। जंगल के सामने पहुँचने पर भारतपुष्प का एक छोटा-सा भाग दिखायी दिया। जल में प्रवाह नहीं था। जल जहाँ-तहाँ इकट्ठा पड़ा था।

खेत के पास पीले-पीले फूल बिछी हुई जगह के पास ड्राइवर ने कार रोक दी। कार का दरवाज़ा खोल दिया। मैंने चश्मा ठीक किया। खुले, बिखरे बालों को बाँधा, तो सबेरे शिव-मन्दिर से मिले तुलसी के कुछ पत्ते नीचे गिर पड़े। धीरे-धीरे चलती कार लगभग धराशायी मील के पत्थर के पास जा खड़ी हुई। खेत के उस ओर कुछ ऊँची जगह पर कुछ सफेद दीवारें दिखाई दे रही हैं। क्या यही घर है? थोड़ा संशय हो रहा है। किसी से पूछें।

चल पड़ी। ड्राइवर पीछे था। घास पर चलते वक्त सोचती रही, मैं क्यों आयी? पर क्या मैं आए बिना भी रह सकती थी? थोड़ी दूर और आगे बढ़ी। एक सात-आठ साल का लड़का, एक तंग नाले में कागज़ की नाव चला रहा था। उसके सिर के

बालों को तेल के दर्शन हुए, शायद कई वर्ष हो गए होंगे। पीछे से ड्राइवर ने मुझसे कहा—इससे पूछेंगे?

आवाज़ सुनकर जब लड़के ने सिर उठाया, तो ड्राइवर ने पूछा—चोलाक्काटु शंकुण्णि नायर का घर कहाँ है?'

लड़का कागज़ की नाव को पानी से उठाते हुए बड़ी ही लापरवाही से बोला—मर गए!

मैं चौंकी नहीं, क्योंकि चार दिन पहले मिले कार्ड पर लिखीं पंक्तियों में मृत्यु की सूचना थी। पिता की मृत्यु की बात बेटे ने लिख भेजी थी।

—कौन-सा घर है? ड्राइवर ने पूछा।

लड़का घूमा और थोड़ी दूर पर खड़े एक टेढ़े पेड़ को दिखाते हुए बोला—वहाँ एक पेड़ दिखाई दे रहा है न? वही घर!

मैंने सोचा था कि उसके भी आगे का पक्का मकान होगा। लेकिन जब लड़का मकान की ओर इशारा कर रहा था, तब वह टूटा-फूटा, दीमक-लगे पत्तों की छतवाला, छोटा-सा मकान मेरी कल्पना में नहीं आया था। मैंने सोचा था कि वे लोग सम्पन्न होंगे। जब यह मकान देखा, तब लगा कि उसमें रहने वाले लोग निरन्तर गरीबी की चक्की में पिसते आए हैं। लड़के ने कागज़ की नाव फिर पानी में उतारी। ड्राइवर ने एक छोटी-सी छलाँग मारकर नाले को पार किया।

मैं ऐसा नहीं कर सकती थी। मैं साठ साल के ऊपर की हो गई हूँ। इस उम्र में नियमित रूप से टॉनिक और गोलियाँ लेते रहने पर भी पुराने स्वास्थ्य का दसवां भाग भी अब नहीं रहा। पैरों से जूते निकालकर हाथ में पकड़ लिए और छोटे-से नाले के पानी में चल कर उसे पार कर लिया। मेरे चलने से पानी आन्दोलित हो उठा। उस लड़के की नाव डोल उठी। वह लड़का मेरी ओर कुतूहल से देखता रह गया। मुझे पहली बार देख रहा था। वही नहीं, इस प्रदेश का कोई भी व्यक्ति मुझे शायद नहीं पहचानेगा। अगर शंकुण्णि नायर ज़िन्दा रहते, तो वह भी मुझे पहचान न पाते।

थोड़ी देर चलने के बाद पीछे मुड़कर देखा। वह लड़का अब भी अचरज के साथ मेरी ओर देख रहा था। उसकी आँखों में यह प्रश्न झलक रहा था, 'ये कौन हैं?' मैं हूँ रिटायर्ड हेड मिस्ट्रेस कुंचिक्कावम्म। शायद तुम्हें विश्वास नहीं आएगा। वार्द्धक्य ने मेरा हुलिया एक योगिनी का-सा बना डाला है। यद्यपि मैं आर्थिक दृष्टि से सम्पन्न हूँ, अपनी कार है, बैंक बैलेंस भी है।

घर की टूटी-फूटी देहरी पर ड्राइवर कुछ हिचकता हुआ खड़ा रहा, पहले कौन अन्दर जाए? आखिर में मैं ही अन्दर घुसी। जब दरवाज़ा खोला, तब वह दीमक-मंडित द्वार क्रंदन कर उठा। थोड़ी देर वहीं खड़ी रही। अन्दर से उठने वाली एक धीमी सिसक धीरे-धीरे ऊँची होकर ज़ोर से क्रंदन में बदल गयी।

चबूतरे और आँगन के आस-पास सात-आठ व्यक्ति खड़े थे। मैं उनकी ओर

देखती हुई आँगन पार कर गई। जूते उतारकर सीढ़ी पर रखे गए। रोना बुलन्द हुआ। सारे घर में मौत का साया मँडरा रहा था। एक नारियल के पेड़ के नीचे खड़ा एक छोटा-सा लड़का चुपचाप पलंग के पास से होकर अन्दर चला गया। एक तिपाई पर एक थाली रखी है, जिस पर कटी हुई सुपारी और पान के पत्ते रखे हैं। एक कुर्सी पर बैठे एक बूढ़े ने पूछा—कौन है?

किसी ने उत्तर नहीं दिया, मानो उनकी जीभ कैद में हो। मैंने बूढ़े की ओर फिर देखा, तो वह पलकें बार-बार खोलकर बन्द कर रहा था। तभी बात समझ में आयी। अंधा है। सभी की आँखों में प्रश्नचिह्न! मैं कौन हूँ? एक फीकी-सी मुस्कान के साथ मैंने सबकी ओर देखा। मन-ही-मन बोली, तुम लोग मुझे नहीं जानते! इस घर से मेरा घनिष्ठ सम्बन्ध है, जिसका मैं परिचय नहीं दे सकती! मैं कुछ न बोली। मैंने उस कमरे के दरवाज़े को धीरे से खोला,जिसके अन्दर शव रखा हुआ था। जब उस धुँधले अँधेरे में से होकर चली, तो मृत्यु की गन्ध का अनुभव किया। क्या मृत्यु की भी गन्ध होती है? हाँ, जन्म एवं मृत्यु, दोनों के ही, जो केवल मन द्वारा ग्राह्य है।

एक चटाई पर दीवार की टेक लिए बैठी रो रही है शंकुण्णि नायर की पत्नी। उसके वस्त्र और सिर के बाल अस्तव्यस्त हैं। उसके निकट लहँगा पहने पलथी मारकर बैठी एक लड़की अश्रु-भरी आँखों से मेरी ओर देख रही थी। वह शायद सोच रही थी, रिश्तेदार होंगी, या पिताजी के स्कूल से पेंशन-प्राप्त कोई टीचर।

मैं दीवार के पास जाकर चटाई पर बैठ गई। रोना और बढ़ गया। मैंने मृत शरीर की ओर देखा, काल की काली छाया का स्पष्ट रूप देखा। विश्वास करना कठिन था कि यह निश्चल शरीर एक दिन चलता-फिरता पुतला था। अब मेरा कर्तव्य है, दूसरों को सांत्वना देना। परिपाटी के अनुसार मृत व्यक्त के सद्गुणों का, जिनका उसमें अभाव था, बयान करना, आखिर सारे मामले को एक ही शब्द में समा देना—किस्मत!

यह सब मुझसे नहीं हो सकता। मेरे विचार में दुःख एक ऐसी चीज़ है, जिसे स्वयं सूख जाना चाहिए। कोई उसकी पुनः-पुनः याद दिलाये, तो वह घटने की बजाय बढ़ने लगता है। मैं एक ऐसे मन की मालकिन हूँ, जो खूब पढ़-पढ़कर परिपक्व हो चुका है। मेरी विचारधारा अब ऐसी बन गई है कि स्वयं ज़िन्दगी को ही एक स्थगित मृत्यु समझती हूँ। किन्तु इन दार्शनिक विचारों को इनसे कहने से क्या लाभ! फिर भी बोली—अब रोने से क्या लाभ!

मेरे ऐसा कहने पर रुदन बढ़ गया।

वहाँ बैठे एक युवक के घुँघराले बाल और मुखड़ा देखकर एक पुराना रूप याद हो आया। सोचा, शायद यह सबसे बड़ा बेटा होगा।

बाहर धीमी आवाज़ में बातचीत सुनायी पड़ी। बहुत सम्भव है, मेरे बारे में ही हो। लेकिन मैं उनके सामने गणित का एक ऐसा सवाल ही बनी रहूँगी, जिसका

उत्तर उन्हें नहीं मिलेगा। उस सवाल का उत्तर बाहर खड़ा ड्राइवर जानता है। शायद मेरे बारे में उनकी जिज्ञासा उन्हें ड्राइवर से पूछने की प्रेरणा देगी। अच्छा, मेरे बारे में जान लें। तो भी मुझे क्या! मेरी उम्र तो साठ से ऊपर की हो गयी है। अब ज़िन्दगी के कितने दिन बाकी रह गए हैं!

बच्चे के सिर पर मैंने प्यार से हाथ फेरा। वह युवक बड़े विनीत भाव से कमरे के कोने पर खड़ा है। कई बातें पूछकर जानने की इच्छा है। न पूछें, तो भी क्या!

अच्छा, अब उठूँगी। इस प्रकार यहाँ बैठे रहना असह्य है...मेरे लिए नहीं, इस स्त्री के लिए। यहाँ मेरे उपस्थित रहने तक उनका दुःख बढ़ता ही रहेगा। दीवार के सहारे उठ खड़े होने पर देखा कि युवक अपने आँसू पोंछ रहा है। मेरी आँखों में आँसू की एक बूँद भी क्यों नहीं आती? क्या मेरी आँखों के आँसू सदा के लिए सूख गए? हाँ, कई सालों से मैं अपने हृदय को इतना कठोर बनाती आयी हूँ कि करुण प्रसंगों में भी आँसू नहीं आते।

मैंने साड़ी के अग्रभाग से चश्मा साफ किया। शायद मेरी आँसू-रहित आँखों को देखकर अन्य लोग चकित हो रहे होंगे कि यह भी कैसी स्त्री है! बाहर की ओर चली।

ड्राइवर वहाँ के एक नारियल के पेड़ के तले खड़ा बीड़ी के कश खींच रहा है। परिवार का एक अधेड़ उम्र का आदमी एक कुर्सी को थोड़ा सरकाते हुए बोला—बैठिए।

बैठ गई। लगता है, उसने मेरे बारे में ड्राइवर से पूछकर जान लिया है। उसने सामने की तिपाई पर रखे पान-सुपारी की ओर संकेत करते हुए कहा—पान लीजिए न!

—मैं पान नहीं खाती।

अन्दर से युवक बाहर आया और सिर झुकाये, शोक से मूक खड़ा रहा। मैंने चारों ओर देखा। दीवार पर एक फीका-सा फोटो दिखाई दिया, पाँच दिन पहले जीवनरूपी गलती को मौत से सही कर देने वाले व्यक्ति का। उसे थोड़ी देर ताकती रह गई।

मेरे चारों ओर खड़े लोग मेरी हर प्रतिक्रिया को गौर से देख रहे हैं। शायद वे मुझसे कुछ सुनने को उत्सुक हैं। मैंने पूछा—इतनी जल्दी कैसे मृत्यु हो गयी?

—कुछ दिनों से बीमार थे। काफी बूढ़े और कमजोर हो चुके थे, कहकर युवक ने आँसू पोंछ लिए।

जब मैंने सिर हिलाकर उसे पास बुलाया।

—सोलहवाँ किस दिन पड़ता है?

—आगामी सोमवार के बाद वाले सोमवार को।

—तुम कोई काम करते हो?

—एक सोसाइटी में नौकरी करता हूँ...फिलहाल।

—वेतन कितना मिलता है?

वह थोड़ी देर चुप रहा, फिर बोला—पचास रुपये।

बस, इतना संवाद काफी होगा। अधिक बातें करना अच्छा न होगा। कई प्रश्न पूछे जाएँगे, जिनका उत्तर न दे सकूँगी, न दिए बिना रह सकूँगी। पैंतीस साल काई से आवृत चट्टानों की भाँति मेरे सामने बिखरे पड़े हैं।

सबेरे कार में चढ़ते वक्त आलमारी से दस-दस रुपये वाले कुछ नोट निकालकर रख लिए थे। कितने थे, मैंने गिने नहीं थे।

इस युवक के चेहरे पर फैली शोकभावना को देखकर उनकी दरिद्रावस्था समझ में आयी।

—नाम क्या है?

—अरविंदन्!

खिड़की की चौखट पर कुछ भस्म और कुछ अधजले फूल दिखायी पड़े। उस अधखुली खिड़की का दूसरा आधा भाग खुलने पर, वह कमरा, जिसमें मृत्यु हुई थी, पूरा दिखाई देता था। एक चारपाई, तेलरहित दिया एवं रामायण, यह ऐलान कर रहे हैं कि यही वह कमरा है जिसमें मृत्यु हुई है।

उस खिड़की की भाँति मन के अन्दर भी तो एक खिड़की है। उस खिड़की को खोलूँ, तो...

इसी तरह लगभग पैंतीस वर्ष पहले मैं एक कमरे में एक दीप के सामने बैठी थी। प्रसिद्ध ज्योतिषी गंगाधरनुण्णिप्पणिक्कर ने मेरी कुंडली देखकर बताया—भर्तृसुख अधिक काल तक प्राप्त न होगा! साथ ही उसका कारण भी उन्होंने बता दिया—पूर्व जन्म में पति को धोखा दिया था! अन्त में एक और भविष्यवाणी भी—इस स्त्री के बच्चे नहीं होंगे!

फिर भी विवाह किया। मैं उस समय इक्कीस साल की थी। जिस स्कूल में पढ़ाती थी, वहाँ के लड़के मुझे बहुत चाहते थे। लड़के ही क्या, उस स्कूल में पढ़ाने वाले एक अध्यापक भी मुझे चाहने लगे। कई शत्रु बन गए। कुछ शरारती लड़कों ने स्कूल की दीवारों पर कुछ अश्लील चित्रों के नीचे हम दोनों के नाम लिख दिए थे। कुंनिक्कवम्म टीचर : शंकुण्णि, मास्टर।

बिना किसी विशेष कारण के कई लोगों का विरोध करके, कई लोगों का कोप-भोजन बनके हम दोनों ने प्राइवेट बस से गुरुवायूर जाकर विवाह कर लिया। उस समय सोचा था, ज्योतिषी की भविष्यवाणी सत्य सिद्ध न होगी। पर वह सत्य सिद्ध हुई। पाँच वर्ष के अर्से में स्पष्टतः मालूम हो गया कि मेरे बच्चे न होंगे और उन्होंने मुझसे विवाह-विच्छेद कर लिया। एक दिन दोपहर के वक्त विच्छेद-पत्र पर हस्ताक्षर करके वकील के दफ्तर से घर लौटी। उस दिन मनःस्थिति कैसी थी, अब सोच भी नहीं सकती। बहुत देर रोयी। रो-रोकर थक कर आँखें झपक गईं, तो आत्महत्या के सपने आए।

थोड़े दिनों की छुट्टी लेकर घर में विश्राम करती रही। धीरे-धीरे मन को कुछ तसल्ली हुई। काम में मन लगाने लगी। क्रमशः तरक्की पाकर हैड मिस्ट्रेस बनी। पंखे वाले कमरे में बैठकर स्कूल के सारे काम-काज कुशलता से देखने लगी। अध्यापक-अध्यापिकाओं को आवश्यक निर्देश दिए। काफी यश व धन पाया। यश की निरर्थकता जानकर भी रिटायर्ड होने पर एक नेमबोर्ड लगवाया ही : पी. कुंनिक्कावम्म—रिटायर्ड हेड मिस्ट्रेस।

...ड्राइवर कुछ पास आया। तभी अपनी यादों से छूटकर घड़ी पर दृष्टि डाली। ग्यारह बज चुके हैं। जाने का समय हो रहा है। वह युवक दीवार की टेक लिए चुपचाप खड़ा है।

उठी। पर्स के कुछ नोट निकाले। सौ से अधिक रुपये रहे होंगे।

—अरविन्दन्!

वह जब बिल्कुल पास आ गया, तो मैंने नोट उसकी ओर बढ़ाते हुए कहा—ये रख लो। सोलहवें के लिए।

लेने में संकोच करता वह खड़ा रहा, तो उसके हाथ में बलपूर्वक थमा दिए। मैं जानती थी कि वह लिए बिना नहीं रह सकता। मृत्यु उस व्यक्ति की हुई है जो सारे परिवार को साया दे रहा था। यह जानकर ही मैंने उसे रुपये दिए थे। मेरे लिए तो यह एक छोटी-सी रकम ही है...बैंक में जो धन पड़ा है, उससे हर महीने मिलने वाले ब्याज की चौथाई ही होगी—देते-देते सोचती रही—यह सब कमाई किसके लिए?

सीढ़ियाँ उतरते-उतरते सारे जीवन की निरर्थकता पर सोचने लगी। यह सब झंझट किसलिए?

हिमालय के हिमाच्छादित प्रदेशों में निस्पृह जीवन बिताने वाले ऋषिपुंगवों की याद आयी। उनके लिए मनुष्य-मनुष्य के सारे सम्बन्ध मानव के सारे विकार केवल जूठन के समान हैं, मैं भी एक वृद्धा तपस्विनी में परिणत हूँगी और शेष जीवन काषाय वस्त्रों में बिताऊँगी। समीपस्थ मन्दिर से कुछ लड़कों के गाने की आवाज़ आयी :

...हरे राम हरे राम, राम राम हरे हरे...

आँगन में उतरी। अन्दर से रुदन जिसे मैंने समाप्त समझ लिया था, फिर बुलन्द हो उठा। शायद उन लोगों ने मुझे उतरते देखा हो। क्या फिर अन्दर जाकर उनसे बिदा लूँ? नहीं, फिर रुदन बढ़ेगा।

शायद मुझे उनके मरने के पहले ही आकर देख लेना चाहिए था। किसी ने सूचना नहीं दी। पर यदि सूचित करते, तो भी मैं आती? शायद ही! मुझमें किसी के प्रति प्रतिकार की भावना नहीं, यद्यपि घटना ऐसी ही घटी है कि कुछ लोगों के प्रति द्वेषाग्नि को मन में सुलगाये रखना उचित ही था। कई दिनों तक वह आग मन में थी भी। अब वह बुझकर राख हो चुकी है।

ड्राइवर सीढ़ी पार कर गया। एक बार और घड़ी पर निगाह डाली। अच्छा, अब विदा लूँगी।

आँगन में हवा से इधर-उधर हिलते हुए पेड़ के नीचे थोड़ी देर खड़े रहते समय एक बात याद आयी। शायद अगले महीने के प्रथम सप्ताह में एक तीर्थ-यात्रा होने वाली थी। आश्रम से स्पेशल बस द्वारा चलने का विचार था। काशी, रामेश्वरम, बद्रीनाथ...

पुनर्जन्म, पाप-पुण्य आदि में विश्वास रखने वाले व्यक्ति के लिए ऐसी तीर्थ-यात्रा करने में कोई आपत्ति नहीं होनी चाहिए। उनकी अस्थियों को गंगा में बहा दूँगी। किन्तु क्या सचमुच उस पानी में पापों को धो डालने की शक्ति निहित है?

—अरविन्दन!

—जी।

—मैं अगले महीने काशी जा रही हूँ। उसके पहले अस्थियाँ पहुँचा दोगे, तो गंगा में बहा दूँगी।

उसने अपने आँसुओं को पोंछते हुए सिर हिलाया।

उसे सांत्वना देकर, एक बार पीछे देखकर, वहाँ खड़े सब लोगों से विदा लेकर चल पड़ी।

भगवान सांख्ययोग में कहते हैं : जो चपल इन्द्रियों के वश में हो जाता है, उसका मन उसकी प्रज्ञा को पानी में नाव की तरह इधर-उधर डुलाता रहता है...

आते वक्त जिस छोटे नाले को पार किया था, उसके पास आने पर कुछ रुक गई। वहाँ पानी में वह नाव दिखाई नहीं पड़ी।

आते समय की ही भाँति हाथ में जूते लेकर नाले को पार किया। पानी डोल उठा। तभी देखा, नाव एक ओर जाकर किनारे के कीचड़ पर निश्चल पड़ी है। स्याही से अंकित कोई पुराने कागज़ का टुकड़ा मात्र! न उसमें कोई स्पन्द है, न जीवन।

ड्राइवर ने कार का दरवाज़ा खोला। पुनः जूते पहन लिए और कार के अन्दर जाकर बैठ गई।

ड्राइवर ने पूछा—सीधे घर चलूँ?

तभी याद आयी कि उस घर से निकल रही हूँ, जिसमें मृत्यु हुई है, स्नान करना चाहिए...परिपाटी के अनुसार। मृत्यु को धिक्कारना अच्छा नहीं। ऐसा धिक्कार ज़िन्दा व्यक्तियों के लिए खतरनाक है।

—नहाना है...भारतपुष्प में पानी बहुत कम है। पांबाट टिक्कडवु के पास रोको।

फिर धूल उड़ाती हुई कार चलने लगी। उस उड़ती हुई गर्द में सारे वृक्ष, घर, पश्चिमी घाट, सब छिप गए।

अनुवाद : **विद्वान् के. नारायण**

•

ऊँट

एस.के. पोट्टेकाट

सब लोग उसको ऊँट ही पुकारते। उसके पैर तार के खम्भे के समान लम्बे हैं। लम्बी गर्दन और चीनी हाँडी-सी छाती। सूखे नारियल का-सा एक सिर भी। वही है ऊँट।

ऊँट सुबह से शाम तक जल-भरे बर्तनों और पीपों को एक ठेला गाड़ी में रखता और खींचकर गली से आगे बढ़ता। तब वह दृश्य देखते ही बनता। चार छोटे-से पहियों वाली एक ठेलागाड़ी एक विकृत स्वर निकालते हुए आगे बढ़ती तो ऐसा लगता मानो एक भैंस प्रसव-पीड़ा से कराहती इधर-उधर घूम रही हो।

होटल की मेज पर बिछाने वाला एक पुराना चीथड़ा ही वह पहनता। उसके अलावा दाहिनी टाँग के मध्य एक चीथड़ा हमेशा बाँधे रहता। वह तो कई बरस पहले की एक चोट की याद ताजा करता। घाव तो भरा था। और उसके ऊपर रोएँ भी उगे थे। पर उसका खयाल है कि अगर वह उस चीथड़े को हटाता तो वह तड़ाक से गिर कर मर जाता। इसलिए वह उस चीथड़े को हरगिज अलग नहीं करना चाहता। पैर के एक अलंकार की तरह वह कपड़ा भी उसका पीछा न छोड़ता।

ऊँट के आराम करने की भी एक जगह है। पर वह होटल के पीछे, काठ-कबाड़ वाले मकान के एक कोने में जूठन की टोकरी के नजदीक थी। शाम को वह वहाँ जाकर बैठता, जब वह पूरा काम-काज खत्म कर चुका होता। वह एक बीड़ी पीता और गर्दन घुमाते हुए उकड़ूँ बैठता। तभी उसके सहयोगी देहाती लौंडे उसे घेर लेते और उसकी पीठ पर चढ़कर खेलने लगते।

ऊँट और ये लौंडे शहर के उस बड़े होटल के सहारे ही ज़िन्दगी गुजारते। होटल का पानी वह ठेलागाड़ी में लाता। यही है उसका पेशा। सोलह वर्षों से वह यह काम नियमित रूप से करता आया है।

यों वह ज़िन्दा रहा। 'आठ शख्सों का भोजन वह अकेले खाता!' ऊँट के बारे में होटल मैनेजर को बस यही एक शिकायत है। पानी तो वह दूर से लाता ही है, अलावा इसके होटल के लकड़हारे का काम भी वही करता है।

अगस्त क्रान्ति से मुल्क-भर में हलचल मच गई है, दूसरा विश्वयुद्ध भी खत्म

हो चुका है, या भारत ने आज़ादी की घोषणा कर दी है—ऐसी बातों की भनक तक ऊँट को न होती। उसको महज दो मर्तबा महसूस हुआ था कि इस मुल्क में भी कुछ अजीब घटनाएँ घट रही हैं।

एक दिन सुबह हमेशा की तरह वह ठेलागाड़ी खींच कर आ रहा था। रास्ते के नजदीक के एक कारखाने के सामने धरना चल रहा था। तभी वहाँ एक लारी भरकर पुलिस आ धमकी और धरने पर बैठे लोगों और तमाशबीनों को बेरहमी से मारने-पीटने लगी। वह तड़ाक से ठेलागाड़ी वहीं छोड़कर नौ-दो ग्यारह हो गया। भागते वक्त लाठी की एक मार, उसकी पीठ पर पड़ी थी। गली के दोनों ओर के दुकानदारों को देखते ही गुफा-सा मुँह खोल कर उसने चेतावनी दी, "भाग जाओ, वरना मार खानी पड़ेगी। ऊँ। चट!"

उसका विचार था कि सभी शहर वालों की पीठ पर अभी-अभी लाठियाँ बरसेंगी!

दूसरी घटना। वह ठेलागाड़ी एक मर्तबा उसकी पीठ पर गिर पड़ी थी। कोई मामूली शख्स होता तो वह उसी वक्त वहीं ढेर हो जाता। ऊँट चन्द मिनट के अन्दर उस ठेलागाड़ी के अन्दर से धड़ल्ले से उठ खड़ा हो गया, पर उसके सिर और पीठ पर भारी चोट आयी थी।

थोड़ी दूर तक रेंगते हुए चलने के बाद वह वहीं गिर पड़ा। होटल मैनेजर ने तुरन्त उसको एक रिक्शागाड़ी में बिठाकर अस्पताल पहुँचा दिया। सब लोगों का अनुमान था कि ऊँट ज़रूर मर जाएगा। जख्म गहरा था मगर वह ज़िन्दा बच गया।

जब उसे होश आया तो उसने अपने को मुलायम सफेद बिस्तर पर लेटे हुए पाया। उसने अपने पूरे बदन पर निगाहें घुमायीं। सिर, दाढ़ी, और कन्धे सफेद कपड़ों के टुकड़ों से बाँध दिए गए थे। टाँगों पर पुराना कपड़ा दिखाई नहीं पड़ा। उसने चट अपने सिर के कपड़े का टुकड़ा फाड़ डाला। झटपट उसे अपनी टाँग पर बाँध दिया। फिर बेफिक्री के साथ आँखें बन्द कर लेट गया।

थोड़ी देर के बाद नर्स ने आकर देखा तो ऊँट को बेहोश पाया। उसके सिर से खून बह रहा था।

डेढ़ मास तक वह अस्पताल में पड़ा रहा। बरामदे के एक कोने में ही उसका पलंग डाल दिया गया था। फिर वह ठीक हो गया था।

एक दिन होटल के मैनेजर ने ऊँट को अपने कमरे में बुलाया।

ऊँट सकपकाया। वे क्यों बुला रहे हैं? क्या इसलिए कि कुछ जली-कटी बातें सुनानी हैं? बड़ी देर तक वह नाक-भौं सिकोड़ कर दफ्तर के बाहर खड़ा रहा। आखिर वह बड़े अदब के साथ मैनेजर के सामने हाजिर हो गया।

मैनेजर ने उसे एड़ी से चोटी तक घूरकर देखते हुए फर्माया, "अरे, मैंने तुझे एक बात पूछने के लिए ही बुलाया है। तू कितने बरस का है?"

ऊँट आँखें फाड़े खड़ा रहा। वाणी उसके गले से फूटी नहीं, मानो वह गूँगा हो।

"तुझे याद नहीं होगी...खैर...जाने दे। तू लम्बे समय से इस होटल का नौकर है न? मुझे तुम पर अधिक स्नेह और वात्सल्य है। लिहाजा मैं तेरा ब्याह रचाना चाहता हूँ। तेरी क्या मंशा है?"

सुनते ही ऊँट बिल्कुल सन्न पड़ गया।

"अरे, जानता है औरत कौन है? इधर बावर्चीखाने की नौकरानी मातु है न? वही। चूँकि तुम दोनों इस होटल के पुराने नौकर हो, इसलिए तुझे ब्याह में पैसा-वैसा खर्च करने की ज़रूरत नहीं। शादी के खर्च के लिए तो...।" अपनी बात बीच में ही रोककर मैंनेजर ने मेज खोल कर एक सिगरेट टिन में रखे रुपयों में से दस-दस रुपये के तीन नोट निकालकर मेज़ पर रख दिए।

"तेरी तनख्वाह का पैसा तो इधर है। और अधिक पैसा खर्च होगा तो मैं अपनी तरफ से दूँगा। औरत तुझे पसन्द है कि नहीं?"

ऊँट मैनेजर से क्या कहे? वह टकटकी लगाये वहीं खड़ा रहा।

तब तक ऊँट का विचार था कि औरत और ब्याह आदि से उसका कोई सरोकार नहीं। मुहब्बत-अुहब्बत को ज़िन्दगी की वह कल्पना भी कैसे करता? मैनेजर की बातों से उसे अपने जिस्म में नयी गुदगुदी का एहसास हुआ। ऊँट ने जैसे नाक और होंठों से कमरे को सूँघने की कोशिश की।

"अरे, जल्दी बता। इसमें तुझे कुछ एतराज है क्या?" मैनेजर बोला।

ऊँट ने दाँत निपोरते हुए सिर हौले से हिलाया।

"हाँ, तू अब जा। कल रात ही तेरी शादी होगी। समझे? कल तू पानी-वानी लाने के लिए मत जाना। और थोड़ा-सा आराम करना।

शाम को होटल के मैनेजर ने ऊँट को पुकार कर एक नई शर्ट, डबल धोती और एक जरीदार अँगोछा भेंट में दिया।

अगला दिन भी आकर चला गया। रात होने पर जब तक होटल के सभी ग्राहक गए, तब तक दस नम्बर कमरे में शादी का सभी इन्तज़ाम हो चुका था।

नई पोशाक पहनकर ज़रा कोफ्त के साथ ऊँट कमरे में दाखिल हुआ। तब भी उसकी टाँग में बँधा रहने वाला कपड़े का टुकड़ा वहीं था।

नयी दुल्हन फर्श पर बिछी चटाई पर सज-धज कर बैठी थी। ऊँट ने उसकी ओर सहमकर देखा। विदित हुआ कि वह मोटी और काली तरुणी उसी होटल की नौकरानी मातु है। उसके मन में खुशी की लहर उठी, पर उसे दबाते हुए वह उसकी ओर टकटकी लगाये वहीं खड़ा रहा।

मैनेजर और उसके कुछ साथियों के सान्निध्य में शादी की रस्म सम्पन्न हो गई।

वह एक पूनम की रात थी, पर यकायक बूँदाबाँदी शुरू हो गई।

ब्याह के बाद क्या करना होगा, यह ऊँट को सूझा ही नहीं। वह टकटकी लगाए वहीं खड़ा रहा। इतने में मैनेजर की आवाज गरजी कि अब तू पुरानी जगह ही जाके लेट!

यों ऊँट को यह नहीं मालूम हुआ कि उसने कुछ खोया है या पाया है। वह पहले दिन की तरह दिन काटने लगा। ज़िन्दगी में ऐसी बेशुमार बातें थीं जिनसे ऊँट कतई वाकिफ न था। उनमें एक यह शादी भी थी।

महीनों गुजर गए।

प्रत्यक्ष में ऊँट में कोई परिवर्तन नहीं हुआ। मगर उसकी अपनी खोपड़ी में चिन्ताओं की गुदगुदी का एहसास हुआ। सामान्यतया उसकी सेहत अच्छी थी। मगर अब तो वह शिकार हो गया था बर्दाश्त न कर सकने वाले एक सिरदर्द का।

ठेलागाड़ी खींचते वक्त अब वह गली में नहीं देखता। उसकी गर्दन झुक जाती। बिना किसी वजह के वह नाराज हो जाता। ऐसे मौकों पर वह कभी भर्राई आवाज़ में गरजता। अंट-शंट बातें करता।

मातु को वह कभी-कभार देखता। बावर्चीखाने में, कभी चक्की में नारियल पीसते और कभी मसाला भूनते हुए। ऊँट को देखते ही मातु मुँह को आँचल से ढँक कर हँसी से लोट-पोट हो जाती।

उसने सब कुछ बर्दाश्त कर लिया था।

शादी हुए छह मास भी न बीते कि ऊँट ने सुना—मातु ने एक औलाद को जन्म दिया है।

एक दिन वह ठेलागाड़ी खींचते हुए जा रहा था। तभी तपाक से लड़के चिल्लाये, "अरे, देखो ऊँट का बच्चा!"

ऊँट ने गर्दन मोड़ते हुए उस औरत की तरफ घूरकर देखा। गली से मातु जा रही थी। उसकी छाती से चिपटा था वह दुलारा बच्चा।

ऊँट की आँखों में रौनक आ गई। वह एक आम आदमी की तरह मुस्कराया। झट गाड़ी रोक ली। हौले से मातु के नजदीक चल दिया।

मातु मारे खौफ के वहीं खड़ी हो गयी। ऊँट ने झट से नन्हे-मुन्ने को उठाकर अपनी छाती से लगा लिया। फिर उस ठेलागाड़ी के पास चला गया। मुन्ने को एक हाथ से छाती से सटाते हुए वह ठेलागाड़ी खींचता चल दिया।

मातु फफक-फफककर रो दी। वह गाड़ी के पीछे दौड़ती रही। लफंगे लौडे शोर-शराबा करने लगे। इतने में लोगों की भीड़ वहाँ जमा हो गई।

पुलिस की टोपी देखते ही ऊँट ने ठेलागाड़ी वहीं छोड़ी और नौ-दो ग्यारह हो गया।

उसने सोचा कि किधर दौड़ चलूँ? होटल के सिवा और किसी जगह की बात वह सोच ही नहीं सका। मुन्ने को सीने से लगाये हुए वह सीधे होटल की तरफ दौड़ पड़ा।

वहाँ भी पुलिस की टोपी नज़र आई। वह खौफ के मारे भागा और होटल की सीढ़ियाँ चढ़ गया। देखा कि वही पुराना कमरा नम्बर दस खुला है।

वह कमरे में घुस गया है भीतर से दरवाज़ा बन्द कर लिया।

होटल मैनेजर, मातु, पुलिस और छोटी-सी भीड़ कमरे के बाहर जमा हो गई।

"दरवाज़ा खोलो!" मैनेजर आदेशात्मक स्वर में दहाड़ा।

कोई आवाज़ नहीं।

दरवाज़ा खटखटाते हुए मैनेजर ने पुनः चिल्लाकर कहा, "अरे, तुझसे दरवाज़ा खोलने के लिए ही कह रहे हैं।"

"मुन्ने को हर्गिज नहीं दूँगा।" ऊँट ने भीतर से भर्राई आवाज में कहा।

"वह तो बाद में देखेंगे, तू ज़रा दरवाज़ा खोलकर बाहर तो आ।"

"यह मुन्ना मेरा है, सिर्फ मेरा।" भीतर से पुनः भर्राई आवाज़ आयी।

"अरे तुझे दरवाजा खोलने को ही हम कह रहे हैं।" मैनेजर ने ज़ोर से दरवाजा खटखटाया।

"इसकी माँ तो मुझे नहीं मिली लेकिन मुन्ना तो मुझे ही चाहिए।" ऊँट दर्द भरी आवाज़ में गिड़गिड़ाया।

"अबे, यह क्या बक-बक कर रहा है? यह मुन्ना है किसका?" पुलिस ने तड़ाक से पूछा।

"वह तो इसका मुन्ना है।" मैनेजर ने औरत की तरफ इशारा करते हुए कहा।

"वह तो समझ गया लेकिन, बच्चे का बाप?"

पुलिस के सवाल की उपेक्षा करते हुए मैनेजर ने ज़ोर से पूछा, "अरे तू बच्चे का क्या करने जा रहा है?"

"मैं इसे पाल-पोसकर बड़ा बनाऊँगा। नहीं तो बेच डालूँगा। नहीं तो कत्ल करूँगा। कुछ भी करूँगा...यह मेरा मुन्ना है।" ऊँट ने जवाब दिया।

"अरे बच्चू, अगर तू दरवाज़ा नहीं खोलता तो मैं दरवाज़ा तोड़ने का इंतज़ाम करता हूँ। और मैं साले...मैं तेरी खाल खींच लूँगा..!" पुलिस वाले ने चेतावनी दी।

"अगर दरवाज़ा तोड़ा तो मैं मुन्ने को खिड़की से बाहर फेंक दूँगा।" ऊँट ने धमकी दी।

मुन्ने की रुलाई भीतर से सुनाई पड़ी।

"हाय, हाय! वह जानवर मेरे मुन्ने को मार डालेगा।" मातु ने अर्द्ध-बेहोशी की हालत में चीखकर कहा।

"मुन्ने राजा सो जा, सो जा।" भीतर से ऊँट की लोरी की आवाज़ सुनाई पड़ी।

मैनेजर पसोपेश में पड़ गया। कुछ लोग सन्न होकर खड़े सोचते रहे कि आगे क्या होगा?

"यह तो सिविल मामला है, क्रिमिनल नहीं। इससे मेरा कोई वास्ता नहीं।" यह कहने के साथ पुलिस वाला नीचे उतरने लगा तो मैनेजर ने उसे रोका।

"इधर एक हत्या अगर अभी-अभी हो गई तो ऐसी हालत में आप कुछ भी न जानने का बहाना कर कैसे जा सकते हैं।

"हत्या के बाद मुझसे रिपोर्ट करना इस मामले से कोई सरोकार नहीं मुझे।" कहने के साथ ही सिपाही चला गया।

मैनेजर किंकर्तव्यविमूढ़ हो गया था। दरवाज़ा तोड़कर अन्दर घुसता तो ऊँट,

धमकी के मुताबिक मुन्ने को गली में फेंक देता। ऐसी हालत में बात और खतरनाक होती।

बच्चे की रुलाई पुनः गूँज उठी। क्या पता कि ऊँट बच्चे को थपकियाँ दे रहा है या उसका कत्ल कर रहा है!

"अरे, मुन्ने को तुझे ही दे देंगे। वह तो भूख-प्यास से रोते-रोते जान दे देगा। तू दरवाज़ा तो खोल। हम तेरा कुछ नहीं बिगाड़ेंगे।" मैनेजर ने शान्त स्वर में कहा, मगर भीतर से कोई आवाज़ सुनाई नहीं दी।

मुन्ने की रुलाई बीच-बीच में सुनाई पड़ती रही।

"खपरैल हटाकर चुपके से भीतर घुसें, तो?" एक दर्शक ने सुझाया।

"अन्दर पहुँचने के पहले ही वह हैवान उसकी हत्या कर देगा।" दूसरे दर्शक ने कहा।

मैनेजर बोला, "हम भी देखते हैं कि वह कब तक यों बच्चे को लिए बन्द रहेगा।"

"उसकी बात जाने दो। तब तक मुन्ने की हालत क्या होगी? मुन्ना ही हाथ न आया तो?" होटल एजेंट कणारन ने कहा।

"चाहे जो भी हो, कल की सुबह होने दो। इतने में उसका दिमाग तब्दील होगा।

यों सोच-विचार कर मैनेजर और उसके साथी वहाँ से चल दिए।

एजेंट कणारण दरवाज़े के बाहर पहरा देने लेट गया।

अगले दिन मैनेजर और उसके साथी कमरा नम्बर दस के बाहर खड़े होकर पुकारने लगे।

भीतर खामोशी थी।

आखिर तय किया गया कि दरवाज़ा तोड़कर भीतर घुसा जाए।

दरवाज़ा तोड़ दिया गया। उन्होंने भीतर की ओर झाँककर देखा। देखते क्या हैं कि छत के शहतीर से ऊँट की नंगी लाश लटक रही है। ऊँट ने मुन्ने को अपने चीथड़े से अपनी छाती में झोली बाँधकर लिटाया हुआ है। बिस्तर की चादर को ही उसने शहतीर से बाँध लिया था।

मैनेजर ने कमरे की आलमारी पर चढ़कर ऊँट की छाती से लटकी झोली में से मुन्ने को उठा लिया।

मुन्ने के शरीर में गर्मी थी। दिल हौले-से धड़क रहा था।

"मुन्ना मरा नहीं, बच गया...ज़िन्दा है..!" मैनेजर चिल्लाया। फिर वे सब मुन्ने को लेकर बाहर आ गए।

ऊँट की लम्बी गर्दन ज़रा मुड़ी थी। जीभ बाहर थी। अधखुली पलकों से, ऊँट की लाश ने दरवाज़े से घुस आयी हवा की मदद से उस मुन्ने की तरफ ज़रा घूर कर देखा।

अनुवाद : **प्रो. पी. कृष्णन्**

•

जैसे कोई फूल तोड़ा जा रहा हो

गौतमन्

दोपहर की झपकी से वह धीरे-धीरे मुक्त हो रहा था। होश पूरा नहीं आया था। उसे पूरा होने में थोड़ा समय और लगेगा। आँखें दो-एक बार खोलते-मूँदते और ऊपर पंखे को देखते-देखते ही प्रायः उसकी नींद खुलती है। उस दिन वैसा नहीं हुआ। उसके कंधे को किसी ने जोर से झकझोर दिया था। उसने ऊँघती आँखों को बड़ी मुश्किल से खोल कर पूछा, 'क्या? यह क्या है?'

वह पूरा जाग गया था। जगाने वाली उसकी पत्नी थी। बोली, 'विनु। विनु! देखो, हमारी सीता को क्या हो गया है?'

पहले तो वह समझ नहीं पाया। सीता? सीता को क्या हुआ? फिर सीता का चेहरा अचानक उसके मन में घिर आया, जो कल बच्चे को बगल में उठाए ड्योढ़ी उतर कर सड़क पर खड़े ऑटो-रिक्शा में चली गई थी। जाते वक्त उसने सीता से कहा था, 'सीते, डोंट डू एनिथिंग ड्रास्टिक।'

सीता एक क्षण उसके सामने सिर झुकाए खड़ी रही थी। उसने उसे ओंठ काटते देखा था। उसका मन सिसक उठा था, पर अगले ही क्षण सीता ने सिर उठाकर कहा था, 'नहीं भैया...'। उसने बच्चे को एक बार फिर सीने से लगाते हुए, मानों खुद को समझाते हुए कहा था, 'मैं आत्महत्या नहीं करूँगी।' फिर वह तेजी से सीढ़ियाँ उतर गई थी—उसके और उसकी पत्नी के बीच म्लान चेहरा लिए खड़ी उनकी बेटी से विदा लिए बिना। प्रायः ऐसा नहीं करती थी। वह।

'सीता को क्या हुआ?' उसने पूछा।

'बीमार है।'

'क्या बीमारी है?'

'पता नहीं। फोन पर कँवल ने बताया, उधर बताने के लिए,' वह एकाएक रोने लगी, 'विनु, मुझे डर लगता है। सीता को क्या हो गया?'

उसने पत्नी के कन्धे पर हाथ रखकर उसे ढाँढ़स बँधाने की कोशिश की, 'रोओ मत। सीता को कुछ नहीं होगा। वह शायद बुखार जैसा कुछ...' फिर खुद को समझाता-सा वह बोला, 'नहीं तो बाथरूम में फिसल कर गिर गई होगी।'

फिर पूछा, 'तुमने उधर बताया क्या?'

'नहीं', उसने साड़ी के आँचल से आँखें पोंछकर बाहर जाते हुए कहा, 'मैं जल्दी से बता कर आती हूँ। फोन के पास ही बैठना। शायद कुछ पता चले!'

पत्नी के चले जाने के बाद भी वह कुछ देर उसी तरह बैठा रहा। फिर खाट के सिरहाने की लिखने की मेज़ के पास जा कर बाहर देखने लगा। न जाने क्यों उसे अपनी बेटी का ख्याल आया। मुड़कर देखा। मीरा अभी तक गहरी नींद सो रही थी। वह उसके ओंठों पर चाँदनी-सी हल्की मुस्कान देख रहा था कि अचानक टेलीफोन घनघना उठा। उसका हृदय तेजी से धड़कने लगा। उसने जाकर फोन उठया, पर वह कुछ बोल नहीं सका। वैसे ही दो क्षण खड़ा रहा होगा, तब उसने सुना, 'हैलो!'

उसकी प्रतिक्रिया नहीं हुई।

एक क्षण बाद फिर आवाज़ आई, 'दीदी!'

पथरा-सी गई आवाज़ में ही सही, उसने कँवल को पहचाना।

'शी इज नॉट हियर।' उसने कहा। उसे लगा कि दूसरी तरफ वाला जैसे साँस रोके खड़ा है। फिर धीरे से आवाज़ आई, 'मिस्टर मेनन?'

'यस', उसने पूछा, 'इज इट यू कँवल?'

'यस सर।'

'वाट इज इट?'

थोड़ी देर के लिए जवाब नहीं आया। सिगरेट से उँगलियाँ जलने लगीं तो उसे फेंककर वह क्रोध से गरजा, 'आई से वाट इज इट?'

'सीता...'

'सीता? वाट हैप्पंड टु हर?'

'सर, सीता कमिटेड सूइसाइड।'

वह जड़ हो गया। सीता कमिटेड सूइसाइड। सीता ने आत्महत्या कर ली। क्षण भर के लिए वह दृश्य उसकी आँखों के सामने कौंध गया, जब उसने सीता को आखिरी बार देखा था। बच्चे को छाती से लगा के सीता ने कहा था कि वह आत्महत्या नहीं करेगी। उसे लगा कि उसका हृदय जल रहा है। तभी टेलीफोन से कँवल की आवाज़ अटक-अटककर आती सुनाई दी, 'मिस्टर मेनन, आर यू स्टिल देयर?'

उसने धीरे से कहा, 'यस।' फिर अनजाने ही वह चिल्लाया, 'यू बास्टर्ड। आई एम स्टिल एलाइव आफ्टर दिस मॉर्टल ब्लो।'

'सर,' कँवल बोला, 'आई ट्राइड टू सेव हर। बट...बट इट वाज़ लेट।'

कँवल को पूरा कहने का मौका दिए बिना उसने रिसीवर ज़ोर से पटक दिया। मेज़ पर कुहनियों के बल वह साँस की गति सँभाल रहा था। तभी कँधे पर किसी का हाथ लगा। वह उसकी पत्नी थी। उसके पीछे थके-हारे शंकर वारियर का चेहरा और उसके पीछे मिसेज़ वारियर का पीला चेहरा।

'क्या है विनु?' पत्नी ने पूछा, 'फिर फोन आया क्या?'

उसने बस सिर हिलाया।

'कोई नई खबर?' पत्नी ने उसका कंधा झिंझोड़ते हुए पूछा, 'सीता कैसी है? इज देयर एनी इंप्रूवमेंट?'

उसने धीरे-धीरे कहा, 'सरला, सीता ने आत्महत्या कर ली।'

एक क्षण के लिए उसे लगा कि वातावरण सर्द पड़ा है। फिर मिसेज़ वारियर की चीख सुनाई दी। उसने उस पर ध्यान नहीं दिया। वे एकदम नीचे गिर पड़ीं, तिस पर भी उस ओर देखा नहीं। वह अपने को नियन्त्रित कर रहा था। वह पूछना चाहता था, 'अब सन्तुष्ट हो गईं मिसेज़ वारियल?'

उसने डाइनिंग रूप में जा कर कैबिनेट खोल के बोतल निकाली, गिलास में तीन-चौथाई उँड़ेली और एकसाथ पी गया। फिर कैबिनेट बन्द करके एक कुर्सी खींच ली और अन्दर की रुलाई को निस्संग हो के सुनने लगा।

आखिर जब वह उठा, तो अन्दर के कमरे में कोई आवाज़ थी। कमरे में गया तो खाट पर मिसेज़ वारियर पड़ी हुई थीं—सीलिंग पर आँखें गड़ाए निश्चल। कपोलों पर आँसू बहकर सूख जाने के निशान। छाती रह-रह कर जोर-जोर से उठ-गिर रही थी। उनके पास बैठ के उनका ललाट सहला रहे थे शंकर वारियर। वह उन्हें देख कर खिड़की की तरफ बढ़ा। वहाँ से बाहर को देखते हुए वह एक बार फिर सहम गया। सामने के घर की सीमा पर खड़ी चौदह वर्ष की लड़की पड़ोस के घर की चम्पा की डाली खींच रही थी। उसका फूल तोड़ने की असफल कोशिश कर रही थी। उसे लगा कि अगले क्षण हौज के पार एक युवक दिखाई देगा और लड़की से पूछेगा—क्या तुम्हें चम्पा का फूल चाहिए। आठ साल पहले उसने सीता को इसी तरह एक स्थान पर पहली बार देखा था—इसी प्रकार की रेशमी जैकेट में, इसी प्रकार पैरों को छिपाते आकर्षक रेशमी लहँगे में। उसने सिंद्री से उसी दिन आकर वहाँ काम सँभाला था।

वह मुड़कर न जाने किस से पूछ बैठा, 'जाएँगे नहीं क्या?' जब वह कपड़े बदल रहा था तब मिसेज़ वारियर की आवाज़ गर्जन की तरह गूँज उठी, 'मैं उसे मार डालूँगी।'

जब तक वह दौड़कर पहुँचता मिसेज़ वारियर को उसकी पत्नी और शंकर वारियर ने मिलकर पकड़ लिया था। वारियर की क्षीण पुकार 'देवकी, देवकी' पर ध्यान दिए बिना वे गरज रही थीं, 'मेरी बेटी को उसने मारा, मैं उसे मारूँगी। फिर मैं भी मर जाऊँगी।'

वह क्षण भर उन्हें देखता रहा, फिर उसने एक दृश्य देखा, जिसे उन लोगों ने नहीं देखा था। उसकी बेटी अपनी माँ से लिपटी सिसक-सिसक कर रो रही थी और 'माँ, माँ' पुकार रही थी, पर उस पर कोई ध्यान नहीं दे रहा था सिवाय उसके। उसने जा कर अपनी बेटी को गले से लगा लिया। फिर धीरे पुकारा, 'मिसेज़ वारियर।'

सिर्फ एक बार उसने पुकारा था, पर उसका असर हुआ। मिसेज़ वारियर चुप हो गईं। हालाँकि जंगली भाव उनकी आँखों में तब भी जल रहा था।

उसने कहा, 'मिसेज़ वारियर, सीता को कोई नहीं मार सकता था। आप उसे बचा सकती थीं। देखिए इस प्रकार।' कहकर उसने अपनी बेटी को दोनों हाथों के कवच के बीच छिपा लिया। 'पर आपने उसे भेड़िए के सामने फेंक दिया था।'

उसने आँखें मूँद लीं, फिर बेटी को बार-बार चूमने लगा, 'बेटी, तुझे ऐसी हालत में नहीं पहुँचने देगा यह बाप।'

वह याद कर रहा था वह दिन, जब सीता वहाँ से आखिरी बार गई थी। बेडरूम की खिड़की पर खड़े उसने थोड़ा-बहुत सुना था।

पचास नाप के गहने दिए थे। इतना ही नहीं, उस घर का भी सामान उसने अपने पैसे से नहीं खरीदा था और अब तू वह सब छोड़ के चली आई है?'

उसने बेटी को पत्नी के हाथों में दे कर पूछा, 'तुम नहीं आओगी?' 'देखोगी नहीं?'

'नहीं', 'उसकी आवाज़ पथरा रही थी, 'सीता का जीवन्त चेहरा मेरे मन में है। मैं उसी की याद करना चाहूँगी।'

एक क्षण वह उसे देखता रहा। फिर धीमी आवाज़ में कहा, जो सिर्फ वही सुन सकती थी। 'यस यू आर राइट।'

जब वह गाड़ी चला रहा था, तो उसने हफ्ते पहले जवाहर नगर की यात्रा का स्मरण किया। वह पत्नी और बेटी समेत महीने में एक बार सीता को देखने ज़रूर जाया करता था। सीता के घर का घुटन-भरा वातावरण उससे पहले भी उसे महसूस हुआ था, पर उस दिन वह बेहद असह्य लगा था उसे। जब वे वहाँ पहुँचे, तब कँवल ड्यूटी पर गया हुआ था। पर घर पर होने के बावजूद कँवल की माँ और बहन बाहर नहीं आई थीं। सीता ने खाने में उसके सामने उसका प्रिय साग परोसा, तो उसने पूछा, 'सीता, अपनी सास और ननद को भी तो बुलाओ?'

जब सीता कुछ बोले बिना सिर झुकाए बैठी रही तब उसने मजाक किया, 'कहीं तूने आज उनसे झगड़ा तो नहीं किया?'

सीता के जवाब न देने पर उसने पत्नी से कहा, 'सरला, तुम जा कर उन्हें बुला लाओ।'

तब सीता बोली, 'नहीं दीदी, बुलाने पर भी वे नहीं आएँगी।'

सीता की बात की परवाह किए बिना उसकी पत्नी अन्दर गई और जल्दी ही लौट भी आई, पर कुछ बोली नहीं। चाहकर भी कि उससे पूछे कि क्या हुआ, उसने कुछ पूछा नहीं। धीरे-धीरे खाना खाते हुए उसने दो-एक बार सीता को देखा, तो वह सिर झुकाए बैठी थी।

'सीते' उसने पुकारा।

सीता जैसे झपकी से जाग रही हो। हाथ से आँखों को पोंछते हुए उसने देखा। उसने हौले से पूछा, 'क्या कँवल भी उनके साथ है?'

जब सीता कुछ नहीं बोली, तो उसने कहा, 'अगर पति साथ हो तो किसी लड़की का कोई कुछ नहीं कर सकता।'

सीता ने उसका भी जवाब न दिया था।

उसने कार को सड़क के किनारे खड़ा किया। पहले वही उतरा, पर शंकर वारियर और मिसेज़ वारियर के उतर कर गेट पार करने के बाद ही वह आगे बढ़ा।

गेट पार किया तो बाहर सिट-आउट में घुटनों के बल खेलती सीता की बिटिया पर नज़र पड़ी। पास कहीं कोई नहीं था। मिसेज़ वारियर ने लपककर बच्ची को उठाया और उसे बार-बार चूमने लगी। उसे देख वह सोचने लगा कि कुछ लोग कितने चालाक होते हैं, कितनी चतुरता से योजना बनाते हैं। उसे यकीन था कि अन्दर से आने वाला अगला व्यक्ति कँवल ही होगा। तभी वह अन्दर से आया। सूखा-उड़ती रंगत वाला चेहरा और लाल-लाल आँखें। उसने आते ही पहले मिसेज़ वारियर, फिर शंकर वारियर के पैर छुए। फिर ज़ोर-ज़ोर से रोने-बिलखने लगा। 'सीता, हम सबको छोड़ गई, माँजी। मैं इसे कैसे बर्दाश्त करूँगा?'

एक क्षण को उसकी आँखें कँवल की आँखों से जा टकराईं। लगा कि उसके हाथ गरम हो रहे हैं। वह सँभल कर उसके पास से होता हुआ अन्दर गया। बैठक में सोफे पर बैठी स्त्रियों ने नज़र उठाई। एक कँवल की माँ, दूसरी बहन।

उसने पूछा : 'सीता कहाँ है?'

'सीता?' कँवल की बहन बोली, 'सीता तो मर गई।'

'दैट आई नो। उसकी लाश कहाँ है?'

'अन्दर के कमरे में।'

वह उस कमरे के दरवाज़े तक उसके साथ आई। जब वह कमरे में घुसने लगा तो उसने कहा, 'कुछ छूना मत। अभी पुलिस आएगी।'

'मालूम है।' उसने कहा।

कमरे में प्रवेश करते ही सबसे पहले उसकी नज़र सीता की शादी की तसवीर पर पड़ी, जो दीवार पर झूल रही थी। वह हँस रही थी, अपने सुन्दर और हँसमुख प्रेमी से शादी कर सकने के आनन्द में। सीता ने कैसे लड़ाई लड़ी थी अपनी इच्छा की सिद्धि के लिए। सभी एतराजों को उसने जीता था। उसे अपराध-बोध हुआ कि उस शादी में उसकी भूमिका रही थी। शंकर वारियर चाहते थे कि उसी वक्त सीता को अपने गाँव ले जाकर किसी दूसरे से उसकी शादी करा दें, पर उसी ने रोका था उन्हें। उस शादी में आया एकमात्र मलयाली वही था।

सीता गले तक ढँकी थी, मानो आँखें मूँदे सो रही हो। वह अनजाने ही पुकार उठा, 'सीते...।' उसे आशा थी कि सीता आँखें खोलेगी और उसकी पुकार सुनेगी।

क्षण-भर की बेसुधी में से जाग कर उसने ध्यान से दरवाज़ा देखा और सीता के माथे पर हाथ रखा, जैसे बर्फ को छुआ हो। फिर सीता के गले में बँधी साड़ी को देखा। उसके फटे टुकड़े के लिए सीलिंग की हुक की तरफ नज़र घुमाई, पर वहाँ साड़ी का फटा टुकड़ा नहीं था। उसे कँवल के अन्तिम शब्द याद आने लगे। 'मैंने सीता को बचाने की कोशिश की।' बचानेवाला क्या साड़ी की गाँठ खोलेगा? या तो साड़ी फाड़ डालेगा या उसे काट देगा। सीता के आखिरी शब्द भी उसने याद किए : 'मैं आत्महत्या नहीं करूँगी भैया।''

तभी सीता की खाट के पास रखे एयर-कूलर पर उसकी नज़र पड़ी। एयर-कूलर को खाट के इतने करीब रख के कोई नहीं सोता। उसने तुरन्त कूलर के एक ओर का शटर खोल के अलग किया। फेन-मोटर पर अपना हाथ रख तुरन्त हटा लिया। जली उँगली को जीभ से भिगोकर शटर को दुबारा बन्द कर दिया। सीता पर एक बार फिर नज़र डाल वह बाहर चला आया।

जब वह बैठक में पहुँचा तो पुलिस आ गई थी। कँवल की माँ दबी आवाज़ में कुछ बोले जा रही थी। उसे देखते ही वह रुक गई, फिर उसे सुनाने के लिए थोड़ा ज़ोर से कहा, 'उसने क्यों यह ज़्यादती की, मेरी समझ में नहीं आता।'

उस स्त्री को घूरकर देखने के बाद उसने मुड़कर शंकर वारियर से कहा, 'मिस्टर वारियर, कुछ देर के लिए मेरे साथ चलें।'

वे कार के अन्दर जा बैठे। उसने कागज़ और कलम उठाई। 'मैं एस. पी. के लिए पैटीशन तैयार कर रहा हूँ,' उसने कहा, 'वारियरजी, दस्तखत कर दें।'

'एस.पी. के लिए,' वारियर ने थके-माँदे स्वर में पूछा, 'यह सब क्यों? मेरी समझ में कुछ नहीं आ रहा।'

उसने कहा, 'अगर सीता ने आत्महत्या की है तो उसे उसके लिए प्रेरित करने वालों को हम यूँ ही नहीं छोड़ सकते।'

'मेरी बेटी तो गई।' भारी आवाज़ में वारियर ने कहा, 'अब इस सबसे क्या वह वापस मिलेगी?'

'ठीक है वारियरजी,' वह सहमत था, 'सीता वापस नहीं आ सकती। पर हाथ पर हाथ धर के बैठना कि जो हो गया, सो हो गया, सीता के प्रति हमारा सबसे बड़ा अपराध होगा। मोर ओवर, अगर सीता ने आत्महत्या नहीं की तो? अगर उसे इन लोगों ने मारा हो तो?'

'मेनन?' वारियर की आवाज़ सख्त थी।

'यस मिस्टर वारियर, आई एम डेड श्योर।'

क्षण-भर के आघात से छुटकारा पा कर वारियर ने कहा, 'लिखिए।' शंकर वारियर को लड़खड़ाते चलते देख उसने अकेले ही कार स्टार्ट की। एस.पी. से मिल कर बात करने के बाद पैटीशन दे कर आधे घंटे में जब वह लौटा तो पुलिस पार्टी

जा चुकी थी। शंकर वारियर और मिसेज़ वारियर ही बैठक में बचे थे। सीता की बच्ची नानी की गोद में सो रही थी।

वारियर बोले, 'पुलिस अस्पताल ले जाने के लिए कह कर गई है।'

उसने पूछा, 'उन्होंने क्या कहा?'

'क्या कहेंगे?' आँसू पोंछते हुए वारियर ने कहा कि, 'आत्महत्या है।'

'आत्महत्या; नहीं!' मिसेज़ वारियर रुंधे गले से बोली, 'मुझे मालूम है। मेरी बेटी में इतनी शक्ति नहीं थी। उसे इन दुष्टों ने मारा है।' फिर वे ऊपर देखकर बोलीं, 'मेरे भगवान! इन्हें इसकी सजा देना।'

उन्हें करुण दृष्टि से एक बार देख कर वारियर से कहा, 'मिस्टर वारियर, आप आइए। हम सीता को ले चलते हैं।' फिर उसने मुड़ कर मिसेज़ वारियर से पूछा, 'बच्ची का क्या होगा?'

मिसेज़ वारियर बिना हिचक बोलीं, 'बच्ची को मैं ले जाऊँगी।'

'दैट्स बैटर।' मात्र इतना कह कर वह अन्दर चला गया। वह सोच रहा था कि बच्ची को ले जाना ही ठीक होगा, नहीं तो एक दिन वह इस नन्ही-सी जान को भी मार देंगे। बच्ची के रहने पर शादी मार्केट में कँवल की मार्केट वैल्यू कम-से-कम आधी रह जाएगी।

उसने सीता को सिर की तरफ से उठाया। उसके पैर उठा के अपने कन्धे पर रखने वाले वारियर को देखकर वह सोचने लगा, भाग्य का खेल! वे कमरे के बाहर आए तो, न जाने कहाँ से कँवल वहाँ आ गया। दोनों का उठाया भार बीच में से वह भी बाँटने लगा तो, बड़ी कठिनाई से उसने अपना क्रोध दबाया।

पर कार की पिछली सीट पर सीता की लाश रखने के बाद कँवल उसके पीछे बैठा तो उसने पूछा, 'कँवल, सीता कब मरी थी—आज कि कल?'

उस अप्रत्याशित सवाल के समक्ष स्तम्भित बैठे कँवल को देख उसने कहा, 'यू नीड नॉट आन्सर दैट। पर इतना तो बताओ कि लाश को एयर-कूलर ऑन करके एक दिन और एक रात कहाँ रखा था। इस पुलिस को वश में करने गए थे न तुम लोग? तुम नहीं जानते तो मैं बताता हूँ। पोस्टमार्टम से सच्चाई साफ हो जाएगी। कब मरी, कैसी मरी! या तुमने डॉक्टरों को भी पैसा दे दिया है? कँवल, क्यों बेचारी उस लड़की को मारा?'

उसने कँवल को सहम कर काँपते देखा। फिर वह बोला, 'नहीं-नहीं, मैंने नहीं मारा।'

'दैट इज एनफ।' उसने कार का पिछला दरवाज़ा खोल कर कहा, 'नाऊ गेट डाउन फ्रॉम द कार। यू मे कम बाई योर ओन।' वारियर ने 'मेनन' को पुकारा था, पर उसने उसे सुना नहीं था, 'आई से गेट आउट।' एक क्षण बाद कँवल बाहर उतरा तो उसने दरवाज़ा जोर से बन्द करके कार आगे बढ़ाई। मन में कुछ छायाएँ-सी तैरने लगीं।

वह दिन, जब उसने पहली बार सीता को देखा था। प्रीमियर पद्मिनी में प्रथम

सवारी के लिए सीता निकली थी उमंग के साथ। अब सीता अपनी अन्तिम सवारी कर रही है। विंड स्क्रीन पर सीता के लगाए स्टिकर पर उसकी नज़र पड़ी। 'डोंट टच मी आई एम वेरी सेक्सुअल।' उसने फौरन अपनी भीग गई आँखें पोंछ लीं।

उसे लगा मानो अस्पताल में उनकी प्रतीक्षा की जा रही थी। कार का इंजन ऑफ करते ही दो चपरासी स्ट्रैचर लिए आए। उनके पीछे डॉक्टरनुमा लम्बे कद का एक व्यक्ति कार के पास आया।

'आई एम डॉक्टर अग्रवाल।' अपना परिचय देते हुए उसने पूछा, 'आर यू दैट पार्टी हु गेव एक पैटीशन टु एस.पी.?'

उसने शंकर वारियर को एक बार देख के धीरे से सिर हिलाया।

स्ट्रेचर में लिटा दी गई सीता का चेहरा देखके डॉक्टर ने पूछा, 'योर डॉटर?'

उसने अनजाने ही सिर हिलाया। अगर सीता ने यह सुना होता तो ठहाका लगा के हँसती। परिचित होने के बाद सीता उसे अंकिल बोला करती थी। सरला ने उसे टोका था, 'सीता, भैया बोला करो। हमारी उम्र इतनी ज़्यादा नहीं है।' सीता ने उसका जवाब दिया, 'वैसे बाबूजी पुकारना चाहिए।' यह उसके पके हुए बालों पर टिप्पणी थी।

डॉक्टर बोला, 'ईवन इन डेथ शी अपियर्स लाइक ए फ्लावर।'

'यस डॉक्टर,' उसने बताया, 'ए फ्लवर प्लक्ड अगेंस्ट द विल ऑफ द नेचर।'

वे अस्पताल के अन्दर पहुँच गए। छोटे कद के एक मोटे सज्जन को दिखाते हुए डॉक्टर अग्रवाल बोले, 'आचार्य। सीनियर सर्जन।'

पर 'गुड ईवनिंग' वाले उसके अभिवादन के जवाब में उन्होंने सिर्फ सिर हिलाया था–'सो यू आर द पार्टी।' वाले कमेंट के साथ। फिर एक सुझाव भी 'यू मे वेट आउटसाइड।'

उसने डॉक्टर अग्रवाल को मुड़ कर देखा तो उसे बदले में एक सहानुभूतिपूर्ण अजीब हँसी मिली। तब वह समझा कि घूस के हाथ वहाँ भी पहुँच गए हैं।

जब चिता की अन्तिम चिंगारी बुझने लगी तो उसने घड़ी देखी। आठ बजने में पाँच मिनट थे। उसने न जाने किस से कहा, 'चलें।'

दो कदम आगे बढ़ा कर उसने मुड़ कर देखा तो वारियर और मिसेज़ वारियर उसी तरह खड़े थे। पीछे जा कर वारियर के कन्धे पर हाथ रख के उसने कहा, 'मिस्टर वारियर!'

फौरन मिसेज़ वारियर के कन्धे पर सोई पड़ी बच्ची जग कर रोने लगी। 'अम्मा, अम्मा'। मिसेज़ वारियर की प्रतिक्रिया भी जल्दी हुई, 'बेटी...बेटी...' फिर वह फूट-फूट कर रोने लगी।

एक क्षण हिचक कर वह खड़ा रहा। फिर उसने कहा, 'आइए मिसेज़ वारियर। अब यहाँ खड़े रहने से फायदा नहीं।'

'मेरी बिटिया यहाँ सो रही है।' वह रुलाई के बीच बोलीं, 'उसे अकेले छोड़ कर मैं कैसे जाऊँ?'

उसने जवाब दिए बगैर ज़रा-सा बल दे कर उन्हें चलाया और कार के पीछे की सीट पर बिठाया। वारियर के भी अन्दर बैठने के बाद, दरवाज़ा बन्द करके, कार के पीछे से वह चला और अचानक रुका। दो फुट पीछे स्कूटर पकड़े खड़े कँवल को देख। वह आगे बढ़ा तो कँवल ने पुकारा, 'मिस्टर मेनन!'

उसने उसकी उपेक्षा करके कार का दरवाज़ा खोला और कार स्टार्ट कर दी, पर कँवल पास आ चुका था।

कँवल ने कहा, 'मेरी बच्ची मुझे देने को कहिएगा। मिस्टर मेनन।'

मिसेज़ वारियर ने ही उसका जवाब दिया था, 'क्यों? इस नन्हे को भी मारने के लिए। महापापी, तूने मेरी बेटी को मारा। अब इस नन्हीं बच्ची को भी मारना चाहता है तू?'

'माँजी, मैंने उसे नहीं मारा।' कँवल ने उसकी तरफ देख के कहा, 'मिस्टर मेनन, प्लीज़ बिलीव मी। आई लव्ड हर...बट आई कुड नॉट...आई कुड नॉट...'

'यू कुड नॉट सेव हर...' उसने वाक्य पूरा किया।

एक क्षण संकोचवश खड़े रहकर कँवल ने धीरे से सिर हिलाया।

उसने उससे कहा, 'कँवल, यू आर ए कावर्ड।'

उसने तुरन्त एक्सेलेरेटर पर पैर का दबाव बढ़ाया। कार तीर के समान आगे बढ़ी।

कुछ देर बाद उसने कहा, 'मिस्टर वारियर, एस.पी. को दिए पैटीशन के अलावा चीफ मिनिस्टर और प्राइम मिनिस्टर को भी एक रिप्रसेंटेशन भिजवाना चाहिए। ऐसा नहीं करेंगे तो हमें न्याय नहीं मिलेगा। इधर इन लोगों ने सबको वश में कर लिया है। पुलिस, डॉक्टर और सबको...'

कुछ देर तक कोई कुछ नहीं बोला।

फिर मिसेज़ वारियल बोलीं, 'मैंने भाई दिवाकर से फोन पर बात की है। भाई कहता है कि मुकदमेबाजी और झगड़े में मत पड़ना। कोर्ट गए बिना समझौता करना ही ठीक होगा।'

उसने आश्चर्य से कहा, 'मिसेज़ वारियर...'

उसने कार की तेजी कम करके और मुड़कर देखा, पर वे उसे नहीं देख रही थीं। गोद में सोई बच्ची को सहलाते हुए, मानो सपने में मिसेज़ वारियर कह रही थीं, 'हम अब चाहे जो कुछ भी करें, सीता नहीं लौटेगी, मेनन। हम इस बच्ची का पालन-पोषण करेंगे। इसे सीता समझ कर...' उन्हें पूरा बोलने नहीं दिया उसने, 'फिर इक्कीस वर्ष की उम्र में एक और कापालिक से इसकी शादी कर देंगे। है न?'

'कृपा करके मजाक न करें, मेनन,' शंकर वारियर ने कहा, 'तुम्हारे अनुसार चलें तो सारा जीवन कोर्ट में बिताएँगे। यह कहना आसान है कि ऐसा करो, वैसा

करो, पर क्या यह व्यावहारिक है? इन बातों में तुमसे भी जानकार दिवाकर वारियर की राय मानना ही ठीक होगा?'

उसने कड़वेपन से कहा, 'ठीक है! अगर दिवाकर वारियर ने ऐसा कहा है तो वैसा ही करें। वे तो वकील ठहरे।'

पर शंकर वारियर उस पर ध्यान नहीं दे पा रहे थे। उन्होंने कहा, 'अगले वर्ष में मैं रिटायर हो रहा हूँ। मुकदमे वगैरह में फँस गए तो शेष जीवन में चैन नहीं मिलेगा।'

उसने पूछा, 'अगर ऐसा न किया तो क्या आपको चैन मिल सकेगा, वारियरजी?'

उनका जवाब नहीं आया।

वे घर पहुँच गए थे। वह इंजन ऑन किए बिना बैठा रहा, मानो किसी का इंतज़ार कर रहा हो। उसके बाद पति-पत्नी कार से उतरे। वह उस समय तक उन्हें देखता रहा जब तक वे अपना गेट खोल के अन्दर पहुँच गायब नहीं हो गए। फिर कार गैराज में जा कर खड़ी कर दी।

उसकी पत्नी फाटक पर खड़ी थी। उसने पूछा, 'क्या हुआ?'

नहाके सिर्फ एक गिलास दूध पी कर उसने आलमारी से एलबम निकाला। उसके पृष्ठ हटाते-हटाते सीता की फुलसाइज फोटो पर आ रुका। ब्राह्मणी नदी के किनारे वे सब एक बार पिकनिक के लिए गए थे। तब उसने वह फोटो खींची थी। पाँव तक लम्बा रेशमी लहँगा पानी में भिगो के मुख को एक तरफ मोड़ के सीता उसे देख हँस रही थी।

एक लम्बी साँस के साथ उसने एलबम बन्द कर दी।

अनुवाद : **वी.डी. कृष्णन् नंपियार**

•

एक अदना ज़िन्दगी और बड़ी मृत्यु

टी. पद्मनाभन

होटल के सब लोग गहरी नींद सो रहे थे। किसी भी कमरे में रोशनी नहीं थी। मैंने किताब बन्द की। दरवाज़े के नजदीक जाकर बाहर की ओर निगाहें डालीं। मुझे प्यास लगी थी।

रात की सुनसान गलियों में मैं अकेले घूमता-फिरता सिनेमा-घर के सामने की दुकान से एक प्याला चाय खरीदकर चुस्की लेता। यों बड़ी देर के बाद वापस लौट आता। उस दिन भी सोचा कि मैं ऐसा ही क्यों न करूँ?

बाहर किसी की आहट सुनकर मैंने मुड़कर देखा–कुंजिमोयूतीन। वह बाहर खड़ा था, न जाने वह इस वक्त इधर क्यों आया? सुना था कि उसकी सेहत बहुत खराब हो गई है। मगर अपनी दौड़-धूप में मैं यह बात एकदम भूल बैठा था। अपने ही गाँव से मैं उसको यहाँ लाया था। लिहाजा हमेशा उसकी खैरियत पूछने का फर्ज़ तो मेरा था ही। उसके लिए एक मात्र छाया इधर मैं ही था।

मुझे कुंजिमोयूतीन को नहीं देखे तीन दिन हो गए थे। कूजा के जल को बदले भी तीन रोज गुजर गए, यह काम वही करता। मगर उसके आने पर भी मैंने उसकी खोज-खबर नहीं ली। लिहाजा मुझे शरम और अफसोस महसूस होने लगा।

मेरे पूछने के पूर्व ही वह भीतर घुस आया। खाट को थामते हुए बोला, "अम्मी को एक बार और लिखिए, मैं लौट जाऊँगा। किसी-न-किसी तरह!"

उस लड़के ने विषाद-भरे स्वर में यों कहा जैसे कि उसकी आवाज़ गहरे कुएँ के भीतर से आ रही हो। उसकी गीली लाल आँखें और पागल कुत्ते की तरह उसका हाँफना देखकर कोई भी बदहवास हो जाता। वह वहाँ यों खड़ा था मानो न उठा सकने लायक एक असहनीय बोझ सिर पर रख दिया गया हो।

कुंजिमोयूतीन ने झटपट आँखें मूँद लीं। जड़ से उखड़ी एक लता की तरह वह फर्श पर गिर पड़ा और खाट के पाये के निकट सिमट कर लेट गया।

अभी तक मैं बगैर हिले-डुले वहीं खड़ा था। कुंजिमोयूतीन को अचानक क्या हुआ, सोचते ही मैं घबरा उठा। उसकी बातें मेरे कानों में गूँजने लगीं। वे बातें महज

एक लड़के की नहीं थीं; वे थीं, ज़िन्दगी भर आँसू पीनेवाले एक इन्सान की बातें। घृणा, निराशा, लाचारी और गम के ऊपर मैं उसे कुछ समझा-बुझा नहीं सका।

मैं भी वहीं पर बैठ गया। उसकी पीठ को थपथपाते हुए बोला, "अरे कुंजिमोयूतीन!" उसने न तो चेहरा ऊपर उठाया और न ही कुछ कहा।

फिर मैंने उसको हिलाते-डुलाते हुए पुकारा।

मैंने कई बार उसे देखा था, जैसे बेहोश मेंढक के शरीर में बिजली के झटके लगते हों। उसकी छटपटाहट देखकर मेरा कलेजा भी तड़प उठता था। मगर एक दिन अचानक कुंजिमोयूतीन चौंक पड़ा तो मैं बिल्कुल निर्विकार होकर खड़ा ही रह गया था।

अपनी शर्ट एक ओर हटाते हुए, छाती छूकर, उसने कहा, "मेरी छाती जलती है! न छू सकूँगा!" तब उसकी आँखें भर आयी थीं। उसने न रोने की भरसक कोशिश की लेकिन उससे रहा नहीं गया और वह रो पड़ा।

मैं उठकर कमरे में इधर-उधर अनायास ही घूमने लगा। उससे कहूँ तो क्या कहूँ? कौन-सी बातें कहकर मैं उसे तसल्ली दूँ? मेरा कलेजा मुँह को आने लगा। मुझे ताज्जुब हुआ कि कुंजिमोयूतीन की छाती को क्या हुआ है?

समय बीत रहा है। वह कितनी देर तक इस प्रकार लेटा रहेगा? सुबह होती तो कुछ-न-कुछ करता अवश्य, मगर तब तक...

वह मेरी मन की बात समझ गया। उसने धीमी जुबान से कहा, "मैं इधर ही लेटूँगा।"

बावर्चीखाने से गुसलखाने में जाने की राह में ही कुंजिमोयूतीन लेटता था। सिर्फ वही नहीं होटल के सभी नौकर वहीं लेटते। कुछ लोग सीमेंट के फर्श पर, कुछ काठ के तख्ते पर। हल्की-सी बारिश होते ही वहाँ पानी भर जाता। बरसात अब कम है। हालाँकि बगैर बारिश के एक भी रात नहीं गुजरती।

शायद गत तीन रातें कुंजिमोयूतीन ने वहीं काटी होंगी। पुनः वहीं उसे भेजने की मैं सोच रहा हूँ।

कुंजिमोयूतीन पायताने के पास ही सिकुड़कर लेट रहा। सुबह धोबी के आने से पहले मैले कपड़ों को मैंने वहीं गिनकर डाल दिया था। हाँ, वहाँ उस लड़के के लेटने पर मुझे लगा कि वह भी एक ऐसा मैला कपड़ा है, जिसकी ज़रूरत और किसी को नहीं है।

मैंने सोचा, अगर मेरा छोटा भाई होता और वह कुंजिमोयूतीन की तरह बीमारी का शिकार हो जाता तब क्या मैं उसे बर्दाश्त कर सकता? नहीं! क्या मेरी अम्मी उसे बर्दाश्त कर पातीं? नहीं, बिलकुल नहीं।

इतनी दूर आकर खून-पसीना एक करना, वह भी इतनी छोटी उम्र में!

मैंने कुंजिमोयूतीन को अपने पलंग पर लिटा दिया। वह कराहता और झिनझिनाता। आग की तरह जलता उसका जिस्म छूते ही मेरे मन में खौफ की बिजली कौंध

गई। ओ, यह कौन-सी बीमारी की शुरुआत है? छाती में दर्द और बुखार भी! बड़ी दिक्कत के साथ उसने पूछा, "अगर मैं लौट जाता तो क्या अम्मी नाराज़ होकर कुछ कहतीं?"

उस सवाल ने मुझे बिल्कुल स्तब्ध कर दिया। मैं कुछ भी कह न सका। लगा कि एक बर्फ का टुकड़ा गले से नीचे उतर रहा है। कितने और सवाल थे लेकिन कुंजिमोयूतीन ने क्यों वही सवाल पूछ लिया?

उसकी ओर बगैर देखे ही मैंने कहा, "चुपचाप बैठो वहाँ, सुबह होने दो।"

मगर रोशनी की हल्की-सी रेखा भी नसीब न होने वाली दुनिया में जो लड़का जीवित रहा है, उसे लड़का होने का अहसास भी कैसे होता? लिहाजा उसने पुनः कहा, "मुझे देखना है अम्मी को।"

"मैंने अम्मी को लिखा है। जवाब मिलने तक तुम चुपचाप रहो।"

क्या उसने मेरी बात सुनी है? नहीं मालूम, क्योंकि फिर उसने कुछ नहीं पूछा।

मेरी बहुत जोर से रोने की इच्छा हुई! मैं उस नन्हें लड़के को धोखा दे रहा था। अनजाने ही मेरा हाथ मेज की दराज की ओर गया। वहाँ एक पुराना पोस्टकार्ड था। थोड़ी देर ठिठकने के बाद मैंने उसे निकाल दिया। कुंजिमोयूतीन को देने के वास्ते उसकी अम्मी ने एक महीने पूर्व मेरे नाम यह कार्ड लिख भेजा था। मैंने उसे पुनः एक दफा पढ़ा, "खुदा की मेहरबानी से मेरे बेटे कुंजिमोयूतीन, तू सही-सलामत होगा। ऐसी आशा करती हूँ। बेटे, हमारा नसीब ही खराब है। तेरे अब्बा इधर मुड़कर भी नहीं देखते। दाल-पानी पाकर ही सही, तू कहीं भी चैन से रहे, यही बहुत है। फिर... ।"

मैंने उस पत्र को कुंजिमोयूतीन को दिखाया नहीं था। उसका विश्वास था कि अम्मी उस की हालत जानने पर तुरन्त घर वापस लौटने के लिए लिख देंगी। ऐसी हालत में यह पत्र उसे कैसे दिखाऊँ! उसकी अम्मी की हालत भी मुझसे छिपी नहीं।

मेरी ख्वाहिश, उसको जितनी जल्दी हो सके, इस होटल से छुड़ाकर और कहीं नियुक्त कराने की थी। एक छोटे बच्चे को नौकर के तौर पर रख लेने वाले कितने ही परिवार होंगे। मैं ऐसे अवसर की ताक में बैठा था। लेकिन कौन जानता था कि उसकी तबीयत इतनी खराब हो जाएगी।

रात की खामोशी में सभी जीव-जन्तु विश्राम कर रहे थे। सिर्फ मैं ही जाग रहा था। कितनी देर इस तरह बैठ कर बिताऊँगा। डॉक्टर ले आता तो कुंजिमोयूतीन को आराम मिल जाता। उसकी साँस थम जाती! उसका मुँह जिन्दा मछली के गलफड़े की तरह खुल कर चौड़ा होता जा रहा था। मैंने हाथ लगा कर देखा तो अफसोस हुआ, उसने ठीक ही कहा था कि छाती फट रही है। कुंजिमोयूतीन को वहाँ अकेले छोड़ कर डॉक्टर को बुलाने के लिए जाना उचित नहीं है। मैंने अपने को यकीन दिलाया। उसके अलावा ऐसे वक्त क्या कोई डॉक्टर इधर आएगा भी या नहीं लिहाजा मैंने ठाना कि सुबह को जाना ही अच्छा है।

कुंजिमोयूतीन ने कफ थूक दिया। पलंग की सफेद चादर में खून से लिपटा कफ मैंने देखा।

थोड़ी देर तक चुप रहने के बाद वह पुनः खाँसने लगा।

मेरी आँखों में आँसू भर आए। फिर सोच-विचार किए बगैर मैं बाहर निकल आया। स्वयं निश्चय नहीं कर पाया कि मैं क्या करने जा रहा हूँ? सीढ़ियाँ उतरते वक्त की आवाज़ मुझे खौफनाक लगी।

मैनेजर के कमरे में दरवाज़े पर मैंने दस्तक दी और पुकारा, "मिस्टर कोया!"

दरवाज़ा मिस्टर कोया ने ही खोला। मैंने कहा, "कुंजिमोयूतीन सख़्त बीमार है।"

"ओ, ऐसा है?"

उसने इस तरह पूछा जैसे कि वहाँ कुछ भी घटित न हुआ हो।

"डॉक्टर को अभी नहीं बुलाया तो उस लड़के की हालत और भी बिगड़ सकती है।"

"ओह!"

"कुछ-न-कुछ तुरन्त करना पड़ेगा।"

"हाँ, सुबह होने दो...।" कहकर वह हँस दिया। मेरे देखते-देखते उसने दरवाज़ा बन्द कर दिया।

थोड़ी देर तक मैं वहीं खड़ा रहा। मिस्टर कोया के रूखे व्यवहार से नफरत भी नहीं हुई। बोझिल मन से मैं अपने कमरे में लौट आया। आसमान के तारे टकटकी बाँधे मुझे घर रहे थे। लगा कि वे मेरी हँसी उड़ा रहे हैं। मिस्टर कोया के सोने के दाँत की तरह वे भी निष्प्रभ थे। दुस्सह वेदना में छटपटाते इस लड़के को देख कर यह लगता ही नहीं था कि यही वह कुंजिमोयूतीन होगा, जो पाँच महीने पहले मेरे साथ आया था। उसकी शक्ल-सूरत ही बिलकुल बदल गई थी। जब उसकी माँ ने उसे मुझे सौंपा था तब वह झोंपड़ी के नजदीक बाढ़ में फफक-फफक कर रो पड़ी थी।

"तुम इसे किसी रास्ते से लगा दो बेटे, भगवान तुम्हारा भला करेगा।"

वह नटखट बालक तब हँसने लगा था। यह देखकर मेरी भौंहें चढ़ गईं मगर मैं शान्त ही रहा। और, उस लड़के ने शायद कुछ नहीं समझा होगा।

यों कभी-कभार उसने बेमुरव्वती के साथ मुझसे बर्ताव किया। तब मैं खरी-खोटी सुनाता। पहले एक-दो दफा उसको मैंने झापड़ भी रसीद किए थे।

वह हमेशा मद्रास की ही रट लगाने लगा। न मालूम क्यों, उसका इतना लगाव हो गया था, यह मैं अभी तक नहीं समझ सका हूँ। पहले-पहले उसने जानना चाहा कि क्या वहाँ समुद्र और समुद्र तट भी है? सप्ताह में बाज़ार कितनी बार लगता होगा? इसके बीच एक-एक सवाल यह बार-बार दोहराता, "क्या वह प्रान्त हमारी बस्ती की तरह है?"

वह रेलगाड़ी के दोनों ओर के दृश्यों को देखता और सवाल पूछता। वहाँ रखे

हुए सिगरेट के पैकेट उठा कर खेलता। तभी मैंने उसको ऊपर से नीचे तक निहारा था। उसने एक छोटी धोती पहनी हुई थी, उसकी शर्ट फटी और पुरानी थी। इतना ही नहीं, बल्कि वह शर्ट उसके अब्बा जान की उम्र वाला कोई शख्स पहन सकता था। बड़ी-बड़ी नीली आँखें, तीखा नाक-नक्श। उम्र अभी बारह साल, उसमें उत्साह और जोश की कमी न थी।

मुझे बड़ा मजा आया। मैंने पूछा, "अरे तू मदरसा जाता था कभी? तेरे अब्बा आया करते हैं क्या?"

उसने सिगरेट का पैकेट नीचे रखकर मेरी ओर टकटकी लगाए घूर कर देखा। चेहरे पर विषाद की झलक। बच्चा होने पर भी वह सवाल नापसन्द करता। वह बोला, "अब्बा ने फिर से निकाह किया है न?"

मुझे लगा कि उससे ऐसा सवाल न पूछता तो बेहतर होता। मैं भूल ही गया था कि दर्द की कसक महसूस करने वाला एक कोमल दिल उसके पास भी है।

लेकिन तभी कुंजिमोयूतीन की गीली निगाहों में खुशी की झलक तैर आयी। एक अव्यक्त भविष्य के बारे में वह ख्वाब देख रहा था।

"मैं बड़ा होते ही सिंगापुर जाऊँगा।"

"क्या उसके लिए पैसे-वैसे नहीं चाहिए?"

"मैं राशि पहुँचने पर...क्या तनख्वाह नहीं मिलेगी?"

इस बात में कुंजिमोयूतीन को कोई शक नहीं था।

हमारे घर से तीन मील दूर समुद्र तट की बस्ती में कुंजिमोयूतीन और उसकी अम्मी पहले रहते थे। बाद में वह कहीं नई जगह में रहने लगी थी। मेरा ठिकाना भी बदल गया था। इसीलिए कुंजिप्यातु के बारे में मेरी अधिक जानकारी नहीं थी। पिछली बार घर जाते वक्त ही पहले-पहल मैंने उनको देखा था। उनके चले जाने पर मेरी बड़ी दीदी ने बताया था, "पहले अच्छी हालत में थीं, ऐसी गुजर-बसर करने वाली हालत नहीं थी।"

कुंजिमोयूतीन के दो छोटे भाई और थे। तीन बच्चों का अब्बा होते ही कुंजिप्यातु के मियाँ को लगा कि और एक निकाह करना भला है।

कुंजिप्यातु का कोई भाई नहीं था, लिहाजा उसने ऐसी बीवी से दूसरा निकाह किया, जिसके भाई थे। सिंगापुर से जब उसके साले आते तो वे उसके लिए सिल्क-शर्ट का कपड़ा, लुंगी, टार्च आदि लाया करते थे। उसे ओढ़े-पहने 'नए मियाँ' शान से घूमते-फिरते और अपने बच्चों की ओर मुड़कर भी नहीं देखते थे।

मुर्गी-पालन और मुस्कु (एक पकवान) बना कर उसे बेचकर गुजर-बसर करने वाली उस स्त्री की कथा सुनने पर मुझे हमदर्दी हुई। कुंजिमोयूतीन की उम्र अभी खेलने-कूदने की है। यों एक बेटे को इतनी दूर मद्रास में कोई माँ नौकरी करने भेजना चाहेगी?

मगर अम्मी कर क्या सकती है? मछली बेचने के वास्ते बेटे को भेजने को

भी वह तैयार है। लेकिन सब कुछ करने की क्या इतनी ताकत है उस छोटे से बच्चे में? एक हथकरघे की कम्पनी में भी वह उसे भेजना चाहती थी तो वह कम्पनी भी हड़तालियों ने ठप कर रखी है। फिर चाहती थी, बीड़ी बनाने के काम ही लग जाए लेकिन हर पेशे में अड़चनें होतीं।

कुंजिप्यातु दो-तीन बार मुझसे मिलने आयी। कुछ-न-कुछ मदद करने की मेरी भी मंशा हुई। मगर, मद्रास में इस लड़के को कौन-सी नौकरी मिलेगी?

''बेटे, एक 'ओटटल' में क्या इसे कोई ठहरावेगा नहीं? क्या हमारे लोग वहाँ नहीं होंगे?''

बात तो ठीक ही है। हर होटल में लड़कों की ज़रूरत है। मुझे दो बातें याद आईं कि मिस्टर कोया ने कहा था, इस जमाने में एक ईमानदार लड़का मिलना तो कठिन है। अगर मैं उससे इसके सम्बन्ध में बात करूँ तो शायद कोया इसे रख लेगा। मैं उसी होटल में दो साल से ठहरा हुआ हूँ।

मैंने कुंजिप्यातु को उसकी नौकरी का कोई भी आश्वासन नहीं दिया। जब उसने बेटे को मेरे साथ भेजने की बात कही थी तो मैंने उससे स्पष्ट कह दिया कि अगर उसको कोई नौकरी नहीं मिलेगी तो लौटने वाले के साथ लड़के को वापस भेज दूँगा। मगर कुंजिप्यातु को लड़के के कोई काम न मिलने में कोई शक नहीं था।

'ऐसा नहीं होगा बेटे, हमारा नसीब इतना फूटा है क्या?''

कोया से मैंने कहा था कि वह उसे कोई नौकरी देगा तो बड़े पुण्य का काम होगा। एक परिवार की स्थिति सुधर जाएगी। तनख्वाह के बारे में कोई बात नहीं कही। क्योंकि होटल में काम करने वाले और भी तो थे ही, जितनी उन्हें तनख्वाह देता है, उतनी ही उसे भी दे देगा। और उसे कुंजिमोयूतीन को ईमानदारी के सम्बन्ध में भी दो-एक शब्द कह दिए कि वह एक शरीफ लड़का है।

मेरे इतना ही कहने पर मिस्टर कोया ने कुंजिमोयूतीन को बुलाकर कहा, ''अरे लड़के, कोई बदमाशी तो नहीं करेगा।''

कुंजिमोयूतीन तब से कोया के होटल में काम करने लगा था। मुझे मालूम नहीं था कि वह क्या-क्या काम करता है। मिस्टर कोया के साथ बाजार जाना, मेजें धोना, जूठे बर्तन धोना और कूजा में पानी भरना उसके नित्य कार्य हैं। इसका पता मुझे बाद में चला।

मैंने उसके कार्य में कोई दखल नहीं दिया। फिर भी मुझे लगा कि एक लड़का जितना बोझ ढो सकता है उससे अधिक ढोने को वह मजबूर कर रहा है। पेट भरकर खाना तो मिल रहा था, मगर दिन-दिन उसका स्वास्थ्य गिरने लगा था।

मेरे पास वाले कमरे में ठहरे एक यात्री ने मुझसे पूछा, ''क्या इस लड़के को तुम लाए थे? तुम क्यों कुछ नहीं कहते? देखो, मारपीट सहते-सहते वह कैसा हो गया है।''

वह मैं भी देख रहा था। मगर कहूँ तो क्या कहूँ। कुछ मैं कहूँ भी तो आखिर सजा किसको भुगतनी पड़ेगी?

मगर सिर्फ उसका जिस्म की अस्वस्थ था। काम करने के लिए उसमें उत्साह की कोई कमी नहीं थी। मैंने भरोसा किया कि जोश और कर्मठता उसके खून में समाये हैं।

मुझसे गलती हो गई। उस उम्र के सभी बच्चे ऐसे ही होते हैं। उनका मन थकावट जानता ही नहीं।

कमरे में जाने पर वह कभी भी चुपचाप नहीं बैठता। खड़े होने के बजाय वह कुशन वाली कुर्सी पर बैठना पसन्द करता। फिर वह मेज पर किताबों को उलट-पलट कर देखता।

मैं उसे देख कर मन-ही-मन दुःखी हो उठता। उसे कुछ खरी-खोटी सुना भी देता, तो वह अपनी बड़ी-बड़ी नीली आँखें घुमाता और गर्दन एक ओर मोड़ कर मुस्कराते हुए पूछता, ''हम तो एक ही इलाके वाले हैं न?''

मुझसे ही नहीं, सब लोगों से कुंजिमोयूतीन ने यही सवाल पूछा था। फिर भी उनमें से किसी ने उसको गाली नहीं दी और झापड़ भी नहीं मारा था।

एक बार मुस्तफा ने मुझसे कहा, ''वह एक नटखट, आवारा लड़का है। मैं कुछ भी नहीं कह पाता, यही आश्चर्य है।''

पहली तनख्वाह मिलते ही कुंजिमोयूतीन ने मेरे हाथों में थमा दी थी। बीस रुपये थे। मैंने पूछा, ''अरे, इतने ही मिले हैं क्या?''

उसने सिर झुकाते हुए कहा, ''गिलास तोड़ने के पैसे भी तो चुकाने पड़ते हैं!''

उस दिन न तो वह कुर्सी पर बैठा और न उसने कलम ही उठायी। यों चुपचाप बगैर कुछ किए, इससे पूर्व भी कुंजिमोयूतीन मेरे सामने खड़ा नहीं हुआ था। शायद वह दालान में सबसे छुप कर रोया भी होगा।

अगले दिन और एक घटना हुई।

सुबह मैं गुसलखाने में वापस आ रहा था। दालान में सिकुड़ कर लेटे कुंजिमोयूतीन को मैंने ध्यान से देखा। ओढ़ी हुई धोती और शरीर का नाता बिल्कुल अलग हो गया था। उसके पैरों के घुटने तले मार-पीट के निशान दिखाई दे रहे थे।

मैं वह दृश्य देखकर ठिठक गया मानो काठ मार गया हो। तभी मिस्टर कोया का साला एक बर्तन में पानी ले आया। उसने सोने वाले सभी नौकरों के ऊपर पानी छिड़क दिया। अधिकांश को वह खींच-खींच कर जगाता रहा। कुंजिमोयूतीन भी उस दंड से नहीं छूटा।

मेरे सामने ही उस पतित शख्स ने ऐसा किया था। सीढ़ी के नीचे मैं कान लगाकर सुनने के लिए खड़ा रहा। कोया का साला अपनी गन्दी गालियों से प्रातःकाल

की पवित्रता एवं खामोशी को भंग कर रहा था। मैंने सोचा, क्यों न मैं उसकी कनपटी पर एक झापड़ रसीद कर दूँ। लेकिन मैंने ऐसा नहीं किया।

उस दिन शाम मैं कोया से मिला। मैं कुंजिमोयूतीन की बात उससे कहना चाहता था। सुबह की वह घटना मेरे दिल में सुलग रही थी। पर कोया के हाव-भाव देखकर मैं झिझक गया। मैंने हौले से कहा, ''कुंजिप्यातु ने लिखा है कि उसके बेटे को सिर्फ बीस रुपये ही मिले हैं।''

''बीस क्या कम हैं?'' कोया ने बात काट कर पूछा।

''मगर...।''

''आप टाँग मत अड़ाइए। आप भी जानते हैं कि इधर उसे अधिक ज़रूरत तो है नहीं। खाना तो फ्री मिलता है।''

बस, इतने से ही मैं हताश होकर अपने कमरे में वापस लौट आया। वहाँ कुंजिमोयूतीन खड़ा था। उसके हाथ में एक कार्ड था।

''मैं वापस जाऊँगा ज़रूर, आप अम्मी को लिखिएगा!'' कार्ड मेरे सामने करते हुए उसने कहा, लगा कि उसकी घिग्गी बँध गई है और अब हौले-हौले लफ्ज़ बाहर आ रहे हैं।

मैंने उसको ध्यान से देखा, होठों को दाँतों से दबाये हुए वह यों ही खड़ा है। मैंने कुंजिमोयूतीन से पूछा, ''क्या तुझे इधर तकलीफ है?''

कुंजिमोयूतीन ने जवाब नहीं दिया। मुझे लगा कि वह अभी-अभी रो देगा।

''ठीक है। तू अब जा। मैं लिख दूँगा।''

वह चला गया। दुविधा हुई कि क्या मैं कुंजिप्यातु को लिखूँ या नहीं? तब की बातों का मुझे स्मरण हो आया जो उस गरीब औरत ने उसे मेरे साथ भेजते वक्त कही थी।

वहाँ एक घास-फूँस की झोंपड़ी है। उसमें परिवार के लोग भूखे और नंगे रहते हैं। उस परिवार का मुखिया है, कुंजिमोयूतीन का अब्बा बिल्कुल नालायक और लफंगा है। लिहाजा देखभाल करना तो दूर अपने परिवार की तरफ मुड़कर देखता भी नहीं और इधर कोया और कोया का साला। रात को दालान में लेटना और उस पर भी सुबह होते ही जगाने के लिए पानी छिड़कना!

मैं इन दोनों बातों को जानता हूँ। दोनों के प्रति मुझे नफरत होने लगी। ''चाहे जो भी हो, मैं इन झंझटों में क्यों पड़ूँ? वह जाना चाहता है तो जाए।'' मैंने अपने आप से कहा।

मैंने कुंजिप्यातु को पत्र लिखा कि कुंजिमोयूतीन को यह जगह बिलकुल पसन्द नहीं है। और वह वापस लौट जाना चाहता है।

कुंजिप्यातु ने तुरन्त जवाब लिख भेजा था, ''वहाँ रहने में कुछ भलाई नहीं है तो न सही फिर भी वहाँ उसे भूखा तो नहीं रहना पड़ेगा।''

मैं तमाम पुरानी बातों पर विचार करता रहा तब, जब ज़िन्दगी और मृत्यु के बीच कुंजिमोयूतीन मेरे सामने निश्चेष्ट पड़ा हुआ है। हवा और रोशनी के लिए इस विशाल दुनिया में जन्म लेने वाला भोला-भाला लड़का! स्नेह और प्यार की इस उम्र में उसे सख्त ज़रूरत थी। वह सबको प्यार करता, सबों से वह बार-बार यही कहता—"हम हैं एक ही इलाके वाले।"

मगर अब वह कली मुरझाने लगी। टेबल लैंप का 'शेड' मैंने कुंजिमोयूतीन के चेहरे की ओर मोड़ दिया। रोशनी में उसके चेहरे को देखने का मेरा मन नहीं हुआ। अपराध-बोध ने हृदय में जो घाव बना दिया था, उस चोट से खून बहने लगा।

सुबह होने को आ गई। रात की खुमारी से शरीर भारी-भारी लग रहा था।

कुंजिमोयूतीन अभी भी वैसा ही लेटा था। उसकी साँस की गति और तेज हो गई थी। उसकी पलकें मुँदी नहीं थीं पर कबूतर की तरह उस कंठ से 'कुरु कुरु' की आवाज़ ज़रा ज़्यादा आ रही थी!

कुंजिमोयूतीन को अकेला छोड़कर बाहर जाने को मेरा दिल गवाही नहीं दे रहा था। लेकिन विवशता का घूँट पीने के सिवाय और चारा भी नहीं था। मैंने मिस्टर कोया से मिलना चाहा। मगर वह कमरे में नहीं था, मैंने उसका इन्तज़ार नहीं किया। बूँदा-बाँदी पर ध्यान दिए बगैर मैं डॉक्टर के घर चला गया। तब मेरे मन में महज कुंजिमोयूतीन का ही ख्याल था। उस वक्त न तो मैंने उसके वेतन पर विचार किया, न कुंजिमोयूतीन की कष्टपूर्ण ज़िन्दगी पर, मैंने प्रार्थना की कि ईश्वर उसकी बीमारी दूर करे।

डॉक्टर घर में ही था। डॉक्टर को साथ लेकर मैं होटल में पहुँचा। कुंजिमोयूतीन वैसा ही लेटा हुआ था। डॉक्टर ने जाँच की, पर वह कराहा तक नहीं, भुनभुनाया भी नहीं। छाती पर हाथ रखते ही वह ज़रा हिला-डुला! और उसका चेहरा बिलकुल विकृत हो गया!

खून सने कफ की जाँच करने के बाद डॉक्टर की बात की प्रतीक्षा करने लगा कि वे क्या कहने जा रहे हैं?

डॉक्टर ने पूछा, "सर्दी लग गई थी?"

मैं टकटकी बाँधे उन्हें घूरता रहा।

"जल्दी दिखाना था।"

डॉक्टर का प्रत्येक शब्द नपा-तुला-सा लगा।

"दर्द शुरू हुए कितने दिन हुए?"

"लड़के ने कल की बताया था!" कोया ही पीछे से यों बोला था। तभी मुझे मालूम हुआ कि मिस्टर कोया और अगल-बगल के कुछ लोग वहाँ पीछे खड़े हैं।

"किसी को भेज दीजिए, मैं दवा दे दूँगा, घबराइए मत।" कहकर वे जाने लगे, मैंने पूछा, "सर, कौन-सी बीमारी है?"

"निमोनिया है।"

पलंग के पायताने ही मैं बैठ गया। मुझे खौफ महसूस हुआ। लेटे हुए उस लड़के को देखने पर मुझे लगा कि कुंजिमोयूतीन कब्र में पाँव लटकाये ही लेटा है।

खौफनाक विचार मन में उठने लगे। मैं ठीक तरह से सोच-विचार भी नहीं कर पा रहा था। मैंने प्रण किया कि चाहे जो भी हो, मैं इस लड़के को छोड़कर कहीं बाहर नहीं जाऊँगा।

तभी कोया लम्बा लेक्चर झाड़ने लगा। उसने उस लड़के के वास्ते क्या-क्या एहसान किए हैं! वह लड़का मारा-मारा फिर रहा था। तब उसने बुला कर नौकरी दी। फिर भी उसने क्या बदला दिया, सिवा एहसानफरामोशी के? बीमार होने के बाद वह यहीं लेट गया। क्यों वह अस्पताल नहीं गया? होटल में ही मर जाता तो?

मैं अधिक देर तक उसका भाषण नहीं सुन सका। उसके नजदीक जाकर मैं दाँत पीसते हुए बोला, "सभी लोग यहाँ से बाहर चले जाएँ अस्पताल में?"

तब मेरी गीली आँखों में उसने पिशाच की मुस्कान देखी होगी।

कमरे में हम दोनों ही बाकी रह गए, मैं और कुंजिमोयूतीन।

कुंजिमोयूतीन कितना दुलारा लड़का था। जब वह पहले-पहल मेरे साथ आया था तब किसी ने ऐसी अपेक्षा नहीं की थी। मगर अब वह अस्त होनेवाले सूरज की महज एक किरण मात्र है!

बारिश अभी रुकी नहीं थी। आँखें मूँद कर डूबते स्वर में कुंजिमोयूतीन ने पुकारा, "अम्मी!"

मैं घुटने टेककर पलंग पर बैठ गया। मगर कुछ भी कह न सका। उसके कमजोर हाथ शून्य में किसी को ढूँढ़ रहे थे।

उन हाथों से बलपूर्वक मुझे थामते हुए उसने पुनः हौले से पुकारा, "अम्मी!"

वह ऐसा मुहूर्त था कि अपनी स्वार्थ चिन्ता की मलिनता को मैंने अपने जिगर से झट से धो लिया था।

"अम्मी, मैं कहीं नहीं जाऊँगा...अम्मी! मैं तुम्हारे पास रहूँगा...मैं कहीं बाहर नहीं जाऊँगा अम्मी...।"

फिर उसने अपनी पकड़ ढीली कर दी। उसके चेहरे पर एक सपाट-नीली मुस्कान थिरक रही थी।

मैंने दरवाज़े से बाहर देखा। भीगे नीम के वृक्षों के पत्ते झड़ रहे थे। सड़क पर इन्सान, बस और ट्रामों का शोर था।

आखिर उसका हाथ ठंडा पड़ गया, मैंने अच्छी तरह छूकर देखा। हाथ ही नहीं, सारा शरीर ही ठंडा हो गया था।

कमरे में सिर्फ मैं ही था। नहीं, मैं और कुंजिमोयूतीन दोनों थे।

उम्मर एक कार्ड मेज पर रखकर बाहर चला गया था।

कार्ड में कुंजिमोयूतीन को उसकी अम्मी ने लिखा था, "तेरा पत्र मिला नहीं। इससे बड़ी चिन्ता है। तू सकुशल है, ऐसी आशा करती हूँ। फिर तू इधर वापस

आ, यही अच्छा है। भूख सहकर ही सही, हम किसी-न-किसी तरह गुजर-बसर कर लेंगे!"

बक्से से नयी धोती लेकर मैंने कुंजिमोयूतीन को ढँक दिया।

मेज की दराज से पहले वाला और अभी आया—दोनों कार्ड लेकर मैं बड़ी देर तक सोचता रहा। दोनों पत्र उसकी माँ के लिखे हुए थे।

जब वह जीवित था तब उसे पढ़ कर सुनाने की हिम्मत मुझमें नहीं जागी थी।

दोनों कार्ड मैंने उसके सिरहाने तब रखे जब वह चल बसा था।

काँपते हाथों से मैंने उन दोनों खतों को बाहर फेंक दिया। तब वह कमरा और बस्ती ही नहीं सारा शहर खामोशी में डूबा हुआ था।

अनुवाद : **प्रो. पी. कृष्णन्**

•

खून का रिश्ता

तकषी शिवशंकर पिल्लै

"मैंने फैसला कर लिया है। जो भी हो, मैं उसके साथ विवाह करूँगा।"

पिता के सामने न सही, गोपाल ने ऐसा कह तो दिया। वह घर के उत्तरी तरफ वाले आँगन में खड़ा था। उसके पिता शंकरन नायर पूर्वी तरफ की चौपाल पर खड़े थे। पुत्र दृढ़तापूर्वक कहता है! वह ज़रूर उस लड़की के साथ विवाह करेगा! "तेरी ऐसी हिम्मत! गरजते हुए शंकरन नायर उछल कर उसकी ओर दौड़ पड़े। उनके हाथ में लाठी थी। पिता को दौड़ा आते देख गोपाल ऐसे चलने लगा, मानो भागता हो। शंकरन नायर ने लाठी गोपाल के घुटने को लक्ष्य करके फेंकी, सौभाग्य से निशाना चूक गया।

शोरगुल सुन कर पार्वती रसोई घर से बाहर आयी, "क्यों हल्ला मचाते हो?" पति पर रोब-सा जमाते हुए उसने पूछा।

शंकरन नायर ने जवाब दिया, "देखो न इसकी हिम्मत! मेरे सामने कहता है कि उस लड़की से विवाह करेगा। बदतमीज!"

फिर भी पार्वती ने पति को दोषी ठहराया, "खैर, उसने तो उस लड़की के साथ विवाह करने का निश्चय कर लिया। लेकिन मैं पूछती हूँ, तुमने क्यों ऐसा कहने का मौका उसे दिया?"

शंकरन नायर अब पत्नी पर गुस्सा हो उठे। "तुम क्यों नहीं कहोगी! तुम्हारा खानदान ही कुछ ऐसा है! बाप को मारने वाला।"

पार्वती भड़की, "मेरे खानदान के बारे में कुछ न कहना। हमारी परम्परा में बाप को मारने वाला कोई पैदा नहीं हुआ।"

"तो तुम कहती हो कि हमारी परम्परा में पैदा हुआ था!"

"मैंने थोड़े ही ऐसा कहा!"

झगड़ा तूल न पकड़े, इस ख्याल से पार्वती भीतर चली गई। मारे गुस्से के शंकरन नायर कुछ बड़बड़ा रहे थे। रसोईघर में पार्वती भी कुछ झुनझुना रही थी।

घर से निकल जाने पर, गोपाल गया सीधे गौरी के घर। वह मानो एक कलाकार

थी। झगड़ा खतम होते-न-होते वह सीधे गौरी के घर जाता है। मानो इस उद्देश्य से कि उसके पिता देख लें। अपने पिता की रत्ती-भर भी उसे परवाह नहीं।

किसी पागल की तरह शंकरन नायर चिल्ला उठे, ''अरी पारो देख न, वह कहाँ जाता है!''

पार्वती उत्तरी तरफ वाले आँगन में आयी। उसने देखा कि उसका बेटा गौरी के घर की चौपाल पर बैठ कर बीड़ी पी रहा है। तब गौरी आँगन में आकर खड़ी हुई। दोनों में कुछ बातचीत हो रही है। वह छोकरी पैर के अँगूठे से ज़मीन कुरेद रही है। पार्वती और शंकरन नायर दोनों ने यह सारा दृश्य देखा।

अबकी बार कराल काली का आवेश हुआ पार्वती पर।

''देखो न उसे! कैसी ठसक दिखा रही है। बेहया कहीं की। न मालूम कौन सा टोना-टोटका करके उसने मेरे बेटे को बस में कर रखा है?'' कहते-कहते पार्वती का कलेजा मुँह को आ गया। उसे ऐसा लग रहा था, जैसे उसका बेटा सदा के लिए उसके हाथ से निकल गया हो। वह अपने आप को भूल कर ज़ोर से पुकार उठी, 'अरे गोपाल!' लेकिन मुड़ कर देखा गौरी ने। गोपाल भीतर चला गया।

उस गाँव के लिए उस महीने की प्रमुख घटना थी यह। गोपाल गौरी के साथ विवाह करना चाहता है, लेकिन गोपाल के माता-पिता को यह बिल्कुल पसन्द नहीं। यही नहीं, दोनों इस विवाह के विरुद्ध हैं। एक-दो मध्यस्थ आए। उन लोगों ने समझाया कि लड़की नेक है, पड़ोस का सम्बन्ध होने से लाभ होगा।

'पुप्पुल्ली घर' अम्मूम्मा आयी, उसने पार्वती को समझाया, ''पार्वती, सुनो न मेरी बात। लड़की नेक है। पड़ोस का सम्बन्ध है। समझो कि तुम बीमार पड़ी, कौन है तुम्हें 'काँजी' या कॉफी बनाकर देने वाला है? यह लड़की लगन से तुम्हारी सेवा करेगी। मेरी बात मानो, इस सम्बन्ध में तुम्हारा भला है।''

''धत्!'' पार्वती ने ऐसा दुत्कारा कि अम्मूम्मा के कान फट गए। पार्वती को ऐसी गाली नहीं देनी चाहिए थी। अम्मूम्मा को क्रोध और अपमान हुआ। दोनों में मनमुटाव हो गया।

दूसरा मध्यस्थ 'कंडत्तिल' रामन नायर था। उसने ज़रा सूझ-बूझ से काम लिया।

रामन नायर ने शंकरन नायर से कहा, ''जो भी हो, गोपाल उस लड़की के साथ विवाह करेगा ही। चूँकि उसने फैसला कर लिया है, इसलिए भला यह होगा कि हम सब मिलकर उनका विवाह करें। कम से कम दुनिया वालों को दिखाने ही...''

''चूल्हे में जाएँ तुम्हारे दुनिया वाले! हमारी सहमति से यह विवाह नहीं होगा। आखिर वह लड़की है कौन? जानते नहीं हो कि कोंचुकुंज मेरा दुश्मन है। दुश्मन के भाई की बेटी मेरे घर की बहू बने! वाह रे!''

एक और मध्यस्थता जो आयी, ज़रा गौरवपूर्ण थी। मध्यस्थ केशव पिल्लै थे। माता-पिता का यह दावा करना स्वाभाविक है कि संतान के लिए उन्होंने बहुत कुछ

झेला है। शंकरन नायर ने कहा, "इस लड़के के लिए हमने क्या नहीं सहा? लेकिन वही लड़का आज मुझे देखकर निस्संकोच कहता है कि वह उस लड़की के साथ विवाह ज़रूर करेगा। ऐसी हिम्मत!"

बेचारे शंकरन नायर रो पड़े।

केशव पिल्लै ने कहा, "ऐसा कहना नहीं चाहिए था। फिर भी लाचार हो कर उसने ऐसा कहा था।"

बात शंकरन नायर की समझ में नहीं आयी। "भाई, ज़रा बताओ कि वह लाचार क्यों?"

"हाँ भाई, वह लाचार तो है। तुम्हारे प्रति उसमें अटूट श्रद्धा है। समझ लो कि इस श्रद्धा के कारण ही उसने यह विवाह करने का फैसला किया था।"

शंकरन नायर अब भी कुछ समझ नहीं सके। "यह क्या पहेली बुझाते हो जी?"

केशव पिल्लै मुस्कुराते हुए बोलने लगे, "वह चाहता है कि उसके नाम पर कोई बट्टा न लगे। इसलिए ही उसने उस लड़की के साथ विवाह करने का निश्चय किया। लेकिन बात कुछ ऐसी है कि वह तुमसे कह नहीं पा रहा है।"

शंकरन नायर हक्का-बक्का रह गए। आखिर केशव पिल्ले ने वह रहस्य उनके कानों में कहा, "वह लड़की माँ बनने वाली है। कोई और नहीं...तुम्हारा ही बेटा है। ऐसी हालत में उस लड़की को छोड़ना क्या धरम होगा?"

शंकरन नायर के लिए यह बिलकुल ताजा खबर थी। एक निमेष के लिए वह सन्न रह गए। फिर बोले, "मैं तभी से उसको चेताता आ रहा था कि उधर मत जाया करो। उस शकुनी कोंचुकुंज का घर तो है वह। जाओ तो खतरा। अब आया है अबलगंदी का काम करके। समझता है कि माँ-बाप मानेंगे। यही बात है न?"

केशव पिल्लै ने शंकरन नायर को मनाते हुए कहा, "वैसी बात नहीं भई, तुम यह क्यों नहीं समझते कि वह धरम-न्याय देख रहा है।"

शंकरन नायर ने अपना निर्णय सुनाया। "जो भी हो, हम इस विवाह में सम्मिलित नहीं होंगे। हमारी अनुमति के साथ यह विवाह नहीं होगा।"

वह दैत्य भी पराजित हुआ। अब यह निश्चित रूप से मालूम हो गया कि माता-पिता की सहमति के साथ वह विवाह सम्पन्न होने वाला नहीं है।

गौरी मातृविहीन लड़की थी। पिता अनपढ़ थे। पिता के एक छोटा भाई था। बड़ा होशियार। नाम था कोंचुकुंज पिल्लै। उसमें और शंकरन नायर में बड़ी दुश्मनी थी। शंकरन नायर को अपमानित करने का एक अच्छा अवसर कोंचुकुंज पिल्लै को मिला। ऐसा मौका वह क्यों हाथ से निकलने देगा? गोपाल का विचार था कि किसी प्रकार के आडम्बर के बिना, गाँव के चार बड़े आदमियों के समक्ष विवाह सम्पन्न हो जाए। माता-पिता, चाचा, मामा और अन्य सगे-सम्बन्धी नाराज़ हो चुके। उनकी

अनुपस्थिति में भोज आदि रखना अनावश्यक है। पैसे का खर्च अलग। गौरी के पिता ने इस सुझाव को मान लिया। किन्तु कोंचुकुंज पिल्लै इससे सन्तुष्ट नहीं हैं। उसके भाई के घर होने वाला अन्तिम शुभ कार्य है यह। इसलिए ठाट-बाट से ही करना है। गौरी के पिता के पास कुछ रुपए थे। छोटे भाई के दबाव के सामने बड़े भाई को झुकना पड़ा। गौरी की भी यह अभिलाषा थी कि उसका विवाह ठाट-बाट से हो। इसलिए गोपाल ने मान लिया।

सारा गाँव विवाह में निमन्त्रित था। अच्छा-खासा भोज भी था। 'आलप्पुषै' से कोंचुकुंज पिल्लै एक ग्रामोफोन लाया, जो उस गाँव के लिए एक नयी चीज़ थी। कोंचुकुंज पिल्लै ने उस ग्रामोफोन का मुख शंकरन नायर के घर की तरफ रखा। विवाह के पहले दिन, रात-भर गाना ही गाना था। एक प्रकार के आत्मतोष के साथ कोंचुकुंज पिल्लै बोला "वह बेईमान शंकरन आज सो न पाये।"

न सिर्फ ग्रोमोफोन वाला गाना-बजाना था, बल्कि नागस्वर भी था। उस दिन एक बड़ा भोज भी था। उस दिन तड़के ही शंकरन नायर उठकर कहीं चले गए थे। लेकिन पार्वती थोड़े ही कहीं जा सकती थी। निशि-दिन उसकी आँखें बरसती रहीं। जिस पुत्र को अपनी कोख में दस महीने ढोकर जन्म दिया उस पुत्र ने न केवल उसकी अवहेलना की बल्कि अपनी माता को कहीं मुँह दिखाने योग्य न रखा। वह यह भली-भाँति जानती थी कि यह सारा ठाट-बाट उसे और उसके पति को अपमानित करने के लिए ही है। इस काम में उसका बेटा उन लोगों का साथ देता है। वह सब कुछ भूला हुआ है।

पार्वती ने अपने सिर पर दोनों हाथ रख कर शाप दिया, "जिसने मेरे बेटे को टोने-टोटके से इस तरह कर दिया, उसका सिर फूट जाए।"

गोपाल की पुरानी अनुसरणशीलता का स्मरण करती तो यह विश्वास पक्का हो जाता है कि बेटे पर टोना-टोटका कर दिया है। गोपाल पहले ऐसा नहीं था। माँ-बाप की बात मानने वाला था।

विवाह हो गया। पार्वती और शंकरन नायर गोपाल को दूर से देख लेते थे।

वह विवाह सारे गाँव की चर्चा का विषय बन गया। दोनों के सम्बन्ध में कहने-सुनने को बहुत कुछ था। गौरी के पिता को इस बात का भरोसा था कि उसे एक दामाद मिल गया, भले ही सारे रुपये खर्च हुए हों। कोंचुकुंजु पिल्लै को ऐसी तृप्ति हुई जैसी खीर पीने पर होती है।

दो महीने बीत चले। एक दिन गोपाल अपने घर गया। शंकरन नायर और पार्वती आँगन में नारियल के पत्ते सँवार रहे थे। गोपाल विवाह के पहले अपना घर छोड़ गया था, तब से पहली बार घर में कदम रखा है। मुखमुद्रा देखने पर ऐसा मालूम होता है कि वह किसी निर्णय पर आ पहुँचा है।

आहट सुनकर शंकरन नायर ने सर उठा कर देखा। गोपाल थर-थर काँप उठा। शंकरन नायर मारे क्रोध के उछल पड़े, "क्यों रे, तू इधर क्यों आया?"

गोपाल ने जो वाक्य कंठस्थ कर रखा था, जैसे-तैसे कह दिया, ''मुझे अपना हिस्सा चाहिए।''

''तुझे हिस्सा चाहिए?'' हाथ उठाते हुए शंकरन नायर आगे कूद पड़े। गोपाल चंपत हो गया।

इस बीच में गौरी के पिता का देहान्त हो गया। गौरी का गर्भ बढ़ रहा था। घर का खर्च मुश्किल से चलता था। तब उसका एकमात्र संरक्षक कोंचुकुंजु पिल्लै ही था। उसने गोपाल को उपदेश दिया, ''तुम बगिया से नारियल तोड़ लाओ, तुम्हारा भी तो हक है।''

दिन में बगिया में घुस कर नारियल तोड़ने को हिम्मत गोपाल में न थी। इसलिए कार्रवाई रात में होने लगी। जिद्दी शंकरन ने थाने में शिकायत की। पुलिस के सिपाही गोपाल को कैद कर ले गए। शाम को कोंचुकुंजु पिल्लै उसे छुड़ा लाया।

खैर, कहीं चैन नहीं। गाँव वालों में कुछेक मध्यस्थता करने आए। अन्त में, दक्षिणी तरफ पाव एकड़ ज़मीन गोपाल के हिस्से में देने के लिए शंकरन नायर राजी हुए।

गौरी ने एक बच्चे को जन्म दिया। प्रसव कुछ कष्टपूर्ण था। अस्पताल ले जाना पड़ा। इतना ही नहीं। दो-चार दिन उधर उसे ठहराना भी पड़ा। इधर-उधर से कर्ज लेने पर ही गोपाल यह सारा खर्चा सँभाल सका। बँटवारे में जो पाव एकड़ बगिया मिली। उसमें दस-बीस नारियल के पेड़ थे। इससे क्या दिन कटते। कोंचुकुंजु पिल्लै की मदद से गोपाल ने बगिया एक ईसाई को छह सौ रुपये में बेच दी।

गोपाल को छह सौ रुपये मिले थे। उसमें दो सौ रुपये कर्ज चुकाने में लग गए। पचास रुपये में उसने गौरी के लिए एक साड़ी और चोली खरीदी। पहली बार उसने अपनी पत्नी को साड़ी खरीद कर दी। गोपाल ने एक नए आनन्द का अनुभव किया।

उस दिन रात को पति-पत्नी ने भविष्य के बारे में देर तक सोच-विचार किया। तीन सौ रुपये बचे हुए हैं। गौरी को एक युक्ति सूझी, ''क्यों न हम एक व्यापार शुरू करें?''

गोपाल को यह सुझाव पसन्द आया।

एक दिन की बात है। पार्वती अपनी एक दूसरी बगिया में घास निरा रही थी। सिर उठा कर देखा, तो एक लड़की गोद में एक बच्चे को लिए खड़ी थी। पार्वती को यह समझने में देर न लगी कि वह बच्चा किसका है। पार्वती ने उस लड़की को अपने पास बुलाया–''बिटिया मुन्ने को इधर लाओ न।''

वह लड़की पार्वती के पास आयी। हाथ बढ़ाने के पहले ही मुन्ना पार्वती की तरफ उछल पड़ा। अगर पार्वती नहीं पकड़ती तो, मुन्ना नीचे गिरा होता। ऊधम मचाता, चीखता-चिल्लाता अपनी दादी से हिल-मिल गया।

उस दिन रात को भोजन के बाद जब शंकरन नायर पान खा रहे थे, उसे एक उपयुक्त अवसर जान कर ज़रा संकोच के साथ पार्वती बोली, "सुनिए तो, आज एक खास बात हुई है?"

शंकरन नायर ने पूछा, "हूँ, कौन-सी बात?"

पार्वती ने कहा, "खून का रिश्ता बड़ी चीज़ होती है।"

"हुआ क्या?"

"आज शाम को मैं घास निरा रही थी। वह मुन्ना 'दद्दी' कहता हुआ मेरी तरफ कूद पड़ा। अगर मैं हाथ न बढ़ा लेती, तो बच्चा नीचे गिरा होता। मुझे छोड़ जाता ही नहीं।"

शंकरन नायर ने कहा, "परसों मैंने भी उसे देखा। वह मेरी तरफ भी कूद पड़ा। मुन्ना तो बिलकुल तुम्हारी तरह है।"

पार्वती ने विरोध किया, "ना, मैं कहती हूँ कि वह बिलकुल अपने दादा की तरह है।"

गोपाल के व्यापार में वृद्धि नहीं हुई। बात यह थी, उसे व्यापार सम्बन्धी बातों का परिचय न के बराबर था। घर के खर्च के लिए व्यापार से पैसा लेना पड़ता था।

शाम का समय था, पार्वती और शंकरन नायर अपनी एक दूसरी बगिया में तरकारी के पौधे लगा रहे थे। उस दिन भी वह लड़की मुन्ने को लेकर आयी। उस दिन वह अपने दादा के हाथों में कूद पड़ा। शंकरन नायर ने मुन्ने का मुखड़ा दादी के मुख से मिलाते हुए कहा, "लो, कोई फरक नहीं।"

मुन्ने को ले जाते समय, गौरी से कहने के लिए पार्वती ने एक बात कही, "कह दो उससे कि रोज़ मुन्ने की नज़र उतारे।"

एक संध्या को गौरी के घर से मुन्ने के लगातार बिलख-बिलखकर रोने की आवाज़ सुनायी पड़ी। शंकरन नायर और पार्वती घर के पिछवाड़े में खड़े थे। पार्वती ने बेचैनी से पति से पूछा, "मुन्ना क्यों ऐसा बिलख रहा है? कहीं उसका दम न घुट जाए! वह लड़की ही तो उसे उठाये हुए है। मुन्ने की माँ कहाँ गई?"

"शायद वह घर में नहीं है। बच्चा क्यों ऐसा रोता है? उसकी सेहत ठीक नहीं है क्या?"

"गोपाल भी उधर नहीं है।"

"वह हाट गया है।"

दूसरे दिन मालूम हुआ कि गौरी बेहोश पड़ी है। उसे ज़ोर का बुखार है। तीन या चार बार डॉक्टर बुला लाए गए। लेकिन बुखार ज़रा भी कम नहीं हुआ। शंकरन नायर और पार्वती ने मुन्ने को घर बुलवा लिया। उस लड़की ने ही मुन्ने को ला कर दिया। पाँचवे दिन गौरी ने आँखें खोलीं। गोपाल की छाती ठंडी हुई।

गौरी ने पूछा, "मेरा मुन्ना कहाँ है?"

"वह अपने दादा और दादी के साथ है।"

गौरी का मुख चमक उठा। उसकी आँखें बन्द हुईं। वे आँखें फिर कभी नहीं खुलीं।

शंकरन नायर और पार्वती आँगन में बैठे थे। मुन्ना अपने दादा को चार पैरों पर खड़ा होने पर मजबूर कर रहा था। उसके बाद वह 'हाथी' पर चढ़ेगा। शंकरन नायर चार पैरों पर खड़े हुए। मुन्ना दादा की पीठ पर चढ़ बैठा।

उस समय गोपाल उधर आ पहुँचा। उसने बेटे को डाँटा, "अरे, यह तू क्या कर रहा है?"

पार्वती बोली, "करने दो बेटा तुम्हारे पिता तीस साल बाद हाथी बन रहे हैं। तुम्हारे लिए हाथी बनने के बाद आज ही बने हैं।"

अनुवाद : **के. नारायण**

•

कानून की बेबसी

पायिप्रा राधाकृष्णन्

आज के जमाने में सरकारी नौकरी कोई निकम्मी चीज़ नहीं है, इसलिए ही मैंने इतना बर्दाश्त किया। कितनी परीक्षाएँ तथा इन्नटव्यू (सुधार कर इंटरव्यू पढ़ें) से गुजरना पड़ा? उसके बाद आयोग ने इस विभाग के निम्न श्रेणी लिपिक के पद पर मुझे नियुक्त करने की सिफारिश की है और मुझे कार्ड भेजने का कदम उठाया है। इन परिस्थितियों में एक बेरोजगार युवक की मनःस्थिति से मैं कैसे गुजरा?

हल्के हरे रंग का कार्ड मिलने का वह दिन पिछले ही दिन के समान मुझे याद है। मैं खुशी से उछल पड़ा। इस भाग्योदय से घरवालों को अपार आनन्द हुआ। ईश्वर की स्तुति में उन्होंने प्रार्थना की। खासकर मुझे मिट्टी संरक्षण विभाग में नियुक्ति मिली है। वह एक बेहतर विभाग है। सुविज्ञ सूत्रों ने बताया, यह विशाल क्षेत्र है। ऊपर उठने की काफी कुछ गुंजाइश है। तेज बहने वाले पहाड़ी पानी वाले किसी इलाके में नियुक्ति की सम्भावना का ख्याल कर मैं उधर ही रहूँगा। दफ्तर पुराना होगा किन्तु दुमंजिला मकान होगा। ऊपरी मंजिल में सड़क के आमने-सामने वाले कमरे में ही मुझे जगह मिलेगी।

चालू होते समय बिजली के पंखे की आवाज़ आएगी। तब भी मुझे क्या कुछ चैन नहीं मिलेगा? अपने लिए एक मेज़, कुर्सी, अलमारी और उसकी चाबियाँ मिलना कोई छोटी-सी बात नहीं है। सच बताऊँ तो मेरे घर में भी इतनी सुविधाएँ नहीं हैं।

क्या ऊल-जलूल सपने देख रहा है...अगर कोई ऐसा तर्क करेगा तो उसको सरासर बेबुनियाद साबित करते हुए जिम्मेदारी से पंजीकृत नियुक्ति पत्र मिलेगा!

आखिर खुशी से काँपते हाथों से मैंने वह नियुक्ति-पत्र खोलकर पढ़ा। उसका अन्तिम निष्ठुर वाक्य भी मैंने पढ़ा। "इसके प्राप्त होते ही पन्द्रह दिनों के अन्दर हाज़िर होना है। अगर ऐसा नहीं होता तो पूर्वसूचना के बिना नियुक्ति-पत्र अवैध हो जाएगा।" बहुत सालों की मेहनत-मनौती के बाद मिलने वाली नौकरी है। इसमें जल्दी हाज़िर न होकर क्यों पन्द्रह दिन की बात सोचनी है। ये सब सरकार की औपचारिक मज़ाकें होंगी। इनको गम्भीरता से नहीं लेना है। यही सोच कर मैंने अपने को आश्वस्त किया।

मुझे इस बात का भी पता चला कि एक दूसरा अपूर्व सौभाग्य भी मुझे आश्वस्ति दे रहा है। बचपन से ही मुझे अपरिचित भूभागों में घूमने-फिरने की तीव्र लालसा थी। मुझे पहाड़ी जिले के पूलमण्णा मिट्‌टी संरक्षण क्षेत्रीय कार्यालय में नियुक्ति मिली है तो लगता है कि मुझे और मेरी इच्छाओं को जानकर ही ऐसा किया गया है। नियुक्ति-पत्र मैंने बार-बार पढ़ा। मेरा ही नाम व पता उस पर छपा है। यह पता बदल कर आया आदेश नहीं है।

फिर मैंने ही अपने आवेश को नियन्त्रित किया। अब मैं अपने को याद दिलाता रहा कि वस्तुतः मैं एक सरकारी कर्मचारी हूँ। अब अतिरेक से कुछ नहीं करना चाहिए।

पूर्ण आत्मसंतोष से मैं पूलमण्णा बाज़ार में बस से उतरा। हाथ में चमड़े का बैग, काले डिज़ाइन वाली कमीज और पतलून पहनी है। बाजार की छोटी-छोटी चाय दुकानों पर जुटे लोग मुझे विस्मय से देखने लगे। उन अपरिष्कृत नज़रों का मुकाबला करते हुए मैं एक दुकानदार के पास गया। आत्मगौरव से एक सिगरेट खरीदकर सुलगाते हुए मैंने उससे मिट्‌टी संरक्षण कार्यालय के बारे में पूछा। मैंने बताया कि मुझे उधर नियुक्ति मिली है। यह बात सुनते ही दुकानदार में जैसे फुर्ती आई। मर्तबानों के पीछे आलस से भरा बैठा दुकानदार खड़ा हो गया। उसने नाम-धाम और पहले की नौकरियाँ आदि के बारे में पूछा। नया कार्यालय दिखाने के लिए वह खुद बाहर आया। दूसरी दूकानों के बरामदों में एक नए शिकार की ताक में बैठे बाज़ार के स्थायी आदमी कुछ दूर तक मेरी गतिविधियों को देख रहे थे।

इस दुकानदार को भी अभिमान का एहसास हुआ। उसने वह प्रकट भी किया। यह उल्लेखनीय और परोपकार का मौका उसे ही मिला है। हम इमारत के नजदीक पहुँचे तो 'हम फिर मिलेंगे' जैसा तसल्ली का वाक्य बोलकर उसने विदाई ली।

पहले बायाँ पैर रखकर ऐश्वर्यपूर्वक मैं दफ्तर के बरामदे में आया। बरामदे के मध्य में एक दरवाज़ा है। बीच वाले रास्ते के दोनों ओर दरवाज़े हैं। पहले दरवाज़े से आगे बढ़कर मैंने दूसरे की ओर झाँका। कमरा ज़्यादा बड़ा नहीं है। तीन-चार आदमियों की सीटें हैं, मैंने अन्दाजा लगाया एक अवश्य सुप्रण्ड (सुपरीनटेंडेंट पढ़िए) की होगी, क्योंकि उधर बहुत फाइलें पड़ी हुई हैं। कॉलिंग बेल, मेज़पोश, हाथ वाली कुर्सी, उस पर टर्की टावेल आदि बातें उस कुर्सी की खूबियों को प्रकट कर रही थीं।

किन्तु सारी कुर्सियाँ खाली पड़ी हैं। इससे मैं कुछ निराश हुआ। मैं उस दरवाज़े को छोड़ कर दूसरे दरवाज़े की ओर चल पड़ा। उसके ऊपर एक नामपट्‌ट लगाया हुआ था—मिट्‌टी बहाव निवारण क्षेत्रीय अधिकारी। इसलिए आसानी से बात समझ गया। उस दरवाज़े पर एक छोटा-सा दरवाज़ा भी फिट हुआ था। उस कमरे और उसमें बैठे अफसर के पद की गम्भीरता प्रकट हो गई थी। क्या अफसर भीतर होंगे? चपरासी भी नहीं आया। ऐसी हालत में अफसर को क्यों तलाशना है? अगर अफसर

समय के पाबन्द आदमी हैं तो? उन्हें पहले आकर फाइल देखने की आदत है तो? इस प्रकार के विचार मुझे परेशान करने लगे।

आखिर उस दुष्प्रेरणा का शिकार होकर मैंने हाफडोर से झाँकने का निर्णय किया। सिर नीचा करके देखने वाला था कि इतने में आहट सुनी। मैंने मुड़कर देखा। कोई आ रहा है। सौभाग्यवश मेरे झुकने का दृश्य किसी ने नहीं देखा।

सुप्रण्ड के कथन का निचोड़ इतना ही है—मौजूद माहौल में मुझे उधर नौकरी में दाखिल कराने में कानून अनुकूल नहीं है। मुझे जिला ऑफिस से सम्पर्क करना पड़ेगा। मुझे नौकरी में दाखिला कराने का आदेश उधर से ही भेजना है।

कहने की ज़रूरत नहीं है कि यह सुनकर मुझे तीव्र निराशा हुई। सुप्रण्ड के सहयोगियों ने बताया कि उनके कानूनी रवैये में वे भी कुछ नहीं कर सकते हैं। सुप्रण्ड के सुझावों को हाथ जोड़कर शुक्रिया देकर मैं उधर से चला। कमरे से बाहर आया तो मेरे मन में अफसर से मिलने की उम्मीद हुई। किन्तु मैं उस हालत को आगे नहीं बढ़ा सका। इतने में एक वरिष्ठ अफसर कमरे से बाहर आया। बरामदे में आकर उन्होंने मेरा नाम-धाम वगैरह पूछा। उसके बाद उपदेश के लिहाज से बताया कि मुझे अविलम्ब जिला ऑफिस से सम्पर्क करना है। इस मामले में मुझे और भी फुर्ती और होशियारी दिखानी है।

इस अफसर से बातें करते समय पास के कमरे में दरवाज़े से होकर मेरी संयत नज़र एक खूबसूरत टाइपिस्ट पर पड़ी। उसने मेरे मामले में हिचक प्रकट नहीं की थी। फिर भी नौकरी में दाखिला होने की जल्दबाजी में मेरे मन ने ऐसी हल्की बातों पर ध्यान नहीं दिया।

जिला ऑफिस में मुझे उम्मीद से भी ज़्यादा उदार स्वीकार-सत्कार मिला। खास कर काले फ्रेम और बड़े गालों तथा नुकीली नज़र वाले अफसर से। उन्होंने कर्मचारियों के बेरहम और गलत कार्रवाइयों की टीका-टिप्पणी की। उन्होंने आगे कहा कि वह मेरा क्षेत्रीय कार्यालय में ही दाखिला कर सकते हैं। इस प्रकार के सुझाव के साथ मुझे इधर भेजने का मकसद उन्हें दुरूह लगता है। उन्होंने मुझे उपदेश दिया कि मुझे उदास न होकर लौटना है। अभी काफी दिन हैं। इसलिए नौकरी में दाखिला कराने के लिए उन्होंने कहा—यह बात भी उधर बता देनी है।

जिला अफसर के उदार उपदेशों के बलबते मैं उधर से लौटा। पुनः मैं क्षेत्रीय कार्यालय में हाज़िर हो गया। तभी मामले की पेंचीदगी से मैं ज़्यादा अवगत हो गया। जिला अफसर के शाब्दिक सुझाव तृणवत हैं। उन्हें बातों को कागज़ पर लिखकर एक आदेश का रूप देना है। तब हमारी हालत ठीक-ठाक हो जाएगी। पूर्वोदाहरणों को उद्धृत करके ऑफिस सुप्रण्ड ने ये सारी बातें कहीं। हाँ, मुझे एक बार और जिला ऑफिस जाना पड़ेगा और कागज़ी तौर पर कदम उठाना है।

जिला अफसर की राय पुनः बदल गई। फिर क्षेत्रीय कार्यालय जाने का सुझाव।

बीच-बीच में छुट्टी के दिन। कभी टोकन हड़ताल। कानून के तौर पर काम—ये सब गुजरे। सिर्फ मेरे बारे में प्रगति अवश्य तनिक भी न हुई।

मुझे खुद याद नहीं है कि जिला कार्यालय, क्षेत्रीय कार्यालय और परिवार के वकील का कार्यालय—इन सारी जगहों पर मैं कितनी बार गया था। ऊट-पटाँग बातें कह कर टाल-मटोल करते-करते नौकरी में दाखिला होने का अन्तिम दिन भी आया। मेरी उत्कंठा, घबराहट और व्याकुलता का ख्याल न करके वकील ने आश्वासन दिया कि हम अदालत में लड़ेंगे। भले ही वकील की बातों से मुझे हौसला मिला तथापि कानून की तकनीकी अड़चनों की झंझटें मुझे तहस-नहस कर रही थीं। अन्त में मैंने क्षेत्रीय कार्यालय के अफसर से सविनय निवदेन किया। इस बार वे कुछ झुँझला उठे। ये सब कानून हैं न? कानून को हाथ में उठाने का हक किसको मिला है? तुम होशियार हो—युवक हो। मैंने सोचा था कि तुम्हें इन सारी बातों की समझदारी होगी। अगर इस मामले में कुछ शिकायत है तो विभागाध्यक्ष के जरिये सरकार को लिखो। देख लेंगे सरकार का फैसला क्या होगा।

उधर से तसल्ली की बातें खोज कर मैं वकील के पास ही आया। परिवार के वकील पहले के समान मुझे आश्वासन देते रहे। उन्होंने कहा कि कल ही सरकार के खिलाफ एक बाण छोड़ेंगे। एक अर्जी ड्राफ्ट करके उन्होंने मुझे सुनाया भी। मुझे लगा इस बार मेरी मुसीबत सरकार समझ लेगी। जिला और क्षेत्रीय अफसरों को चेतावनी देकर मेरी समस्या को सरकार हल करेगी।

किन्तु उसका परिणाम अत्यन्त क्रूर था। सरकार के जवाब में व्यक्त किया गया था कि मेरे सारे इल्जाम बेबुनियाद हैं। सरकारी आदेश के तहत उन कार्यालयों में मेरे जाने के सबूत नहीं हैं। यह जवाब पढ़कर मेरा मन टूट गया।

अब मैं जानता हूँ कि अब एक दूसरी नौकरी की तलाश व कोशिश की ऊर्जा मेरे पास नहीं है। अब हमारे परिवार के वकील बताते हैं कि कभी-कभी कानून बेबस बनते हैं। व्यक्तियों की अयुक्तिपूर्ण विडम्बनाओं की पहरेदारी करने की हालत भी कानून के सामने आएगी।

अनुवाद : **डॉ. आरसु**

•

प्यार

पी. पद्मराजन

बुढ़िया, जिसके स्तन में कैंसर था, देख रही थी कि संध्या अन्दर घुस आयी है। बाद में जब रात आयी, तो संध्या अदब से एक ओर खड़ी हो गई—रात से गले मिलने, उसकी बाँहों में समा जाने और उससे चिपक जाने के लिए अनुमति माँगती आँखें लिए।

"दीया जलाना है। आज के बाद फिर किस दिन इस झोंपड़ी में दीया जलाया जाएगा, कौन जाने। कल नहीं। फिर कभी...असम्भव-सा है। कल सबेरे ही वेल्लूर जाना है।"

"मुझे पसन्द नहीं है। लेकिन वह ज़िद कर रहे हैं। उनका निर्णय है, स्तन काटकर कैंसर साफ करने के बाद ही दूसरा काम करूँगा।"

बायें स्तन के अन्दर रोग छिपा है। बुढ़िया के मन में उस रोग के बारे में एक धारणा बन गई है—मेड़ में छिपे 'कटंपा' जैसा है यह रोग। कटंपा की जितनी पर्तें हैं। एक पर्त काट कर दूर फेंकने पर उसके नीचे दूसरी पर्त पनपती दिखायी पड़ती है। कोंपल की तरह वह पनपती है, बढ़ती है। उसे तोड़ देने पर नीचे दिखायी पड़ती है तीसरी, वह भी पनपने को उत्सुक है। एक-एक कर दूर करें, तो भी उनका अन्त नहीं। मूल ही को काट डालना है।

"यह सब नहीं चाहिए। यह ज़िन्दगी भी कैसी हो गई है। यह स्तन काट कर साफ करने पर भी मैं मार्कंडेय नहीं बनूँगी।"

वह दीया जलाने के लिए उठी। तभी बाहर अँधेरे से आवाज़ सुनाई पड़ी, "अरी, छोटी! यह क्या है? अब दीया जलाने के लिए भी यहाँ कोई नहीं?"

"जी!" उसने आवाज़ दी। "मैं तो उठ ही रही थी।"

देहरी पर रखे घड़े से पैरों पर पानी उँड़ेल कर धोते समय बूढ़े के मन में कई तरह की चिन्ताएँ सिर उठाने लगीं।

"बेचारी छोटी! उसका मन ऊब गया है। डरती भी है। जब से डॉक्टर ने सलाह दी है कि वेल्लूर जाना उचित होगा, तब से हर समय मुझसे लिपटकर रोती है। और कहती है, "कुछ भी नहीं चाहिए। मुझे कहीं ले जाने की ज़रूरत नहीं है।"

“मेरा मन होता है, उसकी मान लूँ। पर कैसे? डॉक्टर कह चुके हैं, यह रोग कुलीन है।...आज नहीं तो कल मैं सदा के लिए चला जाऊँगा उसे यहाँ छोड़कर। अन्तिम समय अगर यह विचार आया कि उसका उचित इलाज नहीं किया जा सका है, तो कैसे सुख से सो सकूँगा।...देख-रेख करने के लिए कोई न रहा और बीमारी बढ़ गयी, तो वह क्या करेगी? उसको पानी पिलाने वाला भी कोई नहीं रह जाएगा। आवारा कुत्ते की तरह रेंग-रेंग कर मेरी कब्र के पास आकर वह रोने लगे, तो...नहीं, जाने के अलावा कोई रास्ता नहीं।”

“अब तक कहाँ थे?’ बुढ़िया ने दीया उसके मुख के पास ले आकर पूछा, “आज शराबखाने नहीं गये?”

“नहीं।” बूढ़े ने कहा।

“हाय! क्यों? रात को दमा जोर पकड़ेगा। तो...?”

“ठीक ही है। बहुत बरसों में पहली बार आज रात को मैंने शराब नहीं पी। आज पेट में निचले भाग से हवा उठेगी। वह फेफड़ों में आकर लौहपिंडों की तरह भारी महसूस होने लगेगी। लेकिन आज पी नहीं सका। माधव लुहार के झोंपड़ी से निकल कर शराबखाने के सामने से चला आया हूँ। टेंट में रुपये थे, फिर भी अन्दर जाने की इच्छा नहीं हुई। पत्नी को वेल्लूर ले जाने के लिए कर्ज लिए हुए रुपये हैं, वहाँ पहुँचने पर रुपये की कमी पड़ जाए तो...?”

“आओ,” बुढ़िया बोली, “खाना खाएँ।”

“खाने की इच्छा नहीं। लेकिन मैं कुछ न खाऊँ, तो यह भी अनशन करेगी...?”

खाने के सामने बैठते समय बूढ़े ने ध्यान दिया—वह कुछ बोलती नहीं। चेहरे पर दुःख और घबराहट के चिह्न हैं। वह क्या सोच रही है?...एक ही बर्तन में फिर कभी-किसी दिन—हम साथ खा सकेंगे। क्या?

“अरे छोटी?”

“जी!”

“तू किसे याद कर रही है?”

“किसी को भी नहीं।”

“वह झूठ बोल रही है, ताकि मेरा मन दुखी न हो। बहुत पहले जब प्रसव पीड़ा तेज हो गई थी, तब भी उसने कहा था, मुझे पीड़ा है ही नहीं।”

बूढ़े के मन में उसके प्रति सहानुभूति पैदा हुई, तीनों बेटे आज मुड़कर देखते भी नहीं। पहला मालाबार में कहीं पत्थर ढोने का काम कर रहा है। घर लौटता ही नहीं। साथ जो व्यक्ति गए थे। उन्होंने वापस आने पर बताया था कि वहाँ किसी लड़की से शादी करके दिन काट रहा है। दूसरा बेटा नाव खेने लगा। अन्त में एक दिन ‘तोट्टापल्ली’ पुल के पास उसकी लाश पड़ी मिली। तीसरा ‘कोन्नी’ में कहीं रहता है। पिता की तरह महावत है। बूढ़े ने सोचा, मुझे मालूम है कि महावत का

जीवन कैसा है। उसमें कुछ व्यवस्था नहीं। वह तो किसी जंगल में हाथी के चारों पैरों के बीच सो रहा होगा अब।

"चुपचाप बैठे-बैठे क्या सोच रहे हो?" बुढ़िया ने पूछा।

"ऐं!" बूढ़े ने सिर उठा कर घबराहट के साथ उसकी तरफ देखा–'क्या इसको पता चला होगा कि मैं क्या सोच रहा हूँ?'

"क्या सोच रहे थे, मैं बताऊँ?" बुढ़िया ने गर्व से कहा।

"हाँ बता तो..." बूढ़े ने खाते-खाते कहा।

"सोच रहे थे कि ऑपरेशन के बाद यह मर गई, तो क्या होगा!"

बूढ़े ने जवाब नहीं दिया। थाली उठाकर चेहरा छिपा लिया। आँखें सजल हो रही थीं।

'यहाँ बैठा रहा तो रो पड़ूँगा।' वह उठा और केले की क्यारी के पास चला आया। मुँह धोना था।

हाल में ही कीचड़ निकालकर साफ किए गए तालाब के किनारे मेंढक टर्रा रहे हैं। उसे याद आया कि बहुत पहले एक रात पत्नी ने मेंढकों को देखने की इच्छा प्रकट की थी। दीया जला कर दोनों आए, तो जैसे मुँह में सफेद गुब्बारे पकड़े एकाग्रता से टर्राने वाले बहुत से मेंढकों को देख सके थे। तब उसने कहा था, "जब तुम पहली बार रात को पास आए, उस रात मैं बुखार के कारण डरकर चुपचाप लेटी थी, तब भी ये इसी तरह रो रहे थे।"

बात सच्ची होगी। उस रात भी छोटे मेंढक रोये होंगे। एक के बाद दूसरे की आवाज़ें सुनते-सुनते वह लड़की भी शायद खुशी के साथ झोंपड़ी में एक ओर पड़ी सोयी होगी। उस तरह लेटते समय हाथी की जंज़ीर की खनक, हाथी पर पड़ने वाले प्रहारों की आवाज़ और महावत की भर्त्सनाएँ सुनकर वह चौंकी होगी। शायद इसी कारण वह बाहर निकल आई थी।

'पांडवर काव' के मेले में नौवाँ दिन। उसका हाथी थोड़ा झगड़ालू दिखायी पड़ा था। अन्त में जब हाथी ने ऊपर खड़े चँवर डुलाने वाले को घुमाकर नीचे गिरा दिया, तब लोग डरकर भाग खड़े हुए। मेले के कार्यकर्ताओं ने कहा था, हाथी को पास वाले अहाते में ले जाकर बाँधो।

उस दिन ऐसा नहीं करते तो कुंजूज को देखने का अवसर भी नहीं मिलता।

हाथी को नारियल के पत्ते देकर वह पीछे मुड़ा, तो वह दिखायी पड़ी। चादर ओढ़े खड़ी थी। सारा शरीर काँप रहा था।

"तू कौन है, लड़की?"

"मैं इसी घर की हूँ।"

पास जाकर दियासलाई जलायी। जवान लड़की है। तीली की रोशनी में वह और भी खूबसूरत दिखायी दे रही थी।

"तू अकेली है?"

"हाँ।"

"नाम क्या है?"

"कुंजूज।"

"घर के दूसरे लोग कहाँ गए?"

"मेला देखने। मैं बीमारी के कारण जा नहीं सकी।"

लड़की ने कहा, "उठकर चले जाओ, महावत! माँ और दूसरे लोग अभी आएँगे।"

"आने दो। उनसे कुछ पूछने के बाद ही मैं जाऊँगा।"

"क्या पूछने के बाद?" लड़की घबराई।

"तुझसे शादी की बात।"

वह लज्जित होकर बोली, "अय्ये!"

"खड़े-खड़े क्या सोच रहे हो?" बुढ़िया ने आवाज़ दी।

एकाएक उसने क्यारी देखी। उल्टा पड़ा पानी का बर्तन देखा। अंधकार देखा मेंढकों की आवाज़ सुनी।

"चटाई बिछायी है। आकर लेट जाओ।" बुढ़िया ने कहा।

बूढ़ा अन्दर चला गया।

शराबखाने में घुसता, तो यह सब न सोचना पड़ता। थोड़ी ज़्यादा पी लेता, तो रात भर सुख से सोने के बाद सबेरे इसे लेकर वेल्लूर चला जाता।

"छोटी!" बूढ़े ने आवाज़ दी।

"जी।"

"तू जाने से डरती है?"

जवाब नहीं मिला। डरती है ज़रूर। थोड़ी देर बाद बुढ़िया ने पूछा, "अगर हम न जाएँ तो...?"

"न जाएँ तो..." वह बोला, "बीमारी बढ़ जाएगी।"

"हँह! बढ़ जाए तो क्या? मर जाऊँगी। बस, इतना ही न?"

'यह कितने हल्केपन से बात कर रही है! मेरा ख्याल ठीक है कि कभी कुछ भी इस पर काबू नहीं कर सकेगा।'

बूढ़ा चुप बैठा था। बुढ़िया अँधेरे में रो पड़ी। बूढ़े को मालूम है कि वह किस कारण रो रही है। सोचती होगी, 'मर जाऊँगी, तो कौन पति की देखभाल करेगा?'

"तुझे जाना पसन्द नहीं?" बूढ़े ने फिर पूछा।

"नहीं।"

"क्यों? डरती है?"

"नहीं। डरती नहीं।"

"फिर?"

"इस बुढ़ापे में कोई दूसरा मर्द मेरा शरीर छुएगा, यही चिन्ता है। बस, इतना ही...।"

एकाएक बूढ़े को लगा, आँखें सजल हो रही हैं। 'मैंने अब तक इस सम्बन्ध में नहीं सोचा।'

बूढ़े को ख्याल नहीं आया कि क्या कर रहा हूँ। उसने बुढ़िया को गले लगा लिया, उसके पके बालों में उँगली चलायी। उसके सूखे शरीर पर बूढ़े की आँखों से आँसू की बूँदें टपकने लगीं।

'पन्द्रह बरस की उमर में मेरे पास आयी थी यह। अब तक किसी दूसरे मर्द के बारे में सोचने का अवसर नहीं आया। अब इस सत्तावन साल में...।'

बूढ़े को जीवन में पहली बार अपनी पत्नी और किसी दूसरे मर्द को मिला कर ईर्ष्या के साथ सोचना पड़ा।

रात बीतने लगी। वंदिका मस्जिद से धार्मिक भाषण सुनने के बाद घर लौटने वाले मुसलमान खेतों को रौंदते हुए वापस जा रहे हैं।

''तुम्हीं मेरे सब कुछ थे। अब, यह भी...।'' बुढ़िया ने कहा।

दिलों और भावों की एकता पर बूढ़े को आश्चर्य हुआ, ''मैं भी तो यही सोच रहा हूँ।''

''छोटी! तुझे डर नहीं लगता क्या?''

''तुम्हारे हाथों से? वाह?''

बूढ़े को लगा, वह हँसती है और रोती भी है। उसे कुछ और नहीं कहना था। बूढ़े के मन में कई तरह के विचार सजीव चित्रों के रूप में उभरने लगे—अपनी पैनी छुरी, लहू पोंछने के पुराने चीथड़े, पट्टी बाँधने के नए कपड़े, केले वाली क्यारी में गाड़ दिए जाने वाले मांस के टुकड़े आदि के चित्र।

बूढ़े ने एक बार फिर बुढ़िया के सूखे शरीर पर हाथ फेरा, चूमा, फिर वह उठकर देहरी पर चला आया।

बुढ़िया कमरे के अन्दर ही पीठ के बल लेट गयी। होंठों से मिट्टी के अन्दर से निकलने वाली झिल्लियों की तरह ईश्वर की स्तुति स्वतः निकल आई। उसके मन में कुछ निश्चित धारणा नहीं थी। अब क्या-क्या होने वाला है।

यों लेटते समय बुढ़िया को देहरी से, पत्थर पर बिछी रेत पर छुरी को पैनाये जाने की आवाज़ सुनायी पड़ी। पहले रह-रहकर, बाद में आवाज़ तीव्र और तीखी हो गई। दो आवाज़ों के बीच का अन्तराल निरन्तर कम होता चला गया।

और फिर बुढ़िया को लगा, जैसे बाहर से निरन्तर रोने की आवाज़ आ रही है।

अनुवाद : **एम.एन. व्योमकेशन**

•

रावण

पी.बी. मणियूर

घाटी में कहीं कोई मुर्गा बाँग देता है। शायद पौ फटने लगी। अच्युतन पड़े-पड़े ऊब रहा था। कुछ तसल्ली के साथ आँखें खोलता है। पश्चिमी क्षितिज में धुँधली चंद्रकला की काले बादलों के साथ आँखमिचौली अभी जारी है। फीकी चाँदनी बाग के दामन में अलसायी पड़ी है। उसे झुँझलाहट होती है। छत के शहतीरों के बीच कुछ खुटपुट की आवाज़ आ रही है। चूहे होंगे। बाँस के जीर्ण शहतीर चूहों के बिल बन गए हैं। वह बरामदे में एक किनारे की तरफ सरक जाता है। ढलान की तरफ देखता है, कहीं कोई रोशनी नहीं है। सिर्फ मुंशीजी के घर की छत धूमिल दीख रही है। उसी घर में इठला कर चलने वाली वह लड़की रहती है।

अच्युतन एकाएक अपना सिर टोहता है। उसे लगता है एक की जगह उसके दस सिर हो गए हैं। रावण बन गया हूँ दस सिर वाला! नहीं-नहीं, एक ही सिर काफी है—केवल एक सिरवाला रावण, पौ फटने पर वह लड़की फिर बाहर निकलेगी और तब चुपके से जाकर उसे कन्धे पर उठाये...

ओह! कितने दिन से सोच रहा हूँ, अब तक वैसा नहीं कर सका। आज उसे चुरा कर ही रहूँगा। उसे ला कर कोठरी में बन्द कर दूँगा। सोचते-सोचते उसकी शिराएँ फड़क उठीं। पुराने, मैले कम्बल के भीतर ठंड उसे नोचने लगी। अंदर, बुड्ढी खुर्राटे भर रही थी, जैसे नगाड़ा बज रहा हो।

उसे अपनी नाटी और मोटी बीवी की याद आयी, जिसके साथ वह सोता था, आज उसका रूप वह भूल गया है और उसकी जगह पर बाप का चेचक के दाग से भरा चेहरा उभर आता है—लाल-लाल आँखों वाला चेहरा। क्या वही मेरा बाप था? कभी उसने 'बेटा' कहकर नहीं पुकारा। 'कुत्ता' कह कर ही उसने हमेशा सम्बोधित किया। "जाने किस-किस के पीछे घूमती थी। तेरी माँ! तू मेरा बेटा नहीं है, हो ही नहीं सकता...!"

समझ में नहीं आया, तो उस बुड्ढी ने विस्तार से उसे समझाने की कोशिश की। "तेरी माँ का कोई यार रहा होगा, तभी वह ऐसा कह रहा है।"

उसका बाप उसकी माँ का झोंटा पकड़ कर उसे खींचता हुआ ले गया था और लातों से मार-मार कर उसे खतम कर डाला और फिर लटका दिया था।

बुड्ढी बोली थी, 'हरजाइयों के साथ ऐसा ही होना चाहिए।''

अच्युतन की समझ में कुछ नहीं आया। खाली नज़रों से ताकता रहा। बाप के घूँसे और लात खाता रहा। फिर भी वह मरा नहीं। बढ़ कर जवान हुआ। एक दिन बाप बोला, ''मैंने तेरे लिए लड़की देख रखी है।''

देवकी के आने पर धीरे-धीरे मार की पीड़ा को वह भूलता गया। ''देवकी! मेरा बाप बड़ा दुष्ट है! ज़रा सावधान रहना।'' उसने अपनी पत्नी को सतर्क किया।

वह हँसी।

उसे बाप के साथ हँसती-खेलती देखकर भी वह कभी गुस्सा प्रकट नहीं करता। सिर्फ उसे सचेत कर देता, ''देखो, ज़्यादा खेलोगी, तो लातों से मार कर आम की डाल पर लटका देगा!''

बुड्ढी ने बाप का पक्ष लिया। इसलिए कि वह उसकी बहन है।

''अरे वह तो तेरा बाप है और यह लड़की रिश्ते में उसकी बेटी हुई।''

उसने थूक दिया।

''मार डालूँगा...मार...''

मुड़ कर देखा, तो चेचक के दागों के बीच में वह चेहरा विकृत हँसी हँस रहा था। उसके हाथों में दाँव था।

''निकल जा, कुत्ते! यह मेरा घर है, नहीं तो तेरे मैं टुकड़े-टुकड़े कर दूँगा।''

अच्युतन का साहस जाता रहा। उसने घर छोड़ दिया, देवकी भी चली गई जाते समय वह कह रही थी, ''बाप-बेटा, दोनों शैतान हैं। शैतानों के साथ कौन रहेगा?''

देवकी ने दूसरी शादी कर ली। अच्युतन घाटियों और गलियों में मारा-मारा फिरता रहा।

लोगों ने उसे अपने बाप के पास जाने की राय दी। तब भी वह नहीं गया। बाप के लकवे का शिकार हो जाने के पाँच साल बाद अच्युतन घर आया। बाप बिल्कुल कमजोर हो गया था। उसने अच्युतन को बुलाया। पर बाप की बातें सुनने के लिए वह वहाँ खड़ा नहीं रह सका।

उसने बाप को न तो खाने को दवा दी और न पीने को पानी। बुड्ढी ने समझाया, ''यह पाप है बेटा।''

''चुप!'' उसने अपने तृतीय नेत्र से दूर से ही बुड्ढी को धमका दिया।

काल घर के चारों ओर चक्कर काटता रहता। शायद आने की हिम्मत नहीं होती। दिन ज्यों-ज्यों गुजरते गए उसकी निराशा उद्विनता में परिणत होती गई।

साला मरता भी नहीं। एक दिन वह आधी रात को चुपके से घर में घुसा।

सबेरे, चेचक के दागों से भरे चेहरे पर सिर्फ फटी-फटी आँखें रह गई थीं। बुड्ढी को सोते समय होश नहीं रहता। सबेरे उठकर वह रोने लगी थी—"भैया को एक बूँद पानी भी मैं नहीं दे पायी।"

उस रात की विचित्रता को सोचते-सोचते वह अचानक हँसने लगता है। मरोड़ी हुई गरदन, फूली हुई शिराएँ और खुली-सी पलकें उसकी आँखों में तैरती रहती हैं। बुड्ढी से बोला, "चाहो तो इधर कहीं पड़ी रह सकती हो।"

आखिर बुड्ढी कहाँ जाती? उसने कहा, "बेटा, अब तू ही मेरा आसरा है।"

यह सब एक साल पहले की बात है। अब अड़तीसवाँ चल रहा है। रात को अकेले पड़े-पड़े सोचता रहता, एक लड़की को घर लाना होगा। कइयों से उसने कहा, "मुझे फिर शादी करनी है।"

सुनने वाले हँसे, "तेरे लायक शायद कोई लड़की इस दुनिया में नहीं मिलेगी।" उसने सब को गाली दी, "सालो, मुझमें क्या कमी है? भिखमंगे कहीं के!"

"छिपकली-सा चेहरा, मेढ़क-सी आँखें, सुअर के से रोयें..."

"सालो, खतम करूँगा मैं सबको।" उसने बुड्ढी से जाकर पूछा, "क्या मैं मर्द नहीं हूँ?"

बुड्ढी डरते-डरते बोली, "तो सब मर्द क्या दुनिया भर की औरतों के पीछे भागते हैं?"

"मैंने क्या किया? सिर्फ इतना पूछा था कि मेरे साथ चलोगी? इसके लिए इतना..."

"बुड्डी ने अपने पुराण की गठरी खोल दी, "उम्म कुट्टी जब दूध ले जा रही थी, तो क्या तूने उसका पीछा नहीं किया था? मणि जब तालाब में नहा रही थी, तो क्या तू किनारे पर नहीं खड़ा था...? इसीलिए तो लोग तेरी हड्डी-पसली तोड़ते हैं।"

ये लोग बेकार क्यों घेर कर पीटते हैं? उसने सोचा। मारते-मारते हर बार लोगों ने पूछा था, "साले, अब फिर लड़कियों को छेड़ेगा?"

बुड्ढी ने एक बार और समझाया था, "कितनी मार खायी? तेरा सीना भी चूर-चूर हो गया है। कम-से-कम अब तो सँभल जा।"

मिट्टी की दीवार पर सिर रखकर वह चित रहा। नारियल के पत्तों से छायी हुयी जीर्ण छत से किरणें छन कर आयीं और उसके चेहरे को स्पर्श करने लगीं। मन-ही-मन बहुत-सी बातें उसने सोचीं।

जंगल में सीता अकेली बैठी है। रावण पहुँचता है। मौका देखकर उसे समेट कर उठाता है और विमान में रख लेता है।

मैं रावण हूँ...

उसने भगवती देवी को दस सिर मिलने की मनौती की और बीस हाथ—तब कोई उसे पीट नहीं सकेगा।

रोज़ सुबह वह तालाब के किनारे जाता। जहाँ सैकड़ों औरतें रोज नहाने आतीं। खुले बाल, गीले कपड़ों के अन्दर से उभरता नितम्ब जैसे तैल-कागज से ढका हुआ साबुन हो।

एक दिन मुंशीजी के घर सीता आयी। बहुत पहले कैलेंडर में सीता की तसवीर देखी है—कनक मृग को हाथ बढ़ाकर बुलाने वाली सीता। हाँ, यह वही सीता है। वही चेहरा।

यहाँ पास ही में नीचे वाले घर में रहते हैं मुंशी चंतुक्कुरुप। कमान की तरह मुड़ी, गुरुड़ की रंग वाली औरत उनकी पत्नी है।

एक दिन ऐसे ही ज़रा बातें करने के लिए उनके पास गया था। मुँह पर ही उस चुड़ैल ने थूक दिया।

"झाड़ रगड़ दूँगी तेरे गाल पर!" अच्युतन ने घर आकर बुड्ढ़ी को चेतावनी दी, "नीचे की उस राच्छसी ताड़का से बातें मत करना, बड़ी झगड़ालू है।"

पिछले महीने मुंशीजी का बेटा पलटन से आया था। आते ही उसने शादी कर डाली। बहू घर आयी। पहली बार उसे देखते ही अच्युतन को यह तय करने में देर न लगी कि वही सीता है। अशोक बन में पहरा देने के लिए राक्षसी तो सिर्फ एक ही है।

बुड्ढी नीचे जाकर चिकनी-चुपड़ी बातें करके खबर लायी, "नेवली का नाम जानू है।"

बुड्ढी की बेवकूफी पर वह मन-ही-मन हँसा। जान, यानी जानकी—जनक की पुत्री अर्थात सीता!

एक न एक दिन सीता को मैं चुरा लाऊँगा, उसने उसी दिन मन में निश्चय किया था।

खलिहान के अन्दर तिलचट्टों का सफाया कर देना है। उसके अन्दर सीता को बन्द कर देने से किसी को पता भी नहीं चलेगा।

अकस्मात मुंशी के रसोईघर के पीछे एक रोशनी दिखाई दी। अच्युतन ने झाँककर देखा। कौन होगा वहाँ? मिट्टी के तेल का दीया जल रहा था। उसके धुएँ के बीच उसने वह चेहरा देखा। खुशी से वह उछलने लगा। हाँ, वही है—सीता! बदन में एक अजीब-सी हलचल हुई। 'उसे कन्धे पर उठाकर मैं उड़ूँगा। जटायु के पंखों को काट गिराऊँगा।' उसने तय किया, मुंशी और उसका बेटा अब तक जगे नहीं होंगे। सीता केले के पेड़ के नीचे बैठी बर्तन माँज रही थी। वह आहिस्ता-आहिस्ता आगे बढ़ा। चुपके से जाकर उसके पीछे खड़ा हो गया। कटोरा और राख लगे पत्तों की रगड़ कंगनों की झनक-मनक—उसने चारों तरफ देखा। कहीं कोई नहीं है। बस यही मौका है। झट उसने झुककर कटोरे के साथ लड़की को उठा लिया। अचानक जोर से चिल्लाहट! "ओ माँ...ओ माँ...मुझे धरे लिए जा रहा है...बचाओ..."

वह घबड़ा गया। सीता क्या इतना गला फाड़कर चिल्लायेगी? चारों ओर रोशनियाँ, आवाज़ें—"कौन है? क्या हुआ?"

छटपटाती लड़की को वहीं छोड़कर वह वहाँ से भागा। चार-दिवारी पर हाथ रखकर उसने चढ़ने की कोशिश की कि सिर पर लाठी पड़ी। उसके सामने की दुनिया घूमने लगी। वह धड़ाम से गिर पड़ा।

होश आने पर उसने देखा, चारों ओर बहुत शोरगुल हो रहा है। लोग घेरे खड़े हैं।

"मार कुत्ते को!"

"स्टेशन ले जाना है।"

"पुलिस को ज़रा आने दो!"

"कौन साला मुझे बाँध सकता है? मैं रावण हूँ—बीस हाथों और दस सिरों वाला।" रावण ने गर्जन किया, "साला! मुझे गाड़ ही दो।" लोग भी गरज पड़े, "पुलिस को आने दे।"

उसने हाथ झटक कर बँधन खोलने की कोशिश की। गाँठ नहीं खुली। अपने हाथ को दाँत से काटकर घाव कर दिया। बहते खून को चाट लिया। फिर गरजा, "मुझे मार दो सालो! मार ही दो!" घेरे हुए लोगों ने भी बदले में हुंकार की।

"साला! मालूम है मैं कौन हूँ? रावण हूँ, रावण! रावण सीता को चुरायेगा, चुराकर ही रहेगा। कैलास को गेंद की तरह उछाल देगा। कौन रोक सकता है?"

चारों तरफ परिहास का शोर हुआ। हाँफते-हाँफते उसने आँखें मूँद लीं।

"मैं रावण हूँ...रावण!"

घूँसे और बाँस डंडे उसकी देह पर तड़ातड़ पड़ते रहे और वह तब भी धीमी आवाज़ में बड़बड़ाता रहा।

"मैं रावण हूँ, रावण—बीस बाँहों वाला...!"

अनुवाद : **एन. सदाशिवन**

•

लाशें

पुनतिल कुंजब्दुल्ला

दूर तक फैले हुए गेहूँ के खेतों के उस पार क्षितिज पर प्रकाश फूटा तो सोना चौंककर जाग उठा। उसने फटा-पुराना कम्बल अपनी देह से हटाया और झोंपड़ी का दरवाज़ा खोल दिया। कुहरे के बीच से रिसती रोशनी और कुहासा झोंपड़ी के अन्दर घुस आया। सोना ने हथेलियों को गर्म कर चेहरा ढँका और बाहर आ गया। उसने झोंपड़ी का दरवाज़ा पुनः बन्द कर दिया।

पिछली रात बर्तन में पानी रखना भूल जाने के कारण वह चेहरा धोने पम्प के नजदीक गया, जिसे देहातियों की सुख-सुविधाओं के लिए ज़मींदार ने लगवाया था।

सोना ने मुँह धो लिया। ठंडी हवा देह को चुभ रही थी। उसने अपने जवाहर कोट की जेब में हाथ डालते हुए चारों तरफ नज़रें घुमायीं। कोहरे की हल्की परत लिए ज़मींदार के प्रासाद तथा पड़ोस में ठण्ड से ठिठुरती भैंसों और गधों को देखा।

अपनी झोंपड़ी की ओर चलते समय सोना को याद आया—जब मैं बहुत छोटा था तब से आज तक जमालपुर नाम के मेरे देहात का चेहरा कितना बदल गया है! तब मेरे पिता भंगी का काम करते थे और माँ भैंसें पाल कर दूध बेचती थीं। उन दिनों सामने के ये दूर तक फैले खेत ऊसर थे, जो अब सरकार द्वारा नदी में बाँध का निर्माण करने पर उपजाऊ हो गए हैं। और इसके साथ ही जमालपुर में परिवर्तन होने लगे।

गाँव में ज़मींदार की ऊँची हवेली उठ खड़ी हुई। झोंपड़ी और झाड़ियों के पीछे भेड़ों की बरकत हुई। कल की ऊसर भूमि में गेहूँ की बालियाँ लहलहाने लगीं और मुझे लगा कि अब तो गाँव स्वर्ग हो गया।

लेकिन इसी स्वर्ग में बापू ने तपेदिक का शिकार होकर एक दिन दम तोड़ दिया। न तो उन्होंने डॉक्टर से जाँच करायी और न ही एक बूँद औषधि ली। पिता की मृत्यु के पश्चात् मेरी परवरिश के साथ-साथ भैंसों की देखभाल का काम भी माँ अकेले ही करने लगीं। कालान्तर में मैं नौजवान हुआ और माँ वातरोग से पीड़ित होकर चारपाई पर पड़ गईं। इसके बाद बूढ़ी हो चुकी भैंसें भी एक-एक कर मर गईं।

आज ऐसा लगता है कि इन घटनाओं को हुए काफी समय बीत गया है। सोचते हुए सोना अपनी झोंपड़ी में आया तो देखा कि माँ चारपाई पर बेहोश पड़ी है।

"माँ" उसने पुकारा। कुछ देर बाद माँ की बेहोशी दूर हो गई। झुर्रियों से भरा चेहरा लिए माँ मुर्दे की तरह वहाँ पड़ी थीं। उसने चम्मच से औषधि लेकर माँ के मुँह में डाल दी और शीशी पलंग के नीचे रख दी। रोटी और पानी को पास पड़े तख्त पर रख कर वह शीघ्र ही बाहर चला गया।

सुबह के करीब आठ बजे थे। सड़क पर काफी भीड़ थी। दूध बेचने वाले साइकिल पर दूध के बर्तन लिए जा रहे थे। सोना तेज कदमों से डॉक्टर को बुलाने जा रहा था। ज़रा-सी देर होने पर डॉक्टर साहब आँखें तरेर कर गालियाँ बकने लगेंगे। डॉक्टर साहब की गाली तो फिर भी बर्दाश्त की जा सकती है किन्तु चमकदार कमीज झाड़ कर घूमने वाले कम्पाउंडर को बर्दाश्त करना मुश्किल है। मुँह खोलने पर वह हरामजादा गन्दी गालियाँ ही बकेगा। कंकड़ियों पर चलते हुए सोना के पैरों में दर्द होने लगा। दर्द क्यों नहीं होगा? डॉक्टर मेहदीहसन के डेढ़ वर्ष पुराने जूते थे। उसने जूतों पर निगाह डाली तो देखा कि कछुए के सिर की तरह उसके पाँवों के अँगूठे जूतों के बाहर आँखें तरेर कर देख रहे हैं।

एक साइकिल हो तो इन झंझटों से मुक्ति ज़रूर मिल जाए। एक पुरानी-सी साइकिल खरीद पाने के लिए भी एक अर्से से ललचाकर रह गया है क्योंकि वेतन का आधा हिस्सा तो डॉक्टर के पास ही चला जाता है।

दो लाख रुपये खर्च कर बनायी गई विशालकाय मस्जिद नजदीक ही थी। उस पर लगी विशाल घड़ी के नीचे चाँद की तस्वीर और उसके नजदीक एक वाक्य खुदा था, "इन्सान, भूमि और स्वर्ग की सृष्टि तेरे लिए मैंने ही की है!"

कार, स्कूटर और ताँगे आ-जा रहे थे। उस लम्बे गेट को पार कर सोना भी भीतर घुस गया। सौभाग्य से तब तक सेमिनार हाल में कंपाउंडर नहीं पहुँच पाया था। उसका साथी नन्व 'केडवर टैंक' के (लाशों को सुरक्षित रखनेवाला टैंक) नजदीक सुपारी चबा रहा था। सोना को देखते ही सुपारी को थूककर हँसते हुए बोला, "नमस्कार!"

"नमस्कार जी!" सोना ने प्रत्याभिवादन किया।

चारों ओर निगाहें दौड़ाकर नन्व ने कहा, "अभी जानवर नहीं पहुँचा।"

"आने दो।" हँसते हुए सोना ने हाथ बढ़ाया। "उस सूअर के बच्चे को एक दिन मैं ज़रूर मज़ा चखाऊँगा। ज़रा मेरी माँ की तबीयत सुधर जाए तब।"

किसी की पदचाप सुन कर दोनों चौंक उठे। टेरीलीन की शर्ट पहने एक शैतान की तरह कम्पाउंडर निसार अहमद उनके सामने आ खड़ा हुआ था।

"अरे कुत्तो, क्यों आँखें तरेर कर देखते हो?" निसार की गर्जना सुनाई पड़ी, "लड़कों के आने का वक्त हो गया है न? 'बॉडी' लेकर ठीक तरह से लिटा दो।"

निसार प्रोफेसर के कमरे में चला गया। जाते वक्त वह बुदबुदा रहा था, "रास्कल्स!" इन शैतानों ने नाकों में दम कर दिया।"

सोना ने 'केडवर टैंक' को खोला। अचानक तेज बदबू फैली तो उसे याद आया कि कल फार्मलिन डालना वह भूल गया था। वह जानवर इधर आएगा तो जरूर मार डालेगा। उसने फुर्ती से अल्मारी से फार्मलिन निकालकर लाशों पर छिड़क दिया।

नन्व ने स्ट्रेचर पर लाशें रख दीं। पन्द्रह मिनटों के अन्दर ही सेमिनार टैबिल पर लाशें छा गईं। हाथ-पैर और सिरविहीन लाशें।

सोना तांबे का पुराना बर्तन लेकर बाहर चला गया। साइकिल-स्टैंड के नजदीक अपने हाथों से बनायी अँगीठी पर उसने ताँबे के बर्तन को रख दिया। आग भभक उठी। अँगीठी में पिछले दिन की सड़ी हुई लाशें थीं। ठीक तरह से सुलगाने के लिए उनमें में टूटने वाली हड्डियाँ अलग करनी होंगी। सिर के साथ सभी हड्डियों को इकट्ठा करने पर तीस रुपये मिलेंगे। जब हड्डी के पैसे मिलने लगे तो सोना को मालूम हुआ कि इन्सान की मृत्यु होने पर भी उसका कुछ-न-कुछ मूल्य रहता है। हड्डियों को बेचकर जो पैसे मिलते थे वह अपने मित्र के साथ बराबर बाँट लेता था। लेकिन अधिक दिन तक वे इसे भी प्राप्त न कर सके। निसार नामक नवाब के आने पर उसकी निगाहें वहाँ भी पहुँच गईं। हड्डियों को बेचकर लड़कों से जो पैसे मिलते हैं उसे फौरन निसार को सौंपने पड़ते हैं। कभी-कभार यदि चाय पीने के लिए थोड़े-से पैसे मिल जाएँ तो किस्मत ही समझो।

ताँबे के बर्तन में सोना ने एक हड्डी को हौले से बाहर निकाला और हड्डियों में चिपके मांस की परत को चाकू से, हड्डी को क्षति पहुँचाये बिना ही छीलने लगा।

तभी जोर-जोर से बच्चों को पढ़ा रहे मेंदी साहब की आवाज सुनाई पड़ी। मेंदी साहब कितनी जोर से पढ़ाते हैं! लगता है कि उनका गला अभी फट जाएगा। एक हाथ में छड़ी। और दूसरे हाथ में रंग-बिरंगे चाक पकड़कर पसीने से तर हो, गला फाड़ कर पढ़ाने वाले मेंदी साहब से उसको हमदर्दी थी। दोस्त कहा करता था कि सिर्फ मेंदी साहब ही अन्न को सही ढंग से पचा सकते हैं। वे कॉलेज के डॉक्टरों में सबसे बेहतर आदमी थे। पाँच वर्षों से वातरोग से पीड़ित मेरी माँ का वे मुफ्त ही इलाज कर रहे थे। फीस देने के लिए मेरे पास फूटी कौड़ी भी नहीं। यदि पैसे होते तो दस-बीस रुपये मैं ज़रूर दे देता।

मेंदी साहब पुण्यात्मा हैं। खुदा उनका भला करे!

"सोना।"

ए खुदा! ऐसा लगता है कि मेंदी साहब पुकार रहे हैं।

"अरे सोना इधर आ।" दुबारा आवाज़ आयी तो बर्तन गरम नीचे रखकर सोना दौड़ गया। जली हुई उँगलियाँ उसने मुँह में डाल लीं।

मेंदी साहब के कमरे में घुसने पर हमेशा की तरह सामने बैठे लगभग पचास

लड़कों की निगाहें उसकी ओर मुड़ गईं। कुछ लोग हँसने लगे और कुछ उसकी तरफ कौतूहल से देखने लगे।

"सोना, अपनी शर्ट उतार!" मेंदी साहब की ऊँची आवाज़ गूँज उठी।

सोना ने अपना जवाहर कोट और उसके नीचे की मैली-कुचैली शर्ट उतार कर नीचे डाल दी। उसे नहीं मालूम था कि अब कितनी देर तक एक मशीन की तरह उसे यों ही खड़ा रहना पड़ेगा। यही मेंदी साहब की एक आदत है जिससे मुझे बड़ी ऊब-सी होती है।

मेरी गर्दन, रीढ़ और छाती को छू-छूकर मेंदी साहब के बताने के अनुसार लड़के जल्दी-जल्दी नोटबुक में लिखने लगे। मेंदी साहब चॉक से मेरी छाती और पीठ पर कुछ लकीरें खींचने लगे तो ऊब और बढ़ गयी।

एकाएक मेंदी साहब ने एक लड़की को पुकारा। वह प्यारी और खूबसूरत पंजाबी लड़की थी। उसकी लम्बी-पतली उँगलियाँ उसके बदन पर साँप की तरह रेंगने लगीं तो उसे रोमांच हो आया।

"सर, बट ओनली डिफरेन्स इज़ दैट, ही इज़ ए लिविंग केडवर", एक लड़के ने कहा। सोना को मालूम नहीं हुआ कि उसका क्या मतलब है। जब सब उसकी ओर देखकर हँसने लगे तब मेंदी साहब की आँखें लाल हो गईं। उन्होंने एक लड़के को डाँटा। उससे कक्षा से बाहर जाने को कहा। वह किताबें उठाकर चप्पल ज़मीन पर पटकता बाहर चला गया।

मेंदी साहब की कक्षा से बाहर आने पर सोना ने देखा कि कुछ देर पहले बाहर निकाला गया लड़का कक्षा के बाहर दीवार से लगा, मेंदी साहब का लेक्चर नोट कर रहा था। उनकी आवाज़ बाहर खड़े होने पर भी अच्छी तरह सुनी जा सकती थी।

शाम को अपनी झोंपड़ी में लौटने पर सोना ने माँ के पलंग के छोर पर अंगुली को बैठे हुए देखा। उसे देखते ही अंगुली पल्ले से चेहरा ढँक कुछ दूर हट कर खड़ी हो गयी।

माँ बेहोश पड़ी है। लगा कि माँ की तबीयत और खराब हो गई है। वह अंगुली से बातचीत तक नहीं कर सका। उसका दिल माँ की बीमारी के कारण भारी था। उसने माँ के माथे और गले को छूकर देखा तो पाया कि सख्त बुखार है। कुछ कहे बिना वह पलंग पर बैठ गया। तब अंगुली ने कहा, "आज माँ की तबीयत कुछ ज़्यादा खराब है।"

"अंगुली, मैं क्या करूँ? हाथ में एक पैसा भी नहीं। मानता हूँ कि डॉक्टर की फीस नहीं लगेगी। किन्तु दवा के लिए भी तो कुछ चाहिए ही।"

वह झोंपडी से बाहर निकल गया। माँ को डॉक्टर के पास ले जाना होगा। जब मेंदी साहब ड्यूटी पर होंगे। लेकिन पहले-पहले एक रिक्शा बुलाना पड़ेगा और

उसके पास रिक्शे वाले को देने के लिए एक पैसा भी नहीं। चौक में पहुँचा तो एक फरिश्ते की तरह मौलाना साहब को उसने वहाँ खड़ा पाया। मौलाना पैर रिक्शे में रखे अपने साथियों से बातचीत कर रहे थे। सोना ने नजदीक जाकर पुकारा, ''मौलाना साहब!''

मौलाना ने मुड़ कर देखा। लाचार से लग रहे सोना को देखकर दाढ़ी सहलाते हुए उन्होंने पूछा, ''अरे, क्या बात है?''

''साहब, मुझे बचाइए! माँ सख्त बीमार है। अस्पताल तक पहुँचाना है।''

''अरे, तो क्या हुआ? क्यों रोता है?''

''मेरे पास तो कानी-कौड़ी भी नहीं।''

मौलाना रिक्शा लेकर आगे बढ़ा। फिर सोना से बोला, ''अबे सूअर के बच्चे, चल बैठ!''

सोना और अंगुली ने माँ को रिक्शे में बिठाया। वापस आने तक अंगुली से झोंपड़ी में बैठने को कह कर वह भी रिक्शे में बैठ गया। मौलाना आहिस्ता-आहिस्ता रिक्शा चलाने लगा।

रिक्शा पगडंडियों पर मुड़ गया। इधर से जाने पर अस्पताल जल्दी पहुँचा जा सकता है। माँ उसके कंधे पर सिर रखकर लेटी रही। उसने दायें हाथ से माँ को सँभाला। सड़क ऊबड़-खाबड़ होने के कारण रिक्शा हिलने-डुलने लगा।

''सोना, ज़रा ध्यान से। आगे गहरा गड्ढा है।'' मौलाना बीच-बीच में सावधान करता जाता था।

उसने माँ को अच्छी तरह कंबल में लपेट दिया।

दिसम्बर की ठंडी हवा देह में चुभ रही थी। हमेशा भैंसों को पीटना और गाली बकना माँ का व्यसन था। मुहल्ले वाले कहते थे कि भैंसों को अधिक मारने-पीटने के कारण ही माँ वातरोग का शिकार हो गई है।

''सोना सावधान! एक गड्ढा आ रहा है।'' सोना ने चौंककर माँ को पकड़ लिया। रिक्शा ऊबड़-खाबड़ ज़मीन के कारण उठ-गिर रहा था।

सोना उत्सुकता से मौलाना की पिंडली की मांसपेशी को गोलाकार होकर ऊपर-नीचे उठते हुए देखता रहा। अगर मौलाना का एक पैर भी थक जाए तो उसे अगले दिन रोटी नहीं मिलेगी।

अस्पताल के सामने मरीज और उनके रिश्तेदार 'क्यू' में खड़े थे। बेड़ा गर्क हो इस 'क्यू' का। अस्पताल, सिनेमाघर, राशन की दूकान, म्युनिसिपल की टट्टी... हर जगह 'क्यू'! लगता है कि क्यू के बिना ज़िन्दगी ही नहीं।

वह माँ को रिक्शे में छोड़ कर डॉक्टर साहब के कमरे में घुस गया। मेंदी साहब मरीजों की जाँच कर रहे थे। नजदीक बैठा डॉक्टर निरपेक्ष भाव से कोई मासिक पत्रिका उलट-पलट कर उसमें छपी नंगी औरत की तस्वीर का मज़ा ले रहा था।

उसके होंठों में लगी सिगरेट की एक इंच लम्बी राख लटक रही थी।

सोना को सामने खड़ा पाकर मेंदी साहब ने सिर उठाकर देखा और माँ को नजदीक के कमरे में ले जाने को कहा। वह फूले हुए पेट वाले एक बच्चे की जाँच-पड़ताल कर रहे थे।

माँ को कमरे में लिटाने के पाँच मिनट बाद मेंदी साहब आ पहुँचे। बहुत सावधानी से उन्होंने माँ की जाँच-पड़ताल की। एक इंजेक्शन दिया। औषधि की चिट लिखी। उसे तसल्ली देकर वे उठ खड़े हुए। मेंदी साहब के सामने सोना बड़े अदब से खड़ा रहा। उसने मन-ही-मन खुदा से मिन्नत की, 'ऐ खुदा, मेंदी साहब दीर्घायु हों। उनकी बरकत हो।'

घर लौटने पर अंगुली ढिबरी की रोशनी में बैठी उनका इंतज़ार कर रही थी।

सोना ने पूछा, ''अंगुली, तू इंतज़ार करते-करते थक गई होगी।''

माँ को लिटाते हुए अंगुली ने बताया, ''नहीं तो, आप अभी ही तो गए थे न?''

माँ ने हौले से कहा, ''बेटे, अंगुली को तू अभी जाकर झोंपड़ी तक पहुँचा दे।''

अंगुली को इस झोंपड़ी में सुलाते माँ को बड़ा खौफ लगता था। ठीक ही तो है। शादी के पहले औरत को घर में ठहराना ठीक नहीं है। मोहल्ले वाले कानाफूसी करेंगे।

वे दोनों अंगुली की झोंपड़ी की ओर चलने लगी। अंगुली को यों अकेले छोड़ने पर उसे दुःख होता। माँ की तबीयत सुधर जाए तो अंगुली से निकाह कर उसे अपनी झोंपड़ी में ले आऊँगा। और कितने दिन इसी तरह बीतेंगे। उसकी उम्र ढल रही है। अंगुली बचपन से ही खेल-कूदकर बढ़त पा गई थी।

घुप्प अँधेरा था। ज़मींदार के घर के ऊपर जलने वाली बत्ती चारों ओर रोशनी दे रही थी। उसके अस्तबल से घोड़ों के खुर पटकने की आवाज़ें आ रही थीं।

उन्होंने रास्ते में बातचीत नहीं की। भारी दिल से आगे बढ़ रहे थे। वह उसके पीछे चल रहा था। बीच-बीच में उनकी उँगलियाँ आपस में छू जाती थीं। चलते वक्त अंगुली के पैरों से उछलकर रेत सोना के पैरों पर पड़ती थी।

झोंपड़ी में पहुँचने पर अंगुली ने दीया जलाया। सोना भीतर बैठ गया। उसने ऐलुमीनियम के बर्तन में कोई चीज उसके सामने रखी।

सोना ने पूछा, ''यह क्या है?''

''चखकर देखो।''

उसने खाया। बढ़िया हलवा! पानी पीते हुए उसने पूछा, ''कहाँ से मिला?''

''कहाँ से मिलेगा? तार वाले बँगले की मेम साहब ने दिया। वे बड़े खुश थे। आज उनके यहाँ बच्चा पैदा हुआ है।''

''अंगुली, तुम्हें कब बच्चा पैदा होगा?''

अंगुली शरमा गयी। पल्ला सिर पर खींचकर वह ज़रा पीछे हट गई। उसके पैर का अंगूठा ज़मीन पर कुछ कुरेद रहा था।

सोना की इच्छा हुई कि अभी उसे छाती से लगा ले, लेकिन शादी से पहले!...उसने अपनी ख्वाहिश को मन में ही छुपा लिया।

"अच्छा, तो मैं जाऊँ?" वह जाने के लिए उठ खड़ा हुआ। फिर उसने पूछा, "अंगुली, तुझे क्या यहाँ अकेले रहते डर नहीं लगता?"

"मुझे? डर!"

"कोई गुंडा या बदमाश आ जाए तो?"

उसने एक कोने में पड़ी झाड़ू की ओर इशारा कर दिया। उसे लगा कि इसका इस्तेमाल सिर्फ तार वाले बंगले की झाड़ू देने के लिए ही नहीं होता। औरत हो तो इस ढंग की हो।

सोना वहाँ से चला आया।

कई दिनों से अंगुली के न आने पर एक शाम वह उसकी झोंपड़ी में गया। वहाँ पहुँचने पर उसने देखा कि अंगुली बालों को गूँथे झोपड़ी के बरामदे में बैठी थी। सोना को देखते ही वह उठ खड़ी हुई। उसने झट अन्दर जाकर दरवाज़ा बन्द कर दिया।

सोना आश्चर्यचकित-सा खड़ा रहा। उसे शक हुआ कि वह सपना देख रहा है। उसने चारों तरफ नज़रें घुमाईं। नज़दीक की झोपंड़ी के आँगन में कुछ बच्चे खेल रहे थे। पास के ज़मींदार का ताँगा कहीं जा रहा था। न...सपना नहीं है।

वह दरवाज़े के पास जाकर बोला, 'अंगुली दरवाज़ा खोलो। तुम्हें हुआ क्या है?"

भर्राई आवाज़ में अंगुली बोली, "मुझे कुछ नहीं हुआ। तुम फौरन यहाँ से चले जाओ।"

आश्चर्य से उसने पूछा, "अंगुली, बताओ तो आखिर हुआ क्या है?"

वह सिसकने लगी। सोना उसके आँसू पोंछना चाहता था लेकिन बंद दरवाज़े के इस पार से कोई क्या कर सकता था?

एकाएक दरवाज़ा खुल गया। उसे बहुत खुशी हुई। अंगुली बाहर आयी। किन्तु उसकी ओर उसने नहीं देखा। वह आँगन में खड़ी होकर कै करने लगी।

सब कुछ पूछने, कहने और करने की मुराद होने पर भी वह लाचार था। अंगुली ने पुनः अन्दर जाकर दरवाज़ा बन्द कर लिया। वह भीतर से बोली, "इस पापी को देखने के लिए तुम्हें इधर नहीं आना चाहिए।"

जोश और हौसले के साथ उसने फिर पूछा, "अंगुली तुम्हें हुआ क्या है?"

जवाब नहीं मिला। क्या हुआ, इस सम्बन्ध में वह क्या कह सकती है?

कोई देखभाल करने वाला न होने के कारण अंगुली के लिए मेम साहब एकमात्र सहारा थीं। तड़के उठते ही वह मेम साहब के घर जाती। घर, बाथरूम, मुर्गों और

खरगोशों के पिंज़ड़ों को साफ करती। मेम साहब से मिलने वाला रोज का भोजन और दस रुपये मासिक वेतन ही उसका रोज़गार था।

काम करने में वह बहुत तेज थी। मेम साहब और उस पर घर की लैग हार्न मुर्गियों और सफेद खरगोशों को उसने बहुत प्यार किया था, लेकिन उसको डराने वाली एक चीज़ इस घर में भी थी। जो हर रोज झाड़ू देते वक्त उसकी देह को बेंधने वाली नज़रों से देखती रहती थी। बड़ी-बड़ी मूँछों और चेचक के निशान से भरे लाल चेहरे वाला वह इफ्तिगार साहब, मेम साहब का पति। हिरणी-सी खूबसूरत मेम साहब को पति के रूप में इसी शख्स को मिलना था। इससे उसे दुःख ज़रूर था लेकिन वह करोड़पति था।

हमेशा ही तरह उस दिन काम पर जाने पर उसे मेम साहब और उनका बुर्का नज़र नहीं आया। उसे पता चला कि वे प्रसव के लिए अस्पताल गई हैं।

जब वह आँगन में झाड़ू दे रही थी तब इफ्तिगार साहब चाकू से एक आम काटकर खा रहे थे। वह झाड़ू देने बेडरूम में गयी। चादर झाड़कर ठीक तरह से बिछायी। फिर झाड़ू देने लगी। अकस्मात् उसने देखा कि उस कमरे में अँधेरा छा गया है। मुड़कर देखने पर इफ्तिगार साहब दिखाई पड़े। इफ्तिगार की आँखों में विकार की बाढ़ थी।

उसने देखा कि इफ्तिगार साहब के हाथ आगे बढ़ रहे हैं। लगा कि उसका गला सूख गया। जीभ तालू से चिपक गयी। फिर बिस्तर पर बैठकर अपना पुराना जूता उतारने के लिए वह मजबूर हो गई।

ये सब बातें अंगुली ने नहीं कहीं। तो भी सोना ने अन्दाज़ लगाया। परी की तरह उपासना करने वाली अंगुली ने मुझे धोखा दिया। वह अपनी शिकायतें औरों से कहकर गम को कम भी नहीं कर सका।

फिर भी निसार अहमद की गालियों को बर्दाश्त कर वह ज़िन्दा रहने लगा। सेमिनार हाल और दवा के लिए अस्पताल के 'क्यू' में खड़ा होकर दिन बिताने लगा।

उस दिन की घटना के बाद फिर उसने अंगुली को नहीं देखा। आखिर उसने उसे एक दिन अस्पताल में देखा। वह भी उसकी लाश!

कुछ देहाती जड़ी-बूटियों का जहर उसने पी लिया था। किन्तु आसानी से वह नहीं मरी। एक हफ्ते तक अस्पताल में सड़ने के बाद बड़ी मुश्किल से वह मर सकी।

उसके अस्पताल में भर्ती होने की खबर मिलने पर माँ ने सोना को अस्पताल जाने पर मजबूर किया था। पर वह अस्पताल जाकर भी अंगुली को देखे बिना ही घर वापस आ गया था। उसने माँ के सामने झूठ-मूठ बातें बना दी थीं।

कोई रिश्तेदार न होने के कारण अंगुली की लाश लेने के लिए कोई नहीं आया। लाश लेने के इरादे से सोना अस्पताल तक गया।

अस्पताल की मोर्चरी में उसकी लाश पड़ी थी। कपड़ा उठा कर उसने आखिरी बार उसके चेहरे को देखा। उसके दिल में कैसे-कैसे अरमान थे। उससे ब्याह कर उसके साथ ज़िन्दगी बिताने का सपना कितनी बार उसने देखा था। आखिर उसने ऐसा क्यों किया? क्यों उसने धोखा दिया? कई बार उसने अपने दिल से पूछा, ''हाँ, हाँ,'' उसका मन बार-बार यही दोहराता था।

उसका चेहरा उसने पहले की तरह कपड़े से ढँक दिया। दहशत भरे दिल से वह बाहर चला आया। अगले दिन हमेशा की तरह मेडिकल कॉलेज पहुँचा। कुछ देर पहले ही कम्पांउडर निसार अहमद आया था। उसे देखते ही उसने पुकारा, ''अरे सोना, इधर आ। कितनी देर से तेरा इंतज़ार कर रहा हूँ।''

सोना उसके कमरे में पहुँचा। उस्तरा उसके हाथ में थमाते हुए निसार ने कहा, ''एक नयी लाश आयी है। तू जाकर उसके बाल उतार दे।''

वह उस्तरा लेके चला गया। मेज़ पर लाश कपड़े में ढँकी पड़ी हुई थी। कपड़ा हटा कर वह खामोश खड़ा रहा। अंगुली की लाश किसी के न लेने के कारण अस्पताल के अधिकारियों ने लाश कॉलेज को सौंप दी थी।

''अरे, तू आँखें तरेरे क्यों खड़ा है? गधे, इस छोकरी की खूबसूरती देख रहा है! जल्दी काम कर!''

एक मशीन की तरह सोना के हाथ हिलने-डुलने लगे। लगा कि धरती घूम रही है। निसार ने नजदीक आकर लाश की धोती हटा दी। सोना ने उसका हाथ पकड़कर रोकना चाहा।

निसार अपने चाकू से मुर्दे के पैर को छेदकर ''डे'' इंजेक्ट करने लगा। उसने सोना से पूछा, ''अरे, इस हरामजादी का तुझे कुछ मालूम है?''

''नहीं, कुछ नहीं मालूम।'' सोना फुसफुसाया।

''डॉक्टर ने बताया था। ये कहीं पास ही रहती थी। गलत ढंग से चलने पर इसकी ऐसी दुर्गति हुई होगी।''

सोना कुछ नहीं बोला।

उसके लम्बे घुँघराले बालों को उसने हटा दिया। उसके बालों की माँ हमेशा तारीफ करती थी। अपने ही हाथों से उन्हें हटाना पड़ा। देह के सभी बालों और भौंहों को भी उसने निकाल दिया।

इतने में निसार ने लम्बी सुई और धागा उसके हाथ में थमाकर उसकी जीभ में पिरोने को कहा। नुकीली सुई अंगुली की जीभ में घुस गई। वह नुकीली सुई उसे अपने कलेजे में घुसती-सी लगी। वह उसे, मुर्दे को नहीं देख सका। उसे लगा कि कहीं भाग जाए और फूट-फूटकर रो पड़े!

उस रात को सोना सो न सका। आँखें मूँदने पर सिर मुड़ाये, जीभ पिरोयी हुई अंगुली की लाश ही उसे बार-बार दिखाई पड़ती थी! उसका दिल कचोट रहा था। भोर में उसकी आँख लग गई। उस समय उसने सपने में अंगुली को देखा।

उसने फुसफुसाते हुए कहा, "तुम को मैंने धोखा दिया। उस दर्द को मैं बर्दाश्त न कर सकी। इसलिए मैंने आत्महत्या की।"

सोना दिन भर मन मसोसकर रहा।

उस दिन अंगुली की लाश 'डिसेक्शन टेबिल' पर लिटा दी गई। टैंक से मुर्दे को स्ट्रेचर पर चढ़ा दिया गया। मेज़ पर सोना ने ही उसे लिटाया था। पहले लाशों को उठाते और उन पर चाकू भोंकते वक्त उसे यह महसूस नहीं होता था कि उन लाशों में पहले ताजा खून बहता होगा। लेकिन अंगुली को ज़रा भी दर्द न हो इसलिए उसने बड़ी सावधानी से काम किया था। मुड़े हाथ-पैरों को सावधानी से ठीक कर दिया था। कुछ देर बाद लड़के मेज़ के चारों ओर खड़े हो गए। कैंची और चाकू चलने लगे।

'केडवर रूम' के दरवाज़े से उसने झाँककर देखा।

चाकू की धार उसकी देह को चीर रही थी। छाती के नीचे एक छेद! चाकू की महीन आवाज़ उसके दिलो-दिमाग में कौंध गई। छाती के दोनों हिस्सों से लड़के त्वचा को हटाने लगे। मांस के टुकड़े मेज़ पर गिर रहे थे।

आखिर वह दिन भी आ पहुँचा।

लाश को खोपड़ी निकालने का दिन था। वह इसे न देखने की ख्वाहिश से बाहर खड़ा रहा। तब लड़कों में से एक ने आकर उसे पुकारा। रुखानी और हथौड़े को उसके हाथ में थमाते हुए लड़कों ने कहा, "सोना, यह खोपड़ी काट दे। हम इसे नहीं काट सकते।"

वह कुछ नहीं कह सका। बसूला हाथ में पकड़कर कुछ पल वह खड़ा रहा। लड़कों ने जल्दबाजी की।

"जल्दी करो, जल्दी करो!"

खोपड़ी में रुखानी रखकर वह हथौड़े से मारने लगा। उसे याद नहीं कि कितनी देर तक वह उसे पीटता रहा था। खोपड़ी फट गई। उसने हल्के पीले रंग की कई सिलवटों से भरी वह खोपड़ी देखी—अपने बारे में इतने दिनों तक याद करने वाली वह ताज्जुब भरी खोपड़ी।

अनुवाद : **प्रो. पी. कृष्णन्**

•

हम ऊँचे कद वाले

प्रभा शंकर

अप्रत्याशित रूप से हमारी भेंट हुई थी—ग्रीष्म के मध्याह्न में बारिश होने की भाँति।

गाँव में मेरी एक पुरानी सहेली है। उससे मिल कर एक पुरानी बस में मैं वापस आ रहा था। सहेली ने मुझे पहले ही सूचना दी थी—उस गाँव में शहर जाने के लिए दो ही बसें हैं—सुबह और शाम को। सुबह उतनी भीड़ नहीं होगी। शाम को जाएँ तो एक सर्कस वाले की तरह अभ्यास करना पड़ेगा। किन्तु मैंने इस चेतावनी की परवाह नहीं की। शाम को जाने की बात तय हुई। किसी भी स्थिति में मुझे आधी रात के पहले शहर में पहुँचना है। उधर की बदबू निकालने...उसी शहर की दूषित वायु में मुझे साँस लेना है। संबंधियों की टीका-टिप्पणी करते हुए घर वालों की बातचीत में भाग लेकर मुझे सोना है। चौबीस साल के जीवन ने मुझे एक बात सिखा दी है—यही मेरी आम दिनचर्या है। अगर इससे कुछ इधर-उधर हो जाए तो मुझे नींद नहीं आएगी। इसलिए मैं वृश्चिक की धूलि-धूसरित संध्या में बूढ़े आम के पेड़ के नीचे इंतज़ार करके थोड़ा-सा अभ्यास वगैरह करके बस में चढ़ गया।

उस भीड़ में आदमी आदमी को शाप दे रहा था। किन्तु उस भीड़ में सबसे ज़्यादा तकलीफ मुझे ही हुई। मेरा शरीर छह फुट और चार इंच का है। उसे कई तरह से सिकोड़ कर मैं बस में खड़ा हुआ था। मेरे कंधे की हड्डियाँ बस के ऊपर वाले भाग को छू रही थीं। बहुत दर्द हो रहा था। छोटे कद वाले यात्री हमदर्दी से मेरी ओर ताकने लगे थे। वे मेरा मज़ाक-सा उड़ा रहे थे। उनमें से कोई भी उठकर मेरे लिए जगह देने के लिए तैयार नहीं था। वे भी इन्सान हैं न? देव और मसीहा थोड़े ही हैं। अपने लम्बे कद पर तब तक मुझे गर्व था। किन्तु अब महसूस हुआ कि यह एक अभिशाप है। यह सोचकर मैं दूसरों की ओर देखने लगा।

यों दूसरों की ओर देखते समय चार-पाँच आदमियों के बीच मैंने एक आदमी को देखा। मेरे समान वह भी दुविधा में पड़ा था। काफी देर से पीछे की ओर खड़े होकर वह मेरी ओर ही देख रहा था। हम दोनों की नज़रें टकरा गईं तो उस आदमी के ओंठों पर मुस्कान खिल उठी। वह दृश्य मैंने साफ देखा। उस भीड़ से होकर, तकलीफ उठाकर वह आगे बढ़ा। मेरे नजदीक आकर उसने कहा।

''कितनी मुसीबत है न? हमारे इधर की सारी बसें इसी तरह की हैं।''

मैंने कुछ नहीं कहा। मुझे इधर की सारी बसों में सफर करने का अनुभव नहीं है। हाँ, इतना जानता हूँ कि अधिकांश बसों का यही हाल है।

उसने अचानक पूछा—''तुम्हारी हाइट कितनी है।''

मैंने गर्व से कहा—''छह फुट चार इंच!''

''मैं छह दो का हूँ! क्या नाम है?''

''प्रभाशंकर।''

मैंने सोचा कि विस्तृत जानकारी पूछने से पहले सारी बातें खुद ही बता दूँगा। मैं कहने लगा—

''मेरा काम है आवारा घूमना-फिरना। मैंने कुछ कहानियाँ भी लिखी हैं, बस... पाठकों को परेशान कर रहा हूँ। भद्दे तैलचित्र बनाकर आस्वादकों को तंग कर रहा हूँ। फिर संसार के सारे पक्षियों के नाम-धाम तथा नर-मादा अन्तरों को भी सीख और खोज रहा हूँ।''

मेरी बात पर वह बहुत हँसा। फिर वह अपनी बातों का विवरण देने लगा।

''नाम पद्मनाभन् है। एक रिप्रिजेंटेटिव हूँ। पहले ही उसकी टाई से इस बात का पता चल गया था।

हमें भी एक दल की ज़रूरत है। गंजे सिरवालों तथा वामनों के अपने संगठन हैं। भारतीयों का औसत कद पाँच फुट है। हम उससे भी आगे हैं। ऐसी हालत में हमारा दल भी ज़रूर होना चाहिए।''

बहरहाल वह एक नया विचार था। मुझे अपने कद पर अक्सर गौरव हुआ था। किन्तु एक संगठन के बारे में मैंने कभी नहीं सोचा था। भले ही पद्मनाभन् की अपेक्षा मेरा कद दो इंच ज़्यादा है तथापि इस प्रकार के सोच-विचार में उससे पीछे ही हूँ। लिहाजा मैं कुछ सन्देह भी करने लगा—

''अगर संगठन शुरू किया जाए तो हमें आदमी मिलेंगे?''

पद्मनाभन् ने मज़ाक में यह बात शुरू की थी। उसे अब लगा कि मुझे उसमें दिलचस्पी है। इसलिए बात कुछ गम्भीर हो गई।

''क्यों नहीं मिलेंगे? मेरा एक दोस्त है। निकम्मा वकील है। हम सब मिलकर छोटे पैमाने पर संगठन शुरू करेंगे फिर अखबारों में खबर देंगे। तब सदस्य अपने आप इसमें आकर शामिल हो जाएँगे। अगर तना बन जाता है तो शाखाएँ और टहनियाँ निकलेंगी। उसमें क्या तकलीफ है? फिर हमारी माँगों का सवाल आएगा।''

ये सारी बातें सुनने पर मेरा भी हौसला बढ़ा। क्योंकि मेरा भी ऊँचे कद का एक दोस्त है। पालघाट का एक पट्‌ट (ब्राह्मण)—रामास्वामी अय्यर्! दक्षिण की हवा में उड़ने वाला एक टाइपिस्ट। मैंने तुरन्त कहा—

''मेरा भी एक दोस्त है, हम सारे लोग जुट जाएँगे।''

''तब तुम एक काम करो। इतवार को उन्हें भी साथ लेकर मेरे घर आओ।

मैं अपने वकील को भी बुलाऊँगा। हम विस्तार से बातें करेंगे। क्या राय है? अब मेरे उतरने का समय हो गया है।''

उसने किसी सीट के नीचे से काले रंग का एक ब्रीफकेस निकाल कर खोला, और एक विजिटिंग कार्ड मुझे दे दिया।

इतवार को रामास्वामी के साथ मैं बड़ी खुशी से निकला था। दिशा-संकेत के लिए पद्मनाभन् का विजिटिंग कार्ड भी है। आखिर में एक तंग गली में पहुँचा। उसकी एक ओर कटहल के पेड़ों के नीचे पद्मनाभन् का घर दिखायी पड़ा। काला शरीर और पके बालों वाला एक आदामी उधर बैठकर अखबार पढ़ रहा था।

''नमस्कार!'' कृष्णकुट्टी ने जल्दी उठकर हमारा अभिवादन किया। उसकी आवाज़ स्त्रियों की-सी थी। मैंने देखा कि रामास्वामी अय्यर की आँखें सन्देह से चमक उठीं।

प्रत्याभिवादन करके हम कुर्सियों पर बैठे, और बातें करने लगे। उधर भी सबसे ऊँचे कद का आदमी मैं ही था। पद्मनाभन् और रामास्वामी अय्यर छह फुट दो इंच वाले हैं। कृष्णनकुट्टी उनसे भी छोटा है। मेरी ओर देखते वक्त कृष्णनकुट्टी की आँखों में मुझे एक आराधना भाव दिखाई पड़ा।

पद्मनाभन् ने अपना भाषण जोश से शुरू किया था। बस-यात्रा के दौरान कही बातें उसने दुहरायीं। यानी और सारी तरह के लोगों और विभागों के अपने संगठन हैं। और हमें भी एक संगठन की ज़रूरत है। फिर उसने हमारी माँगों की ओर इशारा किया। यात्रा करते वक्त हमारे कंधे की हड्डियाँ ऊपर टकराती हैं। उससे बहुत दर्द होता है। पद्मनाभन् ने माँग की कि या तो बस का ऊपरी भाग और भी ऊपर किया जाए या हम ऊँचे कद वालों के लिए बाकी यात्री सीट छोड़ दें।

चूँकि उसका तर्क सही था इसलिए हम उसके अनुकूल थे। विशेषकर मैं राजी हो गया। बस में यात्रा करते समय मेरा और चश्मे का रिश्ता टूट जाता था। वह इधर-उधर टकराकर गिर पड़ता था। यदि इस माँग को मान लिया जाए तो कम-से-कम मैं अपने चश्मे को बचा सकूँगा। यह मेरे लिए तसल्ली की बात थी।

किन्तु इन सुझावों और अन्य माँगों की सूची तैयार करके उच्च पदाधिकारियों के सामने पेश करने लिए संगठन में और भी लोगों को सदस्य बनाना पड़ेगा। इसलिए मैंने बताया कि लोगों को इसमें सदस्य बनाने के लिए कोशिश करेंगे। अगले इतवार को फिर मिलेंगे। तब हम हमारी सारी बातों का विस्तृत निर्णय ले लेंगे।

इस वक्त कृष्णनकुट्टी अखबार से मुख ढँककर बैठा हुआ था। अय्यर लगातार बीड़ी पी-पीकर उसके टोंटे फेंकता जाता था।

अचानक कृष्णनकुट्टी बोला, इसके लिए आवश्यक राशि वह दे देगा। जिस निमिष में मैंने कृष्णनकुट्टी को देखा था, उसी निमिष में उसके प्रति मेरे मन में कुछ लगाव हुआ था। इस वायदे से यह लगाव और बढ़ गया।

उसकी विदाई के बाद पद्मनाभन् ने मुझसे कहा कि कृष्णनकुट्टी एक बड़े मालिक का बेटा है।

अगले इतवारों को बहुत कम लोग ही आए। तब भी मैंने और रामास्वामी ने यह निर्णय लिया था कि हमें एकजुट होना ही है।

शहर के एक प्रमुख संगठन की आँख चिकित्सा कैंप में दो दिन बाद मैंने लक्ष्मी को देखा था। दूसरी सारी लड़कियों से अलग खड़ी लक्ष्मी खास खूबसूरत नहीं थी। किन्तु उसका कद असाधारण ढंग से ऊँचा था। कदाचित इसलिए हमारा लगाव हुआ।

एक से पंखों वाले पक्षी जल्दी मिलजुल जाते हैं न? अपना परिचय देने के बाद मैंने उसे अपने तथा संगठन के बारे में बताया।

वह इसमें शामिल होने को राजी हो गई। किन्तु उसकी माँ अलग थी।

उसे ऊँचे कद वाले पति की ज़रूरत है। बाद में उसने स्पष्टीकरण दिया। अगर स्त्रियों को उनसे भी ऊँचे कद के पति नहीं मिलेंगे तो समाज उनका मज़ाक उड़ायेगा। तब मैंने चाहा कि संगठन की माँगों में नयी सदस्या लक्ष्मी की माँग को भी शामिल किया जाए।

मैं शादी का बहुत विरोध करने वाला आदमी था। मैं आदमी की आज़ादी को एक पल के लिए भी छोड़ना नहीं चाहता हूँ। मैंने लक्ष्मी से यह बात साफ-साफ बतायी।

तब उसने कहा—डेनिस रोबिन्स तथा मिल्स एंड बून सीरीज़ पढ़ने वाली लड़कियाँ ऊँचे कद के पतियों के स्वप्न देखती हैं। और वे तादाद में बहुत कम हैं। मेरे पास ये सारी योग्यताएँ हैं। इस हालत में शादी का विरोध बेरहमी है। स्त्रियों की प्रतिनिधि ने यह कहा। मुझे लगा कि बात तो सही ही है। बात जो भी हो, मैं अपने व्यक्तित्व की कुर्बानी के लिए तैयार नहीं हूँ।

अब एक ही चारा बचा है। हमारे संघ के कृष्णनकुट्टी से बात करनी होगी। रामास्वामी अय्यर अपनी माँ की बात को नामंजूर नहीं करेगा। फिर पद्मनाभन् की अंगुली में एक अंगूठी है—उस पर उर्मिला का नाम अंकित है। बहरहाल मैंने सोचा कि गाय के प्रसव की बात सुनते ही रस्सी लेने की ज़रूरत नहीं है। मैं उसके बारे में ज़्यादा सोचने को तैयार नहीं था।

इतवार को हम पद्मनाभन् के घर की ओर बढ़े। लक्ष्मी भी सदस्या के रूप में आ मिली है, इसी खुशी से हम आगे बढ़े। और कोई पूछे तो हम बता सकते हैं कि हमारे संगठन में स्त्रियों की भी कम-से-कम एक प्रतिनिधि तो है। इसलिए लक्ष्मी को भी हमने साथ लिया था।

तंग गली के रास्ते के उस पार कटहल के पेड़ों की छाया में पद्मनाभन् का घर है। बन्द दरवाज़ों ने हमारी फुर्ती को फीका कर दिया। फिर भी हम दस्तक देने को तैयार हुए।

कुछ पलों के बाद उनींदी आँखों से देखता पद्मनाभन् बाहर आया। उसके होंठों पर मुस्कान का नामोनिशान तक नहीं था।

"हमें एक नयी सदस्या मिली है। एक महिला प्रतिनिधि!" मैंने खुशी से कहा।

"तुम्हें पता नहीं चला?" पद्मनाभन् ने पूछा–

"क्या?"

"हमारा कृष्णनकुट्टी मर गया शुक्रवार को, दुर्घटना में।"

मैं कुछ कह नहीं सका। रामास्वामी अय्यर और पद्मनाभन् की आँखें सूने आसमान पर कुछ तलाश रही हैं। लक्ष्मी चकित होकर खड़ी रही।

पल गुजर रहे थे। तो मैं समझ गया कि इधर की खुशी और निर्विकार की स्थिति और फिर वह स्थिति फिर हल्के दुःख की ओर बढ़ रही थी।

"दुर्घटना बिलकुल इत्तिफाक की बात थी। मृत्यु और इन सारी बातों पर सोचते हैं तो लगता है कि हमें एक संगठन की क्या ज़रूरत है? मान लीजिए हमारी सारी माँगों को मान लिया जाता है। तब भी दुर्घटना या मृत्यु के मामले में हम क्या उत्तर देंगे?"

पद्मनाभन् ने किसी को खास लक्ष्य करके यह बात नहीं पूछी थी। किन्तु वह सबको लक्ष्य करके थी।

लौटते वक्त मैं भी वही सोच रहा था–अनजाने पलों से गुजरते वक्त, जब मृत्यु दरवाज़े पर पहरेदारी कर रही हो तो क्या हमें किसी अनश्वर चीज़ की ज़रूरत है? अस्तित्व को आनन्दपूर्ण बनाने के लिए क्या एक संगठन की ज़रूरत है।

दोस्तो–क्या तुम्हें ऐसा लगता है।

अनुवाद : **डॉ. आरसु**

•

उण्णि

माधविक्कुट्टि

दोपहर के वक्त एक परिचित आहट सुनकर युवती ने खिड़की के पास जाकर देखा। लगभग दस साल का लड़का आँगन से चला आ रहा था। उसका चेहरा धूप में लाल हो गया था। पसीने में तर नीला कुरता, खाकी निक्कर, नंगे पाँव...युवती ने ज़ीने पर एक घुटना रखते हुए उनींदी आँखों से उसका निरीक्षण किया। उसे लगा कि उसने इस लड़के को कहीं देखा है।

लड़का रुका। उसने उसकी ओर मुँह करके पूछा, 'यह कुत्ता काटेगा?'

उसका कुत्ता ड्योढ़ी पर पड़ा सो रहा था। एक नीली मक्खी कुत्ते के सिर के चारों ओर भिनभिनाते हुए मँडरा रही थी।

'तू कौन है।' उसने पूछा।

लड़के ने कोई जवाब नहीं दिया। यों ही हँसता रहा। उसकी हँसी ने युवती के मन में सोई यादों को जगा दिया। लेकिन तब भी उसे मालूम नहीं हुआ कि वह लड़का कौन है।

'क्या, पहरेदार सो रहा है?' उसने पूछा, 'यहाँ भिखमंगों का आना मना है।'

'मैं भिखमंगा नहीं हूँ,' लड़के ने कहा। तब भी उसकी आँखों में एक विशेष मुस्कुराहट झलकी थी।

'फिर तू कौन है?'

'मैं उण्णि हूँ।'

'उण्णि?'

'हाँ!'

कौन है उण्णि? उस प्यारे नाम के एक व्यक्ति को ही वह जानती है—अपने पति को। जो उन्हें उण्णि पुकारते थे, वे सब कब के मर चुके।...तो यह कौन है?

'मैं तुम्हें जानती नहीं।' उसने कहा और बिना वजह खिड़की बन्द कर दी।

बाहर कोई आवाज़ नहीं। क्या, वह वहीं खड़ा है? वह दरवाज़ा खोलकर ड्योढ़ी तक गई। कुत्ता वहीं पड़ा सो रहा है। नीली मक्खी तब भी भिनभिना रही थी। वह चैन से लौटने लगी तो पेड़ के नीचे सिर झुकाए लड़के को देखा।

'अरे तू गया नहीं?' उसने पूछा।

लड़के ने सिर हिलाया।

'क्यों नहीं जाता?'

'कहाँ जाऊँ?' लड़के ने पूछा।

उसके बालों पर पड़ा हुआ एक सूखा पत्ता उसे दिखाई दिया।

युवती ने सौम्य स्वर में कहा, 'तेरा जाना ही अच्छा है। पहरेदार जाग पड़ा तो तुझे पीट-पीटकर भगा देगा। यहाँ भिगमंगों का आना मना है।'

'मैं भिखमंगा नहीं हूँ।'

'तुझे क्या चाहिए? मैं तुझे अठन्नी दूँगी या कुछ मिठाई दूँगी। यहाँ से चले जाओ, जल्दी।'

वह मुड़कर चली। दरवाज़े पर रुककर उसने ज़ोर से कहा, 'अन्दर आ, थोड़ा खा-पीकर जल्दी चले जाना।'

लड़का अन्दर जाकर थोड़ी देर के लिए उस अँधेरे में शान्ति से खड़ा रहा।

'यहाँ गहरा अँधेरा है,' लड़के ने कहा।

'हाँ, मैं खिड़कियाँ बन्द रखती हूँ। कमरे में उजाला पड़ने नहीं देती। मेरी आँखें उजाला सहन नहीं करतीं। देख, मेरी ऐनक कितनी मोटी है!' उसने कहा।

वह हँसा। हँसने पर उसका चेहरा दीप्त हो उठता। 'तू देखने में सुन्दर है,' युवती ने खुशी से कहा। 'मेरे बच्चे हैं ही नहीं।'

लड़के ने सिर हिलाया।

'मेरे बच्चे होते तो शायद तेरी तरह होते। मेरे पति भी तेरे रंग के हैं। उन के गाल पर भी गुल खिलते हैं, घुँघराले बाल हैं...'

वह बैठक में बिछे कालीन पर बैठा। सोफा छोड़कर फर्श पर बैठने से उसकी महज विनम्रता प्रकट हुई। युवती को तत्क्षण उससे हमदर्दी उत्पन्न हो गई।

'तू किसी सोफे पर बैठ, मेरे घर में अमीर-गरीब का कोई भेदभाव नहीं! समझा?' युवती ने कहा।

वह अन्दर गई। एक गिलास ठंडा दूध और थाली में मिठाई लेकर फिर बैठक में आई।

'यह सब खाकर जल्दी जा। मेरे पति दौरे के बाद आज मद्रास से हवाई जहाज़ से आने वाले हैं। दो घंटे के भीतर वे यहाँ आ जाएँगे। तुझे देखकर वे नाराज़ होंगे।'

लड़का होंठों से गिलास हटाए बिना बड़ी-बड़ी आँखों से उसे देखता रहा।

'तुझसे नहीं, मुझसे नाराज़ होंगे,' युवती ने कहा। 'वे पूछेंगे कि पराए लड़के को घर पर क्यों बुला लिया। वे हमेशा दौरे पर ही रहते हैं। कड़ी मेहनत करते हैं। थके-माँदे घर आते हैं, इसलिए नाराज़...'

लड़के ने खाली बर्तन उसकी ओर बढ़ा दिया। उसके नाखून साफ हैं। यह देखकर वह खुश हुई।

'तू जा!' उसने कहा।

लेकिन लड़का कुछ भी कहे बिना उठकर अन्दर के कमरों की ओर बढ़ा। वह उसके पीछे चली।

'मुझे तकलीफ देने का विचार है तुझे?' उसने पूछा, 'मेरा कहना क्यों नहीं मानता?'

तब भी लड़के ने कुछ नहीं कहा। बेडरूम के आदमकद आईने के सामने वह खड़ा रहा।

'तालाब की तरह है, सफेद रंग का तालाब,' उसने कहा।

'किस बारे में कहता है?'

'इस आईने के बारे में।'

युवती ने उसके हाथ पकड़कर कहा, 'तू अब जा। चाहे तो कल आ जाना। मगर आज मेरे पति वापस आने वाले हैं। वे थके होंगे।'

लड़का हँसा। यह शायद सोचता होगा कि मैं झूठ बोल रही हूँ, युवती ने सोचा।

'मैं झूठ नहीं बोलती,' उसने कहा। 'तुझसे क्यों झूठ बोलूँगी।' उसकी आँखें सजल हो गईं।

'मैं अड़तालीस साल की हो गई हूँ। मैं झूठ नहीं बोलती।'

लड़का कंधे हिलाकर मुँह मोड़कर कमरे के कोने में पड़े पलंग पर जा बैठा। वह अपनी टाँगें एक विशेष ताल में हिला रहा था।

'तू कौन है?' उसने पूछा, 'तू क्यों मुझे तकलीफ दे रहा है?'

बाहर दरवाज़े पर किसी ने ज़ोर से दस्तक दी। वह घबरा कर लड़के की ओर मुड़ी।

'सुना नहीं? वह शायद मेरे पति होंगे। वे मुझे डाँटेंगे। तेरे जैसे भिखारी छोकरे को घर के भीतर देखना वे पसन्द नहीं करेंगे।'

'मैं भिखारी नहीं,' लड़के ने कहा।

वह दरवाज़े की ओर दौड़ी। दरवाज़ा खोलने पर अपने पति के सेक्रेट्री को देखा। उस युवक के होंठ पीले थे।

'मिसेज मेनन!' उसने कहा, 'एक दुर्घटना...हवाई जहाज...'

'वे मर गए, हैं न?' युवती ने अनियन्त्रित आवाज़ में पूछा। सेक्रेट्री ने सिर हिला दिया।

युवती ने उसके कंधे पर हाथ फेरते हुए कहा, 'धीरज रखो...घटना कब हुई?'

'तीन बजे...एयरलाइंस वालों ने टेलीफोन पर बताया।'

वह रोई नहीं। उसे लगा कि वह अब तक किसी समस्या को खोज रही थी और इस पल में समस्या ही नहीं उसका समाधान भी मिल गया।

वह जल्दी से बेडरूम में गई। लड़का तब भी बिस्तर पर निश्चल बैठा था। युवती ने उसे उठाया। उसके हाथों में क्रूरता का बल भरा था, अविवेक भी।

'हट जा यहाँ से!' उसने कहा, 'मैंने तुझसे जाने को कहा था। तू गया नहीं। अब क्या हुआ? मेरे पति मर गए। मैंने पन्द्रह साल की उम्र में शादी की। जब वे दस साल के थे तब मुझसे कहा था—मैं केवल तुझसे शादी करूँगा...उन दिनों वे उण्णि थे...मैं भी उन्हें उण्णि पुकारती थी...' उसकी आवाज़ पतली हो गयी, शब्द अस्फुट हो गए। 'तू क्यों नहीं गया?' वह चिल्लाई। 'तू न आता तो मेरे पति आते।'

उसने लड़के को ज़ोर से धक्का दिया। वह कमरे से बाहर जा गिरा, मगर उठा नहीं। युवती ने उसकी पीठ पर बाएँ पैर से लात मारी। 'जा, जा...नहीं तो मैं तुझे मारूँगी।' उसने कहा।

लड़का उसे एक बार देखकर उठा ओर जल्दी-जल्दी दरवाज़े की ओर बढ़ा। जाते-जाते उसने बाहर का दरवाज़ा ज़ोर से बंद कर दिया। युवती को लगा कि लड़का उसकी हँसी उड़ा रहा है और आँगन में दोपहर की धूप में उसका ठहाका गूँज रहा है। वह फिर बेडरूम में घुसकर बिस्तर पर जा लेटी।

उसे लगा कि दस साल का एक लड़का हँसते हुए उससे कह रहा है, मैं केवल तुमसे शादी करूँगा।

वह तुरन्त उठकर खिड़की के पास गई। मगर तब तक नीले कुरते वाला लड़का फाटक के बाहर निकलकर कहीं गायब हो गया था। पहरेदार अपनी चौकी पर बैठा ऊँघ रहा था।

अनुवाद : **पी. माधवन पिल्लै**

•

गुलमर्ग

मलयाट्टूर रामकृष्णन्

'हमारा हाई रेंज इससे कहीं सुन्दर है।' श्रीनगर एयरपोर्ट के बाहर बैगेज लेने के लिए इंतज़ार करते समय मेनन ने मुझसे कहा। उन शब्दों में निराशा की परछाईं थीं।

दिल्ली से रवाना होते वक्त हमारे मन में बड़ी सुन्दर कल्पनाएँ थीं। पहली बार कश्मीर जा रहे हैं। उस सुन्दर भूमि के बारे में कई बातें सुन रखी हैं। एक-एक दृश्य एक पिक्चर पोस्टकार्ड जैसा होगा। लड़कियाँ हूरों जैसी होंगी। हाउस बोटों में स्वप्न देखते रहना। जाने कैसा लगेगा। हवाई जहाज में 'विंडो सीट' भी मिली, लेकिन जहाज उड़ने के बाद कुछ भी न देख पाया। चारों ओर सफेद बादलों के टुकड़े नज़र आए। बादल चुपचाप तितर-बितर हो गए मानो स्वर्ग में कहीं एयर होस्टेसों ने रूई के टुकड़े फेंक दिए हों।

पीछे बैठे दो आदमी बातें कर रहे थे। क्या जहाज बानिहाल पार करेगा? अगर बादल इतने ज़्यादा हैं और मौसम इतना खराब है तो पायलट विमान को दिल्ली वापस ले जाएगा, वरना सीधे अमृतसर की ओर बढ़ेगा।

मेरे पास 'रीडर्स डाइजेस्ट' का अंक था। मैंने यों ही उसे खोलकर देखा। उसमें हवाई जहाज की दुर्घटना के बारे में एक लेख था। मैं उसे पढ़ने लगा। पीछे की सीटों पर बानिहाल पास के बारे में वाद-विवाद बराबर जारी था।

मुझे अपना दोस्त दामोदरन याद आया। डेढ़ साल पहले दामोदरन का देहान्त हुआ—बत्तीस साल की उम्र में। श्रीनगर में जम्मू की ओर जाते समय हवाई जहाज उड़ते-उड़ते गिर गया था। उन दिनों दामोदरन जम्मू-कश्मीर में डिप्टी एकाउंटेंट जनरल था।

हम श्रीनगर पहुँच गए।

एअरपोर्ट पर सीमित सुविधाएँ ही थीं। सामान के इंतज़ार में बैठे-बैठे कल्पनाएँ फिर बढ़ने लगीं। लेकिन नज़र आने वाले किसी भी दृश्य में उस सौन्दर्य के आसार नहीं थे, जिसके बारे में बहुत सुना था।

मेनन फिर एक बार बोला, 'हमारा हाई रेंज इससे कहीं ज़्यादा सुन्दर है।'

'देखा जाएगा। जजमेंट ससपेंडेड' मैं बोला।

सामान मिल गया। मेनन और मैंने टैक्सी को ओबेराय पैलेस होटल चलने को कहा। धूल अँटी सड़क, पुराने मकान, फटे-पुराने कपड़े पहने मजदूर...लगा कि कश्मीर की रिवायती खूबसूरती महज भ्रम था। फिर सड़क साफ और चौड़ी होने लगी। कश्मीर का एक रूप नज़र आने लगा। सीधे, सघन पोपलर के पेड़, घास, हरे मैदान। झालर लगाए हरे झंडों की याद दिलाने वाले चिनार के पेड़, बाईं ओर डल झील...कतार में खड़ी हाउस बोटें...

मैंने पूछा, 'क्या ये हाउस बोट हिलेंगी नहीं, बहेंगी नहीं?'

मेनन ने प्रश्न का अनुवाद किया।

ड्राइवर ने जवाब दिया, 'नहीं।'

मेरी भावना की हाउस बोटें बहने वाली हैं। वे कदापि निश्चल नहीं रहेंगी। मुगलई खाना बनाने का विधि-विधान और कमल के फूल। इनका आस्वादन कर उन्मत्त होकर बैठने की जगहें।

डल झील के मील-पत्थरों के समान खड़ी हाउस बोटों को देखकर मुझसे रहा न गया। 'मेनन हमारा हाई रेंज ही बेहतर है।' मैंने जैसे फैसला सुनाया।

टैक्सी होटल के नजदीक पहुँच चुकी थी। ड्राइवर ने कहा कि पहले यह एक होटल महाराजा हरिसिंह का राजमहल था। फिर एक खूबसूरत गोल्फ कोर्स नज़र आया। उसके बाद एक छोटी चढ़ाई...टूरिस्ट से प्रेम करने वाली होटल कामिनी जैसे मुस्कराती खड़ी है।

उस दिन हम होटल के विशाल लान और चिनार के पेड़ों के बीच बहुत देर तक लेटे रहे। जल्दीबाजी में कश्मीर के बारे में प्रकट किए विचारों को हमने वापस ले लिया। संसार में सौन्दर्य है तो वह यहीं है।

दूर नीले पहाड़। उनके पीछे उनसे भी ऊँचे पहाड़ों की कतार। केसरिया रंग की आउट लाइन। नीले पहाड़ों की छाती में सफेद मेघमालाएँ। और उनके तले पोपलर के पेड़। होटल से देखने पर लगा जैसे वे हरे रंग की लम्बी मोमबत्तियाँ हों लुक-छिपकर आयी सूर्य की किरणों ने जैसे डल झील में सफेद चूर्ण बिखेर दिया हो।

"ब्यूटिफुल!" मेनन ने कहा।

"फेयरीलैंड!" मैं सहमत था।

"हमें गुलमर्ग!" मैं सहमत था।

"हमें गुलमर्ग, सोनमर्ग और पहलगाम देखना है। क्या ख्याल है।" मेनन ने एक योजना बनाने की कोशिश की। "लगता है ऐसा नहीं हो पाएगा।"

"क्यों?"

"डिनर समेत हमारा सेमिनार आज शुरू होने वाला है न? कल से शिक्षा के बारे में चर्चाएँ होंगी। सुबह नौ बजे से लेकर रात तक।" मैंने कहा।

"फूल्स!"

श्रीनगर में सेमिनार आयोजित है। उसमें तनिक भी छुट्टी न मिलने के ढंग से कार्यक्रम तय करने वाले अखिल भारतीय मैनेजमेंट एसोसिएशन पर मेनन को गुस्सा आ गया।

"माइज फूल्स नहीं, निरे बेवकूफ लोग!" मैंने कहा।

"हम इनको धोखा दे पाएँगे?" मेनन ने तिरछी नज़रों से मुझे देखा।

दूसरे दिन हम सेमिनार के कार्यकर्तायों को धोखा देने में सफल हो गए। मैं, मेनन और फर्टिलाइजर कारपोरेशन का शिवरामकृष्णन।

मंजिल गुलमर्ग थी। रवाना होते समय ही ड्राइवर का नाम पूछ लिया–अब्दुल। कार उसकी अपनी नहीं है, बॉस की है। बॉस मजीद है। मजीद कहाँ है? ओबराय लान में ताश खेल रहा है।

यों वार्तालाप आगे बढ़ा।

कुछ दूर जाने पर अब्दुल ने पूछा, 'क्या आपने घोड़े पर सवारी की है?"

"मैंने नहीं की है, मेनन ने भी नहीं।"

कई साल पहले नैनीताल में शिवरामकृष्णन ने सवारी की थी।

कार सिर्फ तनमर्ग तक जाएगी। उधर से घुड़सवारी करनी होगी। करीब चार मील तक।" अब्दुल ने बताया।

"कैसे करेंगे मेनन।" मैंने पूछा।

"पहुँचने पर विचार करेंगे।" मेनन ने कहा।

शिवरामकृष्णन को हँसी आ गई, "क्यों, डरते हो?"

"डर नहीं...सावधानी।" मेनन ने कहा।

"मतलब?"

"पिछले बैच का एक मैनेजिंग डाइरेक्टर घोड़े की पीठ से गिर पड़ा था। पसली टूट गई थी। अब तक अस्पताल में है।"

तनमर्ग आ गया।

कार रुकी। दस-बीस आदमियों ने हमें घेर लिया।

"सर, मेरे घोड़े पर सवारी करनी है।"

"मेरा घोड़ा जल्दी जाएगा।"

"सर, मेरे घोड़े के बराबर एक भी घोड़ा पूरे कश्मीर में नहीं है।"

हम कार से उतरे। शिवरामकृष्णन ने बिना झिझके एक घोड़े को चुन लिया। साढ़े दस रुपये आने-जाने के।

मैंने मेनन को देखा। मेनन ने मुझे। एक दयनीय दृष्टि।

"कम ऑन, कम ऑन" शिवरामकृष्णन ने हिम्मत बँधाई। मैं एक घोड़े के पास गया जो बहुत शरीफ-सा लगा।

"क्या यह काटेगा?" मैंने पूछा।

"कैसा काटना?" घोड़े का मालिक चौंक गया।

राजस्थान कैडर में मेरा एक दोस्त है—शंकरन, आई.ए.एस.। ट्रेनिंग के समय उसे ऊँट की सवारी का अभ्यास करना पड़ा। उसने सबसे शान्त एक ऊँट को चुना था। उस पर बैठा ही था कि ऊँट ने अपनी लम्बी गर्दन पीछे की ओर की और शंकरन को काट खाया।

मैंने एक पैर 'स्ट्रिप' पर रखकर घोड़े की पीठ पर सवार होने का प्रयास किया। घोड़े वाले ने मुझे सहारा दिया।

"रामकृष्णन गड़बड़ी मत करना।" मेनन ने मुझे ताकीद की।

मैंने पसली तुड़ाकर अस्पताल में पड़े उस मैनेजिंग डाइरेक्टर को याद किया। अगले ही क्षण मैं नीचे उतर गया।

शिवरामकृष्णन को गुस्सा आ गया, "वाट इज आल दिस?",

मेनन तमिल में बोला, "नाँगा वरले। इंराये इरूप्योम्" (हम नहीं जाएँगे। इधर ही बैठेंगे।)

'ट्राई डोलीज।' एक सहायक सुझाव आया। मुड़कर देखा, पतलून पहने एक कश्मीरी कह रहा था।

पल भर में डोलियाँ आ गईं। डोली दो लम्बी लकड़ियों पर लगाई गई। कुर्सियाँ हैं। एक साथ चार आदमी डोली ढोकर चलेंगे। दो आदमी साथ चलेंगे। साथी थक जाएँगे तो वे उनकी जगह ले लेंगे।

शिवरामकृष्णन का चेहरा परिहासपूर्ण हो गया।

मैंने कहा, "इधर डोलियाँ मिलती हैं। इसी से पता चलता है कि घोड़े से डरने वाले और भी टूरिस्ट आते होंगे।"

मैं और मेनन डोलियों में बैठे। सामने घोड़े पर शिवरामकृष्णन था। एक विजेता के भाव से।

ऊबड़-खाबड़ सड़क से होकर हम आगे बढ़े। सड़क कहने लायक ही है। कई जगहों पर तंग रास्ता है। प्रकृति का भाव और भी रमणीय होने लगा। चारों ओर पहाड़। हर जगह पेड़। बड़े पैने, वृक्ष। कोहरा।

मेरी डोली ढोने वाले को टूटी-फूटी अंग्रेज़ी आती थी। नाम था कासिम। मैं उससे बातें करने लगा।

गरीबी की दर्दनाक कथाएँ सुनीं, डोली किराये की है। दो रुपया किराया है। गुलमर्ग जाकर वापस आने पर साढ़े सत्रह रुपये मिलेंगे। यदि अधिक रकम वसूल करने की शिकायत हुई तो तनमर्ग का तहसील मजिस्ट्रेट छोड़ेगा नहीं। अच्छे टूरिस्ट कुछ बख्शीश भी दे देते हैं। टूरिस्ट सीजन सितम्बर में शुरू होगा। अगले तीन महीनों में कुछ आमदनी होगी। हर दिन हर आदमी तीन-चार रुपए। फिर अनुकूल समय आने के लिए मार्च के महीने का इंतज़ार। मार्च से जून तक उतनी तकलीफें नहीं होतीं। दूसरे महीनों भूखा रहना पड़ता है। खेती के लिए ज़मीन नहीं है। खेती करना आता नहीं है।

एक आदमी ने कासिम की जगह ले ली। क्षणभर में डोली का हत्था कासिम के कन्धे से दूसरे आदमी के कन्धे पर चला गया।

ऐसे में कासिम की कमीज़ जरा खिसक गई। मैंने उसका कंधा देखा। वहाँ बड़ा धब्बा दिखाई पड़ा। जैसे गाड़ी खींचने वाले बैल के गले पर होता है। मुझे अपराध-बोध हुआ। इन्सान को इन्सान ढोता है?

क्या इस तरह सोचना भावुकता नहीं है? क्या लोग रिक्शे में नहीं बैठते? मनुष्य मनुष्य को न खींचे तो रिक्शेवाले का जीवन कैसे चलेगा? और दूसरा रोज़गार क्या है?

इधर साढ़े सत्रह में चार-पाँच आदमी मुझे ढोकर चलते हैं। चढ़ाइयाँ चढ़ते हैं। मेरी आँखों को ठंडक देने के लिए मुझे गुलमर्ग दिखाने के लिए। साढ़े सत्रह रुपये के लिए गाड़ी वाले बैल बन जाते हैं।

काफी दूर जाने के बाद ढोने वाले आदमियों ने डोली को नीचे रखा। अब ज़रा आराम भी ज़रूरी है।

मुझे ढोने वालों में एक महज छोकरा था। सत्रह-अठारह वर्ष का होगा। मैंने सिगरेट सुलगाई तो उसने बड़ी दीनता से देखा।

मैंने एक सिगरेट दी।

"यह मेरा बेटा है।" कासिम ने कहा।

"नाम?"

"हसन।"

सिगरेट का गहरा कश लेकर चीड़ के पेड़ के तले बैठ गया।

मैं कासिम से पूछने लगा, क्या हसन ने स्कूल पढ़ा है?

कासिम ठहाका मारकर हँसा, "हसन भी यही बातें पूछता है। कई साल तक स्कूल गया था। उसे पढ़ने की इच्छा है। और भी पढ़ना चाहता है। लेकिन तनमर्ग के एक पोर्टर का लड़का पढ़कर आखिर क्या करेगा? पढ़ने से क्या भूख मिट जाएगी? परम्परागत पेशे से अलग होकर क्या करेगा? ऐसा न समझिए कि हसन लड़का है। किसी भी मोटू सेठ को अपनी डोली में ढो लेगा।'

डोली फिर आगे बढ़ने लगी। कुछ बूँदाबाँदी हुई। ढोने वालों ने डोली हुड को खोले रखा। चीड़ के अनन्त जंगल पत्थरों से भरी पगडंडियाँ। ऊँची चढ़ाइयाँ।

अचानक कहीं एक समूह गान सुनाई पड़ा। मैंने झाँककर देखा।

जंगलों के बीच लोग काम कर रहे हैं।

"वे क्या कर रहे हैं?" मैंने पूछा।

"सर, जीप रोड बना रहे हैं।" कासिम ने कहा।

"क्या जीप रोड?"

"जी हाँ, तनमर्ग से गुलमर्ग तक।"

"तब टूरिस्ट जीप में ही आया-जाया करेंगे?"

लेकिन कासिम आने वाली भूख के बारे में अभी से परेशान होने को तैयार नहीं था।

''सर, जीप रोड बन जाने दीजिए। तब मुझे पढ़ने का मौका मिलेगा। मैं एक ढोने वाला आदमी नहीं बनूँगा...।'' हसन मुस्कराया।

एक चढ़ाई।

फिर उतराइयाँ।

सुदीर्घ यात्रा खत्म हो रही है। उधर गुलमर्ग है। कश्मीर का हरा तमगा। उन्मत्त कर देने वाला प्राकृतिक सौन्दर्य।

हम घास की फुलवारी की ओर बढ़े।

''अगले साल जीप रोड तैयार हो जाएगी...तब घोड़े और डोली की ज़रूरत नहीं पड़ेगी।'' शिवरामकृष्ण ने कहा।

''तब सफर का रास्ता कम हो जाएगा।'' मेनन ने कहा।

हिप पाकेट से ब्रांडी लेते समय मैंने सोचा, 'किन्तु हसन पढ़ेगा।'

अनुवाद : **डॉ. आरसु**

•

शहर की दीवारें

यू.के. कुमारन

शहर के शोर-शराबे से दूर—गाँव जैसी लगने वाली एक खुली जगह रहने के लिए मिली तो मुझे लगा कि पत्नी को खुशी होगी। अच्छी हवा है। अच्छी रोशनी है। शहर की गन्दगियाँ इधर नहीं बह आएँगी। गाड़ियों की आवाज़ भी नहीं सुनायी पड़ेगी। तब भी पत्नी की बातों से पता चला कि पत्नी फ्लैट जीवन से दूसरे ही दिन ऊब गई है।

कई दिनों की खोज के बाद ही शहर में सोने की एक जगह ढूँढ़ पाया था। शहर में एक घर मिलना कितना मुश्किल है। मिल भी जाए तो भारी किराया देना पड़ेगा। शहर में पारिवारिक जीवन असम्भव है, यों सोचने वाले दो-तीन घंटों की यात्रा के बाद शहर पहुँचते हैं। इन आवर्तनों में पड़कर उनके परिवार का प्यार और जीवन की आर्द्रता नष्ट होती है। किन्तु शोर-शराबे के बीच खोने वाली चीज़ों के बारे में वे सोच नहीं सकते।

ज़िन्दगी नष्ट होती जा रही है। ऐसे विचार मन को मरोसने लगे थे। शहर में एक घर ढूँढ पाने का आशय तभी मन में उत्पन्न हुआ था। दुर्वह बोझ था। किन्तु पैरों तले बहने वाले जीवन के बारे में सोचा तो लगा कि ऐसा करना अनिवार्य है। मैं अक्सर अपने दोस्तों से कहा करता हूँ—हमारे लिए एक ही जीवन है न! उसे जल्दीबाजी से जीकर छोड़ देने से क्या मज़ा है? मुझे एक ऐसा जीवन चाहिए जिसमें एक सपना पूरा देखने की सुविधा मिले।

शहर में जीना शुरू करें तो माह के अन्त में ही अपने पास कुछ नहीं होगा। सारे खर्च होते ही मन शून्य हो जाएगा। तब भी एक खुशी शेष रहेगी। आराम से सो सकता हूँ ना। तसल्ली के लिए मैं इन शब्दों का सहारा लेता हूँ। मेरे कई सहयोगियों को यह भी नसीब नहीं। मैं रात को दस बजे से लेकर सुबह छह बजे तक मीठी नींद सोता हूँ। मुझे एक पारिवारिक जीवन मिला है। शाम को मैं सपत्नीक टहलता हूँ। महीने के आरम्भिक दिनों में हम होटल जाकर कॉफी और डोसा खाते हैं। छुट्टियों में हम सिनेमा देखने जाते हैं। महीने के आखिरी दिनों में हम अगले महीनों के बारे

में स्वप्न देखते हैं। मेरे दफ्तर में सिर्फ मुझे एक लयात्मक जीवन मिला है। इस बात पर सोच कर मैं मन-ही-मन खुश होता हूँ।

तब भी पत्नी कहती है कि फ्लैट जीवन से वह ऊब गई है। उसके कारण एकदम अजीब हैं। इधर रहने वालों को इन्सान से लगाव है ही नहीं। हम उन्हें एक हँसी देते हैं तो उनमें से अधिकांश लोग वह हँसेंगे नहीं। फ्लैट के बगल वाले कमरे से या सीढ़ियाँ उतर कर आते समय आमने-सामने आदमियों को मित्रता का गुलदस्ता देती हूँ। किन्तु बदले में ऐसा कुछ देना उसको नहीं आता। किसी के मकान की खुली खिड़कियों से देख कर मृदु मुस्कान देते समय उनके बीच से हल्की उँगलियाँ आएँगी। एकाएक वे खिड़कियाँ बन्द हो जाएँगी। बन्द होने की आवाज़ भले ही हल्की है तथापि उस समय वह बिजली की कड़क-सी प्रतीत होती है। दुपहर के वक्त बातें करने के लिए किसी को मिलना सुखदायक है।

मैं भी पत्नी की मदद नहीं कर सका था। मैं सुबह नौ बजे घर से निकलता हूँ फिर रात को साढ़े आठ बजे को वापस आता हूँ। दफ्तर के समय के बाद भी मैं काफी समय तक काम करता हूँ। इसलिए ही मैं शहर में घर बना पाया। इसके बारे में विस्तार से कहने पर भी वह कुछ समझ नहीं पायी है।

रात को वह शिकायत करती रहती है।

"इस गुफ़ा में पड़कर मैं मर जाऊँगी। लगता है कि पूरे दिन मैं कब्रिस्तान में पड़ी रहती हूँ। दस बजे मोची आकर पुकारेगा। और ग्यारह बजे को कागज़ बेचने वाला आकर पूछेगा। उसके बाद यह एक कब्रिस्तान है।"

उसकी शिकायतें मेरी नींद को छीन ले रही थीं। चुपके से 'हाँ' कह कर मैं उसे सुन रहा था। उसको तसल्ली देने के लिए तब वही एकमात्र चारा था। उस दिन सुबह चौवन नम्बर के कमरे की स्त्री ने उसकी मुस्कान को नामंजूर कर दिया था। खेद के साथ उसने वह बात दुहरायी।

हर रोज़ सुबह मुर्गे के बाँग देने के पहले चौवन नम्बर के कमरे में एक बच्चे के रोने की आवाज़ सुनायी पड़ती थी। हमें लगता था कि नींद से चौंक, उठ कर वह बच्चा रोता था क्योंकि बड़े सवेरे की सर्दी में वह रुदन अकस्मात और ज़ोर से फूट पड़ा था। फ्लैटों में मीठी नींद सोने वाले भी वह आवाज़ सुन कर दुःखी हुए होंगे।

रोज़ एक ही समय, एक ही ताल में बच्चे के रोने की आवाज़ सुनने पर मैंने पत्नी से यों ही पूछा—"बच्चे को क्या हुआ?"

नींद आने का समय था। फिर भी उसने कहा, "उस बच्चे को प्रेत का तमाचा मिला है इसलिए वह रोता है।"

बच्चे को मार कर जगाने वाला प्रेत मेरी या उसकी तलाश में नहीं आया है। इस तसल्ली के साथ मैंने सोने की कोशिश की।

फिर हमने बच्चे के बारे में बातें कीं—पत्नी कहती है—

"मैंने चौवन नम्बर वाले कमरे की स्त्री से पूछा कि तुम्हारा बच्चा क्यों हर रोज़ रो पड़ता है?"

"तो क्या कहा?"

"मेरा सवाल सुनते ही उसने मुझे घूर कर देखा मानो मुझे मार डालनेवाली हो। फिर कहा—कोशिश करूँगी कि बच्चे की आवाज़ आगे बाहर सुनाई न दे। रोते समय खिड़की और दरवाज़े बन्द कर दूँगी। तब भी आवाज़ बाहर गई तो बच्चे के गले में कपड़ा ठूँस दूँगी। ठीक है?"

"हाँ," बढ़िया उत्तर है। फिर क्या हुआ?"

"अगर मैं उधर खड़ी होती तो रो पड़ती। उसके पहले ही कमरे में घुसने की कोशिश की। ऐसा करने के पहले फ्लैट में घुस कर उस स्त्री ने कमरा बन्द कर लिया। फिर मैंने बच्चे की रोने की आवाज़ सुनी। मुझे लगा कि वह उस बच्चे को पीट रही है। बता रही थी रोते रह, गला टूटे, तब तक रोते रह। तब रात को नहीं रोएगा। फिर वह स्त्री भी बच्चे के साथ रोने लगी।"

"फिर क्या हुआ?"

"फिर कुछ नहीं हुआ। भीतर घुसकर मैं भी जी भर कर रोयी। मैंने बताया था न—इधर प्रेत का उपद्रव है। अलबत्ता यह एक कब्रिस्तान है।"

मैंने उसे धीरे-धीरे नींद की ओर ले जाना चाहा। सोचा कि परेशान करने वाली चिन्ताओं से छुटकारा दूँ।

लोरी की लय में मैं उसके कानों में फुसफुसाता रहा। "अरी यह शहर है। इधर इन्सानी रिश्ते नहीं हैं। हर एक आदमी अपने संसार में रहता है। इधर प्यार और मैत्री एक पूर्व जन्म की स्मृतियाँ हैं। इन सबसे मुक्त एक दुनिया के बारे में सोच कर सो जाना।"

वह नींद की सीढ़ियाँ चढ़-सी रही थी। मैंने उसका हल्का कम्पन सुना। अब वह प्रेतों के संसार में नहीं होगी। शहर के वनों में हल्का पीला रंग हल्की पलकों के सामने भर रही होंगी।

अगले दिन की छुट्टी मनाने के लिए हम बाहर निकले थे। पहले तय नहीं किया था किस ओर जाना है। शहर के शोर-शराबे से मुक्त किसी कोने में।

"आज पूर्णिमा का दिन है। हम सागरतट जा सकते हैं।" उसने कहा। कॉलोनी का कंपाउंड पार कर अगली सड़क पर पहुँचे थे। तब देखा कि सामने वाले रास्ते पर दो परिचित आदमी आ रहे हैं। उनके साथ तीन साल का एक लड़का भी है।

उसने धीमे स्वर में कहा, "वे उनचास नम्बर के फ्लैट के आदमी हैं?"

जब वे नज़दीक पहुँचे तो हमने मुस्कुराने की कोशिश की। किन्तु उन्होंने उस पर ध्यान नहीं दिया। सिर्फ वह बच्चा मुस्कुराया। उसने पूछा :

"अंकिल किधर जा रहे हैं?"

अचानक साथ वाली स्त्री ने उस लड़के को अपनी ओर घसीट लिया। और वह जल्दीबाज़ी से आगे बढ़ी।

हम परस्पर देखते रहे।

"यह क्या बात है?"

"देखो, मैंने पहले ही यह बात कही थी? इधर के सारे लोग प्रेत-बाधा के शिकार हैं। उस स्त्री को डर है कि हम उस लड़के को मार डालेंगे।

कोई बात नहीं, यह भी शहर की आम प्रवृत्ति है। पत्नी को ढाढ़स देने के लिए मैंने भरसक कोशिश की। किन्तु वह प्रयास विफल हो रहा था। उसके चेहरे पर अँधेरा छा गया।

हम शहर पहुँचे तो पुनः सोचने लगे कि किधर जाना है। समुद्रतट या भीड़ की ओर?"

"हम सिनेमा देखने जाएँगे?" इसी उत्तर की मैं प्रतीक्षा कर रहा था।

शोर-शराबे वाली सड़कों से होकर एक लड़के के समान मुझे उधर पहुँचना है। या तो समुद्रतट या भीड़ की ओर।

"हम सिनेमा जाएँगे।"

उसके हाथ पकड़ कर सड़क से चलते समय वह वाचाल थी। वह एक अद्भुत अनुभव था।

थियेटर के समीप पहुँचने के बाद ही हम छुट्टी के बोझ के बारे में सोचने लगे। अन्त न दिखने वाली लम्बी कतार है। किसी भी कतार में खड़े हो जावें। हम सिनेमा देख नहीं सकेंगे। मेरी उम्मीद थी कि किसी एक कतार के सामने एक परिचित आदमी का चेहरा दिखायी पड़ेगा।

अचानक उसने हाथ दबाते हुए खुशी से कहा, "देखो, सतहत्तर नम्बर वाले फ्लैट की रमा सी. नायर कोटर के नज़दीक खड़ी है।"

"बच गया।"

तुरन्त टिकट की रकम देकर मैंने उसे रमा सी. नायर के पास भेज दिया। रमा सी. नायर की तलाश में गई पत्नी जल्दी ही वापस आयी।

"कहती है कि वह नहीं ले सकती।"

"क्यों?"

"कहती है कि वह किसी को टिकट लेकर नहीं देती है।"

मैंने पुनः बाहर देखा।

लगता है कि आज काफी देर पहले ही ओस गिर जाएगी। ठंडी हवा बहने लगी। सड़क के सारे धूल-कण हवा के साथ उड़ने लगे हैं।

हम फ्लैट पहुँचे। तब भी शाम के अनुभव को वह भूलने के लिए तैयार नहीं थी। उसकी मुख्य माँग है कि प्रेतबाधा के शिकार बने आदमियों से उसे अविलम्ब बचाओ। मैंने कहा, "हमारे सामने और कोई चारा नहीं है। हमें भी शहर-जीवी बनना पड़ेगा।"

फिर वह कॉलोनी-जीवन के बारे में मुझसे ज़्यादा बातें नहीं करती थी। मुझे लगा कि प्रेमबाधा वाली जगह से वह तालमेल स्थापित कर रही है। रात के वक्त हमने अधिकांश बातें अपने बारे में ही की थीं। उसमें आवृत्तियाँ थीं। किन्तु वे उबाऊ नहीं थीं।

ऊब के अभाव के कारण ही हम वे दिन भूल गए। एक दिन उसने याद दिलायी, "आज छुट्टी है न? क्या आज हम एक सिनेमा जाएँगे?"

"जा सकते हैं।"

शाम को सिनेमा जाने के लिए रवाना हुए। तब एक आवाज़ सुनायी पड़ी। एक लॉरी उधर आकर रुक गई। एक नए परिवार का आगमन है।

नीचे वाली छत पर पहुँचे। कंपाउंड की ओर जाते समय देखा कि सामने से दाढ़ीवाला एक युवक, एक युवती और दो बच्चे आ रहे हैं।

मैत्री जोड़ने के ख्याल से मैं रुक गया। सामने कुछ आदमी हैं–इसकी परवाह किए बिना मुझे धकेलते हुए पत्नी ने कहा–"जल्दी चलो, सिनेमा अभी शुरू होगा।"

मैं उसके पीछे चलने लगा।

अनुवाद : **डॉ. आरसु**

•

नयी पीढ़ी

ललितांबिका अंतर्जनम्

रात का खाना खा रहा था। तभी अप्रत्याशित रूप से फोन की घंटी बजी थी। जूठन भरा हाथ रोक कर बायें हाथ से उसने फोन ले लिया। खबर सुनी तो काँपने लगा—भय हुआ—शब्द रुक गए।

"हैं, उसे कौन-सी बीमारी है? परसों इधर से जाते समय, खास कुछ बीमारी तो लगी नहीं थी। सिर चक्कर काट रहा है?...वमन करता है?...बेहोश होता है?...उसका ख्याल रखना। मैं तुरन्त रवाना होता हूँ। दो घंटों में उधर पहुँचूँगा; तब तक तुम ही ध्यान रखो।"

उन्होंने खाना अधूरा छोड़ कर हाथ धोये। पत्नी से उन्होंने कहा, "मैं अभी शहर जा रहा हूँ। लड़के का स्वास्थ्य बिगड़ गया है। अस्पताल में है। चक्कर या मतली है। खैर, डरने की कोई बात नहीं है। तू दरवाज़ा बन्द कर। पहुँचते ही फोन करूँगा। घबराने की कोई बात नहीं है।"

उत्तर मिलने के लिए उन्होंने इंतज़ार नहीं किया। जल्दी ही ड्राइवर को जगा दिया। पोर्टिको में खड़ी होकर जाती हुई कार देखकर मालती अम्मा फूट-फूट कर रो पड़ीं। सिर्फ एक...मेरा इकलौता बेटा...प्यारा बेटा...उसे क्या हुआ होगा? जब तक कार की आवाज़ खो नहीं गयी, तब तक वह दरवाज़े के समीप खड़े होकर शून्य की ओर ताकती रहीं। साथ जाने के लिए उन्होंने नहीं कहा। फिर भी मैं दौड़कर कार में क्यों न बैठी? बाप और बेटे का मिलन कैसा रहेगा? इसी पर मालती अम्मा को घबराहट हुई थी, कई दिनों से बाप और बेटा परस्पर कुछ नहीं बोलते थे। बाप के जीने का ढंग बेटे को पसंद नहीं आया। वह कभी-कभार छुट्टी पर आता था। वह भी एक घुटन लिए हुए। बाप बड़े नेता बन गए तो बहुत-से लोग घर आने लगे थे। बहुत देर से रात में। 'आउट हाउस' बाप का दफ्तर है। उधर कोई जाए तो उनको रास नहीं आता। इधर की बातें? हमेशा भीड़भाड़, हँसी के फव्वारे और कोलाहल। बिरले अवसरों पर रोने की आवाज़ भी सुनाई पड़ती थी, खूबसूरत युवतियाँ दिखाई पड़ती थीं। सुनते हैं कि ये सब फरियादी हैं। उनका आवागमन शंका उत्पन्न करता था। लोग कई तरह की बातें करते थे। बेटे को ये सब बातें लज्जास्पद लगीं। घर के रहन-सहन तथा सदस्यों से उसे घृणा होने लगी। पता लगाना है उसे कि

आउट हाउस के बन्द दरवाज़ों के भीतर क्या हो रहा है। एक गुरु गम्भीर भाव में–एक पुलिस के दर्प भाव में एक दिन वह उधर घुस गया।

बेटा चौंक पड़ा। बाप उस हालत में नहीं था जो बेटों के लिए देखने लायक हो। बाप चिल्ला कर बोला, "किसने तुम्हें इधर भेजा? मैंने कहा था न कि इधर मत आना!"

वापस आकर बेटे ने माँ से शिकायत की, "माँ, हमारे घर में हर दिन क्या हो रहा है? लगता है कि फिलहाल यह घर नहीं है। बार और कैबरे सहित एक होटल है। माँ, लगता है कि पिता जी पागल हो गए हैं, उनकी आँखें लाल-लाल हैं। सिर हिल रहा है। आवाज़ कमजोर है। किसी डॉक्टर से सलाह लेकर चिकित्सा करनी होगी, माँ, सचमुच मुझे डर लग रहा है।"

उस दिन माँ ने बेटे को तसल्ली देकर कहा था–"बेटा खैर, कोई बात नहीं है। कुछ समय बाद सब कुछ ठीक हो जाएगा। तू ईश्वर से प्रार्थना कर। बाप अब बड़े नेता हैं न? उसके अनुरूप स्थान और स्वाभिमान आवश्यक है न? मैं क्षमा करती हूँ। तुझे भी क्षमापूर्वक चुप बैठना होगा।"

वह पूरे तौर पर आकुल-व्याकुल था। उसकी आँखों में आँसू भर आए, वह बोला, "माँ, अगर बाप ऐसा जीवन-क्रम जारी रखते हैं तो मैं भविष्य में इधर नहीं आऊँगा। मुझे लगता है कि हम दोनों में मेलजोल स्थापित नहीं होगा।"

सुनकर माँ ज़ोर-ज़ोर से रो पड़ीं। उस दिन रात को इस घटना का पता चला कि बाप नाराज हो गए। उन्होंने कहा, "वह न आए, तू भी जा। मेरे लिए यही सुख है। मैं इसी तरह जीऊँगा। किसी को कोई नुकसान तो नहीं है।"

उस दिन उन्होंने जिस नफे-नुकसान के हिसाब का उल्लेख किया था, क्या वह आज उसकी जाँच कर रही है? मालती अम्मा को लगा कि पूरा शरीर काँप रहा है। उसका।

उसने सोचा कि क्या एक दूसरी कार लेकर मैं पीछे जाऊँ...किन्तु घर...जनमस्थान... अगर हर कहीं इस पर बहस चली तो? स्वाभिमान की रक्षा करनी है न? सब कुछ भगवान की मर्जी पर ही ठीक है। मालती अम्मा पोर्टिको के खम्भे के समीप सिर नवा कर खड़ी रही। हृदय को एकाग्र बना कर प्रार्थना की, उसे बेटे पर केन्द्रीभूत किया।...बेटा तेरी दीर्घायु हो...तेरी भलाई हो...माँ का तो सिर्फ तू है।

शहर के अस्पताल में बेटे को दाखिल करा दिया गया था। उधर पहुँचते ही बाप बहुत थक गए थे। कार की रफ्तार तेज़ थी। उनके मन में भय और उत्कंठा की भावना उत्पन्न हुई। उनको लगा कि दुःख से आँखें भीग रही हैं। हाय! सहयोगियों के बीच में मैं दृढ़चित्त माना जाता हूँ, ऐसा आदमी कैसे सोयेगा? वे कार की पीछे वाली सीट में थके-माँदे बैठे थे।

अस्पताल पहुँचते ही डॉक्टर से इजाजत लेकर वे फौरन भीतर पहुँचे। इन्टेंटिव केयर यूनिट के सफेद बिस्तर पर वह थकी स्थिति में लेटा है। आँखें बन्द हैं। देखने पर शक होता है कि जीवन है भी या नहीं! माथे पर हाथ रखकर देखा, ठंडा है। बाल सहलाये। माथे पर पड़े बालों को सँभाल कर ठीक किया। कई सालों के बाद

उनमें पहली बार वात्सल्य जागा। मेरा बेटा बड़ा हो गया है! अब वह क्लान्त होकर सामने लेटा है। वात्सल्य से, बेहद प्यार से उन्होंने अपने बेटे के सामने माथे पर धीरे से चुम्बन किया। उसने स्पर्श महसूस कर आँखें खोल कर देखा।

नजदीक खड़े डॉक्टर ने कहा, "साहब, जगाओ मत, किसी मानसिक संघर्ष में पड़कर इसने मादक दवा ज़्यादा खा ली है। अब सोना बेहतर होगा।"

सकपकाकर बेटे ने बाप के मुख की ओर ताका—"पिता जी!"

बाप विह्वल हो गये। "बेटा, तुझे क्या हो गया? क्या तूने मादक दवा खा ली है?"

बेटे के होंठ हिले। शब्द कमजोर थे—"कोई बात नहीं पिता जी...ज़िन्दगी जीने में कोई तत्त्व नहीं लगता। प्रतीक्षा हेतु कर्मरत होने के लिए कुछ भी नहीं है।"

"पिता जी फिर...फिर हम दोनों की दृष्टियों का मेल-जोल नहीं होगा। हम साथ न रह पाएँगे। दो पीढ़ियाँ हैं। एक को रास्ता बदलना है...किसी को कठिनाई नहीं होगी...मुझे माफी दीजिए!"

वे चौंक गए। इसके कारण कैसी बदनामी हो रही है। "बेटा, शर्म की बात है। मेरे यश को भी तूने कलंकित कर दिया। कल अखबार वालों को लिखने के लिए सामग्री मिलेगी। वे लोग मुझे गालियाँ देने के इंतज़ार में हैं। तूने यह करतूत क्यों की? तू क्यों इस विपत्ति में कूद पड़ा?"

थकी आवाज़ में वह ज़रा सोचकर बोला, "पिता जी किसी का कुछ नुकसान नहीं है। ज़िन्दगी में कुछ तो चाहिए। लिहाजा मैंने यही ठीक समझा! विपत्ति आएगी तो आने दें। खैर छोड़ दें। आपके बारे में सुनायी पड़ने वाली अफवाहों की अपेक्षा यही तो बेहतर है। कभी-कभी लगता है कि ये सब परम्परा है। अगर मैं ज़िन्दा रहूँ तो मेरा बेटा भी... ।"

बाप ने बेटे के मुँह पर हाथ रख दिया। उनको लगा कि आँखों में अँधेरा छा रहा है। उनकी बीती बातें, लड़के के साथ संघर्ष, अलगाव, ये सब मामले एक फिल्म की भाँति उनके मन में प्रकट हो गए। मेरा जीवन कैसा था? क्या मेरा घर एक घर था? बाप-बेटा, पति-पत्नी, क्या ये सारे रिश्ते नहीं टूट गए हैं? क्लान्त होकर वे बेटे के बिस्तर पर बैठ गए। फिर बेटे के ठंडे हाथ को पकड़कर ध्यानमग्न होकर वे बोले, "बेटा, ऐसा मत बोल, तू मुझे माफी दे दे! बाप का एक जन्म आज खत्म हो रहा है। आज से तेरा बाप एक दूसरा आदमी बनेगा। तूने नयी पीढ़ी की बात उठायी है। कम-से-कम उसका उत्कर्ष हो। उसको देखकर कृतार्थ बनने के लिए हम दोनों को ज़िन्दा रहना है। तेरा हाथ पकड़कर यह बाप कसम खा रहा है—आज से मैं सारी बुरी आदतें छोड़ता हूँ। हम एक ही पीढ़ी बनें। हम अपराधों से मुक्त एक नयी पीढ़ी के जन्म का इंतज़ार करेंगे। उसके लिए तू जल्दी स्वस्थ हो जा।"

अनुवाद : डॉ. आरसु

•

दिवाली की मिठाई

लक्ष्मी

धनम तो जैसे सनाका खा गई। कितने प्यार से लाडले बेटे के लिए कपड़े लायी थी। कपड़ों वाला लिफाफा तो कोने में पड़ा था। 'का हुआ रे कदिर? ई का करत हो?' उसने प्यार से डपट दिया और लिफाफे को हाथ में उठा लिया।

'खाली कमीज उठा लाई। हम का करी ई का? हमें नहीं चाहिए अम्मा। हम कहे देत हैं, हाँ।' कदिरसेन की आँखों में पानी भर आया।

'देख, तोहार खातिर हम गुड़ के लड्डू बनाइबै। अब की बेर दिवाली अच्छे से मनाइहै।' धनम ने गुस्से को पी लिया।

कदिरसेन छठी में आ गया था। आँखें फैलाकर बोला, ''छिः! हम न खाइहैं, गुड़ के लड्डू। चाशनी के बनाओ, अम्मा।'

'हाँ, हाँ, चाशनी के ही बनिहैं। लाट साब हुई गए हो ना। चल हट परे।' वह अपने काम पर लग गई।

पर उसकी तो ज़िद थी ना 'लछिमन के बाबू लाला की दुकान से हलुआ लावत हैं। मान वाले खज्जू के हियाँ लड्डू बनत हैं, चाशनी के।' वह बौखला कर बोला।

'स्कूल खुलि हैं तो सभी लड़के मिठाई लैके आवत हैं, तब हम का लेई जाई खाक?' वह खीज उठा।

वह कहना चाहती थी अरे, सब सार के बाप हैं, तोहार कौन है रे बचवा? उसने अपने पर काबू पा लिया। सारी जीभ जैसे कसैली हो गई। पराई औरत के बहकावे में उसे और गोद के बच्चे को छोड़कर जाने कहाँ चला गया था। अब उसका नाम लेकर रोने से हासिल भी क्या होगा?

'अब की चाशनी को मिठाई नहीं होगी, तो हम कुछ न खाहबै हाँ।' बेटे के सत्याग्रह पर उसका गुस्सा भड़क उठा।

'हाँ रे हाँ, हम चार घर के बर्तन-भांडे माँजकर तोहार खातिर चाशनी की मिठाई हो तो लाइ। इत्ते लाट साब हुई गए तुम?' उसने बेटे को एक भरपूर तमाचा लगाया।

बेटा चीखकर नीचे गिर पड़ा, 'अरी अम्मा री, अब ना मारौ। हमें कुछ नहीं चाहिए।'

उसका गुस्सा कम हुआ। दिन भर चटाई पर पड़े बिसूरते बेटे को देखकर मन-ही-मन तिलमिलाती रही।

यूँ तो कदिरसेन कोई ज़िद्दी बच्चों में नहीं है। नासमझ है, पर सुबह बाकायदा उठकर नहा-धोकर धुले कपड़े पहनकर तैयार हो जाता। पढ़ने-लिखने में भी तेज़ ही है। इस साल तो मालकिन उसे कपड़े-लत्ते देगी ही, मिठाई भी मिल ही जाएगी।

इस साल शुरू में ही, पुरानी मालकिन शहर छोड़कर चली गई थी। चार-पाँच घर कहाँ तक मारी-मारी फिरे। यही सोच कर उसने बंगले का काम पकड़ लिया था।

घर की मालकिन अमृत ठसके वाली औरत थी। साठ साल से ऊपर की उम्र हो गई होगी, घर उसके हुक्म से चलता। लड़के, बहुओं, नाती-पोतों का भरा-पूरा संसार। दिन भर लोगों का आना-जाना लगा रहता। धनम की कमर ही टूट जाती।

अमृत की महाराजिन एक दर्जे की आलसी है। ढेर सारे बर्तन निकाल कर रख देती। इधर बहुओं का तो हाल ही मत पूछिए। दिन भर में पचास बेर कपड़े बदलेंगी और कपड़ों का ढेर लगा देंगी।

साठ रुपया महीना, खाना-पीना और कॉफी, धनम को पहले तो बहुत लगा था। पर इधर काम करते-करते तो लगता है, छः सौ भी पूरे नहीं पड़ेंगे। इतनी थक जाती है वह, ऊपर से मालकिन घड़ी-घड़ी मीनमेख निकालेंगी, ढोर की तरह हाँकती रहेंगी। चेहरा सुजाये रहेंगी और अब दिवाली भी आ गई, देखते-देखते बैठक में लाला जी जरी साड़ियों का अम्बार लगाये बैठे थे, अमृत सोफे पर बैठे, साड़ियाँ छाँटने में लगी थी कि धनम पहुँच गई। पेशगी की माँग कर बैठी।

'तुम्हें काम पर आए अभी छः महीने भी नहीं हुए। एक सूती साड़ी ले रखी है तुम्हारे लिए। अब पेशगी के लिए आ गई। इतना कहाँ से दे दें?' डपट कर बोली। किसी तरह मनाकर पचास रुपये ले ही लिए।

कदिरसेन के लिए निक्कर-कमीज़ ले ली तीस रुपये तो उसी में लग गये हैं। बाकी जो बचे दिवाली के सामान जुटाने में ठुक गए। अब भला चाशनी की मिठाई कहाँ से बनाये वह? माँग-मूँग कर तीज-त्यौहार मनाना तो उसे भाता ही नहीं। बस, सारी खीज कदिरसेन पर उतारकर रख दी।

धनम ने बिसूरते हुए बेटे को एक बार देखा। पैसे की तंगी का मतलब यह तो नहीं कि बेचारा कुछ माँगे ही नहीं। अरे, जीभ तो भगवान ने सबकी एक-सी ही बनाई है। अड़ोस-पड़ोस के चार बच्चे खायेंगे, तो क्या इस बच्चे का मन ललचायेगा नहीं। नासमझ ही तो है।

रात काम से निपट कर लौटी, तो कदिर उसी तरह चटाई पर पड़ा था। माँ का हृदय ही तो है, पिघल गया, मोम की तरह, बेटे के पास बैठकर उसके बाल सहलाती रही।

‘तू तो, खूब जानत हो, बेटेवा। कहीं ऐसी जिद भली लगे है का?’ ‘अम्मार री, अब हम न माँगिब, भूल हुई गई। अब हमका न मारौ।’ वह उसके गले से लिपट कर फफक-फफककर रो दिया।

बेटे के आँसू पोंछती रही। सहसा जैसे कुछ याद आया। बस वह यही करेगी। उसने बेटे को कस लिया। दिवाली के दिन सुबह नहा-धोकर बेटे को इडली खिलाकर बोली, ‘चल उठ, नई कमीज पहिर लौ, और चलौ।’ उसने कहा।

‘कहाँ अम्मा?’ कदिरसेन का चेहरा खिल उठा। नई कमीज-निक्कर पहन सिर पर तेल चुपड़ लिया और सलीके से बाल काढ़ लिए। अपने बेटे की मोहिनी सूरत पर धनम निछावर हो गई।

बंगले के अहाते में कारों का आना-जाना लगा ही रहा। कदिरसेन का मुँह खुला ही रहा। ‘हाय दइया, अम्मा इत्ते बड़े बंगले मा काम करत है?’

अमृत ने उसे सिर से पाँव तक देखा और पूछा, ‘तुम्हारा बेटा है क्या? पढ़ता-लिखता है?’

भारी जरी की साड़ी, ढेरों गहने, हाथों में सोने के कंगन। अमृत सोफे पर पसरी बैठी थी। कदिर ने उसे ध्यान से देखा।

पास ही छोटी-सी तिपाई पर स्टील की चमचमाती प्लेट में इमरती, बरफी, दालमोठ और जाने क्या-क्या रखा हुआ था। उसके मुँह में पानी भर आया। उसने थूक गटक लिया।

इतने में ही झबरे बालों वाला पिल्ला कहीं से लपकता हुआ आया और अमृत की गोद में बैठकर कदिरसेन पर भौंकने लगा।

‘ऐ जिम्मी, बस चुप कर।’ मालकिन ने दुलार से पुचकार दिया।

‘अरे कोई है, इसे किसी ने खाना दिया?’ भीतर की ओर देखकर आवाज़ दी।

बड़ी बहू रेशमी साड़ी में लिपटी बाहर आई। ‘आपके पोते का काम है, माँ जी। कह रहा था, इसे इमरती खिलाऊँगा। इसने तो बस कुतरकर छोड़ दिया।’

‘जिम्मी की तबीयत खराब है। उलटी-सीधी चीज़ें मत दिया करो। पर तुम लोग सुनो तब ना। अच्छा चलो, पहले इसे ऊपर कमरे में बाँध आओ। पटाखों के शोर में पहले ही सहमा बैठा है। फिर मोहन के घर वाले भी तो शायद आएँगे। तुम लोग कहीं निकल मत जाना।’ अमृत सोफे पर बैठी-बैठी आदेश देती रही।

अचानक जैसे कुछ याद आया। बोली, ‘धनम, अपने बेटे को बाहर बिठा देना।’

‘बड़े लोग आइहैं। तू तनीक बाहर जाइकै बईठ जाओ।’ धनम फुसफुसाई और उसे लगभग घसीटती हुई ले गई। बाहर संगमरमर के चबूतरे पर उसे बिठाकर बोली—‘हम आवाज दें तो आना। खूब मिठाई मिलिहैं।’ वह गायब हो गई।

कदिरसेन ठहरा बच्चा। एक जगह भला क्या बैठ पाता। खिड़की से झाँककर बैठक ही ओर देखने लगा। बाहर एक लम्बी कार आ खड़ी हुई। एक युवती तीर की तरह निकली और पीछे एक वृद्ध दम्पति। कदिरसेन की आँखें फैल गईं।

'आंटी' पुकारती हुई वह युवती अमृत से जा चिपटी।

'हैपी दिवाली।' अमृत ने उसकी ओर मिठाइयों की प्लेट बढ़ा दी।

'ओफ्फो' मिठाई : न आंटी मोटी हो जाऊँगी।' माँ का चेहरा गर्व से फूल गया था।

आधी कुतरी इमरती, बरफी का अधखाया टुकड़ा थोड़ी-सी दालमोठ, प्लेट में इतना ही बचा था। वे लोग चले गए तो महाराजिन आकर प्लेट उठा ले गई। फिर मेहमान—फिर वही झूठन, महाराजिन फिर उन्हें भीतर ले जाती। दिवाली का कोलाहल थमा, तो अमृत सोफे से उठी। महाराजिन को बुलाकर पूछ लिया कि 'क्या किया तूने?'

'सबको उठाकर पत्तल में रखा है। जिम्मी ने भी एक टुकड़ा कुतरकर रख दिया, वह भी उसी में पड़ा है। गाय को रख दूँ?'

'न, अब, उसे भी ले जाओ और बाँधकर रख देना। अभी आई' अमृत भीतर चली गई। कदिरसेन का भूख के मारे बुरा हाल हो गया था। इमरती और बरफी उसकी आँखों में घूमती रहीं। धनम उधर से निकली, तो हाथ का गिलास उसे थमाकर बोली, 'लौ पी लौ, अभी मालकिन अपने हाथों से मिठाई देहैं। जी भर खाई लेई काम भी खत्म हुई गवा' दुलार से उसे देखती रही।

अमृत उसी समय बाहर से निकलकर आयी, 'धनम अपने बेटे से कहना गिलास जूठा न करे। मुझे अच्छा नहीं लगा।' फिर उसके हाथों में एक लिफाफा थमाकर बोली, 'लो, तुम्हारी दिवाली की साड़ी।'

धनम खीसें निपोरती बोली, 'नहीं मालकिन, जूठा तो हमें खुदै नहीं पसन्द' कदिरसेन की कॉफी गले में ही फँस गई।

'यह लो लड़के तुम्हारे लिए मिठाई' धनम ने पहले ही हाथ पसार दिए। 'घर जाकर खा लेना।' वह अगले मेहमान का स्वागत करने भीतर चली गई। गिलास अन्दर रखकर धनम बाहर निकली तो एक हाथ में बेटे की उँगली थी और दूसरे हाथ में पोटली।

'पहिले, मिठाई खाय लेना, फिर हम गुड़ के लड्डू दैहें।' लिफाफा बेटे को देकर, वह साड़ी की तह खोलने लगी। कदिरसेन ने लिफाफा खोला। इमरती, बरफी, उसके मुँह में पानी भर आया। पर यह क्या? आधी कुतरी बरफी, लड्डू का एक छोटा टुकड़ा कुत्ते ने कुतर तो नहीं फेंकी थी? उसका स्वाभिमान जाग उठा। वह मिठाई खाना चाहता था, सच है। पर जूठन तो नहीं। 'अम्मा, तो फटे-पुराने कपड़े तक धुला कर पहनाती है। अम्मा ने कभी किसी से पाई उधार नहीं ली। ईमानदारी से कमाकर खिलाती है। उसका बेटा, जूठन खाकर पलेगा क्यों?'

'हमें नहीं चाहिए अम्मा?' वह चीखने लगा। लिफाफे को उठाकर झोंपड़ी के बाहर फेंक दिया। जहाँ से एक कुत्ता लपककर आया और लिफाफा उठाकर ले गया।

धनम का पारा चढ़ गया। 'अरे करम जले, ई का किया? तोहार खातिर तो हम उसके घर लैके गई...' उसने तड़ातड़ चाँटे लगाने शुरू किए।

'अउर मार अम्मा, हमका अउर मार। गुड़ के लड्डू के लिए मना करते रहे ना हम, हमका तु अउर मार। ऊ बड़े आदमियन का जूठन हम कइसे खाई अम्मा। ई तो कुत्ते की कुतरी इमरती है। हम कइसे खाईं, बता अम्मा।' वह हबसता रहा। धनम के हाथ वहीं जम गए। बेटे को सीने से लगाकर फफक पड़ी। 'हमको तो गुड़ के लड्डू ही बहुत हैं अम्मा।' बेटे की आवाज़ फटने लगी।

अनुवाद : **सुमति अय्यर**

•

आइषुकुट्टि

वैक्कम मुहम्मद बशीर

आइषुकुट्टि दर्द से तड़प रही थी। उसने हठ किया कि बगैर डॉक्टर को बुलाये वह बच्चा नहीं जनेगी। दर्द के मारे वह ऊँची आवाज़ में रोने लगी, ''मेरे अज़ीज़ रसूल्ललाह! दाक्कतर (डॉक्टर) को बुला ला।''

''बेटी!''

दाई ने आइषुकुट्टि का गुब्बारे-जैसा पेट सहलाते हुए तसल्ली दी, ''ज़रा करवट बदल कर दम मार ले...अभी निकल जाएगा।''

''नहीं!''

आइषुकुट्टि ने आँखें तरेरकर कोफ्त के साथ कहा, ''मैं नहीं बचूँगी! मुझे मरने दो!''

यह वाक्य इतने ज़ोर से कहा गया कि पिछवाड़े के बरामदे में बैठी औरतें और आँगन में इकट्ठे हुए मर्द भी सुन लें। मानो एक सनसनीखेज़ खबर से आम आदमियों को आगाह कर रही है कि यदि डॉक्टर नहीं बुलाया गया तो वह मर जाएगी और यदि वह मर जाएगी तो उसकी ज़िम्मेदारी उसके पति और सास पर होगी। किसी-न-किसी प्रकार वे डॉक्टर को बुला लाएँगे ही। डॉक्टर नहीं आवें तो भी पैदाइश तो मुमकिन है। पर डॉक्टर को लाने में एक शान है न? क्या पड़ोस के अमीरों के यहाँ डॉक्टर नहीं बुलाये जाते? आइषुकुट्टि के पति के पास रुपये नहीं हों तो उसकी बला से। कहीं से भी उनको साठ रुपये का इंतज़ाम करना ही होगा, किसी से उधार ले या घर का कोई सामान बेचकर ही सही, साठ रुपये पैदा करने होंगे। हाल ही में उस की देवरानी आस्याम्मा ने जब बच्चा जना था तब कैसे डॉक्टर बुलाया गया था? उसी तरह कुछ-न-कुछ बेचकर ही सही, रुपये जमा कर लें। आस्याम्मा के लिए उसका पति क्या-क्या नहीं करता है? वह तो उससे भी कुछ अदने किस्म की है। आस्याम्मा के परदादा की दादी का पति 'खतना कर कलमा पढ़ा' हुआ था! वैसी कोई हीनता तो आइषुकुट्टि में नहीं। अपनी सहेलियों के बीच वह भी क्यों न कहे, ''हाँ जी...मेरे प्रसव के मौके पर भी दाक्कतर बुलाये गए थे। गिन-गिनकर पचास

रुपये नकद दिए थे। घर के आँगन तक कार आयी थी। उसके लिए भी चालीस रुपये देने पड़े। खैर, जो भी मेरी अज़ीज़ा बहन दाक्कतर के पास है न...एक नली... उसे लगाकर देखने पर, अम्मा की कसम, पेट के भीतर की औलाद तक हँसती हुई दिखाई देगी।''

आस्याम्मा तो ऐसा हमेशा बोला करती थी। मोहल्लेभर की औरतें भी उसी का बखान करती थीं। यह सुनकर आइषुकुट्टि जोश में आ जाती थी। पहले प्रसव के मौके पर ही उसे डॉक्टर को बुलाने की ख्वाहिश थी। पर प्रसव के ऐनवक्त पर वह यह बात भूल गई थी। ऐसी भूल इस मर्तबा नहीं होगी। दाई तो उसके खिलाफ है। वह पहले ही कह चुकी है कि डॉक्टर को बुलाने की कोई ज़रूरत नहीं। क्या आसारों से ही मालूम नहीं होता? तिस पर वह सैकड़ों प्रसव करा चुकी है। मगर आइषुकुट्टि को एक ही गम है, साथ ही झल्लाहट भी। वह आस्याम्मा से किस बात में हेय है?

''बदर के शहीदो!''

पीड़ा के मारे वह दाँत किटकिटाकर गरज उठी, ''दाक्कतर को बुला लाओ।''

आइषुकुट्टि की बूढ़ी सास ने उस अँधेरी कोठरी में दाखिल होकर भर्राई आवाज़ में मिन्नत की, ''बहू! आइषुकुट्टि! ज़िद न कर बिटिया! उसके हाथ में पैसा नहीं। तू मेरी सोने की बहू है न, यूँ ही बच्चा दे दे।''

''हाय, मेरी अज़ीज़ अम्मीजान।'' आइषुकुट्टि कराह उठी, ''खुदा के लिए दाक्कतर को बुला ला।''

''हाय मेरे रब्ब! और क्या चारा है?'' बूढ़ी सास बुदबुदायी।

''हूँ...! माँ!'' स्वर में जलन भरकर आइषुकुट्टि धीरे से उठी और दीवार से सटकर बैठ गई।

दीपक की बत्ती ज़रा सरकाते हुए हड़बड़ाकर दाई बोली, ''हाय दैया! तुम उठ बैठीं? बेटी, लेट जा।''

आइषुकुट्टि लाल-लाल आँखों से दाई को घूरकर दीन स्वर में रो उठी। बूढ़ी सास ने बार-बार विनती की। पर आइषुकुट्टि ने साफ कह दिया, ''अम्मीजान, तुम स्वयं इस दर्द से वाकिफ हो न? हाय मेरे रब्ब! दाक्कतर को बुला ला।''

बूढ़ी सास को अचंभा हुआ। उसने नौ बार बगैर डॉक्टर की मदद से बच्चा जना है। और एक यह है जो...। वह बिना कुछ कहे निकल गई। इन बहुओं की ज़िद्द और नखरों के बारे में वह बहुत कुछ जानती है। अपना निजी अनुभव तो कुछ कम नहीं है। छोटी-सी बातों के लिए मर्दों की नाकों दम करना और उनको खतरों में डालना औरतों की आदत है। 'जो भी हो, मेरे लिए ही ऐसा किया' सिर्फ यही उन्हें चाहिए। क्या औरतें ही शेखी की प्रतिमूर्तियाँ हैं? क्या मर्द उनके इशारों पर नाचने वाले निरे कठपुतले नहीं हैं? ये ढेर सारी बातें बूढ़ी सास को मालूम थीं। फिर भी आज उसकी फिक्र का विषय सिर्फ आइषुकुट्टि का प्रसव था। डॉक्टर को न बुलाने

के कारण आखिर वह मर जाये तो? फिर दूसरों को कैसे मुँह दिखाएगी? ऐसी हालत में जीते रहने से क्या फायदा? मगर डॉक्टर को लाने के लिए रुपये चाहिए न? अस्सनकुन्जु के पास तो एक पैसा भी नहीं। सुबह से शाम तक बीड़ी बनाने का जो मेहनताना मिलता है उससे परिवार का गुज़ारा भी मुश्किल से होता है। उसने जाकर अपने बेटे से बात की। सुनकर अस्सनकुन्जु सन्न हो गया। उसने मन-ही-मन सोचा कि मैंने निकाह ही क्यों किया? कैसी झंझट है? अब क्या किया जाये? साठ रुपये किससे माँगूँ? मालिक से माँगूँ तो वे साठ रुपये नहीं देंगे। घर और अहाता रेहन रखें तो शायद मिल जायें। लेकिन उसकी ज़रूरत ही क्या है? मेहनत करके ऋण चुकाना मुमकिन नहीं। सूद बढ़ता जाएगा। अस्सनकुन्जु ने खौफ और गम के साथ जच्चा-खाना की खिड़की खोलकर मुँह दिखाया।

"मेरे महबूब, मैं मर जाऊँगी।" अस्सनकुन्जु की तरफ निगाहें करके आइषुकुट्टि चीखी, "दाक्कतर को बुला लाओ।"

"आइषुकुट्टि! तू ज़्यादा शोरगुल मत मचा वरना मार-मारकर तेरी हड्डी-पसली एक कर दूँगा। तू मर जा—मुझे कुछ भी परवाह नहीं। मैं दूसरा निकाह कर लूँगा!" यों अस्सनकुन्जु ने नहीं कहा, बल्कि उसने खुशामद की, "प्यारी आइषु! मेरी बेगम! तेरी कसम, हम अगली बार ज़रूर दाक्कतर को बुला लायेंगे।"

"अगली बार? नहीं, अभी लाना है।' आइषुकुट्टि ने चाँद के लिए मचलनेवाली औलाद की तरह हठ किया। उसके माँ-बाप ने उसे बड़े लाड़-प्यार से पाला-पोसा था। अस्सनकुन्जु और आइषुकुट्टि की सगाई भी उन दोनों के अब्बाजान के स्नेह-सम्पर्क के कारण ही हुई थी। आइषुकुट्टि की अम्मीजान पहले ही इस सगाई के खिलाफ थी। अतः नाम मात्र का बहाना मिल जाए तो वह अस्सनकुन्जु को तलाक के लिए मजबूर करेगी। "...तो ले जा मेरी बला से।" ऐसा अस्सनकुन्जु नहीं कह सकेगा। आइषुकुट्टि के माँ-बाप की हालत अस्सनकुन्जु से कहीं बेहतर है। वहाँ से दहेज के रूप में जो रकम मिली थी वह अंधाधुंधा खर्च हो गयी थी। तो भी अस्सनकुन्जु से आइषुकुट्टि की मुहब्बत पक्की थी। वह हमेशा उसे 'महबूब' ही पुकारती है। यदि उसे कुछ हो जाए। अस्सनकुन्जु बदहवास-सा होने लगा।

"आइषु, मेरी सोने की बेगम! अफसोस न कर!" यों तसल्ली देकर अस्सनकुन्जु चला गया।

दर्द बढ़ता रहा। आइषुकुट्टि बार-बार ज़ोरों से चिल्लाने लगी। सौर में पड़ोसिनें इकट्ठी हुई थीं, वे आपस में एक-दूसरे का मुँह ताकती रहीं।

"बेचारी के प्राण भले ही निकल जाएँ, ये लोग डॉक्टर लाने के नहीं।"

यह सुनती हुई आइषुकुट्टि की माँ आँधी की भाँति सौर में घुस आयी।

"बेटी आइषु!"

"हाय मेरी अम्मीजान! मुझे जाने दो, नहीं तो बस दाक्कतर कु बुला लो।"

दिशाओं को मुखरित कर आइषुकुट्टि की अम्मीजान गरज उठीं, ''देख बेटी! अपनी यह कंठसिरी बेचकर ही सही दाक्कतर को तेरी अम्मी ज़रूर बुलवाएगी मेरी बेटी! तू सब्र से पड़ी रह। हम इतने कंगाल तो नहीं हैं।''

यों तीखे व्यंग्य के तीरों को चलाती हुई वह ज़च्चाखाना से बाहर निकली और दामाद अस्सनकुन्जु के नज़दीक आकर गरज उठी, ''मेरी बेटी को झट तलाक दे दो। किसकी मजाल है कि यों तिल-तिल कर मरने के लिए उसे छोड़ दे।''

''अम्मी जान, दुनिया हँसी उड़ायेगी। उस दाई ने भी कहा था कि दाक्कतर की ज़रूरत नहीं।''

''मेरी बेटी की खैरख़्वाह वह है कि तू? तुमसे न होता तो फौरन बताओ! हाँ, खैरियत इसी में है कि तुम उसको तलाक दे दो। उसका हाथ पकड़ने के लिए और भी मर्द हैं। हम खतना कर कलमा पढ़ानेवालों में नहीं हैं।''

यह आखिरी वाग्बाण आस्याम्मा और सब लोगों ने सुना। यह व्यंग्य उसी को लक्ष्य करके कहा गया था। तो भी उसने तत्काल अपने मन के भाव ज़ाहिर नहीं होने दिए। सोचा कि रात को जब उसका मर्द घर आएगा तब उसे खूब नमक-मिर्च मिलाकर परोसेगी। 'खतना कर कलमा पढ़ने वाला'...उसके हृदय में क्रोधाग्नि भभक उठी। फिर भी उसने अपने चेहरे पर मधुर मुस्कान कायम रखी।

उसकी मुस्कान के बीच उसके कानों में यह खबर पड़ी कि अस्सनकुन्जु डॉक्टर को लाने गया है। यह खास खबर सभी लोगों ने सुनी। औरतें अचम्भे के साथ एक-दूसरे से कानाफूसी करने लगीं, ''अस्सनकुन्जु डॉक्टर को लाने गया है!''

यह खबर सौर में भी पहुँची। पहुँचानेवाली और कोई नहीं आस्याम्मा थी। आइषुकुट्टि के मन में खुशी हुई। पर उसने उसे बाहर ज़ाहिर होने नहीं दिया। उसने आस्याम्मा पर इस भाव से निगाहें डाली मानों कह रही हो, ''यह शान दिखाने के वास्ते नहीं जैसा कि तुम्हारे लिए किया गया था!'' जब आस्याम्मा बाहर चली गई तो आइषुकुट्टि आँसुओं में मुस्करायी। पर एक खौफ ने उसे घेर लिया—कहीं डॉक्टर पहुँचने से पूर्व ही बच्चा हो जाए तो क्या होगा? चाहे जितना भी रोका जाए, फिर भी समय आने पर बच्चा पेट में क्या रुका रहेगा? वह बदहवास होने लगी। सारा शरीर पसीने से तर हो गया। उसको महसूस होने लगा कि पेट में उथल-पुथल मची हुई है।

''ऐ खुदा! दगा न देना'' वह स्वयं बुदबुदायी, ''मेरे प्यारे रसूल! मेरे बली मुहिउद्दीन! मेरे बदर के शहीदो! मेरे नाहर के बीरान साहब! मैं मस्जिद में एक सोने का बच्चा चढ़ाऊँगी।''

इतने में आइषुकुट्टि को यकीन हो गया कि पेट की औलाद लड़का है। लड़की होती तो किसी कोने में खामोश पड़ी रहती। यह तो वैसा नहीं। जिस तरह लड़के छींका पकड़कर झूलते हैं ठीक उसी तरह यह नटखट उसके कले से लटक कर झूल रहा है।...जिगर को मुँह में दबा लिया है...अपनी नन्हीं बाँहों को उसने पीठ की ओर

कस लिया है...। अब वह सिर उठा...आइषुकुट्टि के जिगर को हाथ में लेकर उससे 'फुटबॉल' खेल रहा है। बाप रे, कैसा सख़्त दर्द है, सिर पर धुआँ उड़ता है। और... कैसी जलन। जैसे किसी ने मिर्च की बुकनी डाल दी हो! आइषुकुट्टि की नज़रों के सामने धुँधलका छा गया। गश आने लगा। फिर भी वह सारी शक्ति समेटकर दूध उतारनेवाली गाय की तरह दाँत पीसकर पड़ी रही। एक-एक पल एक-एक घंटे की तरह गुजरता गया...दम घुटता रहा, कलेजा मुँह को आता रहा...। खोपड़ी के अन्दर ज्वालामुखी फटने के लिए अँगड़ाई लेता रहा...उसे पूरा भरोसा हो गया कि इस बार जान बचाना मुश्किल है। तभी एक आवाज़...भर्य...भर्य...हौले-हौले वह निकट पहुँची, दरवाज़े पर आकर रुक गई। किसी ने कहा, "डॉक्टर!" बस आइषुकुट्टि का सारा बंधन ढीला हो गया। शिशु का सिर बाहर निकल आया। डॉक्टर ने "चर-मर" आवाज़ के साथ सौर में प्रवेश किया। पीछे-पीछे औरतें भी। ज़रा झुककर डॉक्टर ने जच्चा के शरीर को छू लिया। बेहद खुशी के साथ आइषुकुट्टि ने प्रसव सम्पन्न किया।

दुनिया में पहली बार आने वाले को इतनी देरी कराने के प्रतिशोधस्वरूप बच्चा गला फाड़-फाड़कर चिल्लाया। आइषुकुट्टि को कोफ्त हुई कि कहीं वह ज़मीन से उछलकर उसका गला न दबा बैठे।

जो हो, डॉक्टर आने के बाद ही पूर्णतः उसका प्रसव हुआ। वह एहसानमंद हुई।

डॉक्टर को बुलवाकर अपनी इज़्ज़त को बचानेवाली आइषुकुट्टि की दास्तान दाई ने घर जाकर अपने पति को सुनायी। उसने यह बात चाय की दूकान में सुनायी। यों यह दास्तान मोहल्ले के लड़के-लड़कियों ने भी सुन ली। कुछ शरारती लड़के आइषुकुट्टि के शब्दों की नकल कर पूरे मोहल्ले में चिल्लाते फिरते हैं, "दाक्कतर को बुला ला।" यह सुनकर भी आइषुकुट्टि को किसी ने भी बुरा मानते या शरमाते हुए नहीं देखा। शायद वह मन के भीतर शरमाती हो किन्तु बाहर ज़ाहिर नहीं होने देती। कोई उसके सामने इस घटना का ज़िक्र करे तो आइषुकुट्टि शान से मुस्कराती हुई कह देती है, "हाँ, हाँ, मेरे प्रसव के लिए तो दाक्कतर बुलाये गए थे न?"

अनुवाद : **प्रो. पी. कृष्णन्**

•

गिरगिट

वैशाखन

शहर से लौटते ही उसने सारे पैकेट पत्नी के हाथ में थमा दिए। उनका लड़का थोड़ी दूर पीपल के नीचे खेल रहा था। पापा को देखते ही वह दोस्तों को छोड़कर माँ के पास दौड़ आया। दोनों खुशी-खुशी पैकेट खोलने लगे। वह थोड़ी देर उन्हें देखता रहा। फिर कपड़े उतारकर, सिर्फ लुंगी पहनकर बरामदे में आया और आराम कुर्सी में पैर पसारकर सुस्ताने लगा।

खुली शाम थी और सुखद धूप फैल रही थी। उसने आँखें मूँद लीं। कल दीपावली है। नगर में बहुत भीड़भाड़ थी। दुकानों में इतनी भीड़ थी कि करीब जाना भी मुश्किल था। हर कोई सपरिवार दुकानों के सामने जम गया था। उनकी आँखों में लालच की लहरें दौड़ रही थीं। सभी पैसे बहा रहे थे, लेकिन वह दीपावली के वास्ते मिले पैसे जेब में रखे इधर-उधर घूम रहा था और उमस में पसीना-पसीना हो रहा था। आखिरकार कुछ ज़रूरी चीज़ें खरीद लीं। फिर काँच की चूड़ियाँ और बेटे के लिए पटाखे भी लिए। बस में भी भीड़ थी। वह बेहद थक गया, लेकिन गाँव की नम हवा के हल्के झोंके से उसकी सारी थकावट दूर हो गई। इतने में जयश्री चाय लेकर आ गई। वह मज़े से चाय के घूँट भरने लगा।

पीपल के पत्ते बेतहाशा झूम रहे हैं। लगता है कि हर पत्ता ढलते सूरज से मिले सोने के मोती निहार रहा है। बेटे के दोस्त खेल रोककर उसके इंतज़ार में बेताब खड़े हैं।

अचानक उसे गत साल की दीपावली याद आई। कुछ स्पष्ट और ताज़ी घटनाएँ स्मृति पर चढ़ती गईं। उन दिनों वे शहर के विस्तार-टाउनशिप के निवासी थे। दरअसल वह ठेकेदारों और सम्भ्रान्त सफेदपोश वर्ग का अड्डा था। वह अनजाने में वहाँ फँस गया था। उसके वेतन का अधिकांश हिस्सा मकान के किराए, बस के भाड़े और दूध में चला जाता था। उसके अलावा और भी कितनी दुविधाएँ!

दीपावली के दिन पड़ोसी ठेकेदार ने पाँच सौ रुपये के पटाखे खरीदे थे, दूसरे पड़ोसी ने चार सौ के। इतना ही नहीं, सीमा शुल्क में काम करने वाला उसका भतीजा अलग भी लाया था। ये खबरें बेटे ने बटोर ली थीं। उसने कई बार पूछा भी, हम

भी इतना क्यों नहीं खरीद सकते? उसके नाजुक दिल को ठेस पहुँचाए बिना कोई वाजिब जवाब देना था। इस विचार में तल्लीन हो, पटाखों की कान फोड़ आवाज़ सुनता, वह रात भर जागता रहा।

टाउनशिप की ज़िन्दगी उन्हें दीपावली के समय ही नहीं, हमेशा सताती थी। सिंगापुर से लौटी एक भद्र महिला वहाँ स्कूल चलाती थी। बेटे को वहीं नर्सरी क्लास में दाखिल किया था। पत्नी ने तो पहले मना किया, लेकिन उसका यही मन था कि शुरू से बच्चे का सम्बन्ध सभ्य संस्कृति से हो। यों उसका भविष्य भी उज्ज्वल हो जाए। बेटे के सहपाठी मामूली इन्सान नहीं थे। शायद यू.के.जी. के बाद उसका बेटा बाहरी दुनिया को सही ढंग से समझने लगा था। कई शाम वह उदास लौटने लगा। हर दिन कोई-न-कोई दिलचस्प ख़बर भी लाता।

'पापा, कविता का नौकर दोपहर में उसके लिए दूध और बिस्कुट लाता है।'

'आज सुरेश का शू फट गया। लेकिन वह तुरन्त घर जाकर नया पहन आया।'

'आज शैला का पिल्ला स्कूल आया। कितना प्यारा कुत्ता है। कल सुरेश भी अपना कुत्ता लाएगा।'

'आज किट्टी का हैप्पी बर्थडे था। सब को फाइव-स्टार मिला। प्यून्स को भी।'

वह तो अनसुनी कर देता था। लेकिन जयश्री एक मनोवैज्ञानिक की तरह सही जवाब देती थी, इस डर से कि बच्चे का मन हीन भावना से ग्रसित न हो। सुन कर उसके मन में भी तसल्ली होती थी।

बेटा हमेशा सुरेश की बात करता था। वही उसका जिगरी दोस्त था। सुरेश उसे विदेशी चॉकलेट खिलाता था। एक दिन बेटे ने खुशबूदार रंगीन पैकेट भी दिखा दिया। रंग-बिरंगे स्टिकर, महकता रबर, नेमस्लिप आदि भी वह भेंट में दे देता। ऐसे ही एक दिन बेटे ने पूछा, 'पापा, सुरेश तो इतना कुछ देता है, हमें भी उसे कुछ-न-कुछ देना चाहिए, है न?'

'यों बार-बार उससे ऐसी फालतू चीज़ें मत लिया करो।'

उसकी सलाह से बच्चे का चेहरा उदास हो गया। उसकी आँखें भी भर आईं। जयश्री बोली, 'उससे कुछ नहीं होता। सुरेश तो उसका दोस्त है।'

एक दिन स्कूल से आते ही बेटा शोर मचाने लगा, 'मम्मी, आज दो गिलास चाय चाहिए। खाने को क्या है? जो भी हो थोड़ा ज़्यादा चाहिए।' वह गुसलखाने में खड़ा सारी हलचल सुन रहा था। बाहर आते ही बेटा तोप से छूटी गोली की तरह बोला, 'पापा, सुरेश आया है।'

यदि निदेशक अचानक निरीक्षण के वास्ते कार्यालय आ टपकते तो भी उसे इतनी घबराहट नहीं होती। 'सुरेश आया है!'

जयश्री ने पूछा, 'तेरा सुरेश किधर है?'

'वह बाहर खड़ा है।'

'अरे बाप रे, उसे अन्दर बुलाओ बेटा। अरे, दोस्त के साथ ऐसे ही ट्रीट करते हैं क्या?'

वह और बेटा दोनों बाहर निकले। सुरेश बरामदे में खड़ा था। उसकी आँखों में विस्मय और सन्देह का मिला-जुला भाव था।

'वह शर्मीला है।' बेटा बोल रहा था। उसने आगे बढ़कर उसका हाथ पकड़ा। मक्खन-सा मुलायम।

'तो तुम्हीं हो सुरेश! शाबाश।'

उसके गोल-मटोल चेहरे पर मुस्कान खिली। फिर आहिस्ता-आहिस्ता उसके साथ अन्दर आया। थोड़ी ही देर में वह इतना हिलमिल गया कि उसकी गोद में बैठकर गिलहरी की-सी चिलू-चिलू आवाज़ में लगातार बोलने लगा। उसने स्केच पैन्सिल से तस्वीरें बनाईं—हाथी, घोड़े, बिल्ली। सुरेश तो उसे और तस्वीरों को बारी-बारी से देखता रहा। उसकी आँखों में अद्भुत चमक थी। उसे भी अपने आप पर मान हुआ। सुरेश अवश्य दूसरों से कहेगा, 'मोहन के पापा कुशल चित्रकार हैं।'

जयश्री चाय लाई। बार-बार कहने पर ही सुरेश ने पीना शुरू किया।

अचानक बाहर हॉर्न बजा। सुरेश तत्काल घबरा गया। उसने गिलास टी-पॉट में रख दिया। अभी उसमें चाय बची थी। फाटक के बाहर एक मस्त चेहरा दिखाई दिया।

'मे आई कम इन?'

वह थोड़ी हिचक और मुस्कान के साथ बाहर आया। बच्चे पहले ही आगे निकल गए थे।

'माई डैड,' सुरेश ने कहा।

'नॉटी बॉय! यू आर हियर!'

सुरेश के डैडी की वेशभूषा एकदम आधुनिक थी। उन्होंने हँसते हुए सुरेश को गोद में ले लिया।

'घर में मेहमान आने वाले हैं। मैं सुरेश की तलाश में निकला था। मोहन का घर ढूँढ़ते घूमता रहा। जो भी हो आप से मुलाकात हुई। अच्छा हुआ। फिर मिलेंगे।'

वह संकोच के साथ बोला, 'आप थोड़ा नाश्ता तो करें....'

'दैट इज़ ऑल राइट, फिर कभी। डॉन्ट ट्रबल युअरसेल्फ।'

सुरेश के डैडी खुलकर हँसे। फिर कार की तरफ निकल गए। बेन्स धीमी गति से सरकने लगी। सुरेश ने धीरे-धीरे हाथ हिलाते हुए विदाई दी। वह और बेटा खड़े होकर देखते रहे। उनके जाते ही उसने अपने बेटे की ओर ध्यान से देखा। दुःख, ईर्ष्या, घृणा जैसे कितने भाव उसके चेहरे पर झिलमिला रहे थे। अन्दर आते ही बेटे ने कहा, 'पापा, कब हम भी ऐसी कार खरीदकर लाएँगे। कितना घमंड था उसे।'

'उसने तो ऐसा कुछ नहीं दिखाया बेटे, सुरेश भला लड़का है।' जयश्री तुरन्त बोली।

'लेकिन उसके डैडी ने तो दिखाया था।'

सुनकर वह हँसा ज़रूर, लेकिन उसी पल निर्णय भी लिया कि आगे टाउनशिप में रहना अच्छा नहीं होगा। रूरल यूनिट में वैकेन्सी होगी। दफ्तर जाते ही उसने आवेदन भेज दिया। यही सोचा कि बच्चे को घर में मलयालम पढ़ानी होगी, फिर गाँव के किसी स्कूल में दाखिल करेंगे।

थोड़ा समय लगा, तो भी आख़िर तबादला हो ही गया। गाँव के स्वच्छ माहौल में आराम से बैठकर उसने ऐसे ही गुज़री ज़िन्दगी के बारे में सोच लिया। जयश्री जब गिलास लेने आई तो पूछने लगी, 'चूड़ियाँ और पटाखों की क्या ज़रूरत थी? किसने कहा था लाने को?

'समझो, मैंने ही।' उसने हँसते हुए जवाब दिया, 'अरे जैसा देश, वैसा वेश। यहाँ तो दीपावली पर यही रिवाज है। हम भी ऐसे चलेंगे।'

तब तक बेटा पटाखों का पैकेट थामे बरामदे में आ गया। पैकेट खोलकर फुलझड़ी, रॉकेट, अनार, गोले वगैरह तरतीब से रखने लगा। उसकी आँखों व होंठों पर प्रकाश के फूल खिल रहे थे। देखकर बाप के हृदय में खुशी की लहरें उठने लगीं।

इतने में पीपल के नीच मोहन के दोस्त जो उसके इंतज़ार में खड़े थे, सब उसे खोजते हुए आ गए। मोहन के बाप को देखकर उन्हें थोड़ा सकोच तो हुआ फिर भी आहिस्ता-आहिस्ता उन्होंने मोहन को घेर लिया। उनकी आँखों में एक सहमा हुआ कुतूहल छलक रहा था। बीच में किसी ने फुलझड़ी का पैकेट छू लिया।

'छुओ मत।' बेटे की गर्जना सुनकर उसे झटका-सा लगा। छूने वाले लड़के ने तत्काल हाथ पीछे कर लिया और थोड़ी दूर सरक गया। उसके चेहरे पर एक मुजरिम का-सा पछतावा छा गया। साथ ही सहज निरीहता भी झलक रही थी। लड़के सब उसके परिचित थे। पैकेट छूने वाला कण्णन था। उसके चेहरे के भावों को उसने गहराई तक पहचान लिया। पिछले साल सुरेश अपने डैडी के साथ घर जाने के लिए जब कार में बैठा था, ऐसे ही भाव मोहन के चेहरे पर आए थे।

जयश्री सब देख रही थी। वह प्यार से बोली, 'बेटा, एक-एक फुलझड़ी उन्हें भी दे दो।'

ऐसा लगा कि बेटे की आँखों में खून उतर आया है। उसने घूरकर माँ की ओर देखा और झट से सारे पटाखे बटोर कर कागज़ की पेटी में बन्द कर दिए। तत्काल सारा माहौल मनहूस हो गया। अजीब वीरानगी छा गई। कण्णन और साथी उठकर खड़े हो गए। एक-दो पल वे वहीं अटके रहे। फिर घुटती खामोशी के टुकड़े की भाँति घर से बाहर निकल गए।

वह महसूस कर रहा था कि गले में कुछ-न-कुछ अटक गया है, जिसे बाहर निकालना नामुमकिन है। अपने बेटे से वह न जाने क्या-क्या बोलना चाह रहा था, 'बेटे, वे तो गरीब बच्चे हैं, यानी उनके माँ-बाप गरीब हैं। पटाखे की बात छोड़ो, दो वक्त की रोटी तक उन्हें नसीब नहीं होती।'

उसे लगा, नई जगह की ज़िन्दगी जो आराम और खुशियाँ दे रही थी, सब

झर-झर निकल रही हैं। अपराध-बोध का दुःख हृदय में धुएँ-सा फैल रहा है। लेकिन बच्चों को जल्दी ही अपनी खुशी वापस मिल गई। उसने देखा, वे एक झुरमुट के चारों ओर कुछ-न-कुछ तलाश कर रहे हैं। फिर अपने फटे पतलूनों को सँभालते हुए, कूदते-फाँदते एक नया खेल खेलने की तैयारी करने लगे। उनका शोरगुल सुनते ही बेटा पटाखे की पेटी बरामदे में छोड़कर उस तरफ दौड़ चला। दोस्तों ने उसका हार्दिक स्वागत किया। उन्होंने झुरमुट की ओर इशारा करते हुए ऊँची आवाज़ में कहा, अरे उधर देखो, वहीं है।'

'कैसी हैं उसकी आँखें? देखें तो सही...'

'अरे वह खून का प्यासा है। पत्थर मारो साले को।

'अरे, उसे छोड़ना नहीं।'

सब मिलकर पत्थर मारने लगे। वह भी उस तरफ गया, यह देखने कि कोई साँप-वाँप तो नहीं। उसके आने पर ऐसा लगा कि बच्चे ज़्यादा जिद्दी हो गए हैं। वे हँसते हुए उसे देखते, फिर दुगुने आवेग से पत्थर मारते।

बेटे ने कहा, 'पापा वो एक गिरगिट है।'

उसने ध्यान से देखा। वह एक बड़े आकार का गिरगिट बचने के लिए इधर-उधर बेतहाशा दौड़ रहा है। झुरमुट के पौधे तितर-बितर हो गए हैं। गिरगिट की पूँछ पर चोट लगी है और खून बह रहा है। बच्चों का उत्साह बढ़ गया। वे नाचने-कूदने लगे।

अब तक गिरगिट बिल्कुल थक गया था। पैरों के बल खड़े होकर, थोड़ा उचककर उसने अपना मुँह सायास खोला और बन्द किया। यह देखते ही बच्चे हल्ला मचाने लगे। फिर उस पर पत्थरों की बौछार हुई। बच्चों की आँखें अंगारों की तरह दहक रही थीं। देखते-देखते उसे लगा कि ये पत्थर उसकी अपनी छाती पर ही पड़ रहे हैं। उसका दम घुटने लगा। आख़िरी बार उसने गिरगिट की ओर देखा। वह निश्चल पड़ा है। खुले मुँह से खून रिसने लगा है। अब उधर खड़ा रहना उसके लिए दूभर हो गया। वह जल्दी घर वापस आया। बरामदे में पटाखों का पैकेट पड़ा था। उसने घृणा से सिर को एक झटका दिया। अपने कमरे में घुसा और खाट पर धड़ाम से गिर पड़ा। उसका दिल और शरीर बुरी तरह से दुख रहे थे।

बाहर बच्चों की हलचल जारी थी। उसका मन चाह रहा था, बच्चों से ज़ोर से कहे, ''उसे पत्थर मत मारो। वह निरीह है। उसका कोई कसूर नहीं है।'' फिर भी क्या करें। पत्थर की मार से मरना ही उसके नसीब में है।

घुटनों के बल थोड़ा उचकते हुए सिर ऊँचा करके उसने खिड़की की दराजों से एक बार बाहर देखने की कोशिश की। फिर धीरे से अपना सिर झुका लिया और खाट पर पड़े-पड़े बेतहाशा हाँफने लगा।

अनुवाद : एम. षणमुखन

•

दूत

सेतु

'मैं कोच्चुण्णि मामा ही पुकारूँ!'

'हाँ, बहुत-से लोग यों पुकारते हैं।'

'मुझे पहचाना नहीं होगा।'

'ज़रूरी नहीं। आए दिन वैसे किसी को पहचानने की कोशिश नहीं करता। ऐसी जानकारी प्राप्त करने की ज़रूरत नहीं, जो ज़रूरी न हो।'

'फिर भी...'

'फिर-विर कुछ नहीं। अगर मैं आपको जानना नहीं चाहता, तो उसमें क्या हर्ज है?'

'वो ठीक नहीं कोच्चुण्णि मामा...'

'मेरे लिए ऐसा हो तो?'

'मैं अच्युतन के यहाँ से आ रहा हूँ।'

'ये बात है! बहुत अच्छा।'

'भयंकर गर्मी। बच्चों का वोकेशन (छुट्टियाँ)। सोचा कि छुट्टी लेकर आऊँ। फिर पहले दर्जे का किराया कम्पनी वाले देंगे ही।'

'अच्छा, बहुत खूब! अगर किराया मिले तो कहीं भी जा सकते हैं!'

'अच्युतन ने खास तौर से कहा था छुट्टियों के बाद लौटने के पहले कोच्चुण्णि मामा से ज़रूर मिल लेना।'

'वाह, क्यों साहबज़ादे को ऐसा लगा...'

'कुछ ख़ास नहीं। जो भी हो, एक खून है न! बातें जानने की उतावली होगी न?'

'खूब कहा! अच्युतन का खून देखा होगा। और अब आपको मेरा खून देखना हो तो उँगली काटनी ही पड़ेगी। कुछ मधुमेह का कष्ट है, इसलिए काटे को चंगा होने में भी मुश्किल...'

'मेरा यह मतलब नहीं।'

आपका मतलब जो भी हो, जब एक ही खून की दुहाई देते हैं, तो सावधान

होना पड़ता है। अब तो सब मशीनों का खेल है! थोड़ा-सा खून निकाल के मशीन में डालें और कहें कि दोनों दो किस्म के हैं, तो बड़े-बुजुर्गों की बताई खून के रिश्ते वाली बात ठप्प हो जाती?'

'जो भी हो, अच्युतन कोच्चुण्णि मामा का ही बेटा ठहरेगा।'

'कौन निश्चयपूर्वक कह सकता है? इसका मतलब यह नहीं कि मैं अपनी स्वर्गवासी पत्नी देवकी पर सन्देह करता हूँ। वो तो इतनी भोली-भाली थी कि...'

'अच्युतन ने मुझे सब बातें बताई हैं। उसका सब से नज़दीकी दोस्त मैं ही हूँ। अलावा इसके, वह वहाँ के मलयाली समाज का अध्यक्ष है और मैं सचिव।'

'ओह! बहुत अच्छा! तो अच्युतनन अध्यक्ष भी बन सकता है। है न? हाय! खूब! और अगर कभी वह भारत का राष्ट्रपति बने तो आप ही उसके सचिव बनिएगा।'

'मुझे साढ़े पाँच की गाड़ी से लौटना है।'

'तो ठीक पचपन मिनिट बाकी हैं। स्टेशन पैदल जाने के बाद मिनिट काटकर पैंतालीस ही सही...।'

'जी हाँ, थोड़ी जल्दी है। उसी बीच अच्युतन बहुत-सी बातें...'

'ओ, ऐसी बात है...तो फिर एक दूत ही...'

'जी, यह बात नहीं'

'अच्छा, आप कहाँ के रहने वाले हैं?'

'कुछ दक्षिण की तरफ।'

'दक्षिण का दूत...पता नहीं क्या लक्षण होगा? अब दूत-लक्षण भी सीखना होगा क्या!

'कोच्चुण्णि मामा यों न समझें। मेरा इस में कोई स्वार्थ नहीं। अच्युतन मेरा जिगरी दोस्त है। उसका दुःख मुझसे देखा नहीं गया। इसलिए मैं चला आया। फिर आपके बारे में बहुत-कुछ सुना है। सोचा कि एक बार प्रत्यक्ष देख लूँ।'

'देखने वाले बहुत लोग आया करते हैं। कुछ इतिहास और कुछ बड़ाई मिला के मेरे बारे में लोगों ने कुछ समझ रखा है—आए दिन कोई झंझट नहीं—शायद इसलिए हो कि मुझे पेन्शन या ताम्रपत्र न मिला था...आप डरिए मत। मैं पुरानाी बातों की गाँठ नहीं खोल रहा हूँ...'

'मैंने भी बहुत-कुछ सुना है...'

'अगर अच्युतन ने बताया हो तो उस पर विश्वास मत करना। वह अध्यक्ष वगैरह होगा, ठीक है पर उसकी जबान से जो भी बात निकलती, भूल ही होती।'

'मेरे कहे को आप अन्यथा न लें। आप उससे ज़रा और रहमदिल हो पेश आएँ। आख़िर इकलौता बेटा है वह।'

'वाह...गजब का है दूत-वाक्य! अच्युतन को अब मेरी ओर से कुछ रहमदिली...खैर, उसे अब आपके हाथों बाँध दूँ तो वहाँ तक पहुँचते पिघल जाएगी न? फिर ले जाने में भी आपको तकलीफ होगी। लम्बा सफर है न...'

'मैं जानता हूँ कि कोच्चुण्णि मामा के मन में बहुत गलतफहमियाँ हैं। अच्युतन ने सब कुछ बताया है मुझे।'

'ऐसी बात है? ठीक है। सचिव होकर अध्यक्ष की सारी बातों पर विश्वास ही करना अच्छा होगा। संस्था भी मज़बूत रहेगी।'

'हमारा रिश्ता ऐसा नहीं। दोनों परिवारों के बीच भी घनिष्ठता है। रहते भी पास-पास हैं।'

'पास-पास रहने के बावजूद अब भी घनिष्ठ रहते हैं, यह बड़ी उपलब्धि है। ज़रूर आप कोई महापुरुष ही होंगे!'

'समय कम है। मैं जो बात बताने आया था...'

'मुझे अच्छी तरह मालूम है।'

'कोच्चुण्णि मामा यों न कहिए!'

'एक पुराना तमाशा है...हर दूत मानता है कि वही पहला दूत है। समझ लें कि यह दूत-वंश की मजबूरी है। सुनने वाले के लिए...उसे छोड़ दें! सच को दबा रखना और झूठ की सूचनाएँ देना, यही तो दूत का कार्य है—बड़े-बड़े राजदूत भी अब यही मानकर चलते हैं। यह बात अंग्रेज़ी में नहीं बता पाऊँगा।'

'अच्युतन के दूसरा बच्चा भी हो गया है—लड़का है।'

'अच्छा हुआ। एक बेटी और एक बेटा। सरकार भी यही कहती है।'

'कोच्चुण्णि मामा, मुझे...'

'इस बात के लिए एक पोस्टकार्ड ही लिख देता। आपने कष्ट क्यों किया! मेरा पता तो अच्युतन ठीक से जानता भी है। एक बात और लिखते वक्त पिन कोड ठीक से लिखने को कहें, क्योंकि रामपुर नामक एक सौ से ज़्यादा गाँव भारत में हैं।''

'कोच्चुण्णि मामा, मुझे कुछ बोलने नहीं देते। मुझे इसका दुःख है। आखिर मैं इतनी दूर से आया हूँ!'

'हाँ, ठीक है। मैं भूल गया था। माफ करना। दूत-वाक्य को पूरा-पूरा सुनना दायित्व है। तो अब एक काम करें। आप सारी बातें बताएँ, मैं बिना बोले सुनता रहूँगा। कुछ नहीं बोलूँगा। सच। सब-कुछ सुनता रहूँगा। ठीक से। आखिर कान नामक यह चीज़ कितनी वफादार है। कोई भी कुछ भी कहे, परम मूर्खता की ही बात क्यों न हो, बिना हिले-डुले सुनता रहेगा। अपनी तरफ से सोच-विचार के काबिल नहीं। खैर...आप बोलते जाइए और गाड़ी के समय का खयाल रखना।

'आधा घंटा है।'

'वह काफी नहीं होगा।'

'तो ऐसा करें, अठारह आपके और पन्द्रह मेरे।'

'मुझे कम-से-कम बीस मिनिट चाहिए।'

'ठीक...अच्युतन के अनुकूल दोस्त हैं। थोड़ा दें और ज़्यादा माँग लें!'

'मैं संक्षेप में बताऊँगा। क्रम से बता नहीं पाऊँगा। मन में जो आता है, उसी के अनुसार बताऊँ...अच्युतन बहुत बदल चुका है। आए दिन, हर समय, सोचा करता

है। कोई-न-कोई उसे परेशान करता रहता है। अगर पूछूँ कि क्या बात है तो खुद उसे मालूम नहीं। व्यवहार इतना अजीब होता है कभी-कभार। एक बात बताऊँ जो हाल में घटी थी। एक शाम कोई मदारी अपने बन्दर के साथ अच्युतन के आँगन में आ गया। उसने कई करतब दिखाए। वही, साधारण-सा बन्दर का खेल। पर अच्युतन को बहुत भाया। जब उसे मज़ा आते देखा तो मदारी का उत्साह बढ़ा। उसने कुछ ऐसे अपूर्व करतब दिखाए, जो अब तक नहीं दिखाए गए थे। और आगे बढ़ा तो हमें सन्देह होने लगा कि इसमें मदारी कौन है और बन्दर कौन। हम लोग चकित खड़े थे कि अच्युतन उसके साथ हो लिया। मदारी के लड़के ने ज़ोर से ढोल बजाया। अच्युतन का आवेग बढ़ गया। बस्ती के लोगों को एक बड़ा दृश्य देखने को मिला। भीड़ लगी। अच्युतन, बन्दर और मदारी की टीम ने करतब दिखाए। बड़ी देर तक। आखिर नशा उतरा तो अच्युतन ने बहुत सारे पैसे देते हुए मदारी से पूछा, 'क्यों भई, यह बन्दर मुझे दे दोगे?' मदारी ने पूछा, 'मारने या पालने के लिए?' 'दोनों के लिए नहीं। खिलाने।'

'यों ये खेल नहीं जानता है। मेरे बिना यह अकेला खेल नहीं सकता।' मदारी बोला।

'कोई बात नहीं, मैं भी मदारी हूँ। अपना पुराना ढोल और पुरानी पोशाक मुझे दे दो यार!' यह सुनकर मदारी ज़ोर से हँसा। हँसते-हँसते उसका मुँह लाल हो गया। 'वो आपकी आकांक्षा है, साहब! मदारी बन के देश घूमना हो तो खुशकिस्मत होना चाहिए, तीन जन्मों के पुण्य से ही मैं इस जन्म में मदारी बन पाया।'

'अच्युतन मदारी बनके देश घूमे? हाय। मैं यह क्या सुन रहा हूँ? खैर, आपका समय बीता जा रहा है।'

'एक बात और है। मैं जल्दी बता दूँ। अच्युतन ने यह कहने का मौका नहीं दिया था। फिर भी लगता है कि यह भी बता दूँ कि काम प्रायः पूरा हो जाएगा। आप भी बातों का क्रम पकड़ सकेंगे।'

'हाँ, बता दीजिए। मज़ेदार होता जा रहा है दूत-वाक्य।'

'हमारे अहाते के पास फैक्टरी के कुछ नए मकानों का निर्माण-कार्य शुरू हो गया था। मज़दूरों ने मिट्टी खोदी तो एक छोटी मूर्ति मिल गई। लोहे की कोई पुरानी मूर्ति। देवी की। खबर पाकर अच्युतन दौड़ा आया। ओवरसीयर से उसे ले लिया। उसे पुरानी चीज़ों का मोह है ही। उसे साफ करके पोंछकर चमकाया और ड्राइंग रूम में शो-केस में रख दिया। तभी मैंने जाना था। तब तक दो-तीन दिन बीत गए होंगे। मुझे पहली नज़र में ही लगा कि उस मूर्ति में कुछ कमी है। देवी की दो आँखों में एक टपक गई थी। दूसरी आँख में कभी हज़ारों आँखों की चमक। कभी वह झपझपाती दिखती, मानो ज़िन्दा हो। कुछेक रातों में मैं और अच्युतन मिलकर थोड़ा पिया करते थे। उस वक्त उस मूर्ति को देखने से मुझे डर लगता। लगता, उस आँख में कुछ जल रहा है। एक खास प्रकार की आग। अच्युतन भी

बताता कि बात सही है। सचमुच वह बिलकुल घबरा गया था। कोई पुरानी उग्रमूर्ति है। बिना सोचे-विचारे उसे घर ले आया। वह एक खतरा हो गया। अपवित्र स्थान पर रखना भी मुसीबत है।

'एक बात मैंने देखी थी। जब से मूर्ति वहाँ प्रतिष्ठित हुई, तब से अच्युतन एकदम बदल गया था। कोई अजीब सोच-विचार। चेहरा मानो प्रेत-बाधा से ग्रस्त हो। न खाना, न नींद। कम्पनी जाता नहीं। हर वक्त आँखों में कोई अनजाना डर। सूख कर काँटा हो गया, मानो कुरबानी के लिए रखा गया हो। उसकी बीवी रोती ही रहती। मुझे तो डर हुआ...आखिर मैंने फैसला किया। जो हो, अब इस मूर्ति को घर पर रखा नहीं जा सकता। कहीं ले जाकर छोड़ेंगे। उसकी जगह यह नहीं।

'यों एक रात हम उस मूर्ति को लेकर बाहर आए। काली रात थी। मुझे मालूम था, अहाते के सुदूर कोने में एक अंधा कुआँ था। हम धीरे-धीरे चले। अच्युतन की साँसों की आवाज़ मैं सुन सकता था। उस काले अँधेरे में मूर्ति की एक आँख तब भी खूब चमक रही थी। अच्युतन की उँगलियाँ काँप रही थीं। वह कुछ फुसफुसा रहा था, जिसे मैंने देखा। वह मूर्ति को यों लिए जा रहा था, मानो वह हाथ से फिसल जाएगी, मानो वह कोई ज़िन्दा जानवर हो।

'कुएँ के पास पहुँचा तो मैंने झुककर देखा। कुछ भी दिखता नहीं। गाढ़ा अँधेरा। पास कहीं झाड़-झंखाड़ से मानो साँप फुँफकार रहे हों। मैंने टॉर्च जला के देखा। गहरा कुआँ नीचे कहीं पानी होगा। तुरन्त अच्युतन का हाथ उठा। प्लुम्! अंधे कुएँ के पानी में मूर्ति गिरने की आवाज़। अच्युतन को ज़ोर से हँसते देखा। फिर आराम से वापस चला। चार कदम रखे होंगे कि देखा सूखे पत्तों के बीच से कोई चीज़ चमकती है। मुड़कर देखा तो वही आँख! वही, कात्यायनी! मेरा सारा शरीर पथरा गया। मैं काँप रहा था।

'चलो, दौड़ चलें।' अच्युतन की आवाज़ पथरा गई थी। वह रोने ही वाला था, मैंने उस का कंधा दबाया, 'नहीं! इसे यहीं ख़त्म करना चाहिए। वरना तेरा अन्त होगा।'' मैंने आवेग से कहा। अच्युतन तब भी चकित खड़ा हुआ था। आख़िर ज़ोर दिया तो उसने हिचक कर उस मूर्ति को उठाया। उसका हाथ जल गया होगा। उसे तौलिए में लपेटकर कुएँ की तरफ बढ़ा। थोड़ी देर आँखें मूँदे अपने सभी इष्ट देवी-देवताओं, दादा-परदादा-बुजुर्गों को स्मरण करके कहा कि मेरे सभी अपराध क्षम्य हों और तीन बार सिर पर आरती उतार के उसे फेंक दिया...'

'फिर देखा तो नहीं होगा..'

'जी!'

'मैं समझ रहा हूँ...खैर, आपने बहुत समय लिया। कोई बात नहीं। अब मैं बोलूँगा। आप सुनें। थोड़ी देर में, ज़्यादा बातें कम शब्दों में बताने वाले हैं मेरे गुरुनाथ। मुझे अपने गुरुनाथ की ही बात करनी है। हर वक्त उसी को याद करता हूँ। सारा दिन उसी का खयाल रहता है। शायद बूढ़ा होने की वजह से हो। डरना मत। दुर्देवता

या दुर्मूर्ति तो नहीं...अगर पूछा जाए तो गुरु कैसे मेरे गुरु बन गए तो पता नहीं... पहले सपने में देखा होगा। या प्रत्यक्ष ही। शायद वे मुझे खोजते हुए आए होंगे। जो भी हो, उस चेहरे का तेज बताया नहीं जा सकता। क्या-क्या है उन आँखों में! कारुण्य, वात्सल्य, विरक्ति...पूरा संसार ही है। सिवाय इसके कि सीधे उन चरणों पर पड़ें, हम और क्या कर सकते हैं! मेरे बारे में सब कुछ जानते हैं। कुछ पूछना नहीं, सब बता देंगे। ''कोच्चुण्णि थोड़ी देर अकेले बैठो, आँखें मूँदे मनन करो, मैं इधर हूँगा ही।'' कभी बताएँगे, ''कोच्चुण्णि ने बहुत देर कर दी, कुछ पहले कर सकता था। कितना समय गँवाया।'' उन चरणों में मुख दबाए लेटा तो इतना ही सुना था। तुम खुद जानते हो कि घर से निकलने को हिचकते हो। पर निकलने और आगे बढ़ने के लिए रखा ही क्या है? सब कुछ हमारे अन्दर ही है न? पहचानने एवं समझने की देरी ही मुख्य बात है। कुछ लोग पहले ही कर लेते हैं। दूसरों को समय लगेगा। और कुछ लोग तीन जन्मों के बाद भी समझ नहीं पाएँगे...'

'मैं कुछ समझ नहीं पा रहा हूँ, कोच्चुण्णि मामा...'

'हम जाएँ', गुरु ने कहा। मैं भी जानता था कि अब सन्देह नहीं करना है। फिर भी कुछ अनावश्यक रिश्ते-नाते पड़े हैं, नाचीज़। सब सिर्फ धागे हैं! कुछ तो अपने होने का भाव नारियल के फल के अन्दर का पानी सूख जाए, तभी वह मज़बूत होता है। जब कहा गया कि अभी समय नहीं आया होगा तो गुरुनाथ हँस दिए। 'हर पड़ाव के बारे में हमारे पूर्वजों ने कह रखा है, कोच्चुण्णि।' गुरु ने कहा। 'यह बात नहीं। बात अन्दर से पहचानने की है। हृदय से एक सौ एक नाड़ियाँ निकलती हैं। उनमें से एक सीधे सिर की तरफ जाती है। उसमें से जो प्राणों को ऊपर भेज दे, वही अमर हो जाता है। अन्य नाड़ियों से प्राण छोड़ने वालों को यह संसार ही मिल पाता है। संसारियों को यह पड़ाव पार करना बहुत मुश्किल होता है। मूँज की घास से बीच का डंठल जैसे धान से निकाला जाता है, अन्दर के छोटे-से पुरुष को साहसपूर्वक शरीर से निकालना चाहिए।' गुरुनाथ ने कहा...'यानी...'

'मैं, मुझे...'

'कहने को तो बहुत कुछ है। आप शायद बोर हो जाते हैं, है न?'

'मुझे...'

'जाना है, यही न। आपको देर होती है? फिर राहत यही है कि ये गाड़ियाँ ठीक समय पर आतीं नहीं।'

'कोई बात नहीं। पैदल जाने के बजाय मैं दौड़ूँगा। पर आख़िर में मुझे कोच्चुण्णि मामा से एक वचन मिलना चाहिए। कुछ नहीं तो मैंने यहाँ तक आने का कष्ट तो किया है। अच्युतन को देने के लिए मुझे कुछ-न-कुछ आश्वासन चाहिए।'

'क्या आपको लगता है कि मैं दूत को धोखा देने की कोशिश कर रहा था?'

'जी नहीं, कभी नहीं।'

'फिर अब आपको चाहिए क्या? दूत के लिए शिष्टाचार के परे मैं आपको क्या दूँ?'

'सिर्फ एक ही वर। एक छोटी-सी अनुमति। अच्युतन यहाँ आना चाहता है। कोच्चुण्णि मामा को देखना चाहता है। देखने पर मामा जी उसे पहचानें...'

'गनीमत है आपने यह तो नहीं कहा कि स्वस्थ गाय के बछड़ों को कुरबानी देनी है। यह आपकी कृपा है। ख़ैर...आने दें, मैंने कभी उसे मना नहीं किया है। पर मिलन...पता नहीं सम्भव होगा कि नहीं!'

'वह क्यों?'

'मैं जा रहा हूँ।'

'कहाँ?'

'इस उम्र में जाने वालों से यह पूछना कि कहाँ जा रहे हो, बेवफूफी नहीं है क्या, दोस्त! समझो कि एक लम्बा सफर है।'

'तब अच्युतन से...'

'कहें कि जा रहा हूँ।'

'वह आ रहा है तो'

'कहें कि मैं जा रहा हूँ...'

'एक बार देखना चाहें तो...'

'तब भी कहें कि मैं जा रहा हूँ।'

अनुवाद : **वी.डी. कृष्णन् नंपियार**

•

साँझ के एकान्त तट पर

सारा तोमस्

पूर्वाषाढ़ नक्षत्र अभी उग आया है। देवकी अम्मा बेचैन हो रही थी। कल सुबह होने के पहले सैकड़ों काम ठीक करने हैं। कारिंदा रामन नायर और नौकरानी शारदा हैं तो सही हाथ बँटाने को, फिर भी सब ओर अपनी दृष्टि डालनी होगी। बेटों और उनके परिवारवालों को किसी बात की कोई कमी न रहे। अब तक तो कोई कमी मैंने होने नहीं दी है।

कल सुबह जब दुबई से उण्णि का फोन आया, तो निश्चित हो गया कि इस बार ओणम (प्रमुख त्योहार) पर सभी बेटे मेरे साथ घर पर होंगे। इस आशय का खत पहले ही आया था कि अप्पू, सरला और बच्चे एवं केशी, पद्‌मिनी और उसके बच्चे भी आ रहे हैं। उण्णि की बात ही संदिग्ध थी। उसकी पत्नी का यह तीसरा महीना चल रहा है। इस हालत में डॉक्टर ने उसे यात्रा करने से मना किया है। इसीलिए पहले से लिख नहीं पायी कि वे भी ज़रूर आएँ। फिर भी, जब दूसरे दोनों बेटे आ रहे हैं, तब सिर्फ उण्णि का न आना...। कल तक वह अपनी धोती का छोर पकड़कर चलने वाला छोटू था। उसका बड़ा हो जाना, समुंदर पार नौकरी के लिए जाना और शादी करना...सब मानो सपना ही था। बड़े बेटों को हमेशा यह शिकायत थी कि अगर उण्णि पास न हो, तो अम्मा को ओणम और जन्मदिन कुछ भी सुहायेगा नहीं। खैर...कमला का भाई एन.ओ.सी. लेकर नौकरी के लिए बाहर गया तो समस्या हल हो गयी। उण्णि आराम से अब घर आ सकता है। वैसे घर-गाँव वाले ओणम, विषु (बैसाखी), मन्दिर के त्योहार उसे प्रिय रहे हैं, पहले भी और आज भी। नहीं, प्रिय थे उसे शादी तक। अब तो साल में एक बार किसी अच्छी तिथि को वह घर आ जाता है। फिर दोस्तों के साथ हँसी-मज़ाक। सोया हुआ घर फिर जाग उठता है।

अब सिर्फ तीन वर्षों से यह क्रम बदल गया है। जानती हूँ, इसमें शिकायत करने की गुंजाइश नहीं। बेटा शादीशुदा हो गया है—यह तो भूलाना नहीं चाहिए। उसकी अपनी अलग उलझनें होंगी। बुढ़ापे में मुझे अकेली छोड़कर जाना नहीं चाहता था वह, इसीलिए उसी के आग्रह पर मैंने बहू चुन ली। धन-दौलत का ख्याल नहीं

किया, लड़की मेरी सेवा-सुश्रूषा के लिए तैयार हो—यही उण्णि चाहता था। पर छुट्टी के बाद वह गया तो बहू का मुँह फूल गया। मैंने ही पैसा खर्च करके उसे पति के साथ भिजवाया कि मुझसे उसका दुःख, उदासी और अनमनापन देखे नहीं गए। अब तो तीन वर्ष बीत गए। दोनों पहली बार घर आ रहे हैं।

अप्पू तो पाँच वर्षों में एक बार ही घर आता है। अमेरिका से आने-जाने में उसे और परिवार को भारी रकम खर्च करनी पड़ती है। उसने ही छोटे भाइयों से कहा था, पाँच साल में एक बार सब ओणम के समय घर आएँ, घर मिलें। केवल ओणम के कारण नहीं, श्रावण महीने में 'घनिष्ठा' मेरा जन्म-दिन पड़ता है। और ठीक इसके तीन दिन बाद मैं सत्तर वर्ष की हो जाऊँगी।

वह आँखें बन्द करके अपने में खो गयी। अब तो 'उन्हीं' की शक्ल सामने आती है। घर के अहाते और बाग-बगीचे में व्यस्त रहने वाले अपने पति की। गठा हुआ काला बलिष्ठ शरीर। बीच-बीच में 'देवू-देवू' पुकार कर मुझे हिदायत देते। तीन छोटे-छोटे बच्चे। फिर भी किसी बात में मैं पीछे नहीं रही। एक को बगल में सँभाल और दूसरे का हाथ पकड़, मैं उनकी सहायता करती। जी-तोड़ मेहनत करती। एक ज़माना वह भी था।

कैसे ख़ून-पसीना बहाकर यह सारी सम्पत्ति कमायी थी। टूटा-फूटा पुश्तैनी मकान तोड़-फोड़कर दुमंज़िला बंगला बनवाया। नारियल-कुंज खरीदा। ब्राह्मण ज़मींदार से धान के खेत साझेदारी पर खेती के लिए। उन्होंने कभी एक घंटे तक का विश्राम नहीं किया।

फिर! एक रोज़ काम करके लौटे तो वह केले के तने के समान दहलीज़ पर गिर पड़े। फिर भी मैं हताश नहीं हुई। उन्होंने जिन बेटों को मुझे सौंपा था, उनके वास्ते मेरे अलावा और कौन था? बेटों को पाल-पोसकर बड़ा किया। जीवन-भर चैन से रहने लायक सम्पत्ति उन्होंने बना ली थी। सिर्फ यही कमी थी कि वह साथ नहीं हैं। अब तक मैंने शान से घर-गृहस्थी का काम देखा। तब और अब भी दूसरों के सामने सिर उठाकर चलती रही। 'बड़े घर की' देवकी अम्मा—इस नाम का महत्त्व और गरिमा आज भी ज्यों की त्यों है। दुमंज़िला मकान, नारियल-कुंज और धान के खेतों की मालकिन। (यह दूसरी बात है कि मन यह मानने को तैयार नहीं कि आए दिन के ये तामझाम मुसीबत हो गए हैं।)

फिजूल खयालों में कितना समय गँवाया? "शारदा! ओ शारदा!" पुकारती हुई सीधी रसोई-घर की ओर बढ़ी। उसके पास जाकर सामने खड़े हो जाने पर ही वह मुझे सुनती है। ख़ैर...चूल्हा तो जलाया है। अब तक आँगन साफ कर बरामदा पोंछा जा सकता था। यह तो मेरी हिदायतें मानती नहीं। इसे सख्त चेतावनी देने का समय आ गया है। बेटों को जाने दें...उसके बाद। नहीं तो उनके सामने यह चुड़ैल मुँह फुलाये खड़ी रहेगी। बेटों को बेचैन क्यों करूँ? उनकी पुरानी शिकायत है कि मैं नौकरों के प्रति सख्त हूँ।

अब बेटों के स्वागत की तैयारियों का ख्याल आया। अप्पू और सरला के लिए ऊपर का कमरा ठीक रहेगा। उसे वही एक कमरा भाता है। वहाँ कुछ प्राइवेसी है। नीचे का हिस्सा सबके आने-जाने की सराय-सा है। रेखा और रश्मि दोनों बेटियों को अपने साथ रखूँगी। अपने कमरे की पुरानी गंध उन्हें नहीं सुहाती। पिछली बार आयी तो उन दोनों ने अपने बाबूजी से अंग्रेज़ी में इसका ज़िक्र किया था। पर माँ-बाप के साथ उन्हें ऊपर के कमरे में सुलाने लगी तो अप्पू ने मना किया। अमेरिका में बच्चों को माँ-बाप के साथ लिटाया नहीं जाता। फिर केशी का परिवार भी है। सोने की बात में उनका कोई विशेष आग्रह नहीं होता। बम्बई के किसी व्यस्त मुहल्ले में किसी बड़े मकान की चौथी मंज़िल के दो कमरों में वे रहते हैं। उनके लिए इधर नीचे का हॉल पर्याप्त है। भले ही केशी की पत्नी पद्मिनी, अमेरिका से आयी अपनी बड़ी भाभी की तरह यहाँ की सुख-सुविधाओं से सन्तुष्ट दिखाई नहीं देती। जब 'वह' ज़िन्दा थे, उसने सुझाया था, हमारे सोने का कमरा उनके लिए खोल दिया जाये। पर मैंने उसे अनसुना कर दिया। पता नहीं क्यों, उसी समय से वह कमरा साफ करके यहाँ बत्ती जलाकर वैसे ही सुरक्षित रखा गया है।

उण्णि के लिए बरामदे का सोफा ही काफी था। घर आया भी तो क्या, उसे घर पर रहने का समय कहाँ? पुराने दोस्तों को ढूँढ़ने में व्यस्त रहता। फिर मन्दिर की चार-दिवारी, पनघट और चौक में उसका समय बीतता। चूँकि मैं उसके साथ खाने के इन्तज़ार में रहती, इसलिए आधी रात तक वह घर आ जाता।

जब हरेक के सोने की व्यवस्था ठीक हो गई, तो शारदा को हिदायतें दीं—कमरों को झाड़ू लगाकर साफ करना, गद्दे-बिस्तर धूप में सुखाकर खाटों पर लगाना आदि।

अब खाने की बात। बेटों की रुचि बदल गई है। वैसी तीती, खट्टी और नमकीन चीज़ें अब किसी को पसन्द नहीं। सादा साम्बर, कम खट्टा कालन् (दही-मट्ठे की तरकारी) कम नमकीन अचार—ऐसा कुछ बना लूँ तो भी वे पसन्द नहीं करेंगे। मछली और गोश्त के बिना वे कौर तोड़ नहीं पाएँगे। पर ओणम के इस शुभ अवसर पर—हाँ, ओणम की चीज़ें ही बनाऊँगी। ओणम के दिन खीर आदि नहीं चाहिए। बच्चों को गुड़ का बना पायसम् पसन्द है। पर 'उनके' समय का क्रम नहीं तोड़ूँगी। अपने ही खेत के चावल और नारियल के दूध को पड़ोसी अवराच्चन् के शुद्ध गुड़ में मिलाकर 'वह' विशिष्ट खीर बनाते थे। सभी उसे चाव से खाते थे। उस समय 'उनके' मुख पर सन्तुष्टि का भाव खिल उठता था। ख़ैर...पुरानी बातों को याद न करूँ, यही अच्छा होगा।

यद्यपि अप्पू आज दोपहर को प्लेन से आएगा, फिर भी रात को सरला के घर ही ठहरेगा। अमेरिका से आने वाली विशिष्ट चीज़ें वहीं बँटेंगी। उनकी पड़ोसिन रेवती टीचर, जो हमारे यहाँ किराये पर रहती थी, उसी ने बताया था। मुझे ओणम के 'विशिष्ट वस्त्र' देने में अप्पू कभी भूल नहीं करता। फिर भी सरला अपने घरवालों को जो अमूल्य उपहार देती है, वह सुनकर कभी-कभी सोचती—काश मेरे भी एक

बेटी होती! मरते दम तक 'उन्हें' बेटी न होने का दुःख सालता रहा। तब अपने बेटों की शक्ति पर मैं गर्व करती थी। अब यह विचार क्यों आया? मन की चंचलता होगी।

बेटों के रहने-सोने का प्रबन्ध पूरा होते-होते शाम हो आई थी। ऊपर के शयनागार में बड़ी-सी बाल्टी साफ करके उसमें पानी भर रखा था। अप्पू ने सवेरे नाश्ते के समय आने की बात लिखी थी। फिर भी उसे और सरला को नहाने धोने में कोई कष्ट न हो।

सोने गई तो देवकी अम्मा को उत्कंठा हुई कि कोई काम रह तो नहीं गया है।

पूरे पाँच वर्ष बाद तीनों बेटे एक साथ घर आ रहे हैं। मेरे होते उन्हें कोई कमी महसूस नहीं होगी। रेवती टीचर ने जैसे कहा था—"माँ जी, आपकी बहुएँ खुशनसीब हैं। ससुराल में उन्हें किसी प्रकार का कष्ट नहीं। यहाँ सब ठीक-ठाक है। उन्हें केवल सुस्ताना और आराम करना होगा। पर वे क्या इसका मूल्य समझती हैं? मेरी सास शनिवार को मेरी राह देखती रहती हैं। क्योंकि तभी वह अपनी बेटी के यहाँ जा सकती हैं। मेरे पति का आदेश है कि उन्हें दो दिन की छुट्टी दी जाए। नाम के लिए वह पाँच दिन की गृहस्थी चलाती हैं। पर सब भारी काम मेरे लिए पड़े रहते हैं। वहाँ पहुँचने के बाद, फिर इधर लौटकर ही मैं साँस लेती हूँ।"

रेवती टीचर ठीक कहती है। अगर एक दिन मैं यहाँ न रहूँ, तो पता नहीं, मेरे ये बहू-बेटे क्या करेंगे।

इधर-उधर की बातें सोचकर लेटी थी। अतः बड़े सवेरे ही नींद आयी थी। सोते हुए एक अजीब सपना मैंने देखा।

अभी सुबह हो रही थी। आज रामन नायर पहले ही आया है। पीछे शारदा भी। बेटे आज आएँगे, इसलिए पहले ही दोनों पहुँचे होंगे। अलावा इसके मैंने कल कहा भी था कि सुबह पहले आ जाना।...रोज़ की तरह बरामदे का द्वार खटखटाने के बदले रामन नायर चाबी से दरवाज़ा खोलने की कोशिश करता है। क्या वह होश में नहीं? या वह घमंड में है? नहीं, सिर्फ रामन नायर और शारदा ही नहीं, मैं बाहर हूँ। यह मजाल! मेरा घर पर नहीं रहना—पिछले पचास वर्षों में ऐसा कभी नहीं हुआ। जहाँ भी जाऊँ, रात तक घर लौट आना चाहिए। यह 'उनका' नियम था। उनके निधन के बाद भी मैंने यह नियम नहीं तोड़ा। तो अब यह कैसे हुआ? क्या किसी पूर्व-सूचना के बिना मुझे घर से निकाल दिया गया? हाय! मेरे सारे अंग शिथिल हो गए। मेरे विचार पहले जिज्ञासा में बदल गए और फिर चिन्ता में। रामन नायर के पीछे मैं घर के अन्दर गयी। रामन नायर शारदा को हिदायतें दे रहा है। फौरन मानो कुछ याद करके, उसने उत्तर की तरफ जाकर शारदा को समझाया—"देख, पहले माँ जी के चबूतरे को साफ करके वहाँ बत्ती जलाना। बाकी सारा काम बाद में।" क्या, माँ जी का चबूतरा? तभी समझ में आया कि मैं मर गई हूँ। भगवान! अबकी बार बेटे घर आएँ तो उनकी सुख-सुविधा का ख़्याल कौन रखेगा! मृत्यु हो

जाने से मेरी मजबूरी! उन्हें कैसे समझाऊँ? क्या शारदा पत्थर बनकर वहाँ खड़ी है? क्या रामन नायर की बातें उसने सुनी नहीं? "क्यों री! इस प्रकार क्यों खड़ी हो तुम?" रामन नायर ने पूछा।

शारदा अपने होंठ सिकोड़कर फुसफुसायी—"हूँ, बत्ती जलाती हूँ। क्षण-भर भी साँस लेने नहीं दी है बुढ़िया ने। पैसा बचा-बचाकर पिछली बार ओणम पर पाजेब बनवाई थी मैंने। पर एक दिन भी पहनने नहीं दीं उसने। कहती थी, नौकरानी पाजेब पहनकर चल नहीं सकती।"

नौकरानी की यह कृतघ्नता। पाजेब बनाने का पैसा पूरा नहीं पड़ा, तो मैंने ही तीस रुपये उधार दिए थे। आज तक उसने वापस किए भी नहीं। फिर, घर पर पाजेब पहनने नहीं दी, कारण? सुबह आने वाले गाय-दोहक से लेकर शाम को ताड़ी (नारियल के पेड़ से) लेने वाले मज़दूर तक से वह छेड़छाड़ करती है तब, फिर उण्णि घर पर हो तो...तिस पर भी उण्णि की लड़कियों के प्रति कमज़ोरी मुझसे छिपी नहीं है—तो उस पर नियन्त्रण रखना होगा...ओ, यह सब अपनी बातें हैं। खैर...नौकरानियों से एहसान और प्यार की आशा करना, इस ज़माने में व्यर्थ ही होगा...अप्पू बराबर कहा करता था।

रामन नायर अपना कंधा झटककर कहता है—"अरी बेवकूफ वह सब पुरानी बातें हैं न! अब तो बुढ़िया के लड़कों को खुश करना है। वे सौ-पचास रुपये खुशी से देकर चलें। बूढ़ी होती तो मानती नहीं। अब तो वह बला टली।"

क्या! यह रामन नायर ही है, जो मेरे बारे में ऐसी नफरत भरी और मुँहज़ोरी की बातें कर रहा है। मैंने उसे कभी एक वेतनभोगी कारिंदा नहीं माना। वह भूल गया है कि उसकी तीनों बेटियों की शादी में और नया घर बनाते समय मैंने हाथ खोलकर पैसा दिया था।...मन ग्लानि से भर गया। उसकी बातों में भी सच्चाई है। पर अपने बेटों की फिजूलखर्ची रोकना मेरा कर्त्तव्य नहीं था क्या? क्या यह सब समझने की बुद्धि रामन नायर को नहीं? नहीं, मानो अब मेरा न होना, उसकी खुशकिस्मती है।

फाटक पर मोटर आकर रुकने की आवाज़। मेरी समाधि (चबूतरा) साफ करके शारदा बाल्टी लिए कुएँ की ओर दौड़ी।

"ओ, बरामदे पर पानी नहीं रखा क्या? दूर से सफर करके आ रहे हैं। हाथ-मुँह धोकर ही अन्दर चढ़ेंगे।" उसे इतनी ही समझ है। मैं बरामदे पर सिर्फ देखती खड़ी रही।

अप्पू और परिवार नहीं, बल्कि केशी, पद्मिनी और बच्चे हैं। पीछे पेटियों-बिस्तरों को लिए रामन नायर। दो दिन के सफर से बच्चे धूल और गन्दगी से काले हो गए हैं।

घर के द्वार पर आकर बेटा क्षण-भर के लिए मौन खड़ा रहा। आँखों में विषाद की छाया? मेरी याद करके...बिचारा केशी। मेरा अभाव उसे दुख देता होगा। अगले

क्षण पद्मिनी की परिहास-भरी वाणी—पैरों पर पानी डालती शारदा को सम्बोधित करके—"तू जा। अबकी बार चप्पल उताकर कौन पैर धोयेगा? किसे दिखाने हैं? अब इस घर में अपनी सुविधा से रह सकती हूँ।"

बहू ऐसा जता रही है मानो उसे पूरा आराम मिल गया है तो मेरा सान्निध्य उसे बहुत खटकता था! क्या केशी बेटा इसके विरोध में कुछ बोलेगा नहीं! वह तो पत्नी के साथ हँस देता है। क्या उसे इतनी समझ नहीं कि बाहर की गन्दगी से सने चप्पल, साफ-सुथरे घर के अन्दर नहीं ले जाए जाते। अब तक इनकी सुख-सुविधा का ख़याल था मन में। अब तो मन भारी हो गया है! उनके साथ घर के अन्दर पैर रखने को मन नहीं करता। सब वही हो, जो वे चाहते हों। मैं क्यों...

मेरा बेटा अपनी बीवी से कुछ फुसफुसाता है। मृत्यु के बाद की बातें हो रही हैं, मुझे साफ सुनाई दिया।

"तू शारदा से कह, बाबूजी वाला कमरा खोलकर हमारे लिए ठीक कर दे। बम्बई में बच्चों के साथ रहने से क्या दाम्पत्य-सुख है? इधर भी वही। न, कम-से-कम इस बार प्राइवेसी का कुछ मज़ा लूटना चाहिए।"

क्या यह मेरा बेटा ही कह रहा है। इतना स्वार्थ उसके अन्दर छिपा था।...वैसे एक दृष्टि से उसका कथन ठीक भी है। वर्षों बाद अब घर आता है, तो उसके लिए इतनी सुविधा का प्रबन्ध मैं कर सकती थी। फिर भी, मेरे न रहने से सख़्त दुखी होने के बदले बेटा...। ज़्यादा कुछ सुनना न पड़े। कान बन्द करके बरामदे की दीवार के सहारे बैठ गई।

पता नहीं, कितनी देर तक यों बैठी रही। फाटक पर दूसरी मोटर...अप्पू है। उसके साथ पैंट-शर्ट पहले तीन और लोग। तब सरला, इन्दु और बिन्दु नहीं आयीं। मेरे न रहने की असुविधा के कारण होगा। सोने के वक्त ही सब नीचे चले आते हैं, तब खाना खिलाने-परोसने को कोई न रहे तो...

नहीं, लगता है कि अप्पू के साथ आए लोगों से रामन नायर परिचित है। आपस में कुशल पूछते और हँसते तो हैं। केशी और परिवार सीढ़ियाँ उतरकर उन्हें लेने गया। अभी पता नहीं चला कि अप्पू के साथ कौन-कौन हैं। पद्मिनी ज़ोर से हँसकर बोली—"भाभी और बच्चियों का वेश लाजवाब है। अगर माँ जी होतीं तो उन्हें पहचानने में कठिनाई होती कि इनमें भाभी कौन-सी है और बच्चियाँ कौन-कौन-सी हैं।"

मैं यह क्या सुनती हूँ। अप्पू के साथ बाल कटे और पैंट पहनकर आए लोग सरला और उसकी बच्चियाँ हैं! मेरे पास से होकर जाती हुई सरला पद्मिनी से गुप्त बात कर रही थी—"कैसा आरामदेह वेश है! वहाँ तो हम इसके आदि हो चुके हैं। अब तक, यहाँ आने के छह महीने पहले से बाल बढ़ाती थी। यहाँ भारतीय नारी बनकर न आएँ, तो माँ जी की खरी-खोटी सुननी पड़ेंगी। पिछली बार भी यहाँ नाइटी पहनने का कैसा विरोध किया था, माँ जी ने। कहती थीं कि केशी और उण्णि के

सामने मैं बेशरम लगती थी। तभी मैंने अप्पू से कहा था कि आइंदा अम्मा जी की मृत्यु के बाद ही मैं इधर आऊँगी। वैसे भी माँ-बाप के पीछे पड़े रहने की आदत हमारे घर में नहीं। फिर अप्पू के पुराने आचार-विचार के कारण...और इस बार आए हैं, हम बँटवारे के लिए... ।''

बाकी सुनने की ताकत मुझमें नहीं थी। दो बच्चियों की माँ होकर सरला कैसे यह कह पाती? कम-से-कम यह तो विचार करती कि कल उसकी भी यह हालत होगी।

रात के कपड़ों के नाम पर अन्दर के सब कपड़े दिखाई देने वाला आईना जैसा वेश पहनकर सवेरे कॉफी पीने आयी, तो मैंने उसका सचमुच विरोध किया था। तब उण्णि की शादी नहीं हुई थी। केशी अकेला आया था। ऐसा नहीं था, तो भी देवरों के लिए माँ-सरीखा व्यक्ति इस प्रकार बेशर्मी भरा हो जाता तो...उस दिन वह मुँह फुलाकर ऊपर चढ़ गई तो मैंने कभी नहीं सोचा था कि वह कठोर निर्णय लेगी कि मेरे होते इधर फिर नहीं आएगी। तब तो मेरा न रहना...उसकी जीत है। इन ममताहीन बहुओं के बीच से जल्दी हट जाऊँगी।

अपने पोते-पोतियाँ अपने खून से पैदा हुए हैं। उनके साथ अपने कमरे में रहूँगी।

रेखा और रश्मि पूरे उत्साह से कमरे की देख-रेख कर रही थीं। दोनों की एक-जैसी खुशी। उनकी अंग्रेज़ी बोली और हँसी भले ही समझ में न आए, पर उन्हें देखते रहने में खुशी है। बड़ी चौदह बरस की हो गई है। कोई उसे लड़की नहीं कहेगा। शक्ल-सूरत वैसी है। ध्यान से देखा जाए तो 'उन्हीं' पर गई है। चौड़ा भाल, पैनी नाक, मोटे होंठ—सब वही हैं। वह जोर से हँसी तो बायीं तरफ का दाँत ऊपर उठ आया था, वह भी 'उन्हीं' की तरह। एक शीतल बौछार! उनको दूध देने शारदा आयी तो टूटी-फूटी मलयालम में जो बात उसे कही, वह सुनकर मैं चौंक गई। सिर्फ उन दोनों के लिए वह कमरा मिला, यह अच्छा ही हुआ। मेरे तेल की बदबू, खर्राटे, खाँसी—ये सब उन्हें सहन नहीं था। नहीं, अब मुझे यहाँ रहना नहीं है। पोते भी मेरे न रहने से खुश हैं। भारी मन से मैं बाहर आयी।

दालान में अप्पू और रामन नायर थे। रामन नायर द्वारा लायी गई सोडे की बोतलें अप्पू हाथ में लेता है। रामन नायर ने मुस्कुराकर कहा, ''अब तो यह ज़रूरी नहीं कि आप ऊपर जाकर ही पिया करें। यहाँ खाने के कमरे में पी सकते हैं। मैं अपने घर से मुर्गे का गोश्त पकाकर ले आया हूँ। अब तो माँ जी के देख लेने का झँझट नहीं।''

अप्पू भी हँसता है। ''रामन नायर, तुम्हारे कहने से ही वह बात याद आयी। खाना परोसने को कहो। मैं बोतल लेकर आऊँगा। यह तो अच्छा ही हुआ।''

वह ऊपर चढ़ गया तो उसकी ये बातें सुनकर मैं आश्चर्यचकित हो गई। उसने किस बात को अच्छा कहा। दोपहर के खाने के पहले दालान में ही बैठ शराब पीने की बात। या मेरे न रहने की स्थिति।

ज़्यादा सोचने की शक्ति नहीं थी। धीरे से बरामदे में आयी। फिर दीवार के सहारे वहीं बैठी। अब उण्णि का आना शेष रह गया है। आज ही आ जाएगा। कल तो ओणम है। मैं न रहूँ, तो भी वह आएगा। उसे भी एक बार देखकर...।

पर उण्णि के बदले आया था डाकिया। रामन नायर जो खत लेकर अन्दर आया; उससे लगा कि वह उण्णि का ही है। पता लगाने की कुतूहलता बढ़ी। क्या? कमला को इस बार कोई बीमारी। बच्चा पैदा करने की उसकी कितनी इच्छा थी। कई मनौतियाँ मानी थीं उसने!

ठहाका लगाकर हँसने की आवाज़। हँसी-मज़ाक की क्या बात लिखी है उसने? जानने का उत्साह बढ़ा। दालान में बच्चों की बातें सुनाई दीं। कमला के तीन महीने का गर्भ होने की बात झूठी थी। घर आए तो, माँ जी कुछ दिन साथ रहने को कहेंगी। इससे बचने को उण्णि ने लिखा...इस बार घर आकर 'बोर' होने के बदले वे यूरोप जा रहे हैं, सैर के लिए। अम्मा को निराश किया—यह अपराध-बोध भी नहीं हुआ होगा।

मन में एक प्रकार का निर्वेद फैल रहा है। हाँ, अब मेरे कारण उण्णि को ही नहीं, बल्कि किसी को अपराध-बोध न हो। अब तो इस घर से, बिल्कुल पराये हो गए। इस घर से, निर्विकार होकर जाऊँगी।

मैं कहाँ गई थी...नहीं, बाकी कुछ याद नहीं। आँख खुली तो सुबह हो गई थी। फिर भी पाँच वर्ष में एक बार मैं जिस दिन का इन्तज़ार करती हूँ, उस दिन के महत्त्व या उस दिन किए जाने वाले सैकड़ों कार्यों की याद करके बेचैन नहीं हुई। यह सोचते-सोचते थकी-हारी पड़ी रही कि मैं इस घर के लिए एकदम ज़रूरी व्यक्ति हूँ या कि कोई अनचाही वस्तु।

अनुवाद : **बी.डी. कृष्णन् नंपियार**

•

कथावशेष

सी.राधाकृष्णन्

गेट पार कर हमारे आँगन को देख मित्र दंग रह गया। "फुलवारी कहाँ गई?"

सूखे आँगन ने मेरे अन्दर जो पीड़ा पहुँचायी थी, उसे छिपाने के लिए हँसकर मैंने विषय बदला, "आओ, आओ। गाँव से आ रहे हो न? क्या समाचार है?"

मित्र से बात करते हुए मैंने कथावशेष फुलवारी की बात याद की।

मैंने पत्नी और बच्चे से मिलकर बड़ी मेहनत से फुलवारी बनायी थी। मिट्टी खोदते-खोदते उँगलियों की पोर दुखती रही है। हथेली पर छाले पड़ गए। पानी डालते-डालते कमर टूट गई। फिर भी हर पौधे, फूल-पत्ती के उगते हुए कैसी खुशी होती थी। जिस दिन गुलाब की डाली में कली निकली, उस दिन बड़ी धूम रही। मुँह-नाक को बन्द करके मैंने उस पर दवा छिड़ककर कृमि-कीटों को दूर कर दिया।

सूखे से हरा और हरे से रंगीन। मैं और पत्नी समय मिलने पर फुलवारी में इस खुशी से घूमते-फिरते थे कि हमीं इन सबके मालिक हैं। घास को हम बढ़ने नहीं देते। हमारी काक-दृष्टि उसे ढूँढ-ढूँढकर जड़ से उखाड़ देती।

उन दिनों हमारी चर्चा का मुख्य विषय फुलवारी ही रहा। घर के अन्दर छोटा बच्चा। बच्चे की शरारतें। बाहर फुलवारी। फुलवारी के पौधे और फूल।

जब हम बोलते नहीं थे, तब भी हम दोनों के मन में फुलवारी कायम थी। वह वहाँ है, हमीं ने उसे बताया था। सिर्फ हमारी है। हमें पौधे प्यार करते हैं, हम पौधों को प्यार करते हैं—यही बोध था। हमने हठ किया कि पौधे हमारी इच्छानुसार बढ़ें। हमें जो डालियाँ बेढंग लगीं, तेज़ चाकू या कैंची से काट दिया। जो बेलें ज़मीन पर फैलने जा रही थीं, उन्हें सहारा देकर बाँध दिया। अनुशासनहीन लताओं को ठीक से काटकर गोपुर और गोल बनाये।

चींटियों से हमने अन्तहीन लड़ाई लड़ी। कोंपलों को मोड़कर छत्ते बनाने की बिना समझौते की उनकी लड़ाई। छत्ते तोडकर उन्हें दूर निकालने के लिए हम डण्डे-औज़ार लेकर तैयार हो गए। चीटियों ने डरकर हमारा मुकाबला किया। हमने उन्हें रौंद दिया। रौंदने-मारने के अलावा छत्ते बनाने की उनकी कोशिशों को, देखते ही, दवा का छिड़काव करके तहस-नहस किया। सामूहिक हत्या। साहस के साथ चींटियाँ लौट आयीं। सिर्फ चींटियाँ ही नहीं, काक्रोच, कीड़ा, गिलहरी, चिड़िया, दीमक,

अणुजीवी, कोहरा वर्षा, हवा पड़ोसियों की भेड़-गायें—इन सब से लड़ने का अर्थ है सारे प्रपंच से लड़ना।

हम और हमारी कल्पना की फुलवारी एक तरफ, मनमानी एवं अनुशासनहीन प्रकृति दूसरी तरफ। इस मुठभेड़ में हमारी जीत हुई। कहा नहीं जा सकता कि पूरी जीत हुई या नहीं। प्रायः मिलने वाले सभी ने हमारी तारीफ की। यह सोचने में हमें चैन मिला कि उनके मन में ईर्ष्या बसी हुई है।

चाय पीते हुए मित्र ने कहा, ''लगता है मन में कुछ और बात अटककर रह गई है।''

''ओ!'' मैंने हँसकर, ''ऐसा क्या?''

मित्र ने गाँवों में रहने वालों के दुःखों का ज़िक्र किया। खेती की मुसीबतों पर बात करते समय वह वाचाल हो गया। नारियल को पेड़ों से उतारने वाला कोई नहीं। अब तो किसी चिम्पांजी को प्रशिक्षित करना पड़ेगा। बात बन्दरों, अजायबघर और हाथियों तक बढ़ती गई।

मैं उस दिन की याद कर रहा था जब हमारी फुलवारी में पहली बार गुलाब खिल गया था। दूसरे बच्चे के जन्मदिन की तरह था वह दिन। घण्टों हमने उसके आसपास बिताये। रात को सोने से पहले टॉर्च लेकर हम फूल का कुशल पूछने गए। अगले दिन हमने फूल के आगे ही सूरज को उदित होते देखा था। हमारी आँखों की तरह खुशी के आँसू फूल पर भी थे।

उस दिन दो मामूली-सी घटनाएँ घटीं। दो ऐसे मुकदमे मैं हार गया, जिन्हें जीतने की मुझे पूरी उम्मीद थी। यह भी तय नहीं कर पाया कि मुवक्किलों को क्या कहा जाए, उतनी अप्रत्याशित थी वह हार। टहलने को निकले न्यायाधीश उन दिनों हमारी फुलवारी देखने आए थे। फुलवारी देख उसकी तारीफ करके लौटते हुए उन्होंने पूछा, ''मुकदमे पर ध्यान नहीं देते आये दिन, क्यों?''

मेरी पत्नी ने उस रात मुझसे शरारत-भरी हँसी के साथ कहा था, ''उन्हें ईर्ष्या है।''

मैंने उस पर विश्वास नहीं किया था। आज भी विश्वास नहीं करता।

दूसरी घटना। जब मैं कचहरी में था, तब पत्नी की एक पुरानी सहेली मेहमान बनकर आयी। उनकी पारिवारिक स्थिति बहुत अच्छी थी। पत्नी ने कहा कि वे एक आयातित कार में आयी थी। बम्बई में रहती हैं। पति विदेश में हैं। पत्नी ने मुझे बताया कि उनके गले में हीरे का हार था। उन्होंने पूछा था कि हमारे पास वी.सी. आर. नहीं है क्या। पत्नी को चिढ़ाने के लिए मैंने मज़ाक किया, ''तू इधर गोबर डाल के फुलवारी को पानी देती रहना। औरत हो तो ऐसी खुश-किस्मत हो कि विदेशी कालीन बिछाए फ्लैट में, हीरे का हार पहनकर ठाट से रहे।''

उसने होंठ सिकोड़े, ''ठीक है! ठीक है!'' पर उस रोज़ वह बेजान थी। सिर्फ फुलवारी की देखभाल में ही नहीं, सभी बातों में।

यह समझकर भी मैंने उसकी इस इच्छा के प्रति ज़रूरत से ज़्यादा सहानुभूति दिखायी कि फूल तोड़कर अन्दर फ्लावर-बेस में रखेंगे।

फूल तोड़ते वक्त उसने कई बार मुझे सन्देह से देखा। मैं यों खड़ा रहा मानो सन्देह करने की कोई बात नहीं।

नर्सरी से लौटकर बच्चा पौधे में फूल न देखकर ज़ोर से रोने लगा। किताबों का बैग फेंक दिया। बैग से लंच-बक्स ऐसा गिरा कि उसमें से खाने के अवशिष्ट छितरा गए। उसे चुगने के लिए कौए आ गए।

हमारे लाख कोशिश करने पर भी बच्चे की रुलाई बन्द नहीं हुई। वह नीचे फर्श पर मिट्टी में लोट-पोट हो रहा था।

मैं उसे गोद में उठाकर अन्दर ले गया और बेस का फूल दिखाया, "देख, यही फूल है न!"

"यह तो मुर्झा गया...!" उसकी रुलाई ज़ोर पकड़ रही थी। साथ वह हाथ-पैर पटकने लगा। "फूल पौधे में होना चाहिए! मैं नहीं मानूँगा!"

मैंने उसे समझाने की कोशिश की, "माटीजल और पौधे से तोड़ा गया फूल बराबर हैं। दोनों को फिर पहले जैसा रखा नहीं जा सकता। उसकी ज़रूरत भी नहीं। फूल आज नहीं तो कल गिर जाएगा। जहाँ भी हो, जैसा भी हो, मुर्झा जाएगा उससे कुछ आता-जाता नहीं। दूसरा फूल होगा, थोड़ा और खाद डाल, दवा दी जाए तो और ज़्यादा होंगे। रो मत।"

मेरे साथ पत्नी ने भी मनाने की भरसक कोशिश की। पर हारकर उसने कहा, "लगाओ दो चपत। बदतमीज़!"

माँ को वैसा देखकर बच्चे ने रोना बन्द कर दिया। मैं आश्वस्त हो गया कि चलो झंझट दूर हो गया। उसे नीचे खड़ा करके मैंने उसका सिर सहलाया। "पिताजी मुझे मारेंगे नहीं।" मुझे अचम्भे में डालकर उसका नन्हा पैर तुरन्त आगे बढ़ा।

काँच का बेस और फूल टूटकर नीचे बिखर गए—फर्श पर।

हमारा सिद्धान्त था कि बच्चों को बिना दण्ड दिए उनकी परवरिश करें। यानी कि मेरे इस सिद्धान्त से श्रीमती बे-मन से सहमत हो जाती थीं।

सहमकर पीछे हटते हुए सारे दृश्य को आँखों से भाँपकर श्रीमती ने अपनी तीर-दृष्टि मेरी ओर फेंकी, मानो कह रही थी कि अब क्या होगा?

कुछ बतियाये बिना मैं बाहर आया। गलत हो गया। पर उस वक्त ऐसा ही मुझे सूझा था। पानी और काँच के टुकड़े के साथ फर्श पर बिखरी फूल की पंखुड़ियों को देख मैं वहाँ खड़ा रह नहीं पाया। मैं डर गया कि शायद मैं अपने इस सिद्धान्त से कि बच्चों को दण्ड दिए बिना परवरिश करनी है, हट जाऊँ।

बैठक से बाहर आते वक्त मैंने पत्नी को ही दोष दिया था। फूल को उस पौधे में रहने दिया जाता तो सारे माहौल से बच जाते। फ्लावर डेकोरेशन के बारे में कोई मेहमान कुछ कहे तो यकायक कोई वह फूल तोड़ेगा क्या, जिसे जतन से, प्यार के पाला-पोसा था?

मुझे यह उम्मीद थी कि मेरे अभाव में स्थिति बदल जाएगी। फूल तोड़ने का

अपराध-बोध पत्नी को होगा। फ्लावर-बेस तोड़ने का अपराध-बोध बच्चे को होगा। सब ठीक हो जाएगा।

यह विचार भी गलत साबित हुआ।

करुणारहित दण्ड का शोरगुल और बच्चों की रुलायी ही फिर सुनायी पड़ी थी। वह भी बैठक में से नहीं, सोने के कमरे से। कमरे का दरवाज़ा अन्दर से बन्द था।

मैंने जल्दी जाकर खटखटाया। पहले शान्त होकर फिर अधीर होकर ज़ोर-ज़ोर से पत्नी को बुलाया।

दण्ड की शक्ति उतनी और बढ़ गई। रुलायी की दीनता भी उतनी बढ़ी।

अपनी पत्नी में तब तक मैंने ऐसा रौद्र भाव नहीं देखा था। मेरा विचार था कि चाहे आसमान टूटे, तो भी वह हिलेगी नहीं। यह सिर्फ विचार नहीं था। जब उसके पिताजी मोटर-दुर्घटना में चल बसे, तो उसी ने मुझे ढाढ़स बँधाया था कि जो होना है, वह होकर ही रहता है। ढाई तोले की सोने की जंजीर खो गई थी वह हँस रही थी।

नदी में नहाने गई तो पैर फिसलने से बहाव में जा पड़ी। किसी प्रकार तैरकर किनारे पहुँची तो गले में ज़ंजीर नहीं थी। ''बस वही तो गई है।'' वह हँसकर बोली थी।

मैं दंग रह गया कि इसे इतनी क्रूरता कहाँ से आई। मुझसे रहा नहीं गया। ''आइन्दा ऐसा नहीं करोगी।'' बच्चे को कहाँ-कहाँ मारती है। और बच्चा जो चिल्लाता है, वह 'माँ' के नाम पर नहीं, 'पिताजी' कहकर।

मैं सब भूल गया।

दरवाज़े पर ज़ोर दिया। मैंने ही ज़ोर दिया था कि दरवाज़ा मज़बूत होना चाहिए। सबसे मोटा बोल्ट ही लगाया था और करवाल की बात में मैं पिछड़ा हुआ था। दरवाज़ा खुला नहीं।

जब मैं थक-हार गया, तो यान्त्रिक वेग से पीछे हटा। मेरे पैर ही आगे बढ़ रहे थे। विचार नहीं। हाथों ने ही फैसला किया था कि किया क्या जाना चाहिए।

करवाल लेके निकला।

फुलवारी में उतर के काट-छाँट शुरू कर दी।

पौधों को काटा, गमलों को तोड़ डाला।

गुलाब, चम्मक, मन्दार, मालती, बेल, लता-बेल—सब कुछ चला जा।

एक साल लेकर जिन्हें लगाया था, उन्हें दस-पन्द्रह मिनट में तहस-नहस कर डाला।

मुड़कर देखा तो पत्नी पोर्च में नंगे फर्श पर सिर झुकाए बैठी सिसक रही थी। अन्दर से बच्चे की सिसकियाँ भी सुनाई पड़ीं।

वह दृश्य आज भी मुझे याद है जब करवाल लेकर मैं पत्नी के सामने जा खड़ा हो गया।

''मुझे मालूम है।'' पत्नी सिसक रही थी।'' वे दोनों मुकदमे हारे, इसीलिए यह सब...।''

मैं कुछ होता जा रहा था। पर दादाजी ने बहुत पहले जो बात कही थी, वह ठीक समय याद आयी : "सत्य से जब सीधा साक्षात्कार हो तो उसको नमन करो।"

मैं अपनी बेवकूफी पर हँसा। मानव की नियति पर मुझे हँसी आयी।

मेरी हँसी सुनकर पत्नी ने जब सिर उठाकर देखा तो क्या देखा—करवाल फेंककर आँसुओं में हँसने वाले मुझी को। मैंने उसे हाथ पकड़कर उठाया। फिर दुनिया को भुलाये हुए सटकर खड़े रहे और कुछ देर रोये। फिर हँसे।

खोयी फुलवारी को एक बार फिर से देखा तो उसकी हँसी सूख गई।

मैंने धीरज बँधाया : "उसे छोड़, हम फिर से लगाएँगे।"

"नहीं।" वह बोली, "अब यह खेल नहीं चाहिए।"

बच्चा आया। आँसुओं की धारा से कपोल सूख गए थे। हमें साथ-साथ खड़े देखकर वह खुलकर हँसा। फ्लावर वेट्स का बेस बनाकर वह हमारे चारों ओरघुमाने लगा।

हाथी के गुणों का वर्णन कर रहा था मेरा हाथी-प्रेमी चित्र। "आयुर्वेद में एक दवा है। हाथी के पिण्ड को साफ कर उसे दूध में मिलाके सेवन करना दमा के लिए बहुत अच्छा है।"

मैं हँसा। "हाथी के पिण्ड को साफ करते-करते दमा नष्ट हो जाएगा।"

हाथी, हाथी-झुण्ड, जंगल, पौधे, खेती इन विषयों से होकर फिर से हम फुलवारी पर आ गए। दोस्त को आश्चर्य हुआ। "कितनी सुन्दर फुलवारी थी। क्या यहाँ भी वह तेज़ हवा आयी, जिसके कारण पेरुमण में रेल-दुर्घटना हुई थी?"

"एक बार और फुलवारी लगानी है।" मैंने कहा।

"नहीं!" श्रीमती बोली, "या तो कचहरी और मुवक्किल या फुलवारी। दोनों साथ नहीं चल सकते।"

"हाँ, वह ठीक है।" दोस्त बोला, "मैं अपनी बात जानता हूँ। व्यवसाय पर जाने के बाद अपने बेटे की जन्मतिथि भी भूल गया। अभी हाल में घरवाली ने पूछा कि क्या मेरा नाम याद है आपको।"

हममें से कोई नहीं हँसा।

हमारी फुलवारी एक दुःख-स्मृति बनकर मेरी कल्पना में रही। मैं ऐसी दुनिया के सपने देखते जीवन को आगे बढ़ा रहा हूँ जहाँ अपने नियन्त्रण में बढ़ते पौधे, इच्छानुसार फूलती लताएँ, सभी मुकदमों को जीतती कचहरियाँ और भरा-पूरा पारिवारिक जीवन है।

विदा लेते हुए दोस्त ने वचन दिया। "अगली बार मैं बैंगलूर से एक ख़ास किस्म का गुलाब ले आऊँगा। फुलवारी-रहित इस आँगन को मैं देख नहीं सकता।"

"मुझे भी दुःख है।" मैंने हाथ जोड़े। "पर..."

"कोई 'पर' नहीं है।" पत्नी बोली, "अब की फुलवारी सिर्फ सपने में ही रहे।"

अनुवाद : **बी.डी. कृष्णन् नंपियार**

•

चिदम्बरम्

सी.वी. श्रीरामन्

गोपुर द्वार से अन्दर जाते हुए उसे अप्पय दीक्षितर की ये पंक्तियाँ याद आयीं :
"चिदम्बरमिदम् प्रथितमेव पुण्यस्थलम्।"

उसने चारों ओर नज़र दौड़ाई। भयंकर आकार, जो चकित कर देता है। गगनचुंबी चार गोपुरा देखने में समान, पर भिन्नस्थ शिला-शिल्प चारों गोपुरों को मिलानेवाले तक पहुँचानेवाले पत्थर से बनाये गए रास्ते पे वह चला। धूप अभी थकी नहीं, मुर्झाने लगी है। वह किनारे से, घास पर से चला। पैरों तले काँटे लगे तो उसे बाहर रखे चप्पल याद आए।...फिर तर्क और विचार। वैसे चिदम्बरम् मन्दिर के चार गोपुर हैं, फिर दक्षिणी गोपुर से ही वह क्यों आया? और किसी गोपुर से आया होता तो क्या मन ऐसे विकल्पों का गुलाम हो जाता?...

विकल्पों की शुरुआत दक्षिण गोपुर-द्वार से हुई थी क्या?

नहीं।

कटलूर ने यात्रा के बीच मणलूर गाँव छोड़ा तो शुरू हुआ था यह विकल विमर्श।...

सड़क किनारे मणलूर गाँव का बोर्ड देखा तो अनजाने ही वह रटने लगा—

सर्पण्ण् कोंकोटन् कोनार,
चुण्णंपुकार बस्ती,
पोस्ट : मणलूर, चिदम्बरम् (द्वारा)
तंजावनर जिला।

उन दिनों वही उस अन्तर्देशीय पत्र-कार्ड पर पता लिख देता था, जो अखिलाण्डाम्माल् लिखकर ले आती थी।

यादों में खोकर वह चला। मन्दिर के अन्दर के तालाब तक पहुँचा। मन्दिर की दीवार के अन्दर साफ सीढ़ियों वाला विस्तृत तालाब। वह सीढ़ियों पर बैठा पास ही दो संन्यासी बैठे थे। वे बातचीत में मशगूल थे। उसने उन्हें ध्यान से देखा। कैसे तन्दुरुस्त! चेहरे पर सन्तुष्टि। उन्हें किस बात ने यह आश्रम स्वीकार करने की प्रेरणा दी?

तब उसे अपना खयाल आया। यादों की बारात...

तुम कुछ समय और जी सकते हो, अगर मेरी बात मान लोगे, तो।

यह किसी वेदान्ती ने कहा नहीं था, उस डॉक्टर ने कहा था, जो उसका इलाज कर रहा था।

कई दिन बाद जब उनसे फिर मिला, तो डॉक्टर ने कहा : तुमने अभी बन्द नहीं किया, निश्चित है। जानते हो, तुम्हारे लीवर का क्या हाल है...? रियली अलार्मिंग...फिर डॉक्टर ने आगे कहा—

मैं एक हार्ट पेशेंट हूँ। मेरे भी कुछ वाइजज थे। इतना अक्यूट तो नहीं था। मालूम है, मैंने कैसे बन्द किया। आई बिकेम मोर एण्ड मोर रिलिजियस्। टेम्पूटेशन्स आने पर बाइबल लेकर पढ़ूँगा।...तुम भी रिलिजियस् बनो। रिलिजियस् बुक्स पढ़ो।

उस दिन डॉक्टर से विदा लेकर बाहर आया तो, वह उन विज्ञापनों के सामने निराश होकर चलने लगा, जो उसे उकसाते थे। उस पुस्तकशाला में गया, जहाँ आज तक गया नहीं था। रैक पर रखी पुस्तकों पर नज़र दौड़ाई। परिचित नाम विरले थे। तिलक और रोमाँ रोलाँ की पुस्तकें खरीदीं। पढ़ना शुरू किया तो दुःख ज़्यादा हो गया। ऐसा कुछ भी उसमें नहीं था, जो वह जानता नहीं हो। फिर भी शब्दों की करामात अद्‌भुत लगी। फिर-फिर उसे पढ़ा। उन दिनों पाँव सूजने लगा था। तब वह डॉक्टर से जा मिला। अगर तुम्हें इस आदत को छोड़ना हो, तो इस परिसर से अलग रहना होगा। तुम कहीं सफर करो, प्रिफरबिली टु रिलिजियस् प्लेसस्।

कैसे शुरू हुआ था यह सफर।

श्रोता से वेदान्त की चर्चा करते उस आदमी को देखते वह सोचता :

क्या शारीरिक क्लेश ही संन्यास की शुरुआत है?

या कि ज़िन्दा रहने की उत्कट इच्छा का परिणाम?...

इन सवालों में किसी में उसका मन रमा नहीं। वे खयालात उसके मन से खाली नहीं जाते, जो दक्षिण गोपुर-द्वार से अन्दर पहुँचने पर उसे आए थे।

ज्यों-ज्यों भुलाने की कोशिश करता, त्यों-त्यों कई प्रकार के खयालों के व्यूह चढ़ाई करते।

उसके घायल मन पर 'हेडो' के दुर्गाप्रसाद का मकान साफ हो जाता है। लकड़ी की दीवारों व टाँगे के पहों की छत वाला मकान।

पोट ह्लयर शहर सकुचाते-सकुचाते 'हेडो' नामक जगह पर आकर खतम हो जाता। हेडो की पहाड़ी ढलान समुन्दर से आँख-मिचौली खेलती है। समुन्दर को देखते हुए बिताये कितने दिन-रात...ज्वार-भाटे में समुन्दर का कपोल लाल हो जाता...कपोलों की हड्डियाँ उभर आतीं...उसी घर की दूसरी तरफ वाच्चापुरी और बीवी रहने आए। बीवी का नाम अखिलाण्डाम्माल। अपनी जगह से उखाड़कर दूसरे कहीं रोपे गए पौधे की तरह उसका चेहरा मुर्झा गया था। लम्बे बालों के जूड़े को छोड़ उसमें और किसी प्रकार का आकर्षण नहीं था। युवती कहने के बदले उसे एक बड़ी लड़की कहना

ही ठीक होगा। वह भी उसकी तरह सदा समुन्दर को देखा करती थी। एक बार उसने पूछा : "यहाँ के समुद्र का रंग काला क्यों है?" उसने समझाया : "इसलिए कि हिन्दुस्तान में इस जगह को 'काला पानी' कहते हैं।" काला पानी का अर्थ था देश से निकाला जाना।

वहाँ की तनहाई ने उन दोनों को परस्पर मिलाया था। उस तनहाई में, लगता था मानो विषाद की धूल सदा बरसती थी। दिन-भर वह अकेली रहती। कभी-कभी आँसू बहाती। समुन्दर के पास किसी गाँव की यादों में खोयी रहती।...और सपनों में अपने पिताजी को खत लिखती...पता वही लिख देता था।

उन दोनों के मिलने, नैतिक सीमाओं को लाँघकर परस्पर मिलने में ज़्यादा वक्त नहीं लगा। पहले तो उसने उसे अखिलाण्डाम्माल बुलाया। फिर अखिलम्माल हो गया... आखिर उसके ज़ोर देने पर पापा कहा। होंठ कपोलों पर दौड़ते समय अनजाने ही उसने बुलाया...मेरी पापा...।

एक बार लगा था कि वह रिश्ता समाप्त हो गया। वाच्चापुरी को पासवाले लेबर बैरक में कमरा मिला था, वे वहाँ रहने लगे। पर एक रात, बिल्कुल अप्रत्याशित, आधी रात को वह उसके कमरे में आ गई। वह बेजान खड़ा रहा, तो उसने कहा– वाच्चापुरी की रात की ड्यूटी है। फिर भी पूछना चाहता था कि तू आधी रात को क्यों आयी। अनपूछे सवाल का जवाब उसने दिया। मुझे आपसे मिलने की इच्छा हुई, तो मैं चली आयी।

फिर, जब-जब वाच्चापुरी की रात की ड्यूटी होती, तब-तब बिना किसी पूर्वसूचना के, वह उसके कमरे में आ जाती।

पर आज उसे याद नहीं आता कि पहली बार वह कब लेबर बैरक गया था।...पर वह अन्तिम वापसी कैसे भुलाई जा सकती है? लेबर बैरक की लकड़ी की दीवार की सेंध से चित्तमू द्वीप की सरकारी सॉ मिल की बत्तियाँ बुझते देखा जा सकता है। वह तो बार-बार झाँक देखता था कि उस रात एकाएक बत्तियाँ बुझ गईं...वह बाहर आया। फिर बत्ती जलने के इंतज़ार में आँगन में खड़ा रहा। अचानक आँगन में लकड़ी और पसीने की गंध फैलने लगी। वह सहम गया। सामने किसी की परछाईं। वाच्चापुरी। वह तेज चला। फिर मुड़कर देखा। वाच्चापुरी पीछा कर रहा है। जंगली पौधों के बीच से वह सड़क पर पहुँचा तो वह दौड़ने लगा था। पीछे मुड़कर देखने का अवकाश नहीं, पीछे की आवाज़ में मृत्यु की पदचाप सुनते हुए, हेडो के मलयाली होटल की छत पर रोशनी देखकर वह वहीं चढ़ गया। सब जाने-पहचाने लोग। वे मोमबत्ती जलाकर ताश खेल रहे थे। उनसे सटकर बैठते हुए भी उसका डर जाता नहीं। बीच में बाहर झाँककर देखता। तब भी वाच्चापुरी बाहर खड़ा था। सुबह पावर हाउस के कर्मचारी आए तो पता चला कि रात को करेंट क्यों चला गया था। पावर हाउस में विस्फोट हुआ था। इंजीनियर स्वामी और दो मज़दूर शॉक से मर गए। सबेरे इस खबर को निस्तेज करते हुए एक और खबर फैली। वाच्चापुरी ने बीवी

को टुकड़ा-टुकड़ा कर दिया है। फिर 'कारबनूस्को' समुद्रतट की ओर भागा। दुपहर में एक और खबर फैली। समुद्रतट पर एक मेनग्रोव वृक्ष की डाली पर लटककर वाच्चापुरी ने खुदकुशी की। उस दिन सिर्फ एक बात उसे खटकती रही। एक ठण्डा, थका सदा पीछा करता डर।...दो दिन बाद जब वह लोन वसूल करने के वारन्ट में दस्तखत कराने अफसर के पास पहुँचा, तो उन्होंने बड़ी सहानुभूति से उसे देखा। उन्होंने कहा नहीं कि वहाँ प्रचलित सब अफवाहें सुनीं, पर उन आँखों में वह भाव था। उन्होंने कहा–

"मैं तुम्हें यथासम्भव दूर ट्रान्सफर दूँगा। 'अट्लान्टो बे' में कॉलनैशन चल तो रहा है। कल एक बैच वहीं जा रहा है। उनके साथ चले जाओ..."

वह नरमदिल अफसर, जो किसी भी आपत्ति में उसे बचाते आए हैं। आज भी उसकी सहायता के लिए आए। अगले दिन कई स्थानों में जाकर विदा लेने के बाद लौटते हुए उसने अचानक ट्रक रोकने को कहा। अस्पताल के बरामदे से वह फीमेल वार्ड में गया। तमिल औरतों का झुंड किसी बेड के पास चुपचाप खड़ा था।...बेड पर पट्टी में पूरा बाँधा गया शरीर।...लगता कि सेमल की गाँठ बाँध रखी हो। मृत्यु आँख-मिचौली खेलती है।

महीनों बाद इतना जान सका : पापा के गले का गम्भीर घाव भी भरने लगा है। उसकी दो उँगलियाँ कटकर अलग हो गई थीं। तमिल फौजियों ने चन्दा इकट्ठा करके जहाज का किराया दिया और पापा अपने गाँव चली गई...।

आज चिदम्बरम् मन्दिर के स्नान-घाट पर सब-कुछ याद आता है। आज पोर्ट ब्लेयर शहर और 'अटलान्टा बे' के सेटिलमेन्ट के स्थान शरत्कालीन बादल के टुकड़े से लगते, जो कि देखते-ही-देखते अलग होकर दूर चले जाते।

वह घाट की सीढ़ी से उठा। संन्यासी लोग तब भी किसी पौराणिक-कथा के माया-वृत्त में थे।

वह चलने लगा।

छोटे कद के पत्थर के स्तूप। उस पर तमिल में कुछ वाक्य अंकित थे। उसे दुःख हुआ कि वह तमिल पढ़ नहीं सकता। अपना नाम और पापा–बस इतना लिख सकता है। वह पापा ने सिखाया था। पत्थर के छोटे स्तूपों को छोड़कर वह एक अँधेरी गली में आया। वहाँ वैष्णव वैदिक की पोशाक में एक अंग्रेज़ मन्दिर के व्यवस्थापक से कोई सौदा कर रहा था। रुपये दिए गए। मूर्ति-चोरी का एड्वांस है कि समय के पहले मन्दिर खोल दर्शन कराने की रिश्वत?

गली से आगे बढ़ा। मन्दिर के मोटे द्वार पर, जो कि बन्द था, वह रुक गया। आँखें मूँद लीं, शंभुदेश का रूप नटराज मानकर।

तब उसे लगा : मन्दिर का द्वार खुलने पर, नटराज की मूर्ति आँखों के सामने खड़ी दीखने पर, उसे क्या विनती करनी है? लिवर की बीमारी दूर करायें या मन की शान्ति दें या मोक्षप्राप्ति का अनुग्रह दें?

अचानक उसे हँसी आयी। लिवर की बीमारी। फिर हँसी। जानबूझकर शरीर की उपेक्षा करके, वर्षों से प्राप्त की बीमारी।

मन की शान्ति?—उसे फिर हँसी आयी।

अपनी इच्छा-अनिच्छा के अनुसार उसे तोड़ा-मरोड़ा तो मन का कभी ख्याल किया क्या? और मोक्ष?...

क्या आज तक उसने ऐसे किसी के मोक्ष की प्रार्थना की है, जो कि उसके पाप का साथी रहा हो।

चिदम्बरम् के नटराज मन्दिर की गलियों से वह जल्दी बाहर आया। दिन की धूप में जब अपने गेरुए कुर्ते और गेरुए पायजामे पर उसकी नज़र पड़ी तो उसे लज्जा से ज़्यादा अवज्ञा हुई। वह रटने लगा :

'काम्यानाम् कर्मणाम् न्यासम्
संन्यासम् कवयो विदुः'

मुश्किल से उन पंक्तियों को रटते हुए वह आगे बढ़ा...जेब से चप्पल का टोकन निकाला। टोकन और दस पैसे देकर चप्पल ले चलेगा। थोड़ी देर पहले चप्पल की रखवाली के लिए उसे लेते समय जिस औरत ने रसीली बातें कीं और स्वर-साम्य से पापा की याद दिलायी, वह उसकी खोज में बाहर आया। वह औरत हाथ बाँधे एक पुराने कुएँ के ऊपरी पत्थर पर बैठी है। काले मफलर से गले को बाँध रखा है। उसने उसे तत्परता से देखा। सफेद बालों के अन्दर, झुर्रियों से घने कपोलों पर, कहीं उसने अपनी पापा को छिपा रखा है?

चप्पल पहनते वक्त उसने पूछा :

"माँ, तुम्हारा घर यहीं है?..."

"नहीं। जन्म-स्थान यहाँ से कुछ दूर एक गाँव..."

तब उसने गाँव का नहीं, उसका नाम पूछा।

"मेरा नाम?..." वह जल उठी : "हे...स्वामी जी...गेरुए कपड़े पहन मोक्ष की खोज करने वाले तुम्हें मेरा नाम जानकर क्या मिलेगा?...तुम अपना रास्ता नापो।"

वह पैरों में चप्पल डालकर, मुड़कर देखे बिना चला।

अनुवाद : **बी.डी. कृष्णन् नंपियार**

•

आहट

शंकरन कुट्टी पोट्टेकाट

अस्पताल से घर लौटते समय स्टेथस्कोप उसके गले में लटका हुआ था। घर अस्पताल के पास ही था।

पोर्टिको की सीढ़ियाँ चढ़ते-चढ़ते उसकी निगाह दरवाज़े के बाहर टँगी पट्टी पर पड़ी—डॉक्टर सी.पी. माधवन, एम.बी.बी.एस.। उसने देखा नामपट्ट से एक पीली तितली उड़ गयी है। एक गोल मेज़ और बेंत की एक आरामकुर्सी रखी हुई थी। वह कुछ ठिठका। नीले मेज़पोश वाली गोल मेज़ पर एमिली जोला का उपन्यास 'नाना' रखा था। उपन्यास के पन्नों में दबा तार का एक लिफाफा झाँक रहा था।

वह बेडरूम की ओर बढ़ा। रसोई से बर्तनों की आवाज़ आ रही थी। उसने स्टेथस्कोप कोट की जेब में रख लिया, फिर सफेद कोट खूँटी पर लटकाकर वह गुमसुम-सा खड़ा हो गया।

खिड़की के समीप रखी ड्रेसिंग टेबल के ऊपरी भाग के दर्पण से टकरा कर धूप ने दीवार के कोने में इन्द्रधनुष का एक टुकड़ा छोड़ दिया था।

डॉक्टर ने मुड़कर दर्पण में देखा। दर्पण के सुनहले प्रकाश के नीचे उसका चेहरा काले बादल-सा दिख रहा था। उसने मूँछ को ताव देकर आईने में ध्यान से देखा, सघन मूँछ के बीच एक सफेद बाल था। नाखून से उसे उखाड़कर वह कुछ देर उसे ही देखता रहा। फिर नीचे छोड़ दिया।

सिर झुकाकर वह पोर्टिको में पड़ी कुर्सी पर बैठ गया। मेज़ पर पड़ी किताब खोलकर तार निकालने लगा। शायद पढ़ते-पढ़ते पन्ने की पहचान के लिए रख दिया होगा। यह सोचकर उसे वहीं रहने दिया। पृष्ठ संख्या 117 थी। दोपहर को जब खाना खाने आया था, तभी यह तार मिला था। तार पढ़ा—"पिता की हालत नाजुक है, आज ही रवाना होना—रात की गाड़ी से इन्तज़ार रहेगा—लिल्ली।"

उसने घड़ी देखी। पाँच बज कर पचास मिनट। गाड़ी 6.45 पर जाती थी।

पीछे से आती राधा की आहट और मोटी रेशमी साड़ी की सरसराहट से वह ज़रा सजग हो गया। वीणा के तार-सी आवाज़ में वह बोली, "चाय तैयार है, आइए।"

"हूँ!"

उस तार को ताकते हुए वह वैसे ही बैठा रहा।

"क्या तुम जार्ज मास्टर से मिलने कन्नूर जाओगे।" राधा ने पूछा।

"हूँ।"

उसने सोचा कह दूँ, 'मैं जार्ज मास्टर का दत्तक पुत्र हूँ, मेडिकल कॉलेज में पढ़ने के लिए यदि वे धन देकर मदद न करते तो मेरी यह डिग्री और नौकरी सपना ही रह जाती। मृत्यु के कगार तक पहुँचे उस आदरणीय बूढ़े से मिलने ज़रूर जाना है,' पर कहा कुछ नहीं।

राधा यह पूरी कहानी जानती थी। जार्ज मास्टर ने मदद की थी कि उनकी बेटी से...अफसोस! लिल्ली! आज वह कन्नूर के एक कान्वेंट में अध्यापिका है। लोग कहते थे बेटी से शादी के लिए ही जार्ज मास्टर ने उसकी मदद की थी। और सम्भावना भी हो गई थी इस बात की। वह प्यार भी तो करता था उससे। पर शादी हो नहीं सकी। धर्म की अड़चन पड़ गई थी। फिर एक दिन रेल के डिब्बे में राधा को देख लिया था और सोचा था यह रूपवती मेरी पत्नी हो तो...न मालूम क्या कारण था इसका।

"क्या आज ही कन्नूर जाना है।" राधा ने कुर्सी के पीछे हाथ रखकर झुकते हुए पूछा।

अकस्मात गाड़ी का समय याद किया। तार को 'नाना' के 117 वें पृष्ठ में रखकर किताब को बन्द कर दिया। फिर भोजन-कक्ष की ओर चल दिया।

गरम बड़े को मुँह में डालकर चबाते समय उसका मन लिल्ली के साथ बिताये समय की मधुर स्मृतियों की जुगाली करता रहा।

रसोईघर में सहसा झन्न की आवाज़ आयी। राधा के हाथ से कोई बर्तन गिर गया था।

घबरायी हुई राधा रसोई से दौड़ी आयी—"चाय का बर्तन गिर गया है। ज़रा रुकिए, फिर से बना देती हूँ।"

"नहीं, रहने दो।"

हाथ की घड़ी देखते हुए वह उठ खड़ा हुआ। हाथ पोंछे, कपड़े बदले और पोर्टिको की ओर चल पड़ा। राधा पीछे-पीछे आयी थी। कुछ क्षण वह पोर्टिको में ही खड़ा रहा—माथे को हाथ से सहलाते हुए।

"मैं कल की गाड़ी से वापस आ जाऊँगा।" उसने राधा की ओर देखते हुए कहा।

जब तक सड़क पर पहुँचा सवा छह को चुके थे। संयोग से एक खाली ताँगा भी दिख गया।

"आठ आने ज़्यादा दूँगा। 15 मिनट में स्टेशन पहुँचा दो।" उसने ताँगे वाले से कहा और ताँगे में बैठ गया।

ताँगा दौड़ने लगा। आधी दूरी कब पार हो गई उसे पता नहीं चला। अब

ताँगा टूटी-फूटी झोंपड़ियों के पास से गुजर रहा था, तभी एक बूढ़ा ताँगे के पीछे दौड़ता आया। दौड़ते-हाँफते उसने जो कुछ कहा, उसका सार यह था कि उसकी बेटी प्रसव-पीड़ा में पड़ी है। डॉक्टर आकर उसे देख ले। पर ताँगे वाला आठ आने के लोभ में ताँगा दौड़ाता रहा और डॉक्टर चुपचाप बैठा रहा। धीरे-धीरे बूढ़ा पीछे रह गया। अब उसकी आवाज़ भी सुनायी नहीं पड़ रही थी।

स्टेशन दिखने लगा था। दूर से गाड़ी का धुआँ भी दिख रहा था। उसने घड़ी देखी 6.35। स्टेशन पहुँचने के लिए पाँच मिनट काफी थे।

तभी पता नहीं क्या हुआ कि डॉक्टर साहब उछलकर नीचे जा गिरे। घोड़ा सड़क पर पैर पटक-पटककर तड़प रहा था। चोट ताँगे वाले को भी लगी थी। पर वह चोट भूलकर घोड़े को खड़ा करने की कोशिश करने में लग गया था। उसे आठ आने ज़्यादा मिलने वाले थे। वह चाबुक से घोड़े को मारे जा रहा था। पर घोड़ा उठने का नाम ही नहीं ले रहा था। उसके भूखे शरीर पर कोड़े पड़ते रहे।

तब तक डॉक्टर साहब भी उठ खड़े हुए थे। सौभाग्य से एक-दो खरोंचों को छोड़ कर कोई चोट नहीं लगी थी। उन्होंने स्टेशन की तरफ देखा, फिर घड़ी की तरफ। घड़ी 6.35 पर ही रुकी हुई थी। पर स्टेशन से गाड़ी छूटने की आवाज़ आ रही थी। यानी 6.45 हो चुके थे।

ताँगे वाला अब भी भूखे घोड़े को मारे जा रहा था। तभी नीले रंग की एक शानदार कार वहाँ आकर रुकी।

''डॉक्टर, डॉक्टर, उल्ले वांगो।'' (अन्दर आइए)। कार से सिर निकालकर एक व्यक्ति डॉक्टर को बुला रहा था।

डॉक्टर ने देखा, कार में मिल मालिक शिकारवेलु चेट्टियार था। वह लपककर उसके पास पहुँचा। ड्राइवर ने दरवाज़ा खोला। डॉक्टर चेट्टियार के पास बैठ गया।

जब डॉक्टर ने सारा किस्सा सुनाया तो चेट्टियार ने कहा, ''अच्छा ही हुआ, मेरी बीवी की तबीयत अचानक खराब हो गई है। मैं आपको बुलाने ही आया था।''

कार जब झोंपड़ियों के पास से गुजरी तो अनायास डॉक्टर की निगाह उधर चली गई। एक झोपड़ी से रोने की आवाज़ें आ रही थीं। डॉक्टर की आँखों के सामने ताँगे के पीछे दौड़ते बूढ़े का चित्र उभर आया। एक क्षण के लिए मन में आया भी कि ज़रा चलकर देख लेना चाहिए। पर उसने कार रोकने के लिए नहीं कहा।

माँ भी मर गई होगी, डॉक्टर ने अन्दाज लगाया।

तब तक चेट्टियार का बंगला आ गया था। कार से उतरते समय डॉक्टर सोच रहा था, चेट्टियार जैसी ही उसकी पत्नी भी होगी—कोल्हू के खूँटे जैसी। पर बिस्तर पर एक कृशगात्री सुन्दरी लेटी थी। बाद में पता चला कि वह मलयाली है।

डॉक्टर ने ऐसा सौन्दर्य पहले कभी नहीं देखा था। यह तो राधा से भी सुन्दर थी। ''चेट्टियार ने बहुत पैसा दिया होगा। इस रूप को पाने के लिए।'' डॉक्टर ने सोचा था।

रात का खाना खिलाकर ही चेट्टियार ने डॉक्टर को विदा किया था। विदा करते समय दस-दस के पाँच नोट भी जेब में ठूँस दिए थे। डॉक्टर जब चेट्टियार की कार में बैठा तो भीतर घड़ी दस बजा रही थी।

घर पहुँच कर डॉक्टर कुछ देर तक बरामदे में खड़ा रहा था। सारा वातावरण चाँदनी से नहाया हुआ था। उस चाँदनी में डॉक्टर को अपना ही बंगला एक रहस्य-सा लगा। उसने दरवाज़ा खटखटाया। राधा ने दरवाज़ा खोला। डॉक्टर चुपचाप भीतर आ गया। कोट उतारकर लटकाया।

तभी न जाने दिमाग में क्या आया कि वह चौंक-सा गया।

राधा ने धीरे से पूछा, "क्या कन्नूर नहीं गए?" पर डॉक्टर ने सुना नहीं। वह राधा के चेहरे को घूर रहा था। वह सोच रहा था, राधा नहीं जानती थी मैं लौट आऊँगा। मैंने आवाज़ भी नहीं लगायी। सिर्फ दरवाज़ा खटखटाया था। और दस्तक होते ही दरवाज़ा खुल गया। यह किसी का इन्तज़ार तो नहीं कर रही थी।

उसने देखा दरवाज़ा अभी खुला पड़ा है। दरवाज़ा बन्द कर दो। उसने इशारे से कहा। पति के चेहरे का भाव देखकर राधा सकपका गई थी। वह बिना हिले-डुले खड़ी रही। डॉक्टर ने खुद दरवाज़ा बन्द किया और भीतर जाकर पलंग पर बैठ गया।

"इधर बैठो।" उसने राधा से कहा। राधा एक गुड़िया-सी पलंग पर बैठ गई। टेबल लैम्प का प्रकाश सीधा उस पर पड़ रहा था। डॉक्टर ने उसे नखशिख देखा। उसने नया ब्लाउज़ पहन रखा था। हल्के नीले रंग का। छाती के ऊपर अर्द्ध चन्द्राकार गोलाई में कटा हुआ गला। नए फैशन की सिलाई। साड़ी भी काफी शोख रंग की थी। डॉक्टर को लगा जैसे किसी अपरिचित को देख रहा हो। वह सजधज कर किसका इंतज़ार कर रही है?

"आज बड़ी सुन्दर लग रही हो।" उसने उसके चेहरे की ओर उँगली उठाकर धीमे-से कहा। फिर थोड़ा मुस्कराकर चेहरे को झटका दिया।

पति के देखने, कहने के ढंग और मुस्कराहट से उसे डर-सा लगने लगा। घबराकर वह पोर्टिको में दरवाज़े की ओर देखने लगी।

उसकी दृष्टि को पहचान लेने के भाव से डॉक्टर फुसफुसाया, "तो तुम जानती हो, मैंने तुम्हें यहाँ क्यों बिठाया है। दरवाज़े की तरफ उत्सुकता से मत देखो। आहट होगी तो मैं ही खोल दूँगा तुम्हारे लिए। तुम आराम से उपन्यास पढ़ो।"

पलंग के पास ही पड़ी तिपाई पर रखे 'नाना' को उठाकर उन्होंने उसे दिया। तार अब भी उसमें पड़ा था। डॉक्टर ने देखा, पृष्ठ संख्या 117 ही थी।

"तो तू पढ़ नहीं रही थी। किसी का सपना देख रही थी, है न?"

राधा ने कोई जवाब नहीं दिया। बाहर से कुछ आहट-सी आयी। डॉक्टर के चेहरे पर निर्मम मुस्कान आ गई। आवाज़ लगातार आ रही थी। पर डॉक्टर ने देखा, राधा उस आहट की ओर कोई ध्यान नहीं दे रही। डॉक्टर ने ध्यान से सुना। पता चला बाहर हवा चल रही थी। आहट एक भ्रम था। डॉक्टर ने कमरे में नज़र घुमायी।

नज़र दीवार पर टँगी एक तस्वीर पर जाकर टिक गई। उसका चेहरा शान्त हो गया। आँखों में स्नेह-स्मृतियाँ झलकने लगीं।

यह तस्वीर उनकी बेटी मल्ली की है। एक काले कुत्ते के गले में बाँहें डालकर वह मुस्करा रही थी। यह तस्वीर उसके सातवें जन्मदिन पर खिंची थी। यानी दो साल पहले। उन दिनों वे तंजौर में थे। वह कुत्ता नीरो मल्ली का प्राण था। तस्वीर खींचे जाने के एक महीने बाद ही वह लारी के नीचे आकर मर गया था। तब कितना रोयी थी मल्ली। वह कुत्ते की समाधि बनवाना चाहती थी। इसके लिए उसने अपनी गुल्लक की कुल पूँजी—तीन रुपये दो आने—भी उन्हें दे दी थी। पर वह समाधि नहीं बन सकी। जल्दी ही उनका तबादला हो गया था वहाँ से। उन्हें मथुरा जाना पड़ा।

मल्ली का जन्मदिन है अगले महीने की दसवीं तारीख को। मद्रास के कला निकेतन बोर्डिंग स्कूल में पढ़ने वाली बेटी के जन्मदिन के उपहार को लेकर पति-पत्नी में मतभेद हो गया था। डॉक्टर का विचार था कि एक फ्रॉक और मिठाई भेजी जानी चाहिए। जबकि राधा चाहती थी कि मल्ली को एक फाउंटेनपेन और नेहरू की लिखी 'बेटी के नाम पिता के पत्र' नामक किताब भेजी जाए।

डॉक्टर फिर राधा के बारे में सोचने लगा। एक तिरछी नज़र से उसने राधा को देखा। वह चौंक-सा पड़ा। इतना सुन्दर तो राधा को कभी नहीं देखा उसने। एक अथाह गुफा के किनारे बैठी चिड़िया। उस आहट के आने पर उसे भी पक्षी की तरह उड़ना पड़ेगा। तब मल्ली? नहीं, मल्ली को यह बात नहीं पता चलेगी।

दूर से कुत्ते के भौंकने की आवाज़ हवा के साथ रेंग आयी। उसने घड़ी देखी। वह बन्द थी। ताँगा गिरते समय खराब हो गई होगी। उसने नज़र उठा कर दीवार घड़ी की तरफ देखा—11.10। कुछ देर तक टिक-टिक की आवाज़ गूँजती रही। फिर बन्द हो गई। कल घड़ी में चाबी नहीं दी थी शायद। यह काम मल्ली की माँ का था। और उसका ध्यान था अन्यत्र। इस अवसर पर समय जानना खतरनाक है। उसने सोचा।

उसे गर्मी लगने लगी थी। उसने उठकर कमरे के पीछे वाली खिड़की खोल दी। इस खिड़की से अस्पताल दिखता है। कनेर से भरा कैंपस का दक्षिण-पूर्वी कोना भी।

चाँदनी से आच्छादित अस्पताल की इमारत। पेड़ों की परछाइयाँ...उसे अच्छा लगा। दिन को बड़ा शोर रहता है यहाँ। झुके पेड़ के नीचे खून और मैल से सने रुई के टुकड़े बिखरे पड़े हैं। स्वच्छ चाँदनी इन्हें प्रेमपत्र बना सकती है। उसे लगा कि पेड़ के नीचे की छाया का आकार हृदय जैसा है।

अचानक उसे लगा कोई दरवाज़े पर दस्तक दे रहा है। वह उठकर दरवाजे के पास आ गया। चुपचाप खड़ा हो गया। एक चमगादड़ कटकटाकर खिड़की के पास से उड़ गया।

एक निराशा से उपजी प्रतिहिंसा की निगाह से उसने मल्ली की माँ के चेहरे को देखा। वह वैसे ही पलंग पर सिर झुकाये बैठी थी।

समय बीत रहा था। पर पता नहीं चल रहा था कैसे बीत रहा है। चमगादड़

इधर-उधर उड़ रहा था। कभी टप से जामुन पेड़ से गिर पड़ता था। चाँदनी हँस रही थी। पर वह आहट...वह अभी नहीं आई थी।

"नहीं है मजा कोई इस माया-संसार में...।" दूर से किसी के गाने की धीमी आवाज़ आ रही थी। ताँगे वाला राजू अक्सर रात में यह गीत गाया करता है। वह जानता है काले-कलूटे राजू की पत्नी बहुत खूबसूरत थी। कोई नहीं जानता था कैसे मिली वह उसे। राजू उसे रानी की तरह साथ रखता था। कभी-कभी शाम को उसे ताँगे में बिठाकर सारा शहर घुमाता था। गले में नकली गहने। हाथ में मोर पंख लिए बैठी राजू की बीवी। 'मेघनाथ' नाम का राजू के ताँगे में जुता कमजोर घोड़ा। काला-कलूटा राजू...लोग उन्हें देख-देखकर हँसते थे।

पर साल भर हो गया। कोई नहीं हँसता। साल भर पहले राजू की बीवी को कोढ़ हो गया था। उसके गुलाबी होंठ सूज गए थे। कान तले पापड़ जैसे हैं। जलती हुई मोम की प्रतिमा के समान उसका शरीर पिघलकर कुरूप हो गया है।

राजू आज भी उसे ताँगे में बिठाकर ले जाता है—पर सिर्फ अस्पताल। इसीलिए लोग उसके ताँगे में भी नहीं बैठते। अब वह अक्सर भूखा रहता है। अक्सर रात को गाता फिरता है..." नहीं मजा दूसरा..." चाँदनी, कनेर और ताड़ के पत्ते को सहलाते गीत के स्वर दूर कहीं खो गए।

चाँदनी अब डूबेगी। मुर्गे ने बाँग दी है। अब आहट के आने का भी वक्त हो गया है। डॉक्टर जैसे सोते से उठा हो। कोई दरवाजा खटखटा रहा था। उसने उल्लू की तरह दरवाज़े की ओर देखा। ऐसा लगा जैसे उसकी आँखें दरवाज़े की तरफ उड़ रही हैं।

वह उठकर दरवाज़े की ओर बढ़ा। क्या पैर काँप रहे हैं? यह दिल ऐसे क्यों धड़क रहा है?

उसने दरवाज़ा खोला।

"टेलिग्राम है साहब।"

सवेरे की रोशनी में डाकिये की खाकी रंग की पगड़ी आगे की ओर झुकी। उसने पगड़ी के रंग का लिफाफा डॉक्टर को थमा दिया। एक कागज़ और पेंसिल भी। डॉक्टर ने कागज़ पर कुछ खींच दिया।

काँपती उँगलियों से लिफाफा फाड़ा। तार लेकर शयनकक्ष की मेज़ के पास आया।—रोशनी में पढ़ा—"आपकी प्यारी बेटी मल्लिका की तालाब में डूब जाने से मृत्यु हो गई है। ईश्वर उसकी आत्मा को शान्ति प्रदान करें। शव सुरक्षित है। कृपया शीघ्र आएँ।"

मेट्रन—कला निकेतन।

अनुवाद : डॉ. आरसु

•

श्री पार्वती के चरण

हरि कुमार

पावस की बरसात की एक रात, मिट्टी की गन्ध फैलाती नयी वर्षा आयी, तो माधवी ने अपने परिवार के वृक्षों को याद किया। घर की ऊपर वाली खिड़की से मूसलाधार वर्षा के बरसने, हवा में वृक्षों की टहनियों के हिलने-डुलने और नारियल के पेड़ों की फुनगियों के नाचने के दृश्य दिखाई पड़ते। रात को लेटते हुए वर्षा की बूँदों के खपरैल पर आ टपकने और पेड़ों के बीच से हवा के टकराने की आवाज़। फिर मेंढकों और मिट्टी के कीड़ों के मिलकर रोने का स्वर। ये सब आवाज़ें मिलकर ताल-मेल बिठातीं। इन सबके ऊपर समुन्दर का गर्जन। इधर एर्णाकुलम् में ऐसा नहीं। समुन्दर के बहुत निकट होने के बावजूद वह गर्जन नहीं। सिर्फ एक सिसक। किसी राशन के दुकानदार के चेहरे की तरह वर्षा गम्भीर और औपचारिक है। पेड़ों के मर्मर...पेड़? कहाँ हैं पेड़?...

रवि पीठ करके लेटा है। सोया नहीं है। उसने धीरे से पूछा।

"देखो, तुम सो गए क्या?"

"नहीं।" वह एकदम चौंका। "क्या चाहिए?"

वह झपकी ले रहा था।

"कुछ नहीं, क्या मैं इस शनिवार को कोट्टप्पटि जाऊँ?"

रवि उठकर पलंग के सिरहाने तकिया लगा के अधलेटा रहा।

"क्या कहा?"

"मैं कोट्टप्पटि जाऊँ, इस शनिवार को?"

रात को सोने के लिए लेटते वक्त रवि माधवी की बात सुनता नहीं। सुनता भी है तो सिर्फ हाँ कर देता है। पर कोट्टप्पटि जाने की बात को ऐसे टाला नहीं जा सकता। उसकी आत्मा की पुकार है वह। उसकी तीर्थ-यात्रा। कभी उसे सुस्त देखता था, उसके हाथों से बर्तन के गिरकर टूट जाने की आवाज़ सुनता तो वह कहता–

"माधवी, तेरी तीर्थ-यात्रा का समय हो गया है।"

इस बार ऐसा कुछ नहीं हुआ। काँच का कोई गिलास भी टूटा नहीं। शायद

अचानक हुई वर्षा के कारण हो। बाहर बिजली की चमक, फिर गरजकर गिरना। वर्षा फिर जोर पकड़ती। गर्मी को दूर करती हुई खिड़की से ठण्डी हवा बही। अब ओढ़नी ओढ़े सिकुड़-सिमटकर सो जाने का कैसा मजा होगा।

"तेरी यह ज़्यादती हो गई।"

"क्या?"

"मुझे उठा जो दिया?"

"सॉरी!" उसने कहा। "लेट जाओ।"

उसकी बोली में दुःख था। वह जानती है कि वर्षा की घबराहट और हवा मिलकर, हमें उस लोरी की तरह सोने का निमन्त्रण देती है, जो घरेलू पंखे को झुलाती माँ गाती है।

झपकी में निमग्न किसी व्यक्ति को जगाना ज़्यादती ही है।

वह लेटा। माधवी को हाथों में बाँधा। कपोलों को चूमा।

"तू जा, इसी शनिवार को।"

"तुम्हें तकलीफ नहीं होगी?"

"कोई तकलीफ नहीं। सबेरे तंकम् चाय-नाश्ता बनायेगी। फिर खाना बनाके चली जाएगी। दूसरे काम मैं और बच्चे मिलकर करेंगे। उसमें कोई तकलीफ नहीं होगी।"

दूसरे दिन भी दुपहर तक पानी बरसा।

बस से उतरकर पगडण्डी की ओर मुड़ी तो गीली मिट्टी ने माधवी की अगवानी की। चार रोज पहले बरसा पानी का गीलापन अभी गया नहीं था। उसने चप्पल हाथ में उठायी। पैरों के नीचे से ठण्ड उसके अन्दर फैल गई। बाँस-वन के परे काजू के पेड़ के फूलने की खुशबू फैली थी। वह खुशबू उसकी परिचित थी। जब छोटी बच्ची थी, तब से। बीस साल बाद भी इस पगडण्डी में सड़े पत्तों और मौलसिरि के फूलों की खुशबू होगी।

फाटक से होकर माधवी आँगन में पहुँची।

शारदा दीदी दहलीज पर खड़ी थीं। वे आँगन की तरफ आ गईं।

"देखो, रामजी, यह कौन आ गई है?"

रामजी बाहर आए। कन्धे पर तौलिया और धोती पहनी थी।

"कौन, माधवी? क्यों री! रवि ने तुझे घर से निकाल दिया?"

"माधवी को इतनी जल्दी रवि बाहर नहीं निकालेंगे।" शारदा दीदी ने कहा।

आँगन के तुलसी के बड़े चबूतरे पर जूही फूली हुई थी। माधवी दहलीज पर चढ़े बिना चूबतरे के पास जूही की खुशबू का आनन्द लेने लगी।

"यह पुरानी जूही अब भी खिलती है न?"

"हाँ, अब वर्षा शुरू हुई तो उस पर बहुत-से फूल लगेंगे।"

जब यह बच्ची रही, तब भी चबूतरे पर जूही थी।

आँगन के किनारे खिले हुए पगोड़े के पौधे स्वयंवर के लिए सजे राजकुमारों की तरह खड़े थे। मल्लिका के नीचे सुबह सारे-के-सारे फूल गिरे हुए होंगे। सफाई के बाद अब चार-पाँच फूल ही रह गए हैं।

"तू इधर आ बैठ।" शारदा दीदी ने कहा।

"वह कैसी खड़ी है?" रामजी बोले। "एक हाथ में चप्पल और दूसरे में थैला। लगता है कि वह आँगन में ही बसने आयी है। जब तक वह यहाँ रहेगी, हम इधर आँगन में एक रोड़ बनाएँगे।'

माधवी मुसकुरायी, "इधर इस जूही के पास ठीक होगा।'

रसोई घर के खपरैल पर धुएँ की हलकी परतें। नाश्ता बनाने की खुशबू माधवी को महसूस हुई। चावल का सत्तू गरम करके नारियल के साथ भाप में उबालने की खुशबू। उसने नाक फैला दी।

"चावल का नाश्ता!" माधवी बोली।

चप्पल नीचे रखकर थैला लिए वह जल्दी दहलीज चढ़ी। दालान से रसोई की तरफ चली। पीछे से एक जत्था उसके साथ हो लिया। रामजी, शारदा दीदी, सुप्रिया, जो मौसी के आने की खबर सुनकर ऊपर से नीचे चली आयी थी, और नौकरानी पुरुक्कुट्टि। काले और गोरे रंग की दो बिल्लियाँ। वे माधवी के पैरों को सहलाने लगीं।

जत्था रसोई के सामने के बरामदे में खाने की मेज़ पर समाप्त हुआ।

सब कुछ एकदम स्वाभाविक है। हवा में हरी घास की खुशबू गोशाला से गाय का रम्भाना, चौके से लकड़ी के जलने की गन्ध, फिर सूरज की रोशनी का उदय। उनतीस साल की उम्र में शादी होने तक ये सब उसकी अपनी थीं। पिछले पन्द्रह सालों से उसे खो गई थीं। कम-से-कम कुछ दिनों के लिए उसे फिर से जीने और अनुभव करने के लिए वह आ जाती। छः महीने में या साल में एक बार।

रामजी और शारदा दीदी मेज़ की दूसरी तरफ बैठे नाश्ता खाते, मेज़ देख रहे थे। उसकी बायीं ओर कुर्सी पर सुप्रिया बैठी थी।

"लगता है कि रवि इस लड़की को खाने को कुछ नहीं देता।" रामजी ने कहा, "इसकी सूरत तो देखो।"

"अबकी बार उसका मज़ाक नहीं उड़ाना।" शारदा दीदी बोली। "उसे आराम से खाने दिया जाए।"

"क्या मैंने कुछ गलत कहा। देखो, उसकी खाने की आसक्ति! कितना ज़्यादा खाया गया।"

"खाने दे। रामजी को क्या हर्ज है?"

माधवी ने चेहरा फुलाया।

"बेटी, गरम पकवान अभी चौके से उतारा है।" पारुक्कुट्टि ने बताया, "ले आऊँ?"

माधवी ने क्षण-भर सोचा। फिर बोली, "नहीं। एक टुकड़ा ज़्यादा खाया तो लोग इधर क्या-क्या कहते हैं।"

"हाय, मैं तो जा रहा हूँ।" रामजी ने तौलिया कन्धे पर डालकर कहा, "मुझे खेत में काम है।"

"जाइये। वही अच्छा होगा। दूसरों को गुस्सैल न बनायें। है न बेटी?"

उसने सुप्रिया को देखकर कहा था। उसका चेहरा आकर्षक था। कुहनियों पर चेहरा थामे वह मौसी को एकटक देखती जा रही थी। बाबूजी को मौसी का मज़ाक उड़ाते उसे अच्छा नहीं लगा। उसे थोड़ी-सी तकलीफ हुई। इसलिए जब मौसी ने पूछा, 'है न बेटी' तो उसने जल्दी से सिर हिला दिया।

माधवी ने थैले से एक कागज़ की पेटी उठाकर दिखायी।

"बताओ, यह क्या है?"

"मुझे मालूम है।"

उसने कागज़ की पेटी खोलकर उसके अन्दर से गुड़िया को बाहर निकाला। उसका चेहरा खिल उठा। उसने गुड़िया को मेज़ पर लिटाकर देखा। "हाँ, आँखें मूँद लेती है।"

"यह तो वैसे ही चार बच्चों के साथ प्रारब्ध का जीवन जी रही है। अब एक बच्ची को और लेकर क्या करेगी, भगवान ही जानें।" रामजी ने बताया।

सुप्रिया भागी-भागी चार गुड़िया सहित लौट आयी। पाँचों को उसने मेज़ पर बिठा दिया। भरे गालों वाली सभी गुड़ियाँ उसकी बेटियाँ जैसी ही लगीं।

"सुप्रिया, हम गुंजा इकट्ठा करने चलेंगे।"

सुप्रिया ने हामी भरी। सिर हिलाया।

"माधवी, तुझे मछली चाहिए? मछली वाली औरत ले आयी है।" शारदा दीदी ने पूछा।

"जी हाँ, मछली तला दे।"

"इस लड़की को तली हुई मछली ही पसन्द है।" पारुक्कुट्टि हँस दी।

"मौसी, आओ।" सुप्रिया अपनी नयी सहेली को गोद में लेकर दहलीज पर खड़ी थी।

"अभी आयी।"

सुप्रिया आगे और माधवी पीछे-पीछे अहाते से चलीं। चलते वक्त घास पर से पतंगा उड़ गया।

उस दिन एक पतंगा घर के अन्दर आया। सुप्रिया बतियाने लगी। माँ ने कहा, "पतंगा आया तो हमें बहुत ज़्यादा पैसा मिल जाएगा।"

"यह बात!'

"हाँ! पर हमारे बाँध रखने से कुछ नहीं होगा। उसे अपने-आप आना चाहिए।"

"अच्छा!"

''हाँ।''

सुप्रिया सिर हिलाती हुई चली। उसके कन्धे तक कढ़े गए, मुलायम बाल हिलने लगे।

''हमें बहुत ज़्यादा पैसे की क्या ज़रूरत है?''

''बहुत ज़्यादा?''

''हाँ।''

''हम कुछ और गुड़ियों को क्यों न खरीदें?''

भोली बच्ची! उसके लिए ज़रूरी खिलौने रामजी खरीद नहीं देते। उसकी सभी गुड़ियाँ, समय-समय पर, उसी की खरीदकर दी गई हैं। किस सावधानी से उन्हें सम्भाल के रखा है। हर खिलौना देते समय रामजी और शारदा दीदी कहते, ''तू उसे दुलार करके हठी बना देती है।''

गुंजे के पेड़ के नीचे बहुत-से लाल गुंजे के दावे। उसे इकट्ठा करने बैठी तो सुप्रिया बोली।

''मौसी, हम एक बात भूल गईं।''

''क्या है, बेटी?''

''एक बर्तन ले सकती थीं। मैंने नहीं सोचा था कि इतना ज़्यादा होगा।''

''कोई बात नहीं। हम केले के पत्ते में समेट लेंगी।''

अहाते में बहुत-से पेड़ थे। आम, कटहल, इमली, मौलसिरि, टीकवुड...माधवी को नानी याद आयी। सुप्रिया की उम्र में रोज सुबह वह नानी के साथ अहाते में चलती-फिरती थी। पेड़ों के बीच हर पेड़ और हर पौधे की जाँच-पड़ताल करती। बाग की हर कली और कोंपल को देखती। ढाई एकड़ ज़मीन की हर चीज़ नानी को कण्ठस्थ जो थी।

एक बार सुबह की यात्रा के बाद जब वह घर लौटी तो क्या देखती है, घाटी और कुल्हाड़ी लिए दो जन-आँगन में खड़े हैं। अहाते में नारियल के पेड़ों के बीच जो फालतू पेड़ खड़े थे, उन्हें काटने का बाबू जी ने प्रबन्ध कर रखा था। बात जान लेने पर नानी ने कहा :

''इस अहाते से कोई एक भी पेड़ न कटेगा। पेड़ लगा देना काफी है, काटने की ज़रूरत नहीं।''

''पर माँ, इन फालतू पेड़ों को काट दें तो नारियल की उपज दुगुनी हो जाएगी।'' बाबूजी ने नानी को समझाने की कोशिश की।

''नहीं, नहीं। अब जो मिलते, वही नारियल काफी हैं।''

नानी का गुस्सा देखकर बाबू जी को हँसी आयी। उन्होंने ज़ोर से हँसते हुए कहा, ''ठीक है माँ, काटूँगा नहीं।''

मजदूरों को जाने दिया तो उन्हें वापस बुलाकर आधे दिन की मजदूरी देने को नानी ने कहा।

''अगर मैं मर जाऊँ, तो मुझे जलाने के लिए आम का पेड़ न काटोगे। बाहर से लकड़ी खरीदोगे।'' नानी ने कह रखा था।

''क्या सोच रही हैं, मौसी?''

माधवी लौट आयी।

''मैं अपनी नानी को याद कर रही थी, तूने देखा नहीं। बाहर फोटो रखा है न, वो नानी। उस नानी की पोतियाँ हैं, तेरी माँ और मैं। नानी से लेकर सबके लड़कियाँ ही हुई हैं। नानी की दो बेटियाँ। उनकी भी एक-एक बेटी। तेरी माँ और मैं। मैंने यह क्रम बदला है। दो जंगली बिल्ले। पर मुझे लड़कियाँ ही पसन्द हैं।''

''मौसी को मैं पसन्द हूँ?''

माधवी ने सुप्रिया को देखा। वह यों खड़ी रही मानो उसका भविष्य मेरे उत्तर पर निर्भर है। आँखों में कुतूहलता।

''पसन्द है।'' माधवी ने उसके कपोलों को चूमा, ''बहुत पसन्द।''

सुप्रिया का चेहरा खिला।

गुंजा इकट्ठा करने के बाद वे फिर चलीं।

''तूने श्री पार्वती का चरण देखा है?''

''नहीं।''

उसने माधवी को इस तरह देखा मानो वह क्या चीज़ है।

सफेद फूलदार पौधा फूला हुआ था, जो समय के पहले आयी वर्षा में उग आया था। उसमें से एक फूल तोड़कर उसने अपनी बायीं हथेली में उल्टा रखा। सुप्रिया को दिखाया।

''यह कैसा है?''

''एक पैर जैसा है।''

''हाँ, यही है श्री पार्वती का चरण। मुझे नानी ने दिखाया था। उसके बाद जब मैं ओणम् के समय फूलों को सजाती, तब सफेद फूल को इस प्रकार पलट रखती। तब ओणम् के दिन श्री पार्वती हमारे घर आएँगी।''

सुप्रिया की आँखें खिलीं।

''इस बार ओणम् को मैं भी ऐसा करूँगी। वापस घर पहुँचने पर सुप्रिया ने सारे गुंजे मिट्टी के एक छोटे बर्तन में रखे थे।

''यह छोटा-सा बर्तन आर्द्रा के दिन माँ ने खरीदा था।''

उस बर्तन का तीन-चौथाई भाग लाल गुंजों के दानों से भरा था। उसने एक और छोटा बर्तन माधवी को दिखाया। उसमें घुँघची के दाने भरे थे।

छोटे बर्तनों में गुंजे और घुँघचियाँ। लिटाने पर आँखें मूँदने वाली गुड़ियाँ। सुप्रिया की दुनिया बहुत सुन्दर थी। एक क्षण के लिए माधवी को उससे ईर्ष्या हुई।

शाम को मूसलाधार वर्षा हुई। बूँदें ऐसी गिरीं जैसे खपरैल पर कंकड़ फेंकते हों। हवा में पेड़ों की टहनियाँ हिलीं। सुपारी के पेड़ झूले। ऊपर के कमरे में खिड़की

के पास नीले फर्श पर सुप्रिया को गले लगाए बैठी वर्षा को देख रही थी माधवी। उसे अपने बचपन के दिन याद आए। वार्निश किए खुशबूदार कमरे। रोसवुड के सुगठित पायों वाले पलंग, मेज़ें। ढेर सारे चित्रों और मूर्तियों वाला पूजा-भवन। उसके आगे छत। लकड़ी की बड़ी पेटी में चावल। खुशबू के लिए वह कभी-कभी पेटी खोलकर उसमें मुख डाला करती। अब सुप्रिया भी ऐसा सब कुछ करती होगी।

"मौसी और बेटी इधर क्या कर रही हैं। मैं नीचे तुम्हें खोज रही थी।" शारदा दीदी ने सीढ़ियाँ चढ़ते हुए कहा।

"कुछ नहीं माँ, हम वर्षा को देख रही हैं।"

शारदा दीदी खिड़की के पास आ खड़ी हुई। वह बाहर ऐसे देख रही थी मानो वर्षा को पहली बार देख रही हो।

"लगता है कि इस बार वर्षा पहले से शुरू हो गई है।" उसकी आवाज़ में आने वाले गीले दिनों की बुरी सूचना थी। भीगी साँझें, अनसूखे कपड़ों की सीलन भरे कमरे, कर्किटक महीने की गरीबी।

माधवी कर्किटक मास की सन्ध्याओं को याद करने लगी। संक्रान्ति के दिन पारुक्कुट्टि पुराने सूप में राख में सना चावल का लोंदा, टूटा घड़ा आदि लेकर घर के अन्दर-बाहर जमा करती। वह और शारदा 'ज्येष्ठा चली जा और लक्ष्मी अन्दर आ' और दीप जला के दौड़ा करती। दीदी जब बच्चियाँ थीं, तब पारुक्कुट्टि के पीछे हो लेती थीं। फिर वर्षा की गीली साँझों में पूजा के कमरे में थाली में रखने के लिए दस पुष्पों की तलाश में जातीं। माधवी को संक्रान्ति के बाद की साँझें प्यारी थीं। ऐसी खामोश सन्ध्या, जब पेड़ों के पत्ते तक न हिलते थे। काले बादलों के बावजूद प्राप्त होने वाली रोशनी। दूर मन्दिर से साज-बाजों की आवाज़। इन सबकी निर्मलता का असर उसके जीवन पर पड़ा था।

"दीदी, पारुक्कुट्टि अब भी ज्येष्ठा को दूर भगाती नहीं क्या?"

"संक्रान्ति के दिन न? उसके लिए अभी कितने दिन हैं।"

फिर पता नहीं क्या सोचकर उन्होंने कहा, "बेटी का स्कूल कब खुलेगा?"

'छः तारीख को।"

"इधर तो पहली तारीख को ही खुलता है। अब एक हफ्ता नहीं। बेटी, सन्ध्या हो गई। जाकर दीया जलाओ।"

"माँ, समय नहीं हो गया। वर्षा से धुँधला हो गया है। मैं मौसी के पास मजे से बैठी हूँ।" वह मौसी से और सटकर बैठी।

"मौसी की बेटी है, है न?" माधवी ने उसे पास खींचकर प्यार किया।

"ओह! ज़्यादा बोलो मत।"

बाहर वर्षा जोर पकड़े थी। तीनों कुछ बोले बिना बाहर को देख रही थीं। माधवी को लगा—एर्णाकुलम् में वर्षा कैसे बेजान है? किसी कंजूस के दान की तरह। यह ज़्यादती वहाँ कभी नहीं होगी।

''बेटी, जाकर दीया जलाओ।'' शारदा दीदी ने फिर कहा।

सुप्रिया उठकर सीढ़ियाँ चढ़ गयी।

शारदा दीदी ने खिड़की पर सिर लगाये बाहर देखा। कुछ देर के लिए दोनों बहिनें कुछ नहीं बोलीं। फिर शारदा दीदी ने पूछा :

''तू रवि और बच्चों को वहीं छोड़कर इधर क्यों आयी?

क्यों आयी? वह खुद नहीं जानती।

''ऐसे वर्षा के दिनों में इस खिड़की के पास बैठी हम कंकड़-पत्थर के खेल खेलती थीं। दीदी, तुम्हें याद है?''

''मुझे मालूम है, तू क्यों आयी है।'' शारदा दीदी ने कहा।

''दीदी को याद है? फिर जब दीया जलाने का समय होता तो ताई हमें ढूँढ़कर आतीं और कंकड़ छिपा रखतीं।''

शारदा दीदी उस पर ध्यान नहीं दे रही थीं। ध्यान देतीं तो भी उन्हें याद नहीं रहता। वह माधवी की तरह नहीं। उन्हें मात्र वर्तमान की परेशानियाँ और भविष्य की आशंकाएँ होतीं और माधवी को उसे देखने में मज़ा आता। शारदा दीदी को शारदा दीदी ही होकर देखना वह चाहती है।

''तेरी माँ को त्रिशूर में घर बनाने के लिए पश्चिम के खेतों को बेचकर पैसा बनाया था। तब नानी ने खास बताया था, घर और ज़मीन मार्गवि के लिए है। नानी ने तो कुछ लिया नहीं था, और वे चल बसीं। माँ भी जल्दी चली गयीं। अड़तालीस साल की उम्र में माँ गईं थीं। फिर बाबूजी भी जल्दी चल बसे। मैं अकेली हो गई। परम्परा के अनुसार, पता नहीं, मैं कब चली जाऊँगी। न जाने मेरी बच्ची का क्या होगा?''

''दीदी ऐसे-वैसे पर नहीं जाएँगी।'' माधवी ने कहा, ''दीदी नानी की तरह लम्बी उम्र जियेंगी।''

''दीपम्....दीपम्...''

नीचे से सुप्रिया की आवाज़ सुनी। सीढ़ियों पर रोशनी का धुआँ उठा। दीये के प्रकाश में सुप्रिया का सुन्दर चेहरा।

''मौसी, दीपम्...''

वह मौसी को दीया दिखाने सीढ़ी चढ़ आयी थी। माधवी को तब अपने जीवन की धन्यता महसूस हुई जब उसने वह खिला, भोला-भाला मुख देखा।

उसने उठकर हाथ जोड़े।

''बेटी, मैंने देखा।'' फिर मन में कहा, ''दीर्घायु हो बेटी!''

''लगा कि आज रात को भी बिजली नहीं होगी।'' शारदा दीदी ने जोर से कहा, ''बेटी, यह लालटेन और लैम्प जलाओ।''

तभी माधवी को ध्यान हुआ कि बाहर अँधेरा फैल रहा है। वर्षा का जोर कम पड़ा है।

"राम जी कब आएँगे?"

"मन्दिर का काम और दूसरे सामाजिक कार्य करके वे आठ बजे ही पहुँचेंगे।"

"दीदी, हम नीचे जाएँगे। वहाँ पारुक्कुट्टि और बिटिया अकेले हैं।"

सीढ़ी उतरते वक्त सुप्रिया को जोर से नाम जपते सुना।

"नमः शिवाय।

नारायणाय नमः।

अच्युताय नमः।

सुप्रिया पूजा के कमरे में पालथी मारे बैठी नाम जप रही थी। ललाट पर भस्म की रेखा। सामने पवित्र दीया। उसकी लम्बी छाया पीछे दीवार पर पड़ी थी। मानो वह बड़ा आकार भविष्य की झलक दे रहा हो। सामने एक पीठ पर श्रीकृष्ण की नीली मूर्ति पर माला पहनायी है। पीछे ढेर सारे देवी-देवताओं के चित्र। अगरबत्ती की खुशबू। माधवी सुप्रिया के पास बैठी।

एर्णाकुलम में यह वातावरण कभी नहीं मिलेगा। कांक्रीट के कमरे एकदम भावहीन हैं। वहाँ आत्मीयता का कोई स्थान नहीं। इसलिए पूजा-भवन बनाने और बच्चों को सन्ध्या पर वहाँ बिठाकर नाम जपाने की कोशिश नहीं की। और लड़के, वे शाम के वक्त मिलें, तब न?

माधवी कुछ देर आँखें मूँदे बैठी रही। स्फटिक की-सी आवाज़ जब तक कानों में नहीं बजती, तब तक वह आँखें मूँदे बैठी रही। वह बचपन के उन दिनों में, जब नानी ज़िन्दा थीं, खो गयी। वह और शारदा दीदी मिलकर नाम जपती थीं। दीवार पर परछाइयाँ नाचतीं। दीये का दीपनाल हिलने के अनुसार कपूर, तेल और चन्दन की अगरबत्तियों की महक बाहर की भीगी कर्किटक सन्ध्या की बेचैनी दूर करती थी।

रात को खाने के बाद वे दहलीज पर बैठीं। सामने मेज़ पर लैम्प की रोशनी, उसके अँधेरे का जंगल। उसमें जुगुनुओं को जगमगाते देखा। अपने बचपन में जिन जुगुनुओं को देखा था, उनकी कौन-सी पीढ़ी होगी? उसने उन छोटे जन्तुओं को भी याद किया, जो जुगुनुओं को घोंसले के अँधेरे में ले जाते। उनकी भी पीढ़ियाँ बदली होंगी। बचपन में देखे किसी जुगनू को देखते पूछ सकती क्या वह जिज्ञासु लड़की याद है, जो तुझे किसी रात पकड़कर अपने हाथ में छिपाती और अँधेरे में फिर जाँच करती।

सोने के समये रामजी बोले, "मैं नीचे के कमरे में जाऊँगा।"

"नहीं," माधवी बोली, "आप पलंग पर सोयें, हम तीनों नीचे दरी बिछाकर सोयेंगी।"

"नहीं, नहीं। दीदी और छोटी बहन के कान लगाने से मैं सो नहीं पाऊँगा। मैं आराम से नीचे के कमरे में जाकर सोऊँगा।"

बारिश थम गई थी। उसने चाहा कि बारिश तेज हो। मेढ़कों का संगीत भी। पेड़ों की डालियों से तेज बहती हवा का शोर और बारिश का शोर सुनकर बारिश

में मजा आएगा। समुद्र का गर्जन अभी शुरू नहीं हुआ। बारिश के तेज होते ही वह इस तरफ सुनाई देता।

सुप्रिया सो गई।

शारदा दीदी बतिया रही थीं, ''रामजी कहते हैं कि तुम्हारे त्रिशूर के घर और ज़मीन को कम-से-कम पाँच लाख लगेगा।''

''शारदा दीदी, याद है, नानी ने हमें श्री पार्वती के चरण दिखाये थे।''

''उँ...उँ...और इधर ज़मीन और खेत को मिलाकर दो लाख नहीं मिलेगा।''

''याद है न, सफेद फूलों को उल्टे रखकर दिखाया था। ओणम् के लिए फूलों को सजाते वक्त भी बीच में ऐसा करती हैं।''

''तू क्या-क्या बोल रही है?'' शारदा दीदी ने पूछा, ''फिर तुझे कॉनवेण्ट में पढ़ाने को भी ज़्यादा पैसा खर्च किया है। वो सब घर का धान बेचकर मिले पैसों से। मैं, जब दसवीं में हार गयी, मेरी पढ़ाई वहीं बन्द हुई। सोचा था कि शादी भी नहीं होगी। पर किसी प्रकार अठाईस की उम्र में वह तो हो गई।''

''पढ़ाई बन्द हुई, यह तो दीदी को खुशकिस्मती थी। मैंने सिस्टरों की कड़ाई के बीच डिग्री ली थी। उससे क्या हुआ? मैं गम्भीर बात करती तो आप लोगों को मजाक सूझता।''

''मैंने यह सब बताया तो रामजी ने कहा कि इन बातों में मैं दखल नहीं दूँगा। फिर मैं कहूँ किससे?''

माधवी को लगा कि दीदी का गला रुँध गया। उसने उनकी कमर पर हाथ रखा।

''दीदी बेवकूफ है। मुझे अब एक और घर की क्या ज़रूरत है? त्रिशूर का घर मेरा है। मेरे वे दो लड़के हैं? ज़्यादा घर चाहिए तो वे बनायें। यह घर, ज़मीन और जायदाद दीदी की ही है। सब सुप्रिया का है। सुप्रिया मेरी बेटी तो है।''

''बेटी की बात आयी, तो मैं कल उसे एर्णाकुलम ले जा रही हूँ। स्कूल खुलने के पहले रवि वापस ले आएँगे। जानती हैं, यह उधर बच्चों को कितनी प्रिय है।''

''तो फिर उसे लिखकर रजिस्टर करने में क्या हर्ज है?''

माधवी ने सोचा। वही तो ठीक रहेगा। यह तो कहा नहीं जा सकता कि आने वाली पीढ़ी कैसी होगी। तब तो अभी से सब कुछ ठीक करना होगा जब हम आपस में एक-दूसरे को चाहतीं और ज़िन्दा हैं। पर ऐसा करें, तो अब पुराना-जैसा न रहेगा। मैं इधर इतनी आज़ादी से नहीं आ सकूँगी। दीदी का प्यार भी नष्ट होने का डर है। इस पुराने घर में ज़िन्दा रहे स्वर्गीय परदादा और नानी मुझे छोड़ दें, यह सन्देह भी। घर की प्राचीनता उसे प्रिय लगती थी।

''दीदी, रोओ मत।'' माधवी ने दीदी को पास खींचते हुए कहा, ''मैं कल जाते हुए घर जाकर माँ-बाबूजी से मिलूँगी। बाबूजी से कहूँगी कि यथासम्भव जल्दी सभी जायदाद दीदी के नाम लिख दी जाए।''

"तू कुछ कहना मत। पिताजी के निधन के बाद दूसरे पिताजी ही मेरी देखभाल करते हैं। कृतघ्नता ही समझेंगे।"

"नहीं, यह नहीं कहूँगी कि दीदी ने कहा है। मैं अपनी मर्जी से कह रही हूँ। यह तो पहले ही ठीक किया जा सकता था। पर सन्देह रहा कि ऐसा करता तो सब पुराने ढंग से न चलता। वैसे दीदी, यह नहीं समझ पाओगी।"

शारदा दीदी कुछ नहीं बोलीं। कुछ देर वे लेटीं। फिर माधवी को मालूम हुआ कि दीदी सो गईं। वह थोड़ी देर मृत लोगों को याद करने लगीं। उन्हीं ने सिखाया था कि प्यार क्या है। आज भी उसे लगा कि उस घर के बरामदों से होकर उनकी करुण दृष्टि उस पर पड़ती है। खासकर नानी की।

चिड़ियों की बोली सुनकर माधवी जगी। लगा कि वह आवाज़ खिड़की के पास से आ रही है। आँगन के आम के पेड़ से आती होगी। उस आवाज़ में शिकायत है, कुतूहलता, बधाई है, प्यार है, नफरत है। इन सभी आवाज़ों को अलगाने की उसने बचपन से कोशिश की है। पर कभी सफल नहीं हुई। एक आवाज़ दूसरी आवाज़ का अनुबन्ध होकर, एक संगीत बनकर कानों में गूँजती हैं। बीच-बीच में दूसरी कई चिड़ियों की आवाज़ें इस आवाज़ की गुणवत्ता बढ़ा देतीं। इस संगीत को सुनते हुए वह फिर नींद में पड़ गई। फिर जग उठी तो, कौओं की आवाज़ सुनी। आखिर में पहुँचने वाले वे ही हैं।

शारदा दीदी ने शायद सुप्रिया से एर्णाकुलम जाने की बातें कही थीं। सबेरे जब माधवी नीचे उतर आयी, तब तक वह नहा चुकी थी। उसने लाल फूलों वाला रेशमी कुर्ता पहना था।

"बेटी को मौसी ले जाएगी। चाय के बाद।" नाश्ता करते हुए माधवी ने कहा।

"मैं कल एक बात बताना भूल गई।"

"क्या बात है?" शारदा दीदी ने पूछा।

"यही कि मुझे सबेरे चावल-पानी और चटनी चाहिए।"

"ओ! सबेर खाने की प्रिय चीजें।"

दीदी को याद है, हम सवेरे फर्श पर बैठे चावल-पानी पिया करती थीं। कटहल के पत्तों के चम्मच बनातीं। तब यह मेज-वेज कुछ नहीं थीं। दीदी को तब भी चावल-पानी पसन्द नहीं था। पहले माँड पीतीं और फिर चटनी के साथ भात खातीं।

बीस नारियल छीलकर बाँध रखे हैं। दीवार के पास बड़ी-सी थैली दिखाकर शारदा ने कहा, "फिर दो अनन्नास, कुछ केले, कच्चे आम का अचार। रवि और बच्चों को बहुत पसन्द है।"

सुबह मियाँ-बीवी मिलकर यही बन्दोबस्त कर रहे थे। मुझसे भार नहीं ढोया जाएगा

"त्रिशूर तक मैं इन्हें पहुँचा दूँगा।" रामजी बोले।

"एक बोतल गाय का घी भी है। उसे भी रखूँ?" दीदी ने पूछा।

माधवी हँसी। उसके आने पर हर बार यही होता है। जितनी भी चीज़ें रखें, फिर भी शारदा दीदी सन्तुष्ट नहीं होतीं। इसी प्रकार जब कभी वे एर्णाकुलम आते, तब भी कितनी चीज़ें ले आते। छोटी बहन का भी इन चीज़ों पर हक है। मैं अकेली खाती, तो ठीक नहीं रहेगा। यही उनका विचार है। बेचारी स्त्री।

''गाय का घी...कुछ नहीं चाहिए। उधर रवि को ब्लड प्रेशर है। ले जाऊँ तो सब खा लेंगे।''

चाय पीने के बाद माधवी ने सुप्रिया को सजाया। बाल दोनों ओर करके रिबन से बाँध दिए। चेहरे पर पाउडर लगाया। आँखों में काजल। एक छोटी बिन्दी भी लगायी।

''मेरी बिटिया एक राजकुमारी हो गई है।'' रामजी ने कहा।

पाजेब पहनाने को सुप्रिया को स्टूल पर बिठाया। माधवी ने नीचे बैठकर उसे बाँध दिया। सुन्दर गोरे-चिकने पैर। सुन्दर उँगलियाँ।

''श्री पार्वती के चरण तूने देखे हैं?'' माधवी ने पूछा।

''सफेद फूल हैं न?''

''नहीं, यही हैं।''

पाजेब सजे एक जोड़े पैरों को छूते हुए माधवी ने कहा, ''यही श्री पार्वती के चरण हैं।''

उसने झुककर उन नन्हें पैरों को चूमा।

अनुवाद : **वी.डी. कृष्णन् नंपियार**

❑❑❑

www.ingramcontent.com/pod-product-compliance
Lightning Source LLC
LaVergne TN
LVHW090034181026
850499LV00020B/192/J
* 9 7 8 9 3 5 0 6 4 0 0 1 2 *